KILLEN MCNEILL

Damals in Irland

Buch

In dem kleinen irischen Ferienort Donegal lernen sie sich kennen: die temperamentvolle Französin Marie und der irische Junge Harry Moore. Magisch voneinander angezogen erleben die beiden das zarte Erwachen der ersten Liebe ihres Lebens und den explosiven Überschwang ihrer Gefühle. Nie wollen sie auseinander gehen und doch muss die sich mit allen Mitteln sträubende Marie nach Straßburg zurück in ihr eigenes Leben. Für Harry bleibt diese erste Liebe unauslöschlich in seinem Gedächtnis. Selbst als er sich neu verliebt und ein anderes, zufriedenes Leben in Irland aufbaut, kann er Marie nicht völlig vergessen. Warum nur hat sie nie auf seine Briefe geantwortet? Dreißig Jahre später macht er sich auf die Suche nach Marie und fährt ins Elsass, ihre Heimat. Es wird eine Reise auf der Spur alter Erinnerungen und auf der Suche nach der Leidenschaft der Jugend, eine Reise in der Hoffnung auf Antworten und eine alte – neue – Liebe …

Autor

Killen McNeill, 1953 im Co. Derry, Nordirland geboren, studierte Deutsch an der Universität von Ulster. Seit 1975 lebt er in Deutschland und schreibt u.a. an seinem nächsten Roman.

KILLEN
McNEILL

Damals in Irland

Roman

Deutsch von Elke Bartels

BLANVALET

Die Originalausgabe erschien 2001 unter dem Titel
»Trains & Boats & Planes« bei Pocket/TownHouse,
an imprint of Simon & Schuster UK Ltd and TownHouse
and CountryHouse Ltd, Dublin.

Umwelthinweis:
Alle bedruckten Materialien dieses Taschenbuches
sind chlorfrei und umweltschonend.

Blanvalet Taschenbücher erscheinen im
Goldmann Verlag, einem Unternehmen der
Verlagsgruppe Random House GmbH.

Deutsche Erstveröffentlichung April 2003

Umschlaggestaltung: Design Team, München
Umschlagfoto: Wolf Huber
Satz: DTP Service Apel, Hannover
Druck: Elsnerdruck, Berlin
Verlagsnummer: 35777
Lektorat: Maria Dürig
Redaktion: Susanne Korell
Herstellung: Heidrun Nawrot
Made in Germany
ISBN 3-442-35777-2
www.blanvalet-verlag.de

1 3 5 7 9 10 8 6 4 2

Für Brigitte

1

Straßburg, 1998

»Die Leute konnten einfach nicht den Blick von ihr lassen. Wohin wir auch kamen, überall blieben sie stehen und starrten sie bewundernd an.« Harry wendet sich zu Monsieur Bruckmann nach hinten, um diese Bemerkung mit einem Nicken zu quittieren, und sieht dadurch das Gesicht seines Begleiters plötzlich unangenehm nahe vor sich. Bruckmann trägt einen dieser das Kinn rahmenden Bärte, bei denen Wangen und Oberlippe glatt rasiert sind, und die Art, wie sich seine dicken Lippen vorwölben, wenn er sie in diesem Moment schürzt, wirkt irgendwie abstoßend. Ein Anblick, der unwillkürlich an kopulierende Nacktschnecken erinnert.

Harry wendet sich wieder nach vorn. Die Schlange, in der sie stehen, schlurft langsam ein paar Schritte weiter vorwärts. Harry weiß nicht so recht, was sie eigentlich in dieser Schlange tun. Monsieur Bruckmann scheint es als selbstverständlich zu betrachten, dass Harry bereits alles über die Kathedrale weiß, und übertönt daher die Erklärungen des Fremdenführers mit einem Begleitkommentar in Form von eigenen, ziemlich langatmigen Schilderungen. Soweit Harry es erkennen kann, bewegen sie sich gerade um eine Kanzel herum. In sämtlichen Ecken des gotischen Münsters ertönen Erläuterungen in Französisch, Deutsch und Italienisch, und vor dem Altar steht eine Frau, die Englisch in ein Mikrofon spricht. Diese vielen Stimmen verschmelzen zu einem riesigen Gesumm, das bis in die hintersten Winkel der Kathedrale flutet und als ein vieltausendfaches, verzerrtes Echo wieder von dort zurückwogt.

»Das machte mich stolz, verstehen Sie? Ich war damals natürlich noch ein junger Mann.«

Harry nickt abermals, diesmal jedoch, ohne sich zu seinem Begleiter umzudrehen. Diese Geschichte hat er sich seit nunmehr zwei Stunden anhören müssen, seit Bruckmann ihn vom Flughafen abgeholt hat – die ausführliche Schilderung von Bruckmanns tragischer Liebesaffäre mit britischen Autos der sechziger und siebziger Jahre, insbesondere die ungekürzte Geschichte der zahlreichen Pannen seines Triumph Spitfires.

Für Leute wie Bruckmann sollte es eine Selbsthilfegruppe geben. Ähnlich wie die der Anonymen Alkoholiker.

Harry wirft einen Blick auf seine Uhr. Zehn nach fünf. Wenn er nicht bald hier rauskommt, werden die Läden geschlossen sein. Er atmet tief durch.

Die Leute vor ihm strecken die Hände aus und greifen in das Gitterwerk des steinernen Treppenaufgangs, der zu der Kanzel hinaufführt, um irgendetwas zu berühren. Ermunterndes Geflüster und scherzhaftes Gemurmel ist aus der ständig anwachsenden Menge derjenigen zu hören, die aus der Warteschlange herausgetreten sind, nachdem sie das Ritual begangen haben, und jetzt ihrerseits beobachten, wie die anderen es vollziehen. Vielleicht ist es ja eine Art geweihte Reliquie, die sie berühren. Die Gebeine oder Zähne irgendeines Heiligen. Oder noch Schlimmeres. Es erinnert Harry unwillkürlich an ein Spiel, das sie früher immer auf Kindergeburtstagen spielten. Brian war besonders geschickt darin. Man bekam die Augen verbunden und wurde an der Hand in »die Grabkammer der Mumie« geführt. »Das hier ist der Sarg der Mumie«, pflegte Brian zu sagen und ließ einen die

Tischplatte fühlen. »Dies sind die Stoffstreifen, in die sie eingewickelt ist.« Die Tischdecke. »Und das hier ist das Auge der Mumie.« Dabei stieß er deinen Finger in einen Wackelpudding. Lautes, schrilles Kreischen überall. Einmal wurde ein Mädchen, mit dem sie das machten, vor Schreck ohnmächtig und fiel mitten in die Geburtstagstorte.

Komisch, dass ich ausgerechnet heute an Brian denken muss, überlegt Harry. Ich habe ihn seit dreißig Jahren nicht mehr gesehen.

»Sie würden nicht glauben, wie viel Geld ich schon für Kleintransporter ausgegeben habe.«

Jetzt entdeckt Harry ein schlappohriges junges Hündchen, in Stein gemeißelt, das aus dem Gitterwerk an der Seite des Treppenaufgangs hervorspäht. Erleichtert tätschelt er ihm den Kopf. Wahrscheinlich kann man sich dabei etwas wünschen. Harry wünscht sich, schleunigst von hier verschwinden zu können. Um Marie wiederzusehen. Zu spät.

»Meine Freunde gewöhnten sich schließlich so sehr daran, den Wagen kaputt und fahruntüchtig herumstehen zu sehen, dass sie sofort anzuhalten und nachzusehen pflegten, ob ich einfach nur parkte oder ob der Wagen wieder mal liegen geblieben war. Das Einzige, was mir noch davon geblieben ist, sind die Fotos. Ein ganzes Album voll. Wenn Sie bei mir übernachtet hätten, hätte ich sie Ihnen zeigen können.«

»Das nächste Mal«, erwidert Harry. »Wenn das mit dem Austausch klappt.« *Der Herrgott bewahre mich davor!*

Das Mobiltelefon eines Mannes klingelt, und er strebt eilig Richtung Ausgang.

»Da fällt mir übrigens ein«, sagt Harry, »dass ich versprochen hatte, zu Hause anzurufen, sobald ich im Hotel wäre. Aber da waren wir ja in Eile, um uns die Schule anzusehen, und deshalb bin ich nicht zum Telefonieren gekommen. Ich sollte jetzt besser gehen.«

»Aber Sie haben doch noch gar nicht die Geschichte von dem spektakulären Ende in Bourge-en-Bresse gehört.«

»Nein, wirklich«, beharrt Harry, »ich muss jetzt los. Meine Frau ist der ängstliche Typ.«

Draußen versichert Harry dem Franzosen, dass er den Weg zurück zum Hotel und auch den zur Schule am nächsten Morgen problemlos finden wird, verabschiedet sich mit einem festen Händedruck von Bruckmann und marschiert dann zielstrebig über den Platz vor der Kathedrale.

Es wimmelt nur so von Touristen und hoch gewachsenen afrikanischen Straßenhändlern, die mit Gürteln, Armbändern und bunten Perlenketten beladen sind und ganze Stapel von Lederhüten auf dem Kopf tragen. Harry strebt den Platz vor der Kathedrale hinunter und bahnt sich einen Weg zwischen den Souvenirständen hindurch, die bis in die Straße hineinragen. Er stellt sich vor, wie er von Monsieur Bruckmanns Blick verfolgt wird, während er an Spielzeugstörchen mit langen, baumelnden roten Beinen und Schnäbeln vorbeigeht, an Glaskugeln mit einer Nachbildung der Kathedrale, in denen es schneit, wenn man sie umdreht und schüttelt, vorbei an Schlüsselanhängern in Form von langhalsigen Miniaturflaschen mit elsässischem Wein und an Drucken mit Motiven aus Straßburg von jenem Künstler, der ganz Frankreich im Regen malte.

Am Ende der Straße biegt er nach rechts ab in Richtung seines Hotels, nur um stehen zu bleiben, sobald er hinter dem Eckhaus verschwunden ist und sicher sein kann, dass er von der Kathedrale aus nicht mehr zu sehen ist.

Zwanzig nach fünf. Zeit genug. Maries Geschäft wird noch geöffnet sein. Falls es überhaupt noch existiert.

In Ordnung. Dann mal los. Probieren wir's einfach, und bringen wir die Sache hinter uns. Frisch gewagt ist halb gewonnen.

Doch er zögert, sieht sich suchend um. Er war sicher, dass er den Weg mühelos wiederfinden würde, aber irgendetwas stimmt hier nicht. Vor ihm sollte eigentlich ein Park sein. Ein Park mit Bäumen und Bänken, übersät mit gelben, verdorrten Ahornblättern, die raschelnd über die Wege wehen, genau wie in seiner Erinnerung. Aber nicht dieses unterirdische Parkhaus, das inmitten einer Asphaltspirale kauert wie ein riesiges Meeresungeheuer auf dem Rückzug in die Tiefen des Ozeans. Wahrscheinlich sind die Bäume gefällt worden, um Platz für das Parkhaus zu schaffen, denkt Harry. Ja, doch, das hier ist der Weg zu Maries Geschäft. Vor dreißig Jahren wies mir der alte Mann den Weg über den Platz. »Gehen Sie einfach diese Straße da in der Mitte entlang«, sagte er. »Sie können es nicht verfehlen.«

Harry verharrt einen Moment am Bordstein, wie ein Schwimmer, der unschlüssig ist, ob er den Sprung ins Wasser wagen soll. Kann er wirklich einfach losgehen, um Marie wiederzusehen, nach all diesen Jahren?

Es gibt nur eine Möglichkeit, um das herauszufinden.

Er setzt sich in Bewegung, strebt schnellen Schrittes die Straße hinunter, die Schultern hochgezogen, um sich vor der Kälte zu schützen.

Er sieht den Laden schon aus einiger Entfernung. Das Geschäft liegt rechts von dem Platz mit der kleinen Kirche in der Mitte, und es sieht noch genauso aus, wie er es in Erinnerung hatte, bis hin zu der Beschriftung *Fischer et fils*, die in goldenen gotischen Lettern auf schwarzem Untergrund prangt. Er verlangsamt seinen Schritt und bleibt schließlich knapp außerhalb des Lichtscheins stehen, den die Schaufensterbeleuchtung auf das Straßenpflaster wirft.

Jetzt ist die Entscheidung plötzlich nicht mehr so leicht. Er kann sich nicht einfach sagen: »Ich habe mein Bestes getan, aber das Geschäft war nicht mehr da.« Jetzt heißt es: entweder hineingehen oder nicht. Aber was soll er sagen? Er hat diese Situation so oft durchgespielt, hat so viele Überlegungen in dieses Unternehmen investiert; er hat sich eine ganze Reihe von passenden Einleitungssätzen zurechtgelegt, einen unterschiedlichen Plan für jede nur denkbare Stimmung. Doch jetzt weiß er plötzlich nicht mehr so recht, in welcher Stimmung er überhaupt ist. Er steht da und versucht, wieder zu Atem zu kommen, während die letzten Strahlen der Sonne an den Schornsteinen der Häuser hinaufgleiten und in den Abendhimmel entschwinden und sich die Dunkelheit auf den Platz niedersenkt, nur erhellt von dem orangefarbenen Schein der Straßenlampen.

Vielleicht kann ihm der Laden ja zu einer Eingebung verhelfen, ihm irgendeinen Hinweis auf Marie liefern. Die Schaufensterauslage sieht exklusiv aus: Stapel von dicken, sorgfältig zusammengefalteten Pullovern, dekorativ drapierte Krawatten, Donegal Tweedblazer und Kostüme auf schwarzen Kleiderpuppen vor einer Hintergrunddekoration aus Treibholz und Kieselsteinen. Das Ganze wird indirekt von unten beleuchtet, so dass sich die teuren, flauschig weichen Fasern wie winzige, schimmernde goldene Wälder von dem Gewebe der Kleidungsstücke erheben. Die Auslage hat Stil und vermittelt den Eindruck einer Strandparty des Landadels. Harry versteht die Botschaft. Zu teuer für dich und deinen Anorak von Marks and Spencer's, lautet sie.

Viertel vor sechs.

Wie wird Marie jetzt wohl aussehen? Er erinnert sich nur noch sehr verschwommen an ihr Gesicht, an weit auseinander stehende Augen und ausgeprägte Wangenknochen. Es hatte nie irgendwelche Fotos von jenem Sommer gegeben.

Was, wenn sie mich nicht wiedererkennt? Wenn sie sich noch nicht einmal mehr an mich erinnert, nachdem ich ihr gesagt habe, wer ich bin? Seine Handflächen sind feucht vor Schweiß. Er reibt sie an seinen Hosenbeinen trocken.

Na los. Nur Mut. Geh einfach rein. Versuch es mal, und bring die Sache hinter dich. Er steuert auf die Ladentür zu und öffnet sie.

Bim-bam.

Gott, gleich zwei Frauen zur Auswahl! Aber welche von ihnen ist Marie?

»*Mesdames.*«

»*Monsieur.*«

Eine kleine mit dunklen, kurz geschnittenen Haaren und eine größere mit langem Haar, die hinter ihr steht, blicken von einem Katalog auf dem Tresen auf, in dem sie gerade gelesen haben. Beide zu jung.

»*Puis-je vous aider?*«

Aus dem hinteren Teil des Ladens kommt eine dritte Frau. Blond, um Himmels willen! Marie war doch brünett. Oder? Ihre Augen stehen weit auseinander und zeigen einen skeptischen Ausdruck, als sie Harrys Äußeres mustern. Nicht die Art von Kunde, die gewöhnlich das Geschäft betritt. Sie verschränkt die Hände.

»*Marie?*«

»*Nous nous connaissons?*«

»*Je suis Harry.*«

Es kommt als »Harree« über seine Lippen, so wie Marie seinen Namen früher immer aussprach, trotz ihres ausgezeichneten Englischs.

»Harry?« Sie starrt ihn überrascht an und schnappt nach Luft. »Harry Moore?«

Er lächelt. Er sieht Panik in ihren Augen aufsteigen, weiß aber nicht, wie er ihr helfen kann. All seine sorgsam zurechtgelegten Einleitungssätze sind hinfällig. Das Einzige, was er tun kann, ist, stumm dazustehen und wie ein Idiot auszusehen. Es ist genau wie bei einer Schulaufführung, wenn die Darsteller plötzlich ihren Text vergessen und die Souffleuse die Seite im Textbuch verblättert hat. Nur dass jetzt Harry auf der Bühne steht. Er streckt die Hand aus, und Marie ergreift sie und schüttelt sie langsam. Ist schon in Ordnung – das ist das, was er ihr durch die Berührung seiner Handfläche und sein Lächeln mitzuteilen versucht. Du brauchst keine Angst zu haben. Ich will nichts von dir.

»Harry, was für eine Überraschung!«

»*Nous pouvons parler français. Je suis professeur de français.*«

»Nein, nein ... lass mir nur einen Moment Zeit. Ich habe schon seit Jahren nicht mehr Englisch gesprochen. Schon seit Großmutters Tod nicht mehr.« Er spürt, dass sie die fremde Sprache als Rettungsgürtel benutzt, dass sie sich sammelt und ihre Fassung zurückgewinnt, während sie danach greift.

»Tut mir Leid, dass ich einfach so bei dir hereinplatze.« Er könnte sich dafür entschuldigen, dass er nicht vorher angerufen hat, um seinen Besuch anzukündigen. Aber er spürt ihr Verständnis dafür, dass er sich nicht dazu durchringen konnte. Dies ist die einzige Möglichkeit.

»Das macht doch nichts.«

»Ich war mir nicht sicher, ob du dich überhaupt an mich erinnern würdest.«

»Du hast dich verändert.«

»Du dich nicht.«

Und dann lächelt sie, ihre Züge verwandeln sich, und plötzlich funkt es bei ihm. Natürlich ist sie es. Diese Grübchen rechts und links von ihren Mundwinkeln. Die hatte er völlig vergessen.

»Es wäre schön, wenn wir uns irgendwo unterhalten könnten. Ich bin nur für drei Tage hier. Wir könnten ja vielleicht ein Treffen vereinbaren, wenn es dir jetzt nicht passt.«

Sie wirft einen Blick auf ihre Armbanduhr. Ihr Arm weist eine hübsche Rundung oberhalb des Handgelenks auf. »Wir schließen bald …« Sie kaut einen Moment unschlüssig auf ihrer Unterlippe, wendet sich halb ab, blickt dann wieder Harry an. »Ich werde einfach jetzt schon Feierabend machen.« Nachdem ihre Entscheidung feststeht, geht sie flotten Schrittes in den hinteren Teil des Ladens und erteilt den beiden Mädchen Anweisungen bezüglich des Schließens. Ist wieder ganz die Geschäftsfrau, die alles unter Kontrolle hat.

Ein Schauer überläuft Harry, und er schüttelt ihn mit einem Zucken seiner Schultern und einer Kopfbewegung ab. Das war's. Der schlimmste Teil ist ausgestanden.

Die Mädchen hinter dem Tresen flüstern miteinander, werfen dabei interessierte Blicke in Harrys Richtung. Er betrachtet eine Reihe von Schals, befühlt das Material. Herr im Himmel, was für Preise! Für den Preis eines dieser Schals könnte man bei Marks und Spencer's glatt einen Mantel kaufen. Marie ist im Hinterzimmer des Ladens verschwunden. Womöglich überlegt sie es sich ja doch anders. Aber nein, da kommt sie, in einen roten Wollmantel und einen Tweedschal gehüllt, während sie ihr Haar im Nacken aus dem Mantelkragen herauszieht. Sie strebt geradewegs zur Tür. Harry öffnet sie ihr. »Salut«, sagt sie zu den Mädchen und tritt auf die Straße hinaus. Harry folgt ihr. Sie geht nach links in die Richtung, aus der er gekommen ist, dreht sich dann aber um und wartet auf ihn, sobald sie vom Laden aus nicht mehr zu sehen sind. Ihre Augen glänzen in der Dunkelheit.

Immer schön ruhig und gelassen bleiben und tief durchatmen, ermahnt er sich.

»Was machst du hier in Straßburg, Harry?«

»Ich bin nur für ein paar Tage hier. Ich bin Französischlehrer und versuche, einen Schüleraustausch mit einem hiesigen *lycée* zu organisieren.«

»Und wie lange bist du schon hier?«

»Mein Flugzeug ist heute am frühen Nachmittag gelandet.« Es wäre dumm, ihr zu sagen, dass er schnurstracks losgestürzt war, sobald er sich von Bruckmann hatte frei machen können. »Ich habe mir eine Weile die Geschäfte angesehen, und dann dachte ich, dass ich auch ebenso gut mal versuchen könnte, deines zu finden. Ich hätte nie gedacht, dass es tatsächlich noch da sein würde.« Er lacht, leicht verlegen.

»Du hast mir einen ganz schönen Schock versetzt.«

»Tut mir Leid, das wollte ich nicht.«

Sie mustert ihn prüfend, abschätzend. Sogar besorgt, wie ihm scheint. Vielleicht glaubt sie, sie müsse ihn zu sich nach Hause einladen.

»Gibt es hier irgendwo ein Lokal, wo wir einen Kaffee trinken könnten? Irgendein Café oder Restaurant?«

»Gute Idee.«

Sie gehen weiter die Straße entlang, Seite an Seite.

»Französischlehrer«, sagt sie. »Na so was!«

»Ja, vor allem, wenn man bedenkt, dass mein Französisch früher denkbar schlecht war. Ich war der Zweitschlechteste in meiner Klasse. Jetzt bin ich Fachbereichsleiter an meiner alten Schule. Mein ehemaliger Lehrer hat beinahe einen Anfall bekommen, als ich mich um eine Stelle dort bewarb.«

»Kommst du oft nach Frankreich?«, erkundigt sich Marie.

»Ja. Meistens aber an die Loire und ins Périgord. Dies ist das erste Mal, dass ich in Straßburg bin. Seit damals.«

»Ach so.«

»Es war schon irgendwie komisch. Jahrelang ist mir das von damals wie ein Traum erschienen, aber als ich dann zu deinem Laden gegangen bin und ihn gesehen habe, kam es mir plötzlich so vor, als ob es erst gestern gewesen wäre.«

Sie nickt.

»Wir waren sehr jung damals«, sagt Harry.

»Fast noch Kinder.«

Sie gehen schweigend ein Stück weiter.

»Wohnst du noch immer in diesem Dorf?«, fragt Harry, als ob sich der Name des Ortes nicht unauslöschlich in sein Gedächtnis eingeprägt hätte.

»Obernai? Nein, ich habe jetzt eine Wohnung in Straßburg. Zusammen mit meiner Tochter.«

»Oh.«

»Ich kenne mich mit den Restaurants hier in der Gegend nicht so gut aus«, erklärt Marie. »Meine Tochter und ich gehen nur selten aus. Aber ich glaube, wir können es hier mal versuchen.« Sie sind auf dem Platz, den Harry vorhin überquert hat, und nähern sich einem hell erleuchteten Restaurant namens *Zum Stadtwappen;* darunter steht *Aux Armes de Strasbourg.*

Im Inneren des Lokals hilft er Marie aus dem Mantel und hängt ihn an der Garderobe auf. Ihr blondes Haar fühlt sich seidig an. Es ist natürlich gefärbt. Oder sagt man koloriert? Harry folgt ihr zu einem Tisch am Fenster, während er über das nachdenkt, was sie kurz zuvor gesagt hat. Eine Tochter. Aber einen Ehemann hat sie nicht erwähnt. Geschieden, mit etwas Glück.

Der Kellner bringt ihnen die Speisekarte, und sie studieren sie. Harry hält seine ein kleines Stück höher, damit er Marie über den Rand hinweg unauffällig betrachten kann. Sie achtet offensichtlich sorgfältig auf ihr Äußeres. Sie ist auch nicht zu dünn, wie viele Frauen glauben sein zu müssen, wenn sie älter werden. Wie alt mag Marie jetzt sein? Sechsundvierzig. Ein Jahr jünger als er. Geschickt zurechtgemacht. Hübsch, wie ihre dunklen Augenbrauen mit dem blonden Haar kontrastieren. Sie blickt kurz auf, ertappt ihn dabei, wie er sie beobachtet, und vertieft sich wieder in ihre Speisekarte.

Als der Ober kommt, bestellt sie ein Glas Silvaner, und Harry folgt ihrem Beispiel. Dann nimmt sie ihre Handtasche von der Rückenlehne ihres Stuhls, öffnet sie und kramt darin herum, die Ellenbogen erhoben. Manche Frauen wühlen mit kurzen, ruckartigen Bewegungen in ihren Handtaschen, ähnlich wie Vögel, die nach einem Wurm picken, aber Maries Bewegungen haben etwas Fließendes an sich, etwas Unbefangenes und Großzügiges.

Harry denkt an das erste Mal zurück, als er sie mit einer Handtasche sah. Es war in dem Krankenhaus in Letterkenny, an jenem Tag, als sie ihn besuchen kam. Das letzte Mal, bevor sie Irland verließ. Tatsächlich sogar das letzte Mal, dass er sie gesehen hat, bis heute.

Sie bietet ihm eine Zigarette aus dem Päckchen an, das sie aus ihrer Handtasche genommen hat.

»Nein, danke.«

»Hast du früher nicht auch geraucht?«

»Doch, wie wir alle. Aber seitdem nie wieder.«

»Oh.« Sie zündet sich ihre Zigarette an.

Der Kellner bringt ihren Wein. Sie stoßen miteinander an.

»Ich kann es noch immer nicht ganz fassen, dass ich jetzt hier mit dir sitze«, sagt Harry. »Ich habe mir das so oft ausgemalt. Weißt du, dass es dreißig Jahre her ist, seit wir uns das letzte Mal gesehen haben? In dem Krankenhaus in Letterkenny? Du bist damals gleich nach deinem Besuch im Krankenhaus mit deinen Eltern zum Fähranleger gefahren.«

»Es war eine schreckliche Reise.«

Harry nickt. Wieso war sie schrecklich?, fragt er Marie in Gedanken. Weil du mich vermisst hast?

»Ich bin in jenem Herbst durch ganz Frankreich getrampt, um dich zu sehen«, sagt er. »Erinnerst du dich noch?«

Sie spielt nervös mit ihrem Weinglas, dreht es am Stiel hin und her. »Ich möchte lieber nicht über diese Zeit sprechen, wenn es dir nichts ausmacht«, erwidert sie, ohne ihn anzusehen.

»Aber das alles liegt doch schon so lange zurück. Seitdem ist doch so viel Wasser den Rhein hinuntergeflossen.«

»Trotzdem.«

Ihre Weigerung bringt Harry völlig aus dem Konzept. Worüber sollen sie denn sprechen, wenn nicht über jenen Sommer? Gerade davon will er doch reden. Er möchte wissen, wie sie über die ganze Sache denkt. Ob es den Tatsachen entsprach, was seine späteren Berechnungen ergeben hatten, nämlich dass sie nur vier Wochen zusammen gewesen waren. Ob es auch ihr wie eine Ewigkeit vorgekommen war.

Ob sie ihn wirklich geliebt hatte.

Aber er ist zu ungeduldig gewesen, hat sie zu sehr bedrängt. Er wird die Sache etwas langsamer und behutsamer angehen müssen.

»In Ordnung«, sagt er. »Dann erzähl mir von dir.«

»Was möchtest du denn hören?«

Dass du nach mir keinen anderen mehr geliebt hast, dass du mich niemals vergessen hast.

»Bist du verheiratet?«, fragt er.

»Geschieden.«

»Wie alt ist deine Tochter?«

»Achtzehn.«

»Gibt es einen Freund?«

»Nicht dass ich wüsste.«

»Nein, ich meine dich. Wenn es dir nichts ausmacht, dass ich danach frage.«

»Nein, ich habe keinen Freund. Annie hat so ihre Art, jegliche Männer in die Flucht zu schlagen. Sie und ihr Vater stehen sich sehr nahe, sie besucht ihn an den Wochenenden und so weiter. Was ist mit dir? Wie lange bist du schon verheiratet?«

»Lass mich mal überlegen. 1969 bin ich an die Universität in Canterbury gegangen, und ich habe Jennifer in meinem letzten Studienjahr kennen gelernt. Das war 1973, und fünf Jahre später, als sie mit ihrem Studium fertig war, haben wir geheiratet. 1978 war das. Wir sind jetzt also seit zwanzig Jahren verheiratet.« Huch! Das klingt nach einer verpassten Feier. Aber was ist schon der zwanzigste Hochzeitstag? Sicherlich gehört er nicht zu den wichtigen.

»Glücklich verheiratet?«

»Doch, ja, das möchte ich doch meinen. So glücklich, wie man in einer Ehe sein kann. Du weißt schon. Wir haben natürlich unsere Höhen und Tiefen.« Harry fragt sich, ob er Marie von seiner Affäre mit Helen erzählen soll. Würde sie dann besser von ihm denken oder schlechter?

»Wie bist du auf die Idee gekommen, Lehrer zu werden?«

»Eigentlich war es reine Trägheit. Das ist das, was einem in Großbritannien passiert, wenn man niemals den Absprung von dem Unterrichts-Fließband schafft.«

»Und wieso Französisch?«

Kannst du dir das nicht denken? All diese Briefe, die ich dir auf Französisch geschrieben habe. Haben deine Eltern sie dir jemals gegeben? Was hast du von diesen Briefen gehalten? »Durch negative Auslese«, erwidert er. »Und du? Hast du gleich nach deinem Schulabschluss im Geschäft angefangen? Ich meine, du hast nicht studiert oder so was?«

Sie nippt an ihrem Wein und inhaliert tief den Rauch ihrer Zigarette, ohne zu antworten. Vielleicht hat er da einen wunden Punkt bei ihr getroffen. »Wohlgemerkt«, fährt er fort, »so toll ist eine Hochschulbildung nun auch wieder nicht. Wenn du einige der Idioten gesehen hättest, mit denen ich studiert habe. Wenn du *mich* gesehen hättest.«

»Nein, ich habe nicht studiert«, sagt sie schließlich. »Ist deine Frau auch Lehrerin?«

»Ja, an der örtlichen Mädchenschule.« Zusammen mit Helen, ausgerechnet.

»Habt ihr Kinder?«

»Nein.«

»Wolltet ihr keine?«

»Nein.«

»Vielleicht hast du Recht. Kinder können sehr anstrengend sein. Man denkt immer, in ein paar Jahren werden sie aus dem Gröbsten heraus sein, aber das sind sie im Grunde nie. Die Probleme ändern sich nur, das ist alles. Durchwachte Nächte, Krankheiten, Schule, Pubertät, unpassende Freunde, Sex, Jobs. Ich glaube, keiner unter fünfundzwanzig weiß wirklich, was er will.«

Harry nickt. Ich wusste genau, was ich wollte. Dich.

»Hast du die Auslage in meinem Schaufenster gesehen? Wie fandest du sie?«

»Klasse.«

»Annie hat das Fenster dekoriert. Sie hat ein echtes Talent dafür, Mode zu kreieren. Und das zu Preisen, die man sich wirklich leisten kann. Ich habe schon einige ihrer Designs im Laden ausgestellt, und die Leute haben sie tatsächlich gekauft. Man kann sie hier in Straßburg tragen, ohne sofort von der Polizei festgenommen zu werden. Kunst provoziert, behaupten die Kritiker. Ich weiß nicht, ob das stimmt oder nicht, aber eines weiß ich mit Sicherheit: Wenn etwas provoziert, dann bedeutet das nicht automatisch, dass es Kunst ist, wie einige dieser überkandidelten neuen britischen Modedesigner zu glauben scheinen.« Marie ist auf einmal richtig lebendig geworden, verdreht die Augen über die Verrücktheit der Leute, gestikuliert lebhaft, runzelt die Stirn, schüttelt den Kopf, lächelt bedauernd. Eine leidenschaftliche Frau auf dem Höhepunkt ihres Lebens. Wie ist sie wohl im Bett?, fragt Harry sich. Anders als die anderen, wie auch immer das gewesen sein mag. Er kann sich wirklich nicht mehr daran erinnern, abgesehen davon, wie er sie auf die geschlossenen Augenlider küsst.

»Annie ist nicht so. Sie ist ein vernünftiger Mensch und steht mit beiden Beinen –«

»Fest auf der Erde.«

»Genau. Es wäre schön, wenn sie in mein Geschäft einsteigen würde, aber ich muss sehr vorsichtig sein, wenn ich sie darauf anspreche. Wenn ich sie zu loben versuche, denkt sie, es sei sowieso nur ihre alberne Mutter, die sie liebt.«

»Ich bin überzeugt, sie liebt dich auch«, erwidert Harry und räuspert sich.

»Sie ist ziemlich dickköpfig, eigensinnig und selbstständig. Das muss sie wohl von ihrer Ur-Großmutter geerbt haben.«

»Hat sie deine Großmutter noch gekannt?«

»Nicht wirklich. Großmutter starb, als Annie gerade zwei Jahre alt war. Was vielleicht auch nur gut ist, weil Großmutter in ihren letzten Lebensjahren permanent schlechter Laune war. Sie konnte es einfach nicht ertragen, dass sie nicht mehr das Sagen hatte.«

Geschah ihr nur recht, der alten Hexe, die sich immer in alles einmischen musste, denkt Harry. Er sieht in Gedanken wieder das zitternde Kinn der alten Frau vor sich, sieht die zuckenden weißen Borsten auf ihrer Haut, ihre Augen weit aufgerissen vor Panik und Wut, während er verzweifelt versuchte, ihren Rollstuhl festzuhalten und zu verhindern, dass er umkippte und seine Last auf den Fußboden warf, ihr malmender, fauchender Mund so nahe an seinem Gesicht, dass er im Geist noch immer ihren Speichel auf seiner Wange spüren kann.

Marie bewegt die Hände unter dem Tisch. Sie blickt auf ihre Uhr. *Oh Gott.* Ihre Gläser sind schon fast halb leer; die

Flüssigkeit reicht nur noch bis knapp oberhalb der breitesten Ausbuchtung, der Stelle, nach der der Pegel schneller und immer schneller zu sinken beginnt und man die Flecken auf dem Glas bemerkt.

Eine halbe Stunde? Eine Viertelstunde?

»Musst du schon gehen?«, fragt er.

»Ich will nur eben Annie anrufen.« Marie schiebt ihren Stuhl zurück und verlässt den Tisch.

Harry blickt zum Fenster hinaus. Das Bild des Restaurantinneren spiegelt sich in der Scheibe und überlagert die Szene draußen vor dem Fenster. Er sieht das gemütliche Interieur, die karierten Tischdecken, die in Wolken von Zigarettenrauch gehüllten Tische der Studenten, die Handwerker in ihren blauen Overalls, der einzelne Mann an dem Tisch in der Mitte des Lokals, der mit äußerster Konzentration Eigelb in sein rohes Mett mischt, als ob er nach einem Omen sucht, die gelb gestrichenen Wände und die alten Bierschilder aus Emaille; all das schiebt sich über den Platz draußen vor dem Fenster. Inzwischen ist Nebel aufgekommen, orange gefärbt durch das Licht der Straßenlampen, ein milchiger Nebel, der die Umrisse der Statuen und Laternen verschwimmen lässt.

Draußen wird es jetzt noch kälter sein.

Harry kann auch sein eigenes Spiegelbild in der Scheibe sehen. Er hebt den Kopf, um sein Doppelkinn zu strecken. Van the Man, so nennen ihn seine Schüler, in Anlehnung an seine Ähnlichkeit mit Van Morrison. Ähnlich in puncto Aussehen, nicht in puncto Talent.

Was soll er tun, wenn Marie jetzt geht? Wird sie ihn noch einmal wiedersehen wollen, bevor er abreist? Oder wird das Ganze lediglich auf einen Austausch von Adressen und vage Versprechen hinauslaufen?

Er sieht in der Fensterscheibe, wie sie zurückkommt. Sie

bahnt sich einen Weg zwischen den Tischen hindurch, nickt dankend den Leuten zu, die mit ihren Stühlen an den Tisch rücken, um ihr Platz zu machen. Der einsame Esser sieht von seinem Teller auf, als sie an ihm vorbeigeht, und folgt ihren Beinen und ihrem Hinterteil mit seinem Blick.

Blas du ruhig Trübsal, Kumpel, sie ist mit mir hier.

Sie lächelt Harry an, als sie an den Tisch zurückkehrt.

»Alles in Ordnung«, sagt sie und gleitet wieder auf ihren Platz. »Annie geht heute Abend aus. Wie wär's, wenn wir uns etwas zu essen bestellen würden? Ich habe einen Mordshunger.«

»Du hättest für euren Schüleraustausch doch bestimmt auch eine Schule finden können, die in einem für euch leichter zu erreichenden Teil von Frankreich ist, oder? In irgendeinem Ort, der nördlicher liegt?«

Das war genau das, was auch Harrys Schulleiter gesagt hatte. Wiederholt. Das alte Arschloch.

»Kein Ort in Frankreich liegt in der Nähe von Nordirland«, erwidert er. »Der Flug nach Straßburg dauert nur zwanzig Minuten länger als der nach Paris. Und außerdem hängt ein solcher Austausch immer davon ab, wie intensiv sich die Zuständigen auf beiden Seiten dafür engagieren. Mein französischer Kollege und ich kommen sehr gut miteinander aus. Das ist das, was zählt.«

»Ich nehme an, du wohnst bei ihm, während du in Straßburg bist?«

»Äh, nein. Ich habe mir ein Zimmer in einem kleinen Hotel genommen. Aber er hat mich vorhin vom Flughafen abgeholt. Ich möchte gern ein bisschen Bewegungsfreiheit haben«, erklärt Harry und trinkt einen Schluck von seinem Wein. Pinot noir, seine Gnadenfrist. Das Glas ist fast schon wieder leer.

Sie haben ein köstliches Essen verzehrt, kleine Leberknödel auf Salat, gebratene Forelle in Mandelbutter und zum Abschluss eingelegten Münsterkäse mit Kümmel. Marie hat über ihr Geschäft gesprochen, darüber, wie gut es läuft; und Harry hat ihr von seinem Treffen mit Monsieur Bruckmann erzählt und von seiner geduldig leidenden Frau im Périgord, als er vor zwei Jahren dort mit Jenny im Urlaub war. Von den Plänen für den Schüleraustausch und wie sehr seine Aussichten auf Beförderung vom Gelingen dieses Projekts abhängen. Er hat ihr nichts davon gesagt, wie sehr Bruckmann ihm auf den Wecker geht, und auch nicht, dass das Einzige, was ihn mit der Nervigkeit seines französischen Kollegen versöhnt, der Umstand ist, dass der in Straßburg lebt.

»Was machst du morgen?«, will Marie wissen.

»Morgen Vormittag muss ich bei ein paar Englischstunden in der Schule dabei sitzen. Aber am Nachmittag habe ich frei. Und auch am Abend, was das angeht.«

Um die Abendeinladung zu den Bruckmanns wird er sich sicherlich irgendwie drücken können.

»Was würdest du zu einer Fahrt über Land sagen? Ich könnte dir die Berge und die Weinberge zeigen. Na, was meinst du?«

»Super.« Harry grinst breit, dann sieht er seinen Nussknacker-Ausdruck in der Fensterscheibe und versucht, sein Grinsen zu unterdrücken, aber Marie lächelt ebenfalls. Ihre Finger sind um den Stiel ihres Glases gekrümmt. Er würde jetzt zu gerne über den Tisch greifen und seine Hand auf ihre legen. Vielleicht erkennt sie das in seinen Augen, denn sie blickt ihn mit einem leichten Kopfschütteln an, lächelt aber immer noch, als ob sie sein kleines Spiel durchschaut hätte.

»Marie.« Harry beugt sich vor. Er sieht die plötzliche Besorgnis in ihren Augen, fährt jedoch trotzdem fort. »Könnten wir nicht doch über das sprechen, was damals passiert ist? Es liegt doch schon so lange zurück. Und es war niemandes Schuld. Man konnte wirklich niemandem einen Vorwurf daraus machen.«

Sie kramt wieder in ihrer Handtasche. »Vielleicht«, sagt sie ausweichend. »Wo wollen wir uns morgen treffen? Ich sollte jetzt besser gehen.«

Sie machen aus, sich um vier Uhr auf der Place Kléber zu treffen. Marie winkt den Ober herbei.

»Lass mich die Rechnung übernehmen«, erklärt Harry.

»Kommt überhaupt nicht in Frage! Du bist mein Gast.« Während sie die Rechnung überprüft, sagt sie, ohne aufzublicken: »Siehst du noch manchmal diesen anderen Jungen, äh, ich meine, Mann? Wie hieß er noch gleich?«

Harry kann fühlen, wie sein Herz stolpert und dann plötzlich wie ein Hürdenläufer zu rasen beginnt. Brian. Sie muss Brian meinen. »Brian?«

»Ja. Siehst du ihn noch manchmal?«

»Nein. Ich habe schon lange nichts mehr von ihm gehört. Ich weiß nur, dass er Immobilienmakler ist.«

»Ah ja, das passt irgendwie zu ihm. Und was ist mit Marjorie?«

»Sie lebt jetzt in England. Sie hat einen Pfarrer geheiratet, stell dir bloß mal vor, und inzwischen hat sie einen Haufen Kinder.«

»Doch sicherlich nicht diesen einen …«

»Gott, nein!«

Harry wartet, um zu hören, was sie als Nächstes sagt, aber sie schweigt, scheint sich darauf zu konzentrieren, ihre Zigarette zu Ende zu rauchen. Er sagt ebenfalls nichts, möchte nicht das Thema wechseln, fürchtet sich aber davor, den nächsten Schritt zu tun.

Dann drückt Marie ihre Zigarette aus, und sie stehen auf, um zu gehen. Er folgt ihr durch das Restaurant, während er bemerkt, wie die Blicke der Männer ihr folgen, und beobachtet, wie ihr Haar im Nacken wippt. An der Garderobe hilft er ihr in den Mantel. Er kann ihr moschusartig süßes Parfüm riechen und fühlen, wie sich ihre Schultern unter seinen Händen bewegen.

Sie wartet draußen auf ihn. »Dann bis morgen, Harry«, sagt sie.

»Soll ich dich nicht nach Hause begleiten?«

»Das ist wirklich nicht nötig. Es ist vollkommen ungefährlich.«

Ihr Gesicht ist zu ihm emporgewandt. Er beugt sich zu ihrer linken Wange hinunter, kann die winzigen Fältchen in ihrem Mundwinkel sehen. Rechte Wange. Ihre Lippen sind leicht geöffnet. Was würde sie wohl tun, wenn er sie jetzt auf den Mund küsste? Und wieder die linke Wange. Er verharrt dort für einen kurzen Moment, um die Kühle ihrer Haut an seiner zu spüren. Dann richtet er sich wieder auf.

»Gute Nacht, Marie.«

»Gute Nacht, Harry.«

Sie geht davon, wirft mit einer Kopfbewegung ihr Haar zurück und strebt mit raschen Schritten die Straße hinunter, während ihre Absätze auf dem Pflaster klappern.

Harry blickt ihr nach, erinnert sich wieder daran, ihre Gestalt so wie jetzt schon viele Male gesehen zu haben, vor langer Zeit, noch Jahre nach jenem Sommer 1968: eine Gestalt in der Menge, die sich von ihm fortbewegte, um in einem Laden zu verschwinden oder in einen Bus zu steigen. Er war jedes Mal hinter ihr hergerannt. Aber es war immer eine Fremde gewesen.

»Marie!«, ruft er. Sie bleibt stehen und dreht sich zu ihm um.

»Bist du jemals wieder nach Irland zurückgekehrt?«

»Nie.« Sie steht noch einen flüchtigen Moment lang da

und blickt zu ihm zurück, dann winkt sie und verschwindet um eine Ecke.

Harry geht zurück durch die stillen Straßen. Er kann die eisige Nachtluft um die Ränder des breiten Grinsens auf seinem Gesicht streifen fühlen, aber es kümmert ihn nicht. Wenn ich gewusst hätte, wie einfach es sein würde, Marie wiederzusehen, dann hätte ich das schon vor Jahren getan, denkt er. All diese unnötige Besorgnis und Aufregung, und dabei ist sie solch eine tolle, tüchtige Frau.

Er fragt sich, ob wohl eine Chance besteht, mit ihr zu schlafen, während er in Straßburg ist. Die Tochter könnte sich als Problem erweisen. Vielleicht würde Marie ja über Nacht bei ihm in seinem Hotelzimmer bleiben.

Und plötzlich muss er wieder an den Geheimen Strand zurückdenken. Er lacht laut auf, so dass ein erschrockenes Paar einen weiten Bogen um ihn macht. Er und Marie hatten den Strand zufällig eines Tages in jenem Sommer in Donegal entdeckt. Sie waren eines Morgens mit ihren Fahrrädern auf Horn Head unterwegs gewesen, als sie – statt die Straße zu der moosbewachsenen Anhöhe oberhalb des Horns hinaufzufahren – nach links in einen unbefestigten Feldweg einbogen, der zu dem tiefer gelegenen, als Ackerland genutzten Ende der Landzunge führte. Der schmale Weg wand sich serpentinenförmig über den Rücken von Horn Head zur gegenüberliegenden Seite und verband ein paar verstreute Bauernhäuser miteinander, und nach einer Weile wurde er so holprig und zerfurcht und war mit Unkraut überwuchert, dass sie absteigen und ihre Räder schieben mussten. Er verlor sich schließlich bei einem leer stehenden Bauernhaus, dessen Tür nur noch an einer Angel hing und das rundherum von knöcheltiefem Matsch umgeben war. Hinter dem Haus lag ein Distelfeld, das sanft zu den Klippen und der wogenden See hin abfiel. Draußen im Atlantik lag die flache, dolchförmige Insel Tory Island. Sie lehnten ihre Fahrräder gegen das Bauernhaus, kletterten über einen wackligen Zaunübertritt und überquerten das Distelfeld, um auf den Klippen zu picknicken. Und dann stießen sie durch Zufall auf den Strand, einen perfekten Halbmond aus Sand, auf der Seeseite von einem Kreis von Felsklippen umschlossen, durch die nur ein einziger schmaler Durchgang zum Meer führte, auf der Landseite hinter zwei hohen Dünen mit einem Sandpfad dazwischen verborgen. Der Strand war praktisch unsichtbar, solange man nicht schon fast darauf stand. Vielleicht wusste nur der ehemalige Bewohner des leeren Bauernhauses von seiner Existenz, aber er hatte sein altes Anwesen schon lange den Kühen überlassen. Nirgendwo war eine Menschenseele zu sehen. Sie hätten die einzigen Menschen auf der Welt sein können. Es war an diesem einsamen, verlassenen Strand, wo er und Marie zum ersten Mal miteinander schliefen, und danach wanderten sie den Durchgang zwischen den Klippen entlang zum Meer, um den Gezeitenwechsel zu beobachten. Dann war Tory Island plötzlich hinter einem grauen Schleier verschwunden, und sie sahen, wie die dunkle Regenwand quer über den Tory Sound auf sie zukam wie der Göttliche Geist, der auf den Wassern wandelte.

»Mist, wir können uns darauf gefasst machen, gleich klitschnass zu werden«, sagte Harry, als urplötzlich ein stürmischer Wind aufkam. Sie machten sich schleunigst auf den Rückweg, während Marie darum kämpfte, ihren Regenschirm in den heftigen Windböen festzuhalten, bis er schließlich umgestülpt wurde und zerbrach. Der peitschende Regen, den der auflandige Wind vor sich hertrieb, trommelte auf ihre Rücken, bis sie völlig durchnässt waren, und zog weiter landeinwärts Richtung Muckish.

Bis sie auf ihren Fahrrädern in Dunbreaghy ankamen, waren ihre Kleider wieder getrocknet. Sie wollten später noch einmal zu dem Geheimen Strand zurückkehren, aber sie kamen nie wieder dorthin. Ungefähr ein Jahr danach begann Harry nachts davon zu träumen, wie er plötzlich auf diesen Strand stieß, und zwar immer an den unwahrscheinlichsten Orten, am Ende einer engen, finsteren Gasse irgendwo in Kilmartin oder hinter irgendeinem riesigen Industriekomplex wie den Ölraffinerien in der Nähe von Londonderry. Und jedes Mal, wenn er in seinem Traum den Strand entdeckte, war ein Teil von ihm überrascht, und ein anderer Teil von ihm hatte schon die ganze Zeit über gewusst, dass er da war, dass er gleich um die Ecke auf ihn wartete. In den ersten Jahren war Harry danach immer mit einem Gefühl der Traurigkeit und der Einsamkeit aufgewacht; als er immer seltener davon träumte, lernte er, den Traum in einen glücklichen Traum zu verwandeln, und er pflegte mit einem Gefühl der Zufriedenheit aufzuwachen, der Zufriedenheit darüber, dass es diesen Ort tatsächlich gab und auch weiterhin geben würde.

Inzwischen hat er diesen Traum schon seit Jahren nicht mehr geträumt. Der Umstand, dass er sich jetzt wieder an ihn erinnert, scheint ein gutes Omen zu sein. Harry lässt sich Zeit auf seinem Rückweg zum Hotel, bleibt immer wieder stehen, um sich in aller Ruhe die Läden und Restaurants anzusehen, an denen er an diesem Nachmittag vorbeigeeilt ist. Er spürt die Kälte nicht mehr. Ein Restaurant namens *Zuem hailiche Graab*. Das heilige Grab, also wirklich! Wirkt aber irgendwie sehr gemütlich, das Lokal. Sollte statt einer Tür einen Stein haben, den man wegrollen kann. In irgendeinem Winkel seines Gedächtnisses regt sich etwas, knapp außerhalb des Wahrnehmungsvermögens, wie die winzigen Wellen in einem Teich, nachdem ein Fisch gesprungen ist. Kann es sein, dass er früher schon einmal in diesem Lokal gewesen ist?

Ein Schaufenster mit elsässischen Delikatessen. Marzipan mit Walnüssen, Esskastanien, Schnecken. *Tartes de fruits,* so perfekt wie auf einem Stillleben. *Filets de porc aux pruneaux,* Rouladen, gefüllt mit Champignons, Petersilie, Kräutern, Eiern und saurer Sahne. Es ist doch immer dasselbe. Da denkst du, in der Heimat holen wir allmählich auf, da inzwischen jedermann die *quiches lorraines* und die *bœufs bourguignons* fabriziert, als ob schon unsere Mütter nie etwas anderes gekocht hätten, und die Hoteltische gedeckt sind, als ob sie nie eine umgedrehte Teetasse gesehen hätten. Aber man kann die Franzosen einfach nicht einholen, sie sind immer ein Stück voraus; es ist wie mit dem Alter.

Nun sieh sich einer das an! Fünf verschiedene Sorten von *foie gras de Strasbourg.*

Aber nicht für Jenny, vielen Dank. Gänseleberpastete rührt Jenny nicht an. »Die armen Gänse, denen man diese Löffel in den Schlund steckt, das ist doch pervers!«

Und was ist mit den armen Hühnern? Den armen Schweinen?

Ein erneuter Streit.

Sie war heute Morgen die ganze Fahrt zum Flughafen über sehr schweigsam gewesen. Hatte darauf gewartet, dass er fragte, was denn los sei. Wie gewöhnlich. Aber Harry hatte nicht gefragt. Warum sollte immer er fragen?

Wieder in seinem engen, überheizten Hotelzimmer angekommen, setzt Harry sich auf das Bett und studiert die Anleitungen zum Telefonieren auf einer vergilbten Karte. Als er durchkommt, hört er das Telefon daheim in seiner Nische unter der Treppe klingeln, ein lautes Schrillen, das von den alten, farbigen Fliesen widerhallt. Es wird wirklich höchste

Zeit, dass er zu Hause ein paar Renovierungsarbeiten vornimmt. Jenny wird jetzt sicherlich aufstehen und den Fernseher ausschalten. Falls sie nicht ausgegangen ist. Wann, hatte er gesagt, würde er anrufen? Wann sind ihre Malkurse? Scheinen in letzter Zeit zu ziemlich unterschiedlichen Uhrzeiten stattzufinden.

»Hallo.« Wie immer ist ihr englischer Akzent am Telefon stärker ausgeprägt.

»Ich bin's.«

»Ich dachte, du wolltest gleich heute Nachmittag anrufen. Ich habe den ganzen Tag gewartet.«

In ihrer Stimme schwingt eine vertraute Anspannung mit, eine deutlich spürbare Gereiztheit. Harry kann fast vor sich sehen, wie sie wütend das Kinn vorschiebt. Er ist sofort in Alarmbereitschaft. Es steht wieder mal eines ihrer erbitterten Wortgefechte bevor.

»Ich bin seit meiner Ankunft hier ständig auf Trab gewesen«, erklärt er. »Hab mir die Füße wund gelaufen. Wieso, ist irgendwas passiert?«

»Du weißt, dass ich diese Warterei hasse.«

»Kein Mensch hat was davon gesagt, dass du auf meinen Anruf warten solltest. Ich hätte dich schon noch irgendwann erwischt. Und der Flug war angenehm, danke der Nachfrage.«

Schweigen.

»Was ist los?«, fragt Harry.

Abermals Schweigen am anderen Ende der Leitung. Dann sagt sie: »Ich habe das so satt. Ihr seid doch alle gleich.«

Alle? »Wer alle?«

»Nichts.«

»Ich werde wieder anrufen, wenn du besserer Laune bist. Wir können uns ja streiten, wenn ich wieder nach Hause komme, das ist billiger als am Telefon.«

Schweigen. Harry ist schon drauf und dran, den Hörer wieder aufzulegen, als er ein Flüstern im Hintergrund hört. »Ist da jemand bei dir?«

»Nur William.«

Wer zum Teufel ist William? »Glatzkopf Willie? Was will er denn?« Willie »der Glatzkopf« McNutt ist Harrys Schulleiter, ein Mann, der wegen seines aufgeblasenen Eigendünkels und seiner heuchlerischen Manöver vom gesamten Kollegium verabscheut wird. Es hat Harry beträchtliche Anstrengung gekostet, seine Aversion gegen das selbstgefällige kleine Ekelpaket zu überwinden, um die Sache mit dem Schüleraustausch durchzuboxen.

»Nichts«, erwidert Jenny. In ihrer Stimme schwingt ein Unterton mit, der an das Geräusch eines Schnellkochtopfs kurz vor dem Explodieren erinnert.

»Warum geht er nicht nach Hause und tut dort nichts?«

»Frag ihn doch selbst.« Gedämpftes Zischen und Murmeln im Hintergrund. Dann wieder Jennys Stimme. »Anscheinend will er nicht mit dir sprechen. Tatsächlich ist er sogar ausgesprochen abgeneigt.« Dann ertönt ein Aufkreischen, das ein Lachen oder auch ein Schrei sein könnte.

»Was geht da vor?«, verlangt Harry zu wissen.

»Nicht viel. Es ist nur so, dass wir eine Affäre gehabt haben und dass ich sie gerade eben beendet habe. In genau diesem Moment. Weil das kleine Arschloch sagt, dass er seine Frau noch nicht verlassen kann. Und das sagt er nun schon seit einem Jahr. Und jetzt habe ich endgültig die Nase voll. Ist das nicht eine exakte Zusammenfassung, William? Huch, da geht er hin! So ist's richtig, lauf du nur schnell wieder nach Hause zu deiner Frau. Was hast du ihr denn diesmal gesagt, wo du angeblich hingehen würdest, du mieser kleiner Bastard? Zur Freimauerloge? Zu einer Versammlung der Kirchenältesten? Verschwinde, geh mir aus den Augen!«

»Jenny?«

Sie atmet durch die Nase aus, stößt die Luft in einem kräftigen Schwall aus, der wie ein weit entferntes Meer in die Sprechmuschel braust.

»Ist das alles noch immer wegen Helen?«

»Er ist weg.«

»Ich dachte, das hätten wir inzwischen überwunden.«

Eine weitere sich brechende Woge von Luft.

»Ich weiß, ich bin in letzter Zeit nicht sonderlich aufmerksam gewesen ...«

»Es liegt nicht immer an dem, was du tust oder nicht tust, Harry Moore.« Sie spricht jedes einzelne Wort so deutlich aus, als ob sie einen schwierigen Text vorläse oder betrunken wäre. »Diesmal liegt es an mir.«

»Komisch, ich habe nie etwas davon bemerkt, dass du mich betrogen hast.«

»Tja, na ja, das wundert mich nicht. Du gehörst ja auch nicht unbedingt zu den Leuten, die sonderlich viel mitkriegen.«

»Wieso ausgerechnet er?«

»Ich weiß nicht. Liebe oder Leidenschaft oder so was.«

Harry atmet zischend durch die Zähne ein. »Mit diesem verschwitzten, kahlköpfigen kleinen Furz? Heute Abend haben sie Dinge in Sauerkraut serviert, die genau wie er aussahen. Leidenschaft, du großer Gott, das ist doch nicht zu fassen!« An der Wand ertönt ein Schlag, direkt vor Harrys Gesicht. Er ist irgendwann während dieses Wortwechsels vom Bett aufgesprungen. Er schlägt aufgebracht zurück, versetzt der Wand einen kräftigen Fausthieb. Aus dem Hörer dringt jetzt ein Summen, es scheint den ganzen Raum zu erfüllen. Er wählt abermals, horcht auf das Klingeln, während er Jenny mit bloßer Willensanstrengung dazu zu zwingen versucht, den Hörer abzunehmen. Sie steht wahrscheinlich direkt neben dem Telefon. Er wählt noch einmal. Jetzt ist das Besetztzeichen zu hören.

Harry lässt sich auf das Bett zurückfallen und liest erneut die Anleitungen zum Telefonieren. Er wählt abermals.

»Internationale Auskunft?«

»Ich möchte eine Telefonnummer in Nordirland haben.«

»Wie lautet der Name des Teilnehmers?«

Harry buchstabiert den Namen, und eine computerisierte Stimme nennt ihm die Nummer. Er wählt.

»McNutt.« Eine Frauenstimme.

»Hier ist Harry Moore, Mrs. McNutt. Ich rufe aus Straßburg an.«

»Oh, Mr. Moore, wie nett, dass Sie anrufen, ja wirklich! Wie läuft's denn so? Wir haben erst vorhin von Ihnen gesprochen. Wie war Ihr Flug?« Ihre Stimme hat diesen gepressten Klang, der davon herrührt, dass er durch einen Mund dringen muss, der zu einem breiten, falschen Lächeln verzogen ist. Zweifellos kräuselt sich auch ihre Nase.

»Jetzt ist nicht der richtige Zeitpunkt, um Höflichkeiten auszutauschen, Mrs. McNutt. Ihr Mann hat eine Affäre mit meiner Frau.«

»Bitte?«

Harry kann sich lebhaft vorstellen, wie ihr aufgesetztes Lächeln zerfließt, ähnlich wie eine von Dalis Uhren.

»Ihr Mann hat eine Affäre mit meiner Frau.«

»Hier ist Ballyraine 40276.«

»Und hier ist Harry Moore, und ich rufe aus Straßburg an, wohin mich Ihr Mann, William McNutt, auch bekannt als Glatzkopf Willie, zu fahren veranlasst hat. Und zwar angeblich, um einen Schüleraustausch zu organisieren, in Wirklichkeit aber, damit er mit meiner Frau in mein Bett gehen kann!«

Aus dem Hörer dringt wieder ein Summen an sein Ohr.

2

Nordirland 1968

Letzter Schultag vor den Sommerferien, letzte Heimfahrt im Bus. Es geht zu wie in einem Tollhaus; im Bus herrschen Chaos und ungebändigte Hysterie, während Schultaschen, Mützen, Halstücher und Hüte den Gang hinauf- und hinunterfliegen. Das schrille Kreischen von provozierten Mädchen, das Wiehern und Grölen von pubertierenden Jungen; ein wildes Gewühl von zerrenden, schubsenden, raufenden, werfenden, fangenden Derwischen. Und im Auge des Hurrikans auf Plätzen seitwärts im hinteren Teil des Busses sitzen, ohne sich um das Chaos um sie herum zu kümmern, Mildred Hazlitt, schweigsam und unnahbar, und ihr gegenüber der reglose, lässig in die Polster gefläzte Harry Moore, den Kopf zurückgelehnt und allem Anschein nach schlafend. Durch seine zu Schlitzen verengten Augen beäugt er Mildreds nackte weiße Schenkel oberhalb der schwarzen Kniestrümpfe ihrer Schuluniform, während ihr Rock mit den Schaukelbewegungen des Busses hin und her schwingt. Da sie auf der linken Seite sitzt, ihr rechtes Bein über das linke geschlagen, schwankt sie nach rechts, wenn der Bus beschleunigt, und ihr Rock schmiegt sich dabei an ihren Schenkel. Aber wenn der Fahrer bremst, lehnt sie sich nach links, und ihr Rock bauscht sich, so dass ein aufreizendes Dreieck von Weiß oberhalb ihrer Strümpfe sichtbar wird.

Harry tut so, als ob er schliefe, Mildred tut so, als ob sie nicht merkte, wie er unter ihren Rock schielt; alle sind zufrieden.

Und dann bremst der Bus plötzlich hart. Eine Gruppe von Jungen, die im Gang miteinander gerauft haben, landet in einem wilden Durcheinander von Armen und Beinen auf dem Boden. Mildred packt mit einem winzigen Aufschrei den Haltegriff neben ihrem Sitz und streckt hastig die Beine aus, um sich abzustützen. Harry, eingekeilt zwischen zwei grobknochigen Bauernsöhnen, vergisst prompt, sich schlafend zu stellen, und starrt mit weit aufgerissenen Augen unter Mildreds hochgerutschten Rock.

»Hast du genug gesehen?«, faucht sie, während sie hektisch ihren Rock herunterzieht, dann: »Den Typ kenne ich. Ganz Auge und keine Hände.« Harry versucht verzweifelt, cool zu bleiben, aber das verdächtige Prickeln in seinen Wangen verwandelt sich unweigerlich in ein Brennen, das sich rapide über sein Gesicht, seine Kopfhaut und die oberen Ränder seiner Ohren ausbreitet. Innerhalb von Sekunden hat er das vertraute Gefühl, auf jeden um ihn herum Hitze auszustrahlen. Ein schräger, einäugiger Seitenblick an seiner Nase entlang bestätigt seine Vermutung, eine Rote Rübe zu bewohnen. Und dieser fette Saftsack Big Archy bahnt sich schwankend einen Weg zu Harry herüber und reibt seine Hände vor Harrys Gesicht, als ob es ein glühender Ofen im Winter wäre, dann setzt er seine Sonnenbrille auf.

»Mann, das blendet einen ja richtig in den Augen! Die scheiß Rote Armee.« Der ganze Bus brüllt vor Lachen.

Die Rote Armee. Ha-ha-ha. Harry betrachtet sich im Spiegel über der Kommode in seinem Zimmer. Sein Gesicht, zwischen zwei matten Stellen in dem fleckigen alten Spiegel schwebend, blickt ihm mit dem überraschten Ausdruck des frühchristlichen irischen Heiligen aus seinem Geschichtsbuch entgegen. Es liegt an der Art, wie seine Augen schräg zum Nasenrücken gestellt sind. Und an seinem offenen Mund. Er klappt ihn zu. Komm heraus und zeig dich; ich weiß, dass du irgendwo da drinnen bist.

Von dem Hügel draußen schallt ein plötzliches, panikerfülltes Klappern von Hufen auf Holz herüber, vermischt mit lautem Gemuhe, den Rufen von Bauern und dem peitschenartigen Knallen ihrer Stöcke. Sie verladen Kühe auf Lastwagen. In Kilmartin ist heute Markttag.

Im Erdgeschoss geht die Hintertür auf, und Harrys Mutter ruft: »Der Laden ist voller Leute!«

Scheiße. Harry formt das Wort unhörbar mit den Lippen, während er in den Spiegel starrt. Das fängt ja schon wieder gut an. Der erste Ferientag, und man hat nicht einen Moment seine Ruhe. Er trottet die Treppe hinunter und zur Hintertür hinaus, überquert den Hof, entriegelt die Tür zum Lagerraum des Ladens und geht hinein. Er muss ein paar Mal blinzeln, um seine Augen an die Dunkelheit zu gewöhnen. Seine Eltern sparen wieder mal Strom, die Lampen sind ausgeschaltet, im Laden herrscht ein düsteres Zwielicht. Dass es so dunkel im Verkaufsraum ist, liegt aber auch an den Cornflakes-Schachteln in der Auslage, das Schaufenster ist viel zu klein dafür. Harry hatte seinen Eltern gesagt, sie sollten stattdessen die kleinen Heinz-Dosen mit gebackenen Bohnen dekorieren, aber sie haben nicht auf ihn gehört. Wie gewöhnlich.

Er schaltet die Beleuchtung im Laden ein, als er aus dem Lagerraum herauskommt, und vier Köpfe drehen sich zu ihm um. Die frische Dauerwelle seiner Mutter, dahinter eine bläuliche Haartönung, ein verbeulter Tweedhut und eine Stoffkappe, eingehüllt in Zigarettenrauch. Von wegen, der Laden ist voller Leute! Es ist nur dieser alte Trottel Wallace unter dem Tweedhut, der den ganzen Betrieb aufhält.

»Wo ist Dad?«, fragt Harry.

»Er musste weg«, erklärt seine Mutter. Das bedeutet im Klartext, dass er die Straße hinauf ist, um sich mit irgendeinem alten Kumpel zu unterhalten. Das tut er immer, wenn ihre Ferien in Donegal heranrücken, nur um Harry und seine Mutter auf Trab zu halten. Einfach deshalb, weil er die ganzen sechs Wochen lang nicht wegkommen kann, genau wie sie.

»Machst du bitte Mr. Wallaces Bestellung fertig, Harry?«, sagt seine Mutter und sieht Harry mit einem breiten, strahlenden Lächeln an. Sie ist wieder in dieser freudig erregten Stimmung, in der sie immer ist, bevor sie nach Donegal fahren. Das Lächeln lässt sie jünger erscheinen, lässt sie sogar regelrecht hübsch aussehen. Arglos und eifrig, wie das junge, rundwangige Bauernmädchen auf den alten Fotos von ihr. Naiv, so hat sein Vater ihren Ausdruck bezeichnet. Wie kommt es dann, dass wir letztendlich immer das tun, was sie will?, überlegt Harry.

»Ein Viertelpfund Schinken«, sagt der alte Wallace. Gott, dieser alberne englische Akzent! Dabei ist er in Kilmartin geboren und aufgewachsen. Harry holt den an einer Schnur aufgehängten Schinken aus dem Kühlraum, sorgsam darauf bedacht, keine Schmeißfliegen in den Raum zu lassen. Sie schwirren herum und warten nur darauf, ihre Eier in die kleinen Ausbuchtungen zwischen den Wirbeln des Schinkens zu legen. Man muss schon höllisch aufpassen, sonst läuft es am Ende darauf hinaus, dass man beim Schinkenschneiden Maden guillotiniert.

Die Scheiben aus der Schneidemaschine fallen auf das Wachspapier.

»Darf es etwas mehr sein, Mr. Wallace?«

»Ja, ja.«

»Sonst noch etwas, Mr. Wallace?«

Mr. Wallace schlurft zum Tresen, während er in den Tiefen seines Regenmantels herumwühlt. »Die Illustrierten«, sagt er und legt einen Stapel sich krümmender Zeitschriften auf den Tresen, wobei er Mrs. Moore kurz aus den Augenwinkeln anblickt.

»Vielen Dank, Mr. Wallace, das ist sehr nett von Ihnen«, sagt Harrys Mutter und schenkt ihm das gleiche strahlende Lächeln, mit dem sie zuvor Harry bedacht hat. Mr. Wallace bringt ihr jeden Monat diese Zeitschriften mit – die *Field*, *Town and Country* und *Tatler*. Er ist ein Verwandter der Coopers, der Eigentümer der örtlichen Leinenweberei, die in dem großen Herrenhaus draußen an der Landstraße wohnen. Nicht direkt alter Landadel, aber so ziemlich das Vornehmste, was Kilmartin zu bieten hat. Sie sprechen mit einem gestelzt klingenden englischen Akzent und schicken ihre Kinder in Internate jenseits des Meeres. Aber warum der alte Mann in seiner Mutter eine Gleichgesinnte und Seelenverwandte sieht, die seine englischen Zeitschriften lesen möchte, ist Harry ein Rätsel. Seine Mutter stammt zwar nicht aus Kilmartin, das stimmt schon, aber sie stammt auch nicht aus England. Sie wirft die Zeitschriften immer ungelesen weg.

»Das macht dann elf Shilling und vier Pence, Mr. Wallace«, sagt Harry, nachdem er den Betrag fertig ausgerechnet hat, den seine Mutter zu addieren begonnen hatte.

Der alte Mann fixiert Harry mit seinen wässrigen gelben Augen. Er beugt sich über den Tresen. Harry weiß schon, was jetzt kommt.

»Mein Rabatt.« Sein Schnurrbart ist borstig, durchsetzt mit Krümeln von Schnupftabak. »Als Sohn des Arztes.« Sein Vater ist seit zwanzig Jahren tot. Und hat ihm einen Haufen Geld hinterlassen.

»Ihren Rabatt habe ich schon abgezogen, Mr. Wallace«, lügt Harry. »Zehn Prozent.«

Mr. Wallace nickt und fischt aus der Tasche seines Regenmantels eine uralte, prall gefüllte Brieftasche, die wie eine tote Ratte aussieht. Er beginnt, die Münzen auf den Tresen zu zählen.

»Wie geht es Liam?«, fragt Harrys Mutter Mrs. McCloskey, die Besitzerin der bläulichen Haartönung. Sie ist ihre katholische Nachbarin von gegenüber.

»Gut, gut«, erwidert Mrs. McCloskey, während sie ihre Einkäufe im Korb verstaut. »Er schreibt wie wild an seiner Dingsda, seiner Dissertation, aber glauben Sie, er würde auch nur einen Finger krumm machen, um seiner eigenen Mutter zu schreiben?« Sie schüttelt den Kopf.

»Und was ist er, wenn er mit seiner Arbeit fertig ist?«, erkundigt sich Harrys Mutter.

»Ein Doktor. Der Philosophie.«

»Mit einem solchen Titel wird er wohl kaum nach Kilmartin zurückkommen.«

»Das wird er sicher nicht, der Junge.«

»Man stelle sich das bloß mal vor! Dr. McCloskey! Wir werden jetzt auch bald daran denken müssen, unseren Harry zur Universität zu schicken. Es wäre großartig, wenn er weitermachen und studieren könnte. Der Erste in der Familie. Stimmt das nicht, Harry?« Harry grunzt nur und tut so, als ob er voll und ganz darauf konzentriert wäre, Mr. Wallaces wachsenden Haufen von Münzen nachzuzählen. Jetzt wird seine Mutter jeden Moment davon anfangen, wie schön es wäre, jemanden in der Familie zu haben, der ein geistliches Amt anstrebt. Er wird wie ein kompletter Idiot dastehen, wenn er seine Prüfung zur Mittleren Reife in den Sand gesetzt hat. Es ist ihre Euphorie darüber, dass sie nach Donegal fahren. Sie erwischt seine Mutter jedes Mal so wie jetzt.

»Passen Sie bloß auf, wo Sie Ihren Sohn hinschicken, Mrs. Moore. Ich habe immer gesagt, dass Queens ein ebenso guter Ort wäre wie jeder andere. Aber Liam wollte ja nicht auf mich hören. Kein Ort hier war gut genug für den hohen Herrn. Das Letzte, was wir von ihm gehört haben, war, dass er vorhat, über Weihnachten nach Hause zu kommen, falls sich ihm nicht etwas Besseres bietet. Seine eigenen Worte.«

Mrs. McCloskey und Mr. Wallace verlassen gemeinsam den Laden. Der Bauer mit der Stoffkappe zieht ein letztes Mal an seiner Zigarette, der Stummel so kurz in seiner riesigen Pranke, dass es aussieht, als ob er pfiffe. Dann lässt er die Kippe auf den Fußboden fallen und tritt sie mit seinem Nagelstiefel aus.

Draußen auf der Straße ertönt eine Autohupe. Ein schwarzer Rover hat am Bordstein angehalten, und das Fenster auf der Fahrerseite wird heruntergekurbelt. Harrys Mutter richtet hastig ihre Frisur. »Das ist Mrs. Cooper. Ich kümmere mich schon um sie.«

»Warum kann sie nicht in den Laden kommen wie jeder andere?«

Aber Mrs. Moore eilt bereits geschäftig zur Tür hinaus. Heute ist sie bereit, Gott und der Welt ihren Willen zu lassen. Harry bedient den Bauern mit einem frischen Päckchen Gallaher's Greens. Seine Mutter erscheint wieder im Laden. »Hier ist Mrs. Coopers Bestellung. Sei ein braver Junge, und pack die Artikel zusammen.«

Ein braver Junge, also wirklich! Harry schlurft im Laden herum und sammelt die Dinge von der Einkaufsliste zusammen, deren Kopf den Aufdruck »William Cooper & Sons Linen Merchants« aufweist – Kräcker, eine Ecke Kraft Streichkäse, eine Dose Birnen und ein halbes Dutzend rote Äpfel. Kaum der Mühe wert, die paar Sachen.

Seine Mutter steht schon wieder draußen auf der Straße und unterhält sich durch das offene Wagenfenster mit Mrs. Cooper. Jeden Freitagnachmittag kommt Mrs. Cooper nach Kilmartin hereingerauscht und bewegt sich hupend die einzige lange Straße der Stadt entlang, um Ladenbesitzer zu ihrem Rover hinauszuzitieren, während sie mit laufendem

Motor am Bordstein wartet. Moore's ist immer ihre erste Station, dann folgt McVicker's, der Schlachter, danach hält sie vor McAtamney's Haushaltswaren, dann vor Quigg's, einem weiteren Lebensmittelgeschäft, und schließlich vor Burnside's Zeitungsladen. Überall Kundin sein und den kleinen Ladenbesitzern etwas zu verdienen geben, so nennt sie es. Ein Verdienst, so spärlich wie die Butter bei den geselligen Abenden der Church of Ireland, sagt Harrys Vater.

Harry ist gerade damit beschäftigt, das halbe Dutzend Äpfel in eine braune Papiertüte zu packen, als er einen Schatten durch das Schaufenster fallen sieht. Er blickt aus seiner gebückten Haltung auf und sieht die massige Gestalt von Big Archy draußen stehen, der ihn über die Cornflakes-Packungen hinweg anblickt. Archy, mit dem Rücken zu Harrys Mutter stehend, zieht eine goldene Schachtel Bensons & Hedges aus seiner Hosentasche und zeigt mit einer ruckartigen, verschwörerischen Kopfbewegung die Straße hinunter Richtung Orange Hall, wo sie manchmal hingehen, um eine zu rauchen. Harry schüttelt den Kopf, zeigt auf die Äpfel, dann macht er eine weit ausholende Handbewegung, die den ganzen Laden umschließt. Big Archy grinst und verabschiedet sich mit seiner Version der Revolverhelden-Geste, jenem leichten Zusammenlegen der obersten Glieder von Daumen und Zeigefinger in Hüfthöhe, so als ob er mit einer imaginären Waffe auf sein Gegenüber zielte. Die Geste ist jedoch nur angedeutet, und sie gibt einem das Gefühl, dass man der Mühe, die ganzen Finger zu benutzen, nicht wert ist. Die Oberlippe zu einem verächtlichen Grinsen verzogen, setzt Big Archy seinen Weg in dem leicht schlingernden, latschigen Gang fort, den er bei John Wayne abgeguckt hat. Arschloch.

Missmutig trägt Harry den Karton mit den hin und her rutschenden Einkäufen zu Mrs. Coopers Auto hinaus, wo seine Mutter noch immer durch das offene Fenster spricht.

Da er die Unterhaltung nicht unterbrechen möchte, wartet er, während er die Straße hinaufblickt. In der Stadt herrscht diese leicht chaotisch anmutende Markttag-Atmosphäre. Gruppen von Bauern stehen herum und schwatzen miteinander, ihre großen, zerbeulten Autos überall in Zweierreihen entlang der Gehwege geparkt.

Seine Mutter hat beide Hände auf den Rahmen des Fensters von Mrs. Coopers Rover gelegt, ihr Kopf fast im Inneren des Wagens. Beim Abendessen wird sie wahrscheinlich in einer Tour davon schwärmen, wie nett Mrs. Cooper doch ist und dass sie kein bisschen anders ist als der Rest von ihnen.

»Und morgen fahren wir in Urlaub nach Donegal. Für ganze sechs Wochen«, erzählt seine Mutter gerade. Harry sieht, wie Mrs. Cooper ihre weiß gepuderte Stirn runzelt und verärgert die falschen Augenbrauen hochzieht, die mit Augenbrauenstift über die echten, abrasierten gemalt sind, während sie ungeduldig mit den Fingern auf das Lenkrad trommelt. Merkt seine Mutter das denn gar nicht?

»Ich werd mal eben die Lebensmittel in den Wagen packen«, sagt Harry in der Hoffnung, dass seine Einmischung der Szene ein Ende setzen wird. Aber seine Mutter redet unbeirrt weiter, als er den Karton auf das weiche dunkle Leder des Rücksitzes stellt.

»Wir mieten ein Haus oberhalb des Hafens«, erklärt sie, »zusammen mit meiner Schwester Flo und ihrem Mann Alec aus Ballymena. Wir sind dort in der Nähe aufgewachsen, Flo und ich, in Ardbane, wo unsere Familie ein Haus besaß. Es hat der Familie meines Vaters, den Hutchinsons, dreihundert Jahre lang gehört.«

Mrs. Cooper holt ihren Handspiegel heraus und inspiziert mit geschürzten Lippen ihr Make-up, die Augenbrauen noch immer verärgert hochgezogen. Dann sagt sie: »Ja, nun ja, aber Mallorca ist doch noch ein bisschen was anderes, nicht wahr, meine Liebe?«, und legt den Gang ein. Mit einem gemurmelten Abschiedsgruß zieht Mrs. Moore den Kopf aus dem Wagenfenster. Als sie sich aufrichtet, wendet Harry sich hastig ab, damit sie nicht merkt, dass er ihr gekränktes, errötendes Gesicht gesehen hat.

Oh Gott, und das in ihrem Alter! Hört das denn nie auf?

Nachdem sie den Laden geschlossen haben, gibt es einen schnell zubereiteten Salat zum Abendbrot. Sie essen schweigend in der kleinen Küche, weil Harrys Mutter, die normalerweise immer versucht, eine Unterhaltung in Gang zu bringen, tief in Gedanken versunken ist und geistesabwesend auf das kleine Beet im Schatten der Hinterhofmauer blickt, wo die Blumen, die sie im Frühjahr zu züchten versucht hat, langsam verkümmern. Harrys Vater, ein kleiner, rotgesichtiger Mann, sitzt am Kopfende des Küchentisches und starrt blicklos ins Leere. Er räuspert sich. »Hab mich heute mal bei Stewart's umgesehen«, murmelt er.

Harry spitzt die Ohren.

»Ach, ja?«, sagt seine Mutter.

»Sagte, er hätte vielleicht in Kürze was Geeignetes für uns.«

»Neu?«, fragt Harry, obwohl er die Antwort bereits kennt.

»Neu für uns. Ein Jahr alt.«

»Ein Corsair?«

Harrys Vater schüttelt ablehnend den Kopf. »Ein vernünftiges Auto.« Sein Bruder, Harrys Onkel Alec, fährt einen Corsair.

Bitte, lieber Gott, mach, dass es kein Anglia ist!

»Ein Cortina«, erklärt Mr. Moore.

Könnte schlimmer sein, denkt Harry.

»Was meinst du, Eileen?«, fragt sein Vater.

»Ich bin sicher, es ist ein sehr schönes Auto.«

»Wir fahren den A45 jetzt seit neun Jahren. Es wird Zeit, dass wir uns mal was anderes zulegen.«

Harry schießt ein Gedanke durch den Kopf. »Die haben doch Schalensitze, nicht?«, fragt er.

»Wieso, was ist denn damit?«

»Och, nichts. Du hattest davon gesprochen, einen Vauxhall Victor zu kaufen, das ist alles. Ich dachte nur, du hättest gesagt, das wäre der bessere Wagen.«

Seine Mutter sieht ihn scharf an. Harry setzt seine ausdruckloseste Miene auf und summt betont gleichmütig in die Teetasse, die er in der Hand hält, ohne seine Mutter anzusehen. Nächstes Jahr wird er seinen Führerschein machen. Ein Vauxhall Victor hat durchgehende Vordersitze, und der Schalthebel befindet sich am Lenkrad. Das ideale Auto, um mit einem Mädchen herumzumachen.

»Stimmt«, erwidert sein Vater, »aber man muss nehmen, was man kriegen kann.«

Harry ist wieder in seinem Zimmer, damit beschäftigt, zu packen. Auf seinem Bett steht ein großer Bananenkarton aus dem Laden, auf den er mit einem dicken Filzstift HARRY geschrieben hat. In dem Karton liegen seine kratzige gestreifte Hose und der breite Gürtel, den er dazu trägt, der schwarze Rollkragenpullover, der schwarze Blazer für sonntags, der blau-rot-gestreifte Blazer von seiner beknackten Schule, der *Ballyraine Academy for Boys*, die graue Flanellhose, die grau-weißen Schulhemden, sein bestes blaues Hemd, zwei Pullover mit V-Ausschnitt, eine orangefarbene Kordhose, die Boots, die er zu den gestreiften Hosen trägt, die schwarzen Schulschuhe, und die braunen für sonntags. Die Sandalen, die Gummistiefel, der eine in den anderen geschoben. Diverse Paare Socken und Unterhosen – Innenhosen, so nennt seine Mutter sie. Eine gestreifte Krawatte für sonntags, die psychedelisch gemusterte für die Tanzveranstaltungen.

Oben auf den Kleidern liegen die anderen Sachen. Die Taucherbrille von Pirelli, der Tischtennisschläger, die orangefarbenen Nylonschwimmshorts, die Windjacke, die James-Bond-Taschenbücher mit den gebrochenen Buchrücken an den unanständigen Stellen, die Alistair-MacLean-Paperbacks ohne schmutzige Stellen, aber billig gebunden, dass bereits die Seiten herausfallen, *Der Herr der Ringe, Der Wüstenplanet.* Dann Geld, das er im Laufe des Jahres gespart hat – sieben Pfund, elf Shilling und acht Pence in der neuen Brieftasche, ein Geschenk von Tante Flo und Onkel Alec – das Transistorradio mit neuen Batterien. Das wär's dann wohl, überlegt Harry. Er nimmt die Alistair-MacLean-Taschenbücher wieder aus dem Karton. Er hat sowieso keines von ihnen öfter als einmal gelesen.

Noch immer in seiner Schublade – und dort werden sie auch bleiben – liegen seine Khakishorts. Er kann einfach nicht glauben, dass er diese verboten aussehende Hose letztes Jahr getragen hat. Und, grünlich schimmernd im hinteren Teil seines Kleiderschranks, das Kleidungsstück, das ihn veranlasst hat, mit dem Packen innezuhalten. Sein Kordsamtjackett. Er hat es schon seit einer ganzen Weile nicht mehr anprobiert. Vielleicht ... Harry greift in den Schrank, zieht es vom Bügel und schlüpft hinein. Er strafft die Schultern, zieht das Revers zurecht und holt tief Luft, während er sich zum Spiegel umdreht. Dann stößt er den angehaltenen Atem in plötzlicher Enttäuschung wieder aus. Das Jackett hat ihn förmlich verschluckt, wie ein Zauberhut. Er kommt sich darin richtig verloren vor. Die Schultern des Jacketts sacken jäh nach unten ab, und zwar ab einem Punkt ungefähr in der Mitte, wo seine eigenen Schultern aufhören, sie zu stützen, und die Aufschläge flattern auf seiner Brust wie eine offene

Zeltklappe. Seine Mum hatte es ihm gekauft, sein erstes Erwachsenen-Jackett, nachdem er vor zwei Jahren seine Erstkommunion hatte.

»Du wirst mit der Zeit hineinwachsen«, erklärte sie ihm, während sie mit geschürzten Lippen an dem guten Stück herumzog und mit der Hand über den Stoff strich. Sie kürzte die Ärmel ein Stück und ließ sie im vergangenen Jahr wieder heraus; die winzigen Löcher und der helle Knick quer über dem Kordsamt zeugen noch davon, markieren die dunklere Schattierung von Grün, die vorher auf der Innenseite des Ärmels war. Seine Arme sind in der Zwischenzeit länger geworden, aber seine Schultern haben sich leider nicht verbreitert. Er strafft sie abermals, bewegt sie vor und zurück wie ein Hollywood-Gangster, aber es nützt alles nichts. Für 'nen Schwof geht es vielleicht gerade noch, überlegt er. Wenn die Beleuchtung schummrig ist. Zusammen mit der psychedelisch gemusterten Krawatte und den gestreiften Hosen. Aber es gibt nichts Peinlicheres, als wenn die Hand eines Mädchens deine rechte Jackettschulter zurückbiegt, um auf deine echte Schulter zu treffen, wenn du mit ihr tanzt. Du musst dann unentwegt daran denken, so dass dir nichts anderes mehr einfällt, worüber du reden könntest. Und du kannst dir sicher sein, dass auch das Mädchen kein Wort herauskriegt.

Verdammte Scheiße. Er wirft das Jackett aufs Bett. Das Licht von der Lampe schimmert auf den Falten des Kordsamts. Das Jackett war sehr teuer gewesen. Seine Mum hatte wahrscheinlich gedacht, dass er nie mehr ein anderes brauchen würde. Dass er es bis an sein Lebensende tragen und womöglich sogar noch darin beerdigt werden würde, wie ein Pharao. Sie wird echt enttäuscht sein, wenn er es nicht mitnimmt. So mancher Junge würde sich freuen, wenn er ein solch schönes Jackett hätte. Harry wirft es resigniert auf den Karton zu den anderen Sachen.

3

Harrys Vater und der A45 gleichen einer Insel inmitten einer stetig ansteigenden Flut von Kartons und Koffern am Hoftor. Harry und seine Mutter schleppen das Gepäck aus dem Haus, und sein Vater montiert den Dachgepäckträger auf das Auto und kümmert sich um das Einladen. Irgendetwas hält ihn auf, ein unaufhörlicher Strom von Gemurmel und Geknurre ertönt vom Wagen her, und der Kreis von Gepäckstücken türmt sich höher und höher. Harry hütet sich davor, seinen Vater zu fragen, was denn los ist. Eben als er eine Golftasche gegen die Hofmauer lehnen will, stürmt sein Vater wortlos an ihm vorbei. Einen Moment später hört Harry ihn im Laden herumpoltern.

Harry trödelt noch eine Weile herum, bis er hört, wie sich seine Mutter in das Geschehen im Laden einmischt. »Was genau suchst du denn eigentlich, Fred?«

»Schraubenmuttern. Gottverdammte winzige Schraubenmuttern, so ähnlich wie die hier.«

»Letztes Jahr wolltest du die Sachen an einen Ort legen, wo du sie problemlos wiederfinden würdest.«

Weiteres Gekrache und Gepoltere.

»Ich weiß, wo sie sind!«, sagt Harrys Mutter plötzlich. »Im Kofferraum. Zusammen mit dem Reservereifen.«

Harry stellt endlich die Golftasche ab, als sein Vater an ihm vorbei zum Auto marschiert und im Kofferraum herumwühlt. »Ich habe sie! Alles in Ordnung, ich hab sie gefunden! So, und jetzt dalli, dalli, und den Gepäckträger festgeschraubt, damit wir endlich vorankommen.«

»Dein Glück, Fred.« Harrys Mutter stellt einen Karton mit Lebensmitteln neben ihm ab. »Der hier ist der letzte«, erklärt sie. Harry und sie stehen da und schauen zu, wie Mr.

Moore das Auto belädt, wie er Kartons in den Kofferraum zu zwängen versucht, dann auf den Rücksitz, wie er sie kopfschüttelnd wieder herauszieht und schließlich schwitzend und keuchend auf den Dachgepäckträger hievt. Fast alles, was sie für den Urlaub brauchen, befindet sich in diesen Kartons: Töpfe und Pfannen, eine Kartoffelschüssel, groß genug, um für zwei Familien zu reichen, eine große Suppenterrine, ein Primuskocher für Picknicks, Golfschläger, und, am wichtigsten von allem, Lebensmittel. Sie nehmen sie immer aus dem Laden mit, weil sie erheblich billiger sind als im Süden: Cornflakes, Paletten mit Eiern, Butter, Marmelade aus Zitrusfrüchten, Konfitüre, Tee, Dosen mit eingemachten Früchten, Päckchen von in Scheiben geschnittenem Speck und Schinken, ein Braten für das Sonntagsessen und ein Huhn vom Schlachter. Die Lebensmittel sind in dem größten Karton verstaut, den Mr. Moore jetzt zusammen mit ihren Koffern auf dem Dachgepäckträger ausbalanciert.

»Vielleicht sollten wir ihm helfen«, sagt Harrys Mutter, als sein Vater eine Abdeckplane über den Gepäckträger wirft.

»Ich glaube nicht«, erwidert Harry.

Gleich darauf bewegt sich ein blauer Corsair, schwer mit Gepäck beladen, unter lautem Gehupe den Hügel herunter und kommt auf sie zu.

»Da sind sie!«, ruft Mrs. Moore, den Mund zu einem breiten Lächeln verzogen. Harrys Vater knüpft gerade komplizierte Knoten in die Stricke, die die Abdeckplane festhalten. »Gott sei Dank, dass dein Vater fertig ist. Er kann es nun mal nicht ausstehen, wenn Alec ihm Ratschläge erteilt.«

Paddys zerzauster Kopf taucht im Rückfenster des Corsairs auf. Er ist erst vierzehn, zwei Jahre jünger als Harry. Er hat den gleichen Schopf lockiger Haare wie Harry, und sein offener Mund erinnert Harry oft daran, seinen eigenen zu schließen. Harry und Paddy sind gleich in zweifacher Beziehung Cousins, weil ihre Väter Brüder sind und ihre Mütter Schwestern.

Das macht Paddy schon beinah zu einem Bruder. Er und Harry sehen sich ziemlich ähnlich, aber Paddy hat breitere Schultern als Harry, obwohl er jünger ist. Harry beneidet ihn um diese Schultern. Paddy ist auch ein guter Sportler, das ist ein weiterer Unterschied zwischen ihnen. Gib ihm einen Ball, und er wird den ganzen Nachmittag damit verbringen, hinter dem Ding herzurennen, zu dribbeln und zu jonglieren und alle möglichen Kunststücke damit zu zeigen. Als der Wagen näher kommt, entdeckt Harry Paddys ältere Schwester Marjorie auf dem Rücksitz. Sie beugt sich über etwas, höchstwahrscheinlich eine Frauenzeitschrift. Marjorie ist achtzehn und hat mit den beiden Jungs nicht mehr viel am Hut. Früher war das anders. Harry kann sich noch an eine Zeit erinnern, als sie auch für ihn so etwas wie eine ältere Schwester war. Sie gingen oft zu dritt schwimmen, bis Marjorie anfing, einen BH zu tragen, vor ungefähr fünf Jahren. Sie war so stolz auf ihre neuen Brüste, dass sie sie Harry und Paddy eines unvergesslichen Tages hinter den Felsen am Strand bei Port Braddan zeigte. Einmal, und nur ein einziges Mal, trotz all ihrer Überredungsversuche und ihres Bittens und Bettelns. Marjorie hat nun schon seit ein paar Jahren einen Freund, oder vielmehr wechselnde Freunde – angeberische, blöde Aufsichtsschüler, Bankangestellte, Hilfsbibliothekare; alle unglücklich in sie verliebt, alle mit eigenem Auto.

Der Corsair hält an, und drei Türen gehen auf.

»Hallo, Eileen. Hallo, Harry.« Onkel Alec winkt ihnen leutselig zu und stolziert mit seinem draufgängerisch anmutenden Gang zu dem A45. Er ist ein paar Jahre jünger als

Harrys Dad und etwas kleiner, und er bekommt langsam eine Glatze.

»Rate mal, Harry!« Paddy kommt von der anderen Seite des Wagens herum. Er klopft auf seine Hüfte. Es klingt irgendwie gepolstert.

»Du hast deine Schwimmshorts drunter«, sagt Harry. Er klopft sich ebenfalls auf die Hüfte. »Stell dir vor, ich auch!«

Paddy grinst. Es ist das pferdeähnliche Grinsen, das Harry von seinem eigenen Spiegelbild her kennt. »Große Geister denken gleich.«

»Idioten sind nur selten verschieden«, ertönt Marjories verächtliche Stimme aus dem Auto. Sie ist als Einzige im Wagen sitzen geblieben, noch immer lesend, ohne auch nur einmal aufzublicken. Sie hat den gleichen Haarschnitt wie Twiggy, und ihre schwarzen Locken verbergen ihr Gesicht.

»Beachtet sie einfach nicht«, grunzt Tante Flo. Sie ist damit beschäftigt, ihre Leibesfülle zum Rand des Sitzes zu manövrieren. Ihre stämmigen Beine tauchen in Harrys Blickfeld auf, dann ihre molligen Hände, während sie am Saum ihres Rockes ziehen. »Die Gnädigste macht schon seit Tagen Theater«, erklärt sie, ihr Kopf noch immer unsichtbar. »Bildet sich ein, sie sei zu alt, um mit uns in Urlaub zu fahren. Behauptet, sie kann ihren Freund nicht so lange allein lassen. Ha! Als ob der sich umbringen würde! Tränen, verschlossene Zimmertüren, Wutausbrüche, mit all diesem Blödsinn hat sie die ganzen letzten Tage unsere Nerven strapaziert.« Ihr Gesicht, rot vor Anstrengung, taucht aus dem Auto auf. »Du kannst wirklich von Glück sagen, dass du nur den einen Jungen hast, Eileen.«

»Es heißt, Trennung ist der Prüfstein für wahre Liebe, Marjorie, Liebes«, sagt Harrys Mutter besänftigend.

Marjorie blickt kurz auf, nickt und vertieft sich dann wieder in ihre Zeitschrift.

»Wahre Liebe, dass ich nicht lache!«, erwidert Tante Flo und streicht ihren Rock glatt. »Ich gebe ihm allerhöchstens einen Monat. Bis einer daherkommt, der ein größeres Auto hat.«

Die beiden Frauen gehen zu dem A45. Marjories Daumen blättert die nächste Seite um; sie faltet die Zeitschrift in der Mitte, streicht sich die Haare hinters Ohr und fängt erneut zu lesen an.

»›Mary Maryatts Problembriefkasten‹«, liest Paddy laut, während er durch das Autofenster linst. »Haben sie da einen Brief von dir abgedruckt, Schwesterherz?«

Marjories Hand erscheint am Fenster und zeigt Paddy den Vogel.

»Du kannst mich mal kreuzweise!«, gibt Paddy zurück. Die Jungen schlendern hinter den beiden Frauen her, die Hände in den Hosentaschen vergraben, und treten kleine Steinchen aus dem Weg.

»Wer ist der Neuste?«, fragt Harry.

»Ein Ford Anglia, ich fass' es einfach nicht! 'ne echte Schrottkarre.«

»Wir kriegen einen Cortina. Wir wollten damit eigentlich schon in den Urlaub fahren, aber der Händler hat ihn noch nicht reinbekommen.«

»Neu?«

»Fast. Aber ich versuche noch immer, meinen Alten dazu zu überreden, einen Victor zu kaufen. In dem kann man besser rumknutschen und so.«

»Stimmt.«

Harrys Dad verstaut den letzten Karton so vorsichtig auf dem Rücksitz, als ob er eine nicht explodierte Bombe enthielte. Er zwängt sich rückwärts wieder aus dem Wagen heraus. Auf der anderen Seite zieht sein Bruder prüfend an den Stricken, die die Plane über dem Dachgepäckträger festhalten, und rüttelt an den Kartons. Dann tritt er gegen die Autoreifen und nickt vor sich hin.

»Alec, was habe ich dir auf der Fahrt hierher gesagt?«, ruft Tante Flo.

Als die Jungen die beiden Frauen einholen, bekommt Harry zufällig mit, wie seine Tante murmelt: »Also ehrlich, Eileen, wenn das nicht kindisch ist!«

Zwischen den beiden Männern herrscht ein sonderbares Verhältnis. Man merkt es an der Art, wie Onkel Alec sich im Laden umsieht, wenn er hereinkommt, und daran, wie Harrys Vater bei seinem Erscheinen ganz verkrampft und nervös wird. Er ist der ältere Bruder, und er übernahm damals das Geschäft der Familie. Onkel Alec ging in die Auktionsbranche und fährt jetzt das neuere Auto.

»Ich weiß nicht, wie Fred das jedes Jahr schafft«, sagt Tante Flo. »Diese Unmengen von Gepäck.«

»So, alles klar, das wär's dann«, verkündet Harrys Dad und klatscht in die Hände, dann fügt er mit amerikanischem Akzent hinzu: »Okay, dann mal los. Verschwinden wir von hier.«

»Und was ist mit meinem Fahrrad, Dad?«

Mr. Moore dreht sich um und blickt auf Harrys Fahrrad, das noch immer an der Mauer lehnt. Es hat die Überreste eines 007-Stickers auf dem vorderen Schutzblech, den Harry als Gratiszugabe in einem Comic-Heft fand, als *Goldfinger* in die Kinos kam, und den er eine Woche später vergeblich wieder abzukratzen versuchte, nachdem Big Archy verächtlich gesagt hatte, das wäre wohl das Fahrrad, auf das James Bond spränge, um sich aus dem Staub zu machen. »Tja, das wird warten müssen«, erklärt Mr. Moore. »Ich werde es nächstes Wochenende mitnehmen.«

»Wer als Erster ankommt, setzt den Teekessel auf«, sagt Onkel Alec. Das sagt er jedes Jahr.

Es gibt keinen Zweifel daran, wer den Teekessel aufsetzen wird. Harry beobachtet, wie die Tachonadel des A45 bei der 30 Meilen-pro-Stunde-Markierung stehen bleibt. Und dort wird sie auch die gesamte Fahrt über bleiben. Sein Vater umklammert das Lenkrad, als führe er einen schweren Sattelschlepper. Eine ganze Strecke weiter vor ihnen auf der langen, geraden Straße von Kilmartin nach Ballyvagh verschwindet der Corsair von Harrys Onkel in der Ferne. In den Fünfzigern, als die beiden Familien anfingen, gemeinsam nach Donegal in Urlaub zu fahren, war das noch anders. Damals fuhren beide Männer einen schwarzen Ford Anglia, das alte, zuverlässige Modell, und Harrys Vater führte den Konvoi an. Die Reise dauerte den ganzen Tag, während die zwei Autos durch die Hügel von Donegal tuckerten wie der Leichenzug eines Mannes, der sich zu Lebzeiten keiner sonderlich großen Beliebtheit erfreut hatte. Alles das änderte sich in dem Jahr, in dem Onkel Alec den Victor kaufte: Harry war acht – und sie mit forschem Hupen überholte, um Benvenagh Mountain hinaufzubrausen.

»Hast du das gesehen, Eileen? Hast du das gesehen?«, zischt Harrys Vater jetzt, seine Hände so fest um das Lenkrad gekrampft, dass seine Fingerknöchel weiß hervortreten. »So ist das also, wie?« Die ersten paar Urlaubstage waren damals schrecklich; die Atmosphäre bei den Mahlzeiten war so gespannt, dass man sie mit einem Messer hätte schneiden können. Nach jenem Urlaub kaufte Harrys Vater den A45, denjenigen, den er auch heute noch fährt. Onkel Alec ist seitdem auf den Corsair umgestiegen.

»Reise mit Muße, das ist meine Devise«, knurrt Harrys Vater.

»Unser Wagen ist natürlich sehr viel schwerer beladen«, bemerkt Mrs. Moore. Dann beginnt sie leise zu singen:

I to the hills will lift mine eyes,
From whence doth come mine aid.

Das ist ein alter Trick von ihr. Und er funktioniert auch diesmal, denn prompt stimmt Harrys Vater mit dem Bass ein, den er im Kirchenchor singt:

My safety cometh from the Lord,
Who heaven and earth hath made.

Es ist eigentlich ganz angenehm, den beiden zuzuhören. Solange niemand sonst dabei ist, macht es Harry nichts aus. Er fängt an, das schöne alte Kirchenlied mitzusummen.

Thy foot he'll not let slide, nor will
He slumber that thee keeps.
Behold, he that keeps Israel,
He slumbers not, nor sleeps.

Sie beenden das Lied, und Mrs. Moore dreht sich zu Harry um. »Du wirst dieses Jahr hoffentlich darauf achten, dass du nett zu Marjorie bist«, sagt sie. »Fang bloß nicht wieder an, dich andauernd mit ihr zu streiten, so wie im letzten Jahr.«

»Das war Paddy, nicht ich«, erwidert Harry. Es war nicht Harrys Schuld, dass Paddy im letzten Sommer zu rauchen begann, er hatte Paddy schließlich nicht dazu gezwungen. Paddy hätte sich ja auch damit zufrieden geben können, Harry beim Rauchen zuzuschauen. Aber nachdem Paddy erst einmal damit angefangen hatte, machte er sich einen Spaß daraus, herauszufinden, wo Marjorie ihre Zigaretten versteckte, damit er sie heimlich stiebitzen konnte. Das war der Grund gewesen, weshalb Marjorie während der Mahlzeiten und Ausflüge immer so giftig gewesen war und ständig die

Beleidigte gespielt hatte. Natürlich konnte sie nichts verraten. »Die beiden hier wissen schon, warum«, war alles, was die Erwachsenen aus ihr hatten herausbekommen können.

»Egal«, sagt Harrys Mutter und dreht sich wieder nach vorne um.

In Derry lenkt Mr. Moore den Wagen auf die Craigavon Brücke. Die Bohlen erzittern mit einem dumpfen Geräusch unter dem Gewicht des Autos, und die blauen Brückenpfeiler gleiten vorbei und zerteilen die langweilige Aussicht auf die Hafenanlagen. Am anderen Ende der Brücke biegen sie nach links ab und fahren die Uferstraße entlang, vorbei an den alten, leer stehenden Trikot-Fabriken. Auf eine Mauer zu ihrer Linken ist eine Trikolore gemalt. Harrys Vater schnalzt missbilligend mit der Zunge, als sie daran vorbeifahren, und sein Nacken legt sich in Falten. Und dann haben sie Derry hinter sich und bewegen sich die von Hecken gesäumten Hänge oberhalb von Lough Foyle hinauf. Die Unterhaltung im Auto verstummt, als sie sich den lang gestreckten Hügel zu dem Zollposten bei Killea hinaufquälen. Alle drei denken beklommen an den großen Karton mit den Lebensmitteln auf dem Dachgepäckträger. Bisher hat sich allerdings noch kein Zollbeamter jemals die Mühe gemacht, die Knoten aufzuknüpfen. Der Wagen hält vor dem nordirischen Grenzposten an, der Zollbeamte beugt sich zum Fenster herein. »Wohin fahren Sie, Sir?«

»Nach Port Braddan. In Urlaub.«

»In Ordnung, fahren Sie weiter, Sir.«

Sie setzen ihre Fahrt fort.

»Der hat uns jedenfalls keine Schwierigkeiten gemacht«, seufzt Mrs. Moore.

Ihr Mann funkelt sie böse an. »Herrgott noch mal! Es sind die Freistaatler, die einem beim Rausfahren Ärger machen, und die unseren, wenn man hinterher wieder reinfährt. Ich könnte ein ganzes Schwein im Kofferraum schmuggeln, so wenig kümmert das die Burschen auf dieser Seite.«

»Dieser ganze Wirbel, und das nur wegen ein paar lächerlicher Lebensmittel.«

Die Straße fällt steil ab zu der Steinbrücke über den Bach, der die Grenze markiert. In der Mitte der Brücke verwandelt sich das Surren der Autoreifen in ein Knirschen, als der glatte Asphalt von losem Schotter abgelöst wird.

Jetzt wird Dad jeden Augenblick diese Bemerkung loslassen, die er immer an dieser Stelle macht, denkt Harry. Achtung, es geht los.

»Man merkt sowieso gleich, dass man im Süden ist, nämlich am Zustand der Straßen. Sofern man überhaupt von Straßen sprechen kann. Sehen eher so aus, als ob sie auf die Felsen aufgemalt wären.«

Jetzt tuckern sie den Hügel hinter der Brücke hinauf. Ein Stück weiter vor ihnen können sie den irischen Zollbeamten sehen, wie er aus seinem Häuschen herausschlendert und sich die Uniformmütze aufsetzt. Mrs. Moore umklammert ihre Handtasche wie einen Rettungsgürtel, und Mr. Moores Nacken hat sich erneut in Falten gelegt. Als das Auto anhält, legt der Zollbeamte beide Hände auf das Wagendach und späht zum Fenster hinein. »Schöner Tag heute.«

»Ja, ein herrlicher Tag, nicht wahr?«

»Führen Sie irgendwelche zollpflichtigen Waren mit sich, Sir?«

»Nein. Nur unser Gepäck.« Mr. Moore lächelt freundlich.

»Keinerlei Lebensmittel?«

»Nein.« Jetzt ist sein Lächeln verkrampft. Der Beamte tritt einen Schritt zurück und beäugt den Dachgepäckträger. Er zieht an der Abdeckplane.

»Was ist in all diesen Kartons hier?«

»Töpfe und Pfannen und so weiter. Nur Dinge, die wir selbst brauchen.«

»Sie sind gut verschnürt.«

»Vorsicht ist die Mutter der Porzellankiste.«

Ein Klopfen auf das Wagendach. Mrs. Moore zuckt erschrocken zusammen. »Gute Reise, Sir.«

»Danke«, erwidert Mr. Moore und löst die Handbremse. Und würgt prompt den Motor ab, als er einkuppelt.

»Herr im Himmel!«, murmelt Mrs. Moore. Dann stottert der Motor ein paar Mal und springt schließlich wieder an, und sie bewegen sich von dem Grenzposten fort. Es hört sich an, als ob ein Wasserkessel kocht, als Mrs. Moore den angehaltenen Atem ausstößt. Sie dreht sich zu Harry um. »Es ist nicht wirklich gelogen, weißt du«, erklärt sie. »Es ist ja nicht so, als ob die Lebensmittel gestohlen wären. Wir müssen eben sparen, wo wir können.«

Harry nickt. Er belügt tagtäglich Lehrer und Mitschüler; das muss man notgedrungen tun, wenn störrisches Schweigen und Ablenkungsmanöver nichts nützen. Lügen ist ganz einfach etwas, was man tut, wenn man jung ist, aber mit zunehmendem Alter überwindet, denkt er. Genauso wie dieses peinliche Erröten. Oder wichsen. Er weiß nicht so recht, ob er enttäuscht oder erleichtert sein soll.

»Na ja, jedenfalls«, sagt seine Mutter, »jetzt fängt der Urlaub endlich richtig an.«

4

Sie fahren an den Hecken des Grenzgebiets von Donegal entlang, durch die verschlafenen kleinen Dörfer mit den breiten, altmodischen Ladenfronten.

Mrs. Moore ist still geworden, dreht den Kopf unentwegt hierhin und dorthin. »Siehst du das große Herrenhaus da oben mit der langen Auffahrt?«, fragt sie Harry und zeigt auf eine Ruine mit dunklen, leeren Fensterhöhlen und eingestürztem Dach. »Die längste Auffahrt in ganz Irland. Dort haben Lord und Lady O'Neill früher gewohnt.«

»Ich weiß«, erwidert Harry. Das erzählt ihm seine Mutter jedes Jahr.

»An Lord O'Neills Geburtstag war die Auffahrt immer voller Ponys und Einspänner, den ganzen Weg bis zur Straße hinunter. Alles, was Rang und Namen hatte, war dort. Dein Großvater wurde auch jedes Jahr eingeladen. Sie tranken mit echtem Champagner auf Lord O'Neills Wohl, und zum Essen gab es französischen Wein. Nur gut, dass das Pferd den Rückweg nach Ardbane von sich aus fand.«

Sonntagnachmittag auf der Movanagher Farm. Auf der uralten, lederbezogenen Bank in der Küche seiner Großeltern hockt der acht Jahre alte Harry, seine baumelnden Beine in der kurzen Hose von der herausquellenden Rosshaarfüllung zerkratzt, und hört seinen Eltern und Großeltern zu. Satt und träge von dem Braten, den es zum Mittagessen gab, unterhalten sie sich über die Ereignisse der Woche. Der Nachmittag zieht sich schier endlos in die Länge. Harry möchte gern nach draußen zur Scheune, wo er zwischen den Heuballen spielen kann. Wenn sein Großvater ja sagt, wird seine Mutter es nicht wagen, ihm die Erlaubnis zu verweigern. »Zeig mir noch mal die Bilder, Opa«, bittet er. Sein Großvater Hutchinson, ein kleiner, gut aussehender Mann mit fein geschnittenen Zügen, legt die Pfeife beiseite, greift zu dem Bord über dem Küchentisch hinauf und holt das alte braune Fotoalbum von seinem Platz neben dem gewaltigen Radio herunter.

»Na, dann komm mal her, junger Bursche«, sagt er und klopft auf seinen Schenkel. Harry klettert ihm auf den Schoß, eingehüllt in den Geruch von Pfeifentabak, und folgt dem Finger seines Großvaters mit den Augen, während dieser auf die sepiafarbenen Fotos zeigt. Der Fingernagel ist für den Sonntag peinlich sauber geschrubbt, aber wo die Bürste nicht so richtig hinkommt, ist ein dünner schwarzer Rand geblieben, und an der Seite des knorrigen Fingers sind Nikotinflecken, weil Opa sowohl Pfeife als auch Woodbines raucht. Harry kennt die Fotos inzwischen auswendig. Da ist das große, mit Efeu überwachsene Haus. Die Bäume entlang der Auffahrt. Die Flachsspinnerei und die scheu dreinblickenden Arbeiter, wie sie in ihrem besten Sonntagsstaat davor stehen, am Tag des alljährlichen Ausflugs nach Bundoran. Harrys Urgroßeltern, die ernst in die Kamera blicken. Opa als Junge am Klavier im Salon, obwohl er nie lernte, auch nur eine Note zu spielen. Auf dem Foto trägt er so etwas wie ein Zierdeckchen um den Hals, und hinter ihm steht stolz seine Mutter. Harry liest die in gestochener Handschrift verfassten Bildunterschriften vor: »›Jagdveranstaltung am zweiten Weihnachtstag 1913‹, ›Die Nordatlantikflotte in Lough Swilley‹, ›Der Besuch des Vizekönigs von Irland‹.« Harrys Mutter hat sich zu ihnen gesellt, obwohl sie die alten Fotos wahrscheinlich noch besser kennt als Harry. Harrys Dad und seine hagere, knochige Oma sitzen schweigend in der Nähe des Feuers – er gelangweilt in *Farmer's Weekly* blätternd, sie mit Stricken beschäftigt, während sie unentwegt mit den Nadeln klappert und in stummer Verärgerung mit dem Kiefer mahlt.

Harry sieht sich in der winzigen Küche um, in der sie sitzen, und fragt: »Warum seid ihr denn nicht in Ardbane geblieben, Opa? Da ist es doch viel schöner als hier.«

»Tja, nun ja«, sagt der alte Mann, legt das Album weg,

zündet sich eine neue Pfeife an und starrt dann blicklos zum Fenster hinaus.

Auf der Heimfahrt im Auto erklärt Mr. Moore seinem Sohn, warum seine Großeltern nicht mehr in dem Haus in Ardbane leben, während Mrs. Moore kein Wort sagt. Machte Bankrott, der alte Mann, mitsamt seinen handgenähten Hemden und Schuhen aus Dublin. Das kommt davon, wenn man zu oft mit den vornehmen Leuten auf die Jagd geht, statt sich um die Arbeit auf der Farm zu kümmern. Wenn sein Bruder in Amerika ihm nicht unter die Arme gegriffen und ihm den Hof in Kilmartin gekauft hätte, wären sie am Ende auf der Straße gelandet, alle vier. Ein ganz schöner sozialer Abstieg für den hohen Herrn, mit dem Pöbel auf den Viehmärkten in Ballyraine zu verkehren.

Ardbane ist jetzt eine Ruine. Der Farmer, der es damals gekauft hatte, ließ es völlig herunterkommen. Als sie es das letzte Mal besichtigten, war von dem großen Komplex nichts weiter übrig geblieben als ein einstöckiger Kuhstall mit einem Wellblechdach.

»Es gab nicht einen Menschen im ganzen Land, der mit dem Finger auf ihn hätte zeigen können«, sagt Harrys Mutter jetzt.

»Als ob ihm das viel geholfen hätte!«, erwidert sein Vater.

Bei Newtoncunningham bietet sich ihnen zum ersten Mal ein Ausblick auf Lough Swilley, als sie um die Hänge am südlichen Ufer herumtuckern. Die Sonne, von einem Wolkenschatten verfolgt, lässt ihre Strahlen über den schimmernden Sandstrand wandern. Hinter dem Meeresarm erheben sich die Hügel von Donegal in stufenförmigen Reihen, die immer heller werden, von braun im Vordergrund bis hin zu blassblau in der Ferne. Dicke Wolkenungetüme, ihre unteren Ränder schwarz vor Regen, kommen von Westen herübergezogen, wälzen sich schwerfällig über den Himmel und verdecken das Blau. Harry lächelt vor sich hin. Komisch, er kann sich schon gar nicht mehr daran erinnern, wie gestern das Wetter in Kilmartin war.

»Da ist der Muckish«, sagt Mrs. Moore.

An der Art, wie sie das sagt, erkennt Harry, dass sie schon sehnsüchtig auf den ersten Anblick des Berges gewartet hat. Er beugt sich vor, um einen besseren Ausblick zu haben. Jetzt sieht er Muckish Mountain, der plötzlich die Landschaft dominiert, ein Koloss, der von seinem westlichen Abhang aus sanft ansteigt bis zu der Stelle im Osten, wo er steil in die Tiefe abfällt. Wie ein alter Wachhund, der sich langsam auf die Beine erhebt. Man kann seinen breiten, massigen Buckel vom Haus aus sehen, sogar von fast überall in Port Braddan, selbst wenn seine oberen Hänge meistens in Nebelschwaden oder Wolken gehüllt sind.

Als sie am Südufer von Loch Swilley vorbeifahren und auf die Kirchtürme von Letterkenny zuhalten, betrachtet Harry abschätzend die Wellen und die Strömung des Wassers zwischen dem Schilf an der Uferlinie und dem noch trockenen Sand oberhalb davon. Die Flut kommt herein. Heute Abend werden Paddy und er in der Nähe des Hafens schwimmen können.

Hinter Kilmacrennan kennt Harry jeden Winkel und jede Hecke. Nach den wenigen, verstreut liegenden Häusern von Termon erstreckt sich das lange, gerade Stück Straße, das bis zum Fuß der Hügel führt. Von dort aus kann man die Steinmauern sehen, die sich wie Wurzeln die Hügel hinunterschlängeln. Die Straße führt eine Strecke weit um die Hügel herum, als ob sie nach einem Weg zwischen ihnen hindurch suchte. Ein paar neue Betonbungalows, in knalligem Blau, Rot, Gelb und Grün gestrichen, sind in den letzten Jahren auf den unteren Hängen wie Pilze aus dem Boden geschossen. Es sind nicht nur die Straßen, die wie aufgemalt wirken; auch die Ackerkrume sieht aus, als ob sie nachträglich auf den Boden gestreut worden wäre. In der Nähe der Häuser ragen Felsen aus der Erde. Wie Fingerknöchel, die den dünnen Mutterboden der sumpfigen Gärten umklammern. Auf den Hügeln oberhalb der neuen Häuser kann man noch die Ruinen der Bauernhäuser sehen, in denen die Eltern und Großeltern der Bungaloweigentümer wohnten.

Direkt vor ihnen sieht die Straße so aus, als ob sie sich am Fuß von Straggady Mountain im Nichts verlieren würde. Sie täuscht links an, dann beschreibt sie plötzlich wieder eine scharfe Kurve nach rechts, und dort ist der Pass, der durch die Hügel führt, wo sich die uralten, gesprenkelten Felsen durch den moosbewachsenen Straßenrand bohren und bis unmittelbar an die Fahrbahn heranreichen. »Sie sehen sich die Vorübergehenden ganz genau an, bevor sie sie durchlassen«, pflegte Harrys Mutter immer zu sagen. Ein einsames Farmhaus auf der Linken, und auf der anderen Straßenseite direkt gegenüber eine winzige, grün gestrichene Holzhütte, die sich früher einmal des Schildes »Irlands kleinster Laden« rühmen konnte, jetzt jedoch mit Brettern vernagelt ist und von der langsam die Farbe abblättert. Am anderen Ende des Passes überspannen die schwarzen Stützpfeiler des alten Eisenbahnviadukts die Straße wie eine letzte Verteidigungslinie. Und dann liegt der Pass hinter ihnen, und sie kommen auf die Ebene heraus, die von Muckish Mountain dominiert wird, dem südlichen Ende ihrer Urlaubswelt.

Hinter Carrigart beginnt der letzte Teil ihrer Reise. Der A45 keucht den letzten Hügel vor Port Braddan hinauf, und gleich darauf schiebt sich das weite, ausgedehnte Panorama von Horn Head – der Landzunge, die in Sheephaven Bay hineinragt – wie ein riesiger, moosbewachsener, aus dem Meer auftauchender Walrücken in ihr Blickfeld. Mr. Moore hält an der Stelle an, an der er jedes Mal anhält, und sie steigen aus. Der Wind weht ihnen von Westen her ins Gesicht, peitscht weiße Schaumkrönchen in der Bucht auf. Sie können sehen, wie die Brecher des Atlantiks weiß schäumend gegen den schwarzen Höcker des Little Horn schlagen, das wie ein Schiffsbug vor der Spitze der größeren Landmasse aufragt, wie die hohen Wellen die schroffen Klippen an der Seite umspülen. Das Donnern der Brandung ist von der Stelle aus, an der sie stehen, jedoch nicht zu hören, dafür ist es zu weit entfernt. Es ist wie Fernsehen bei abgeschaltetem Ton.

Dies ist die Szene, die Harry früher manchmal aus dem Gedächtnis malte, die Grün- und Brauntöne von Horn Head, die grauen Geröllhalden, die niedrigen Steinmauern, die die Felder weiter unten mit einem netzartigen grauen Geflecht durchziehen. Wenn er Sehnsucht nach Donegal hatte, in Kilmartin, im Winter. Er weiß genau, was seine Mutter beim Anblick der Landschaft empfindet. Dies ist für sie beide das wahre Donegal. Diese weite Fläche von Meer, Klippen, Gestrüpp und Heide zwischen Horn Head und Muckish.

Dies ist die Gegend, in der seine Mutter aufgewachsen ist, im Schutz von Horn Head, denn Ardbane liegt nur ein paar Meilen weiter die Küste hinunter.

Harry sieht seine Mutter an, und sie erwidert sein Lächeln.

»Hat keinen Zweck, den ganzen Abend hier herumzutrödeln«, sagt Mr. Moore. Sie steigen wieder in den Wagen ein und treten den letzten Teil der Fahrt zu ihrem Ferienhaus an. Keiner sagt ein Wort. Es wird wieder genauso sein wie jedes Jahr. Das Erste, was man jedes Mal wahrnimmt, ist der Geruch in der Diele. Er stammt hauptsächlich von dem Torffeuer, das im Wohnzimmerkamin brennen wird, vermischt mit einer Spur von Muffigkeit von den alten Büchern und Feuchtigkeit aus dem großen, weiß getünchten Esszimmer, mit dem Duft von Kiefernholz von der Wandvertäfelung entlang der Treppe und mit einem schwachen Gasgeruch vom Küchenherd.

Sie fahren an Sessiagh Lake vorbei und biegen in den unbefestigten Feldweg ein, der zum Haus hinaufführt.

Da sind die dicken Grasbüschel in der Mitte, die raschelnd am Auspuffrohr des Autos entlang streifen, und hier kommt der Ginsterstrauch in der Steinmauer, der leicht gegen die Seite des Autos schlägt; jetzt ist das Rattern des Weidenrosts zu hören und dann das Knirschen von Kies. Sie schwenken neben dem Corsair ein, der bereits vor dem Haus parkt. In sämtlichen Zimmern brennt Licht, und die Haustür steht offen. Als Harry die Wagentür öffnet, weht ihm der Geruch von gebratenen Innereien entgegen.

Nach dem Abendessen machen sich Harry und Paddy auf den Weg zum Hafen, unter einem Himmel, der marmoriert ist wie ein dünn geschnittener, durchwachsener Schinken. Paddy marschiert zielstrebig voraus, strebt eilig vorwärts wie ein Hund an der Leine. Harry läuft hinter ihm her, hält sich jedoch zurück, als ihm wieder einfällt, dass er ja schließlich sechzehn ist. Am unteren Ende des Feldwegs gehen sie zu der leichten Senke in der Steinmauer, wo sie hinüberklettern können. Es ragen noch immer dieselben Steine als Stufen heraus, die Harry von seinen letzten Ferien her in Erinnerung hat, der abgerundete mit dem länglichen Wulst obendrauf und der flache mit dem Teerfleck unterhalb der Mauerkrone. Dann geht es weiter durch die Felder, wo der mit Regenwasser vollgesogene Boden bei jedem Schritt unter ihren Schuhen gluckst, und hinauf zu dem morschen Holzgatter, das ein wenig schief in seinen Angeln hängt, ähnlich wie ein gebrechlicher alter Mann in einem Rollstuhl. Dieselbe alte Drahtschlaufe, die sie sorgfältig wieder um den Pfosten legen, als sie auf der anderen Seite sind. Jetzt auf den

Kuhpfad, wobei sie aufpassen müssen, nicht in die frischen Fladen zu treten, die großzügig entlang des Weges verteilt liegen. Nun ist Paddy derjenige, der zurückfällt, während er lässig nach den Grasbüscheln tritt. Er bückt sich und hebt einen großen, flachen Stein auf. Dann wirft er ihn auf einen der frischeren Kuhfladen. Die oberste, leicht angetrocknete Schicht platzt mit einem befriedigenden Platschen auf, die braune Pampe quillt heraus, und spritzt in alle Himmelsrichtungen. Paddy sieht sich nach einem weiteren Stein um. »Hör auf mit dem Quatsch«, schimpft Harry. »Wir müssen uns beeilen, sonst setzt die Ebbe ein.« Der durchdringende Gestank der Kuhfladen hängt in der feuchten Luft, als sie den Feldweg entlanggehen, während in der Ferne das Meer wie ein riesiges, ruheloses Tier seufzt und ächzt.

Es ist hauptsächlich für den Weg vom Haus zum Hafen, für den Harry und Paddy ihre Fahrräder brauchen. Die anderen Familien aus dem Norden mieten gewöhnlich Häuser unten am Hafen. Das Haus unter den Hängen von Lacky Hill, das die Moores jedes Jahr mieten, ist größer und außerdem billiger, da es weiter von der See entfernt liegt. Vor zwei Sommern – als sie es satt hatten, darauf zu warten, dass ihre Eltern das Haus verließen, oder wenn ihre Eltern endlich fertig waren, sich auf dem Rückweg vom Hafen zu beeilen – fingen Harry und Paddy an, den Kuhpfad zu benutzen. Wenn sie den Pfad nehmen, sind sie in fünfzehn Minuten unten am Hafen; wenn sie rennen, sogar in zehn. Mit den Fahrrädern brauchen sie nur fünf Minuten bis zum Hafen hinunter, obwohl der Weg über die Straße länger ist.

Jetzt nähern sie sich dem modernen, kastenartigen Gebäude des Dunbreaghy Hotels. Durch die großen Erkerfenster können sie in den hell erleuchteten Speisesaal sehen und beobachten, wie die Serviererinnen in den grünen Uniformen hin und her eilen und die Familien beim Essen sitzen.

Das Hotel ist eine ganz andere Welt als Harbour Road. Harrys Eltern, Tante Flo und Onkel Alec gehen jedes Jahr einmal mit ein paar anderen Leuten aus Harbour Road zum Abendessen dorthin. Die Frauen sind an dem bewussten Tag immer ganz aufgeregt und machen viel Getue um das, was sie anziehen werden. Es ist unglaublich und faszinierend, dass es Leute gibt, die es sich leisten können, eine ganze Woche im Dunbreaghy zu wohnen, oder womöglich noch länger. Und die sogar alle ihre Mahlzeiten dort einnehmen. Harry versucht, sich das vorzustellen. Er malt sich aus, wie sie in der Bar sitzen, die man von der anderen Seite aus sehen kann. Wie Patrick McGoohan aus *Danger Man*. Harry mag ihn, weil er auch so schmale Schultern hat. Er versucht, Patrick McGoohans ironisches Lächeln nachzuahmen, indem er den linken Mundwinkel hochzieht und die Augen verengt, so dass sich Lachfältchen in den Winkeln bilden. Ein dunkelhaariges Mädchen im Speisesaal des Hotels legt seine Speisekarte beiseite und sieht ihn direkt durch das Fenster an. Er blickt hastig weg, damit sie nicht glaubt, er grinste sie anzüglich an, und bewegt sich schnell aus ihrem Blickfeld, bevor sie sehen kann, dass er rot geworden ist. Wofür hält sie ihn und Paddy wohl? Für Einheimische? Womöglich sogar für Bauernsöhne. Die Rückseite des Hotels ist weniger attraktiv. Sie können in die von Dampf erfüllte Küche und in die Wäscherei sehen. Hier verlassen sie den Pfad, weil er scharf von Port Braddan abbiegt und wieder zurück über den Hügel führt. Sie klettern über eine Steinmauer an der Seite des Pfades und gehen über ein Feld in Richtung Hotelparkplatz. Paddy strebt nach rechts, auf die Autos zu. Es macht ihm Spaß, sich die ausländischen Fabrikate unter ihnen anzusehen. Hier im Süden sieht man sehr viel mehr ausländische Automarken als in Nordirland. Harry folgt ihm. Als sie das Feld auf der Rückseite des Hotels überqueren, sagt Paddy begeistert: »Sieh dir das an! Ein Citroën.«

Sie klettern über die Mauer des Parkplatzes und laufen zu dem Auto.

»Es ist ein echter französischer. Sieh dir das Nummernschild an«, sagt Harry.

»Ja. Das Lenkrad ist auf der anderen Seite und alles.« Jetzt späht Paddy neugierig durch das Fenster auf der Fahrerseite, um sich das Armaturenbrett anzusehen. Wie ein kleines Kind, denkt Harry. Aber das Auto hat tatsächlich etwas Faszinierendes an sich, das stimmt schon. Etwas Lebendiges. Er geht zur Beifahrerseite herum und blickt ebenfalls hinein. Harry muss den Feuchtigkeitsfilm wegwischen, den sein Atem auf der Scheibe hinterlässt. Der Citroën erinnert irgendwie an eine Pflanze, genau das ist es, mit seiner grauen, zwiebelartigen Form, mit der runden Knolle des Lenkrads, das aus dem Armaturenbrett hervorsprießt, und der Art, wie die Sitzpolsterung kürbisartig zwischen den Nähten aufschwillt.

Ein paar interessante ausländische Details: auf der Ablage eine blaue Schachtel Zigaretten, wie Harry sie noch nie zuvor gesehen hat; auf dem Beifahrersitz ein Buch, das wie eine rote Bibel aussieht; auf dem Rücksitz ein Taschenbuch mit gelbem Rücken.

»Kannst du sehen, wie schnell er fährt?«, will Harry wissen.

»Zweihundert.«

»Ist ja irre!«

»Das sind aber Kilometer, keine Meilen.«

»Trotzdem.«

»Stimmt.«

»Sieh dir diese Vordersitze an.«

»Ja.«

»Superpraktisch, wenn man ’n Mädchen dabei hat.« Harry richtet sich wieder auf.

»He, ihr Jungs! Macht, dass ihr wegkommt!« Sammy, der Barkeeper mit dem Bürstenschnitt, fuchtelt aufgebracht auf der Hotelterrasse herum. Mit so viel Lässigkeit, wie sie aufbringen können, ignorieren Harry und Paddy ihn und schlendern die Auffahrt hinunter, während sie wie Hotelgäste auszusehen versuchen. Am unteren Ende überqueren sie die Straße und biegen in die Harbour Road ein.

Harbour Road ist wirklich nicht sonderlich sehenswert. Harry erinnert sich daran, dass er das jedes Jahr denkt. Sie ist nichts weiter als ein ungleichmäßig geteertes, kurviges Stück Straße mit einer Reihe kleiner Ferienhäuser auf der rechten Seite und einem grasbewachsenen Abhang auf der Linken, der zum Strand hinunterführt. Am anderen Ende der Kurve liegt der Hafen. Komisch, dass man so viel Zeit damit verbringen kann, sich darauf zu freuen, wieder hier zu sein. Aber das Meer bahnt sich bereits einen Weg in die Bucht hinein, bedeckt schon den gesamten Strand, abgesehen von einem dünnen Streifen Sand, und der Hafen liegt tief im Wasser wie ein schwer beladenes Schiff. Harry fühlt wieder die alte Erregung in sich aufwallen. Es wird ein Mordsspaß sein, mit einem Hechtsprung hineinzutauchen. Das Wasser steht so hoch, dass die Entfernung vom Rand des Hafenbeckens zu kurz ist, um das Gleichgewicht zu verlieren und auf dem Rücken zu landen.

Er und Paddy bewegen sich jetzt wieder im Trab und registrieren, während sie an den Häusern vorbeilaufen, welche Familien bereits da sind und wer noch nicht gekommen ist. Das Haus der Mulhollands, das einzige zweistöckige in der Straße, ist hell erleuchtet. Mr. Mulholland ist der Besitzer der Tweed-Fabrik in Carrigart; das Haus gehört ihnen, und sie kommen jedes Wochenende hierher. Im nächsten Haus brennt noch nirgendwo Licht, und es parkt auch kein Auto davor, aber die Jungen bleiben trotzdem stehen, um nachzusehen. Denn dies ist das Haus, das die McClellands jedes Jahr mieten, und Brian McClelland ist Harrys und Paddys spezieller Freund. Keiner da. Sie eilen weiter, vorbei am Haus der Bryces. Draußen parken zwei Autos, ein Hillman Imp, der gehört Mrs. Bryce, und ein großer Humber. Die Bryces bewegen sich im Inneren des Hauses hin und her, mit Kisten und Kartons bepackt. Mr. Bryce ist Tierarzt, ein großer, stämmiger, sanftmütiger Mann, um etliche Jahre älter als seine Frau. Sie halten immer etwas Distanz zu den übrigen Urlaubern. Harry und Paddy gehen weiter, vorbei am Campingplatz mit den Wohnwagen, wo diejenigen Familien wohnen, die sich kein Ferienhaus leisten können. Die Fosters aus Strabane sind auch da, anscheinend gerade erst angekommen; ihre wilde, ungebärdige Horde von Bälgern tobt im Garten herum, während die Eltern das Auto ausladen, einen neuen Triumph 2000 Kombi. Noch vor ein paar Jahren hätte man nur einen Blick die Harbour Road hinunterwerfen müssen, um zu wissen, welche Familien schon da waren. Damals fuhren die Leute ihre Autos noch jahrelang. Jetzt scheinen sie sie ständig zu wechseln, und man kann nie sicher sein, welches Modell sie von einem Jahr zum anderen fahren werden. Das heißt, alle bis auf Harrys Vater. Er ist der Einzige, der noch immer dasselbe Auto fährt wie vor acht Jahren. Und der Einzige, der nicht die ganzen Ferien über bleiben kann.

Sie lassen die Häuser hinter sich und laufen weiter, jetzt wieder ein bisschen unsicher, als sie sich dem Hafen nähern.

Die Jungen stehen in ihren Schwimmshorts auf den Steinplatten, mit denen die Kais gepflastert sind, und blicken hinunter auf die schwere Dünung der See zu ihren Füßen. Sie frösteln in dem leichten Nieselregen, der sie einhüllt, und haben die Arme vor der Brust verschränkt. Horn Head liegt hinter ihnen, in Nebel gehüllt. Die Urlauber haben sich alle in ihre Häuser zurückgezogen, die eine hell erleuchtete Reihe entlang der Harbour Road bilden. Der Nieselregen hat perlenförmige Tropfen an den Tauen hinterlassen, die von den rostigen Halteringen zu den sich an der Hafenmauer drängelnden Booten führen, und überzieht die Steinplatten mit einem glitschigen Film. Er dämpft das Rauschen der See, die Schreie der Möwen und das knarrende Geräusch der Boote, die an ihrer Vertäuung zerren, und er verstärkt den Geruch von Fisch und Dieselöl.

»Mann, ist das kalt! Das ist ja nicht zum Aushalten!«, sagt Harry. »Sind wir bescheuert, oder was?« Er blickt Paddy zähneklappernd an.

»Das erste Mal ist immer das schlimmste«, erwidert Paddy. Aber es hätte auch ebenso gut umgekehrt sein können. Sie sagen nämlich jedes Jahr etwas in dieser Art.

»Bei drei, in Ordnung?«

»In Ordnung.«

Sie treten ein paar Schritte zurück.

»Eins – zwei – drei – los!«

Barfuß rennen sie über das glatte Pflaster und stoßen sich von dem abgerundeten Randstein ab. Die bleigraue, wogende See türmt sich vor Harrys Augen auf. Er kneift die Lider fest zusammen und hält die Luft an. Und dann …

Diese Kälte! Sie tauchen wieder auf, lachen laut, nachdem sie den Schock überwunden haben. Sie prusten und keuchen und spucken das salzige Meerwasser aus, dann kraulen sie zu der Steintreppe auf der anderen Seite des Hafenbeckens. Jetzt haben die Ferien richtig angefangen.

Im obersten Stockwerk des Hauses, durch eine steile Treppe, die mehr wie eine Leiter ist, mit der ersten Etage verbunden, wo die übrigen Schlafzimmer sind, stehen Harry und Paddy an den beiden Fenstern auf der Giebelseite des Mansardenzimmers, das sie sich teilen. Sie sind früh ins Bett gegangen, um diese erste Nacht im Ferienhaus so richtig auszukosten, und haben das Licht ausgemacht, um besser im Dunkeln sehen zu können. Denn der Himmel ist in der Zwischenzeit klar geworden. Unten im Erdgeschoss fällt ein gelbes Rechteck von Licht aus dem Wohnzimmerfenster auf den Rasen. Die Erwachsenen sind noch immer auf. Hinter dem Garten ist die Bruchsteinmauer, und dahinter liegt ein steiniges Feld, das zur Straße an der Hügelflanke hin abfällt. Zwischen der Straße und dem Meer jenseits der Felder ist alles in Finsternis gehüllt. Das Rauschen der Brandung, die sich am Strand von Killyhoey bricht, dringt an ihr Ohr, und sie können die weißen Kämme der Wellen sehen, wenn sie über den blassen Sand rollen. Horn Head zeichnet sich als eine schwarze Masse gegen den rötlich gefärbten Himmel ab; die flimmernden Lichter auf der Landzunge lassen die Dunkelheit noch tiefer erscheinen.

Die Jungen haben den oberen Teil ihrer Schiebefenster heruntergeschoben. Sie lehnen auf den Holzrahmen, ihr Kinn auf die verschränkten Arme gestützt, und blicken in die stille Nacht hinaus. Ihnen ist warm, nachdem sie im Hafen geschwommen sind, und sie sind zufrieden mit sich und der Welt. Sechs Ferienwochen dehnen sich endlos lange vor ihnen aus. Im hinteren Teil des Dachzimmers ertönt Radio Luxemburg aus Harrys Transistorradio, die Musik untermalt von dem Rauschen und Knistern atmosphärischer Störungen. Zwillingswolken von Zigarettenrauch ziehen zu den beiden Fenstern hinaus.

»Wie steht's um dein Liebesleben?«, fragt Paddy.

»Nicht übel, nicht übel.«

Im Sommer zuvor hatte Harry Paddy sexuell aufgeklärt.

Paddy war gehörig entsetzt gewesen. Seitdem hat Harry ihn über seine eigenen Fortschritte auf diesem Gebiet auf dem Laufenden gehalten.

»Noch immer Mavis McWhirter?«, will Paddy wissen.

»Richtig.«

»Und?«

»War letzte Woche mit ihr im Kino. Frag mich nicht, welcher Film gerade lief. Mavis wurde richtig wild. Weiß der Himmel, was wir getan hätten, wenn wir auf dem Rücksitz eines Autos gesessen hätten.«

»So scharf war sie auf dich?«

»Scharf ist überhaupt kein Ausdruck. Aber ich konnte im Kino ja nicht aufs Ganze gehen. Ich hatte ’nen Ständer, so hart, dass er beinahe geplatzt wäre.«

»Du treibst es ja echt wild, Harry.«

Harry lächelt in der Dunkelheit. Ihre Zigaretten sind bis auf zwei Züge heruntergebrannt.

»Fertig?«, fragt Harry.

»Okay.«

Seitdem auch Paddy im letzten Sommer zu rauchen begann, haben sie ihre Kippen vom Schlafzimmerfenster aus entsorgt. So fingen sie an, sie über die Steinmauer am Ende des kleinen Gartens zu schnipsen. Daraus hat sich in der Zwischenzeit ein Wettkampf entwickelt, wer seine Kippe am weitesten schleudern kann. Nachts, wenn es dunkel ist, müssen sie beide gleichzeitig werfen, damit sie die Landung der Zigarettenstummel vergleichen können.

»Eins – zwei – drei – los!«

Die Kippen sausen aus ihren Händen. Paddys beschreibt eine hohe, steile Flugbahn, aber Harry probiert den schwierigeren Wurf, legt seine ganze Kraft in die Entfernung statt in die Höhe. Seine Kippe fliegt knapp über die Gartenmauer hinweg und prallt in einem Funkenregen auf einen Stein, unmittelbar vor der Stelle, wo das Feld in die Dunkelheit abfällt. Paddys Kippe kommt wie ein rotes Leuchtspurgeschoss vom Himmel heruntergesaust und landet etliche Meter vor Harrys Stummel auf dem Boden.

Sie schweigen einen Moment lang, während sie beobachten, wie die Glut verlöscht. In der Stille können sie wieder das Rauschen des Meeres hören.

»Eins zu null«, sagt Harry und schiebt das Fenster hoch.

5

Als Harry am nächsten Morgen herunterkommt, verzehren die beiden Männer gerade schweigend ihre Cornflakes. Paddy hat seine sogar bereits aufgegessen. Er sieht Harry mit warnend hochgezogenen Brauen an und zeigt mit einer Kinnbewegung Richtung Küche. »Bist du das, Harry?«, ruft seine Mutter über das Zischen und Brutzeln in der Bratpfanne hinweg.

»Ja.«

»Wir haben gerade beschlossen, dass wir heute Morgen alle zusammen zum Hafen runterfahren könnten.«

»Und heute Nachmittag könnten wir eine nette kleine Spazierfahrt machen«, fügt Tante Flo hinzu.

Harry und Paddy haben die Erfahrung gemacht, dass man alles, was die beiden Frauen als nett und klein bezeichnen, wie die Pest meiden muss. Es ist ein Überbleibsel aus den Ferien vergangener Jahre, als die Jungen noch jünger waren und die beiden Familien alles gemeinsam unternahmen. Zum geheimen Plan der Frauen gehört, den Lauf der Welt anzuhalten. Zu verhindern, dass Harry und Paddy erwachsen und selbstständig werden, damit sie sie weiterhin wie kleine Kinder kontrollieren können. Es bedeutet, dass Harry und Paddy nicht kommen und gehen können, wie es ihnen gefällt, sondern sich nach den Erwachsenen richten müssen. Es bedeutet, gelangweilt herumstehen zu müssen, während ihre Eltern endlos lange mit anderen Erwachsenen quatschen. Es bedeutet, stundenlang mit ihnen in der Gegend herumkurven zu müssen. Und keine Gelegenheit zu finden, sich zu verdrücken, um sich in aller Ruhe einen Glimmstängel reinzuziehen.

»Wir werden einfach zu Fuß zum Hafen runtergehen, nicht, Paddy?«, sagt Harry betont beiläufig.

»Genau, das habe ich auch gerade gesagt«, erwidert Paddy. »Tut doch nicht nötig, mit zwei Autos zu fahren.«

Marjorie kommt aus dem Badezimmer, die Haare mit einem Handtuch umwickelt. »Wieso seid ihr alle so still?«, fragt sie. »Ist jemand gestorben?«

Harry zieht seine Nylon-Schwimmshorts an und zuckt unwillkürlich zusammen, als sich das noch immer feuchte Baumwollfutter mit kaltem, klammem Griff um seine Eier legt. Er blickt fröstelnd auf das graue Meer. Dies ist der absolute Härtetest. Es wird die reinste Folter sein. Dieses Gefühl, wenn das eiskalte Wasser an seinen Schenkeln heraufkriecht. Diese schreckliche Vorahnung der Schockwirkung auf seine Eier. Verdammt. Da gibt's nur eins: Augen zu und durch. Er rennt los, die Taucherbrille auf dem Kopf, stürmt an einem überraschten, noch mit Umziehen beschäftigten Paddy vorbei den Strand hinunter und ins Wasser hinein. Harry nimmt die erste Welle im Stil eines Hürdenläufers, aber das rasch tiefer werdende Wasser hält ihn auf, und die nächste Welle, die auf ihn zurollt, reicht ihm bereits bis zur Taille. Er wirft sich todesmutig hinein, schießt jedoch auf der anderen Seite der Welle wie eine Rakete aus dem eisigen

Wasser heraus und kreischt. Dann lässt er sich der Länge nach ins Wasser fallen und taucht mit einem erneuten Aufschrei wieder auf. Er macht dies noch einige Male, bis der Kälteschock langsam nachlässt, dann dreht er sich schwimmend zum Strand um und zu Paddy, der ihn mit offenem Mund beobachtet.

»Nun mach schon, komm rein!«, ruft Harry. »Das Wasser ist herrlich!«

Wenn man wieder aus dem Wasser kommt, ist es noch schlimmer als beim Reingehen. Harry rennt den Strand hinauf; es fühlt sich an, als ob er von einer Million Nadeln gestochen würde, als der kalte Wind über seine nasse Haut weht und den dünnen Wasserfilm noch stärker abkühlt. Sein Unterkiefer sackt unwillkürlich herab und beginnt mit einem Stakkato-Klappern. Bei den Felsen, wo ihre Kleider liegen, reißt Harry sich die nassen Schwimmshorts herunter, ohne sich um die wenigen Familien zu kümmern, die über den Strand verstreut sind. Sein Schwanz ist in dem eisigen Wasser so sehr geschrumpft, dass er für das menschliche Auge wahrscheinlich sowieso nicht mehr erkennbar ist, zumindest nicht aus einer Entfernung von mehr als ein paar Metern. Dann ein schnelles, energisches Abrubbeln mit dem Handtuch und hinein in seine Kleider. Er läuft barfuß den festen Teil des Sandes entlang, rennt, so schnell er kann, zum Hafen hinüber und wieder zurück. Als Paddys blau verfrorene, bibbernde Gestalt schließlich wieder aus den Wellen auftaucht, fühlt Harry sich großartig. Ihm ist durch und durch warm, und er spürt seinen Körper bis in die feinsten Nervenenden.

»Die McClellands werden jetzt nicht vor dem nächsten Wochenende hier sein«, sagt Paddy.

»So eine Scheiße. Ich hätte nichts dagegen, mal mit ’nem Boot rauszufahren.«

Sie gehen über die Straße zur Hoteleinfahrt.

»Da kommt der Citroën«, sagt Paddy. Das Auto nähert sich ihnen auf der Dunbreaghy Straße. Sie bleiben stehen und beobachten den Wagen. Normalerweise würden sie die Insassen auf die typisch nördliche Art grüßen – mit dem Augenzwinkern und der Kopfdrehung –, aber die Fremdheit des Autos hindert sie daran. Was vielleicht auch nur gut ist, denn die Leute in dem Citroën beachten sie überhaupt nicht, als sie an ihnen vorbeisausen. Die Jungen sehen einen mürrisch dreinblickenden Mann mit eingefallenen Zügen und neben ihm eine streng frisierte Frau, die starr geradeaus durch die Windschutzscheibe sieht. Auf dem Rücksitz ein dunkelhaariges Mädchen, das in irgendein Buch oder eine Zeitschrift vertieft ist und nicht ein einziges Mal aufblickt. Es ist das Mädchen, das Harry schon am ersten Abend im Hotel gesehen hat. Der allgemeine Eindruck ist der von Langeweile.

»Verdammter Mist«, sagt Harry. »Da fällt mir gerade wieder was ein.«

»Was?«

»Heute Nachmittag. Die Autofahrt.«

»Ach, Gott, ja! Ich werd auf jeden Fall meinen Rugbyball mitnehmen. Vielleicht können wir ja ein bisschen Training einschieben.«

»Ja«, erwidert Harry lustlos. Fußball ist schon schlimm genug, aber dabei kommt man wenigstens nicht in Schwierigkeiten. Beim Rugby hat er immer den Eindruck, als ob es alle Spieler darauf anlegten, sich sobald wie möglich ernstliche Verletzungen zuzuziehen.

»Vielleicht werden ja noch irgendwelche anderen Jungs da sein, und wir können ein Spiel organisieren«, meint Paddy.

Nicht, wenn ich es irgendwie verhindern kann, denkt Harry.

Harrys Mutter hat Erdbeeren für das Picknick gekauft. Weil Mrs. Mulholland von der Tweed-Fabrik mit von der Partie ist. Und das ist auch der Grund, weshalb Harrys Vater so schlechter Laune ist. Er sagt zwar nichts, aber Harry kann seine Stimmung an seinem grimmig vorgeschobenen Kinn erkennen. Mrs. Bryce ist ebenfalls mitgekommen. Ihr Mann ist nicht dabei, man sieht die beiden nur selten zusammen. Er verbringt den größten Teil seiner Zeit auf dem Golfplatz. Mrs. Bryce ist altersmäßig irgendwo zwischen Harrys Eltern und den Fosters, eine dunkelhaarige, attraktive Frau mit einer leicht molligen Figur und ziemlich ausgeprägten, vorstehenden Zähnen, die etwas Kaninchenähnliches haben. Sie sieht einen direkt an, wenn man sich mit ihr unterhält, aber man hat den Eindruck, dass sie einen gar nicht wirklich wahrnimmt. Sie ist so etwas wie eine Außenseiterin, eine Hobbymalerin, die nur selten in der Harbour Road anzutreffen ist, weil sie immer in ihrem Imp durch die Landschaft fährt, auf der Suche nach interessanten Ausblicken, die sie malen kann.

Jetzt sind sie alle auf dem Abhang der Dünen versammelt, der zu dem breiten Strand hinunterführt, und schweigend damit beschäftigt, sich umzuziehen, während sie mit einem starren Lächeln auf dem Gesicht unter ihren großen Strandhandtüchern hantieren. Als ob es ihnen Spaß machte, wie der Wind an ihren Handtüchern zerrt oder wie sie wackelig mal auf dem einen, mal auf dem anderen Fuß balancieren müssen, immer kurz davor, das Gleichgewicht zu verlieren. Harry und Paddy ziehen sich ebenfalls um, obwohl Harry diesmal nicht die Absicht hat, ins Wasser zu gehen. Erstens einmal ist die See viel zu weit draußen, was bedeutet, einen eisig kalten Marsch oder ein hastiges, unbeholfenes Gestolper über die endlos weite Sandfläche in Kauf nehmen zu müssen, und außerdem ist sie heute zu rau zum Schwimmen.

Die Brecher rollen vom offenen Atlantik herüber und schlagen mit solcher Wucht auf den Strand, dass das Wasser ein schäumendes Gemisch aus Sand und Gischt ist, in dem man unmöglich irgendetwas sehen kann.

Harry beobachtet verstohlen die Frauen. Es ist schon erstaunlich, was man alles aus dem Augenwinkel sehen kann, wenn man sich voll und ganz darauf konzentriert. Direkt hinzusehen ist zu plump und offenkundig. Aber während man sich umkleidet, kann man auf den Sand hinunterstarren und dabei die Augäpfel in den Winkeln sozusagen sensibilisieren. Wenn sie glauben, dass niemand zuguckt, gehen die Frauen manchmal ein Risiko ein, und man wird mit einem aufreizend verschwommenen Blick auf nackte Brüste zwischen Handtüchern und Badeanzügen belohnt. Aber die wenigen flüchtigen Blicke, die Harry bisher auf Tante Flo hat erhaschen können, waren eher Furcht erregend als sexuell stimulierend. Mrs. Foster wiederum ist figurmäßig das genaue Gegenteil, mit Brüsten, so klein, dass Harry schon glaubte, er hätte sie irgendwie übersehen, und deshalb so auffällig zu ihr hinüberschielte, dass sie ihn dabei ertappte und ihm ein schüchternes, verlegenes Lächeln schenkte. Mrs. Mulholland ist zu alt. Sie wird wahrscheinlich völlig ausgedörrte, verschrumpelte Brüste haben wie diese Mumie im Belfaster Museum, wenn man nach ihrem flachen Brustkorb gehen kann. Und seine Mutter heimlich zu beäugen, erscheint ihm denn doch irgendwie Unrecht. Also ist Mrs. Bryce die beste Wahl.

Als er jetzt unter seinem Handtuch seine Unterhose herunterzieht, rafft Mrs. Bryce gerade auf gedankenverlorene Art und Weise ihr Kleid bis über die Ränder ihrer Strümpfe hoch. Ein verschwommener Schimmer von weißen Schenkeln am äußersten Rand seines Blickfelds lässt Harry mitten in der Bewegung innehalten.

»Liz! Die Kinder sehen zu!«, zischt Tante Flo.

»Na und? Als Nächstes werden sie mich in meinem Badeanzug sehen, also, was macht das schon aus?«, erwidert Mrs. Bryce ruhig und gelassen.

Es macht sogar verdammt viel aus. Schnapp, schnapp machen die Strumpfbänder, und jetzt rollt sie ihre Strümpfe herunter. Hübsch, die Art, wie sie ihre Fußspitze dabei leicht auswärts dreht.

»Alles in Ordnung mit dir, Harry?«, ertönt Paddys Stimme von hinten, übertrieben besorgt.

Harry kann fühlen, wie die schreckliche Röte der Verlegenheit auf seinen Wangenknochen zu prickeln beginnt.

»Ich dachte gerade, du würdest in den Sand kotzen, so wie du dich vornüber gekrümmt hast«, fährt Paddy gnadenlos fort. Harry hält krampfhaft sein Handtuch umklammert, während er sich zu Paddy umdreht, damit die anderen nicht sein puterrotes Gesicht sehen können.

»Fang!«

Der Rugbyball saust spiralig durch die Luft, geradewegs auf seine Taille zu. Harry fängt ihn reflexartig auf, und das Handtuch fällt prompt auf seine Füße hinunter, vorbei an seiner Unterhose, die sich um seine Knie verheddert hat.

»Mann, du hättest ihre Gesichter sehen sollen!« Lautes, gackerndes Gelächter von Paddys Bett her.

»Ha-ha.« Harry fühlt sich zwar noch immer ein bisschen auf den Schlips getreten, aber seine ursprüngliche äußerste Verlegenheit hat er inzwischen überwunden. Er war gerade dabei, die Episode noch einmal auf ihre komische Seite hin zu überprüfen und sich zu überlegen, wie er sie Brian am besten erzählen könnte, wenn der am nächsten Wochenende kommt.

»Warum in Gottes Namen hast du das bloß getan?«, fragt er Paddy.

»Ich habe nicht drüber nachgedacht. Ich konnte einfach nicht anders.« Erneutes prustendes, geradezu hysterisches Gelächter. »Wie du splitterfasernackt da gestanden und den Ball gehalten hast! Und dann dieser belämmerte Ausdruck auf deinem Gesicht!« Bellendes, stoßweises Husten wie bei einem Raucher, der in den letzten Zügen liegt.

»Ich wusste beim besten Willen nicht, was ich tun sollte. Solange ich den Ball vor mich gehalten habe, hat er meinen Pimmel verdeckt, aber andererseits konnte ich auf diese Weise nicht meine Unterhose oder das Handtuch hochziehen. Also habe ich versucht, ihn mit den Knien festzuhalten, und mich dabei nach dem Handtuch zu bücken.«

»Es sah aus, als hättest du einen mordsmäßigen Schwengel.« Die beiden Jungen brüllen vor Lachen, können sich gar nicht wieder beruhigen.

»›*Würden Sie den bitte mal einen Moment halten?*‹, sagt er zu Mrs. Foster.« Eine Reihe von Stöhnlauten, die an eine kalbende Kuh erinnern, ertönt von Paddys Bett her. Die Tür am unteren Ende der Treppe geht auf.

»Wollt ihr Jungs wohl gefälligst mit diesem Gegröle aufhören und endlich Ruhe da oben geben?«, mahnt Harrys Mutter die Treppe hinauf.

»In Ordnung, Mum.«

Für eine Weile herrscht randvolles Schweigen in der Dachkammer. Dann ertönt wieder Paddys flüsternde Stimme aus der Dunkelheit. »Hast du schon mal von der Frau gehört, die einen Zigeuner heiratete, dessen Eier Kristallkugeln waren?«

»Was war denn mit ihr?«

»Sie hat Gummibärchen zur Welt gebracht.«

Sie versuchen, nur leise zu lachen. Es hört sich an wie eine umgedrehte Flasche, die sich glucksend entleert.

»Was ist mit dem schnellsten Wichser der Welt?«

»Keine Ahnung.«

»Er kam, bevor er ging.«

»Wahnsinnig komisch!« Über diesen Witz kann Harry überhaupt nicht lachen.

Nach einer Weile ist abermals Paddys Stimme zu hören, diesmal leiser.

»Harry?«

»Was?«

»Diese Sachen mit dem Wichsen.«

»Was ist denn damit?«

»Bei mir funktioniert es nicht.«

Harry setzt sich in den Kissen auf und sieht zu Paddys Bett hinüber. Paddy erwidert seinen Blick, sein Gesicht ein bleiches, verschwommenes Oval in der Dunkelheit. Dann starrt er an die Decke.

»Ich kann ihn eine halbe Ewigkeit lang reiben, und es passiert überhaupt nichts.«

»Reiben allein bringt auch nichts«, erklärt Harry. »Du musst dabei an Titten und so was denken.«

Eine Zeit lang herrscht Stille, nur unterbrochen von dem gedämpften Rascheln von Bettzeug.

»Wie läuft's?«, fragt Harry.

»Bis jetzt tut sich noch nichts.«

»Das dauert 'ne Weile.«

Wieder Stille. Dann sagt Paddy: »Mein Schwanz funktioniert nicht. Ich geb's auf.«

»Quatsch mit Soße. Denk diesmal an Marjorie.« Bei Harry ist das eine hundertprozentig sichere Methode.

»Er wird kleiner. Ich werd mal versuchen, an eine andere zu denken.«

»Klar. Denk einfach an irgendeine, die dir gefällt.«

Nach einer Weile hört Harry ein gedämpftes Keuchen. »Ein spitzenmäßiges Gefühl, nicht?«, fragt er.

»Ja.«

»An wen denkst du eigentlich?«

»An Mrs. Bryce.«

Harry ist pikiert. »Ich selbst hatte mir auch gerade vorgenommen, an sie zu denken.«

Paddys Atem geht schneller. »Such dir 'ne andere.«

6

Die Zeit ist wie im Fluge vergangen, aber nun scheint sie plötzlich stillzustehen. Heute ist bereits Samstag, die erste Ferienwoche liegt schon hinter ihnen, eine nebelhafte Erinnerung an Bäder im Meer, Autofahrten, Zigaretten. Doch jetzt hat Harry das Gefühl, seit einer halben Ewigkeit in das brackig braune Wasser zu starren, das ihm bis zu den Schienbeinen reicht, obwohl es in Wirklichkeit höchstens eine halbe Stunde sein kann.

Er und Paddy schlurfen barfuß den Bach entlang, der durch den Golfplatz zum Strand hinunterfließt. Sie haben in der Mitte angefangen, Rücken an Rücken stehend, und haben sich dann langsam und Schritt für Schritt voneinander fortbewegt, Paddy in Richtung Meer und Harry in Richtung Straße, sind immer in Zickzacklinien gegangen, um das Bachbett in seiner gesamten Breite abzusuchen. Harry hat sein Bewusstsein in seine Fußsohlen verlagert, und der Rest von ihm langweilt sich zu Tode. Für kurze Zeit hat er so getan, als ob er ein Chinese in einem Reisfeld wäre, aber das ist sogar noch langweiliger. Dann hat er sich vorgestellt, ein Mann zu sein, der sich vorsichtig einen Weg durch ein Minenfeld bahnt. Ein falscher Schritt ... Aber das taugt auch nichts. Denn Harry ist ja darauf bedacht, etwas zu finden, und nicht, ihm auszuweichen. Er wartet nämlich auf das verräterische Reiben von Golfbällen an seinen Fußsohlen. Paddy will mit den Bällen, die er findet, spielen, Harry will seine im Clubhaus verkaufen. Für Sixpence oder einen Shilling, je nachdem, in welchem Zustand sie sind.

Ah! Das ist sie. Diese deutlich spürbare harte Rundung, die sich durch den Schlamm bohrt. Sehen kann man den Ball niemals, dafür ist das Wasser zu trübe, deshalb ist es unbedingt erforderlich, die Suche barfuß anzugehen. Sie haben diesen Trick von den einheimischen Jungs gelernt. Jungen, die ihre Ferien hier verbringen, würden sich nicht dazu herablassen, barfuß durch diese mulschige braune Brühe zu waten. Denn es geht das Gerücht um, dass der Bach in Wirklichkeit der Abwasserkanal des Hotels ist.

Harry bückt sich gerade, um in dem schlammigen Bachbett nach dem Golfball zu tasten, als er das Motorgeräusch des näherkommenden Citroën hört. Mittlerweile ist die Urlaubergemeinde voll und ganz über die französische Familie informiert. Der Mann ist Einkäufer bei einer großen Ladenkette für Oberbekleidung und verbindet den Familienurlaub mit geschäftlichen Besuchen in den Tweed-Fabriken von Donegal. Es heißt, die ganze Familie spräche sehr gut Englisch.

Als Harry sich aufrichtet, um den Citroën zu beobachten, werfen ihm der Mann und die Frau auf den Vordersitzen missbilligende Blicke zu, und gerade als der Wagen auf einer Höhe mit ihm ist, sieht die Tochter auf dem Rücksitz von ihrer Lektüre auf. Ihre und Harrys Blicke treffen sich, und als das Auto an ihm vorbeisaust, dreht sie sich um, um durch das Rückfenster zu schauen. Harry sieht ihr Gesicht, umrahmt vom Fenster; große, aufmerksame Augen, hohe Wangenknochen und leicht geöffnete Lippen. Es scheint, als lächelte sie, bevor sie sich wieder nach vorne umdreht. Während Harry dem in der Ferne verschwindenden Auto nachblickt, wird ihm plötzlich peinlich bewusst, was für eine lächerliche Figur er abgibt in seinen hochgekrempelten Jeans, seine Schienbeine mit Schlamm verschmiert und die Taschen seiner Windjacke derart mit Golfbällen voll gestopft, dass sie grotesk ausgebeult sind. Was glaubt die Französin wohl, was er hier macht? Er kann fast hören, wie sie im Auto in prustendes Gelächter ausbricht. Ein Glück nur, dass sie nicht sehen kann, wie sein Gesicht wieder mal eine rote Verkehrsampel nachahmt. Was denkt er sich eigentlich dabei, wie ein kleines Kind hier im Matsch herumzupanschen?

»Ich geh jetzt ins Clubhaus, um meine Bälle zu verkaufen. Kommst du mit?«, ruft er Paddys sich entfernender Gestalt nach.

Sonntagmorgen. Kirche. Die Luft ist erfüllt von dem Läuten der Glocke, von dem Geflüster der Kirchendiener und dem gedämpften Klappern von Holz, als die Kirchenbesucher aufgefordert werden, weiter aufzurücken, und Klappstühle im Gang aufgestellt werden. Die Kirche ist gerammelt voll mit Urlaubern. Draußen ist die Straße zu beiden Seiten von dicht an dicht parkenden Autos gesäumt, die Scharen von sonntäglich herausgeputzten Damen mit Hut und Handtasche und von sorgfältig rasierten, Anzug und Krawatte tragenden Männern ausgespuckt haben. Jetzt sitzen sie in der Kirche, zeigen sich von ihrer besten Seite, während sie sich in leisem Ton miteinander unterhalten und Leuten zunicken, die sie seit dem letzten Jahr nicht mehr gesehen haben. Durch die offenen Fenster weht eine leichte Brise herein, vermischt sich mit den Düften von Haarpomade, Schuhwichse, Nagellack und Eau de Cologne. Das Läuten der großen Glocke wird allmählich leiser und verhallt dann schließlich ganz. Die Gemeinde verstummt, als die schwarz gekleidete Gestalt des Pfarrers aus der Sakristei auftaucht und die knarrende Treppe zur Kanzel hinaufsteigt. Er breitet in einer plötzlichen, dramatisch anmutenden Geste die Arme aus. »Lasset uns beten.«

Vor Harry neigen sich die Köpfe mit einem Rauschen, ähnlich wie Wellen, die sich an einem Strand brechen. Er schließt die Augen. Auf seiner Netzhaut zeichnet sich das helle Licht von den Fenstern als gelbe Dreiecke ab, verdunkelt sich zu Purpur und verschwindet dann. Manchmal bilden sich dabei interessante, monsterähnliche Formen auf der Innenseite seiner Lider, aber heute wird er die Augen nicht lange genug geschlossen halten. Wo sind die McClellands? Wenn sie gestern angekommen wären, wären sie heute zum Gottesdienst erschienen. Aber er hat sie nirgendwo in der Kirche gesehen. Wenn sie auch heute nicht kommen, bedeutet das, dass sie nicht vor nächster Woche in Port Braddan sein werden. Wer weiß, vielleicht kommen sie dieses Jahr überhaupt nicht her. Na ja, zumindest hat sein Vater das Fahrrad mitgebracht. Harry macht die Augen wieder auf und blickt blinzelnd zu Reverend McLeod hinauf. Er steht noch immer in derselben Haltung da, wie ein schwarzer Geier, sein Gesicht zu einer theatralischen Grimasse verzogen, um so etwas wie Schmerz anzudeuten. Oder vielleicht liegt es ja auch nur an der Anstrengung, die es ihn kostet, die Augen geschlossen zu halten. Die langen Haarsträhnen, die er auf der linken Seite seines Kopfes wachsen lässt und quer über seinen Schädel kämmt, um seine Glatze zu verdecken, hängen ihm ins Gesicht hinunter. Man kann immer erkennen, wann das Gebet enden wird, weil er sie jedes Mal kurz vorher mit Schwung zurückstreicht.

Harry dreht sich zu Paddy um, der auf der anderen Seite neben seiner Mutter sitzt, wobei er zu verhindern versucht, dass sich sein Hals raschelnd an dem steifen Kragen seines Hemds reibt. Aber Paddy hat die Augen noch immer geschlossen. Jenseits der massigen, bunt geblümten Gestalt von Tante Flo fällt Harrys Blick auf Marjories Beine, die unter einem schimmernden grünen Minirock hervorragen. Mit ein bisschen Glück wird sie sie später übereinander schlagen, und dann kann Harry sie während der Andacht beäugen. Der Pfarrer verliert jetzt hörbar an Schwung; keine weiteren Fragen in anschwellendem Tonfall, sondern kürzere, bejahende Sätze. Harry beobachtet den Geistlichen aufmerksam, wartet auf die typische Geste, mit der er sich die Haare aus dem Gesicht streicht. Da! Als er »Amen« ruft, geht eine Woge von Geräuspere, Geschnäuze und Kleiderrascheln durch die Kirche. In ihrem Kielwasser eilen ein zu spät gekommenes Ehepaar und sein Sohn den Gang entlang nach vorn und schlüpfen ehrerbietig in eine Bankreihe in der Nähe des Chors, in der noch ein paar Plätze frei geblieben sind. Als sie sich hinsetzen, dreht sich der Junge herum und blickt mit einem breiten, großzahnigen Grinsen in Harrys und Paddys Richtung. Es ist Brian McClelland. Gott sei Dank.

Marjorie weigert sich, ihre Beine übereinander zu schlagen; der grimmige Zug um ihren Mund lässt erkennen, dass sie sich Harrys verstohlener Blicke bewusst ist. Und so verbringt er die Predigt stattdessen damit, auf den Rücken von Reverend McLeods Ehefrau zu starren, die direkt vor ihm sitzt. Sie hat dieses rundschultrige Aussehen, das davon herrührt, dass sie die Hände im Schoß hält, und nach der Art zu urteilen, wie sich ihre Schultern bewegen, reibt sie ihre Hände unaufhörlich. Die Frauen sagen, sie hätte Probleme mit den Nerven. Abgesehen von den Gottesdiensten sieht man sie nie außerhalb des Pfarrhauses. Sie trägt eine weiße Nylonbluse, unter der sich verschiedene Teile von Unterwäsche in faszinierenden Höckern und Konturen abzeichnen. Am oberen Rand der diversen Unterkleider schimmern dicke rosa

Arme und Schultern durch den Blusenstoff, aber unterhalb davon, ungefähr zwei oder drei Zentimeter weiter Richtung Mitte, kommt ein Wulst von irgendetwas, der die breite Fläche ihres Rückens in ein weißes Gebiet verwandelt, wie eine unerforschte Region in einem historischen Atlas. In der Mitte ihres Rückens erhebt sich ein weiterer Wulst, etwa so breit wie eine Hand. Wenn sie aufsteht, um zu singen, oder sich zum Beten nach vorn beugt, werden ihre Bewegungen von einem ganzen Orchester von Dehn-, Schnapp- und Gleitgeräuschen begleitet. Unter dem Nylonstoff der Bluse kann man auf beiden Schultern die Umrisse von drei Trägern erkennen, einer davon verdreht. Was in Gottes Namen hat die Frau bloß an? Und wie sieht sie wohl aus, wenn sie nichts anhat?

Nach dem Segen muss die Gemeinde noch einen Moment sitzen bleiben, bis Reverend McLeod mit flatterndem Talar den Gang zwischen den Bankreihen hinuntergegangen ist und in der Vorhalle Posten bezogen hat. Er besteht darauf, allen Gottesdienstbesuchern die Hand zu schütteln, wenn sie die Kirche verlassen. Was einen ziemlichen Stau im Gang erzeugt, ähnlich wie im Kino von Kilmartin. Harry findet Reverend McLeods Benehmen ein bisschen schleimerisch und aufgesetzt, aber die Erwachsenen, und besonders die Frauen, sind immer ganz angetan von seiner Art.

Marjorie steht direkt vor Harry, und als sie an der Reihe ist, umschließt Reverend McLeod ihre ausgestreckte Hand mit seinen beiden Händen. »Marjorie! Ich hätte dich ja beinahe nicht wiedererkannt! Sie ist richtig erwachsen geworden, nicht wahr?«, sagt er zu den übrigen Moores. Er übergeht Harry mit einem zerstreuten Lächeln, da er offensichtlich seinen Namen vergessen hat, und damit ist Harry entlassen.

Draußen vor der Kirche bahnen sich Harry und Paddy einen Weg durch die Menschenmenge. Sie entdecken Brian ein

Stück abseits unter einem Baum, im selben Moment, in dem er sie sieht, und schlendern aufeinander zu, die Hände in den Hosentaschen vergraben, ihre Haltung betont lässig. Brian ist im gleichen Alter wie Harry und könnte – hätte er nicht glatteres, dunkleres Haar und diese großen, spatenartigen Schneidezähne – durchaus als Bruder von ihm und Paddy durchgehen. Er trägt den flotten blauen Blazer einer Schulsportmannschaft.

»Hi, Brian. Lange nicht gesehen«, sagt Harry.

»Hi, Kumpels.«

»Cooler Blazer«, meint Paddy, während er den blauen Stoff mit dem Schulwappen darauf befühlt.

»Ja, sie haben mich dieses Jahr zum Klassenordner gemacht. Weil ich im Rugbyteam bin. Hab 'ne Medaille bekommen und so.«

Rugbyspieler sind auch in der *Ballyraine Academy for Boys* Idole, aber Harry ist nie gut im Rugby gewesen, und er hat es aufgegeben, sich dem jämmerlichen Haufen von Crossläufern anzuschließen, die auf den Straßen in der Nähe der *Ballyraine Boys'* herumlatschen. Die Lehrer sehen alle auf sie herab. Ein Haufen von Schwächlingen. Keine teuren Blazer dafür, dass sie so was wie Handlanger sind und obendrein noch Crossläufer. Harry wird ein wachsames Auge auf Paddy und Brian halten müssen, sonst werden die beiden andauernd Rugbyspiele organisieren.

»Wie lange seid ihr denn schon hier?«, will Brian wissen.

»Seit letzter Woche. Wir haben die ganze Woche auf dich gewartet«, erklärt Harry.

»Tja, meine Oma war krank. Wir konnten nicht von zu Hause weg. Es war echt langweilig.«

»Und? Geht's ihr jetzt wieder besser?«

»Nein, sie ist gestorben. Kommt ihr morgen Nachmittag zu mir? Wir könnten mit dem Boot rausfahren.«

»Was meinst du, Paddy?«, fragt Harry, sorgsam darum bemüht, seine Begeisterung nicht zu sehr zu zeigen.

Paddy versucht, ein erfreutes Grinsen zu unterdrücken, und antwortet in dem gleichen lahmen, ausdruckslosen Ton: »Na ja, warum nicht? Könnten wir eigentlich.«

Zur Essenszeit wird Harry von seiner Mutter abgefangen. »Ich möchte nicht, dass du dich an dem einen Tag, an dem dein Vater hier ist, wieder im Hafen herumtreibst. Du weißt, wie sehr er es zu schätzen weiß, wenn du mit uns auf einen Ausflug kommst.«

Sie zockeln mit den gesetzlich vorgeschriebenen dreißig Meilen die Straße nach Carrigart entlang. Das andere Auto ist wie gewöhnlich schon längst am Horizont verschwunden. Harrys Mutter sitzt mit verschränkten Armen da. Harry kann sich das kleine Lächeln auf ihrem Gesicht vorstellen. Das hier ist das, was sie liebt, diese Ausflüge zu dritt, wenn sie gemeinsam irgendwo hinfahren. Komisch, dass sie überhaupt nicht auf die Warnzeichen achtet, die Harry in der verkrampften Nackenhaltung seines Vaters erkennt und an der Art, wie er das Lenkrad umklammert hält. In Donegal ist sie immer anders als sonst. Zu Hause würde sie jetzt nervös werden.

»Wenn man beobachtet, wie manche Leute durch die Gegend rasen, fragt man sich unwillkürlich, ob sie überhaupt irgendwas von der Landschaft mitkriegen«, bemerkt Mr. Moore. »Seht euch das an.« Sie kommen aus dem Wäldchen heraus, das die Straße auf beiden Seiten umschließt, und halten auf Lackagh Bridge zu. Es ist noch immer Auflaufwasser; das Wasser strömt von der Bucht zu ihrer Linken herein und schlägt in kleinen Wellen gegen die Pfeiler der alten Steinbrücke. Der Wasserstand ist jetzt schon höher als gewöhnlich.

»Heute ist Springflut«, sagt Harry. Er liebt es, wenn das Meer dieses kleine Stück höher reicht als bei normaler Flut und die Wellen über das braune Seegras und die schwarzen Klippen plätschern, die die schmalen Landzungen umsäumen. Wenn sie auch die grauen, mit Flechten überzogenen Felsen weiter oben überspülen und bis hinauf zu den grünen Feldern schwappen. Es sieht so glatt und üppig aus. Im Hafen wird das Wasser so hoch stehen, dass es bis zur dritten Treppenstufe von oben reicht, vielleicht sogar bis zur zweiten. Man braucht nur von der Stufe zu treten.

»Wann fahren wir wieder zurück?«, fragt er.

7

»Es tut mir Leid, dass die alte Mrs. McClelland gestorben ist«, sagt Harry, wie seine Mutter ihn instruiert hat. Die Jungen stehen vor der Tür des McClelland'schen Hauses in der Harbour Road, können es kaum noch erwarten, mit dem Boot rauszufahren.

»Gott, ja, nun ja, ich glaube, am Ende war es für die Gute tatsächlich eine Erlösung. Bleibt ihr Jungs zum Dinner? Wenn ja, dann muss Brian noch einkaufen gehen.«

»Nein, sie bleiben nicht«, erklärt Brian, als er hinter seiner Mutter auftaucht. »Sie gehen nachher wieder den Hügel rauf, zu einer großen Grillfete. Außerdem verstehen sie ›Dinner‹ sowieso nicht, Mummy. Dinner gibt's bei ihnen um die Mittagszeit. Du musst ›Tee‹ sagen. So nennt man das doch bei euch, stimmt's?« Er zwinkert Harry und Paddy zu. Brian versucht immer, sie in seinen Guerillakrieg gegen seine Eltern mit hineinzuziehen. »Wieso nennen wir das Abendbrot eigentlich Dinner, Mummy? Grandma hat auch immer ›Tee‹

dazu gesagt.« Selbst die Art, wie Brian seine Eltern mit Mummy und Daddy anredet, ist frech.

Aber Mrs. McClelland denkt gar nicht daran, sich von Brian provozieren zu lassen. Sie ist eine kleine Frau mit mausgrauem Haar und einer entmutigenden Art, sich auf gewisse Dinge zu konzentrieren und andere stumpf zu ignorieren, vor allem ihren Sohn. Jetzt sieht sie mit ihrem starren, forschenden Blick an Harry und Paddy vorbei. »Wer sind diese Leute da?«, fragt sie. Harry blickt in die Richtung, in die sie zeigt. Die französische Familie ist gerade in die Harbour Road eingebogen und bewegt sich in dem gemessenen Schritt von Leuten, die einen Spaziergang machen.

»Das sind die Franzosen, die oben im Hotel wohnen«, erläutert er.

Mrs. McClelland geht den Gartenweg hinunter. Harry und Paddy folgen Brian in die Garage.

»Okay, Leute«, sagt Brian. »Da sind die Ruder, die Handleinen und die Schwimmwesten. Bringt sie schon mal raus. Ich werde in der Zwischenzeit die Riemendollen suchen.«

Harry und Paddy stapeln die Sachen zu einem Haufen am unteren Ende des Gartens, wo Mrs. McClelland Posten bezogen hat und mit einem starren Lächeln beobachtet, wie die französische Familie die Straße entlangkommt. Die Jungs gehen wieder in die Garage zurück.

»Verdammt«, schimpft Brian, während er in Kisten mit Werkzeug herumwühlt. »Wenn wir die blöden Dinger zu Hause gelassen haben, können wir das Boot die Ferien über vergessen. Ich kann mich nicht daran erinnern, dass ich sie gestern gesehen hätte. Scheiße, Scheiße, Scheiße!«

Mrs. McClellands Stimme schallt vom Gartenzaun herauf. »Herrliches Wetter heute, nicht wahr?«

Gedämpftes Gemurmel als Antwort.

»Sie machen wohl gerade einen kleinen Bummel, wie?«

Erneutes unverständliches Gemurmel.

»Als Nächstes wird sie sie auf eine Tasse Tee ins Haus einladen«, sagt Brian.

Die Stimme seiner Mutter tönt den Garten herauf. »Warum kommen Sie nicht auf eine Tasse Tee herein?«

Als das Quietschen des aufschwingenden Gartentors zu hören ist, drehen sich die Jungen um, um die Szene durch die offene Garagentür zu beobachten. Mrs. McClelland hält mit einer Hand das Gartentor auf und zeigt mit der anderen einladend Richtung Haus. Jetzt kommt die französische Familie im Gänsemarsch den Gartenweg herauf, wobei das Mädchen an der Spitze geht und Mrs. McClelland den kleinen Trupp von hinten antreibt.

»Wie heißt du, meine Liebe? Äh, *comment* ...«

»Marie.«

»Oh, Marie, was für ein reizender Name! Du musst dich ja schrecklich langweilen. Die Jungs wollen gleich mit dem Boot rausfahren, und ich bin sicher, sie würden dich sehr gerne mitnehmen. Würde dir das nicht Spaß machen, Marie? Brian!«

»Das darf doch wohl nicht wahr sein!«, murmelt Brian ärgerlich und blickt von seinen Kisten auf. »Ist die Alte noch zu retten?«

»Was gibt's?«, brüllt er durch die offene Garagentür. »Wir haben zu tun.«

»Komm heraus, und sag dieser netten französischen Familie guten Tag.«

»Scheiß auf die nette französische Familie«, knurrt Brian. Er lässt einen Schraubenschlüssel laut klirrend auf den Zementfußboden fallen und trottet hinaus. Harry und Paddy folgen ihm.

Im Tageslicht an der Tür entdeckt Harry durch Zufall die Riemendollen, die in einer Kiste zwischen einer Fahrradpumpe, einer Taschenlampe und einem Primuskocher liegen.

Er nimmt sie heraus und schlendert hinter den beiden anderen Jungen her.

»Dies ist mein Sohn Brian, und das sind seine beiden Freunde, Henry und Patrick. Dies ist die Familie Fischer.«

»Harry«, sagt Harry.

»Brian, Marie würde gerne mit dem Boot rausfahren, warum nehmt ihr Jungs sie nicht zu einer netten kleinen Ruderpartie durch den Hafen mit? Du kannst dabei dein Französisch aufpolieren! Du weißt ja, was dein Französischlehrer in dein Zeugnis geschrieben hat.«

Brian blickt zum Himmel hinauf und beschattet die Augen mit der Hand, als ob er die Wetterverhältnisse überprüfen wollte. »Daddy sagt immer, dass es gefährlich ist, mit vier Leuten in dem Boot zu fahren.«

»Unsinn, Brian, nicht, wenn ihr nur im Hafen bleibt.«

Mr. Fischer wirft einen Blick auf seine Uhr, dann sieht er seine Frau an. Harry schielt an seiner Nase entlang, um zu sehen, ob man ihm seine Verlegenheit anmerken kann. Noch ist keine Spur von peinlicher Röte zu sehen. Das Mädchen wirkt nicht im Geringsten verlegen. Es beobachtet die Jungen ruhig und gelassen, wobei es gelegentlich sein dunkles, windzerzaustes Haar zurückwirft.

»Außerdem können wir die Riemendollen nicht finden«, sagt Brian. »Wir müssen sie in Belfast gelassen haben.«

»Ich habe sie gefunden«, erklärt Harry und hält die vermissten Teile hoch.

»Gut für dich, Henry«, erwidert Mrs. McClelland. »Na, dann mal los mit euch, Jungs. Und kümmert euch um Marie!« Sie führt die Fischers ins Haus. Brian schnappt sich eine Handleine und beginnt sie zu bearbeiten, während er finster auf die Knoten am Ende starrt.

Marie geht auf die Jungen zu und lächelt Harry und Paddy an, als ob sie einen geheimen Witz teilten. Sie hat süße kleine Grübchen rechts und links von ihrem Mund, so als ob sie ein noch breiteres Grinsen unterdrücken wollte. Sie trägt einen blauen Pullover und Jeans, Kleidung, in der man ein irisches Mädchen nicht sehen würde.

»Wir haben dich schon mal gesehen«, sagt Paddy. »In eurem Citroën.«

»Ich habe euch auch schon gesehen. Ihr seid die Jungs, die jeden Tag mit ihren Badehandtüchern am Hotel vorbeigehen. Seid ihr Brüder?«

»Zweifache Cousins«, erklärt Harry. »Zwei Brüder haben zwei Schwestern geheiratet.«

»Ach so. Aber ihr seht wie Brüder aus. Harry und Patrick.«

»Paddy«, korrigiert Paddy sie.

»Und du bist Brian.«

Brian grunzt nur und rollt die Leine weiter auf.

»Seid ihr Kommunisten?«, fragt Paddy.

»Nee, wir sind Großkapitalisten. Wieso?«, will Marie wissen.

»Dieses rote Buch da in eurem Auto. Ist das nicht eine Mao-Bibel?«

»Du meinst den *Michelin Reiseführer für Großbritannien und Irland?*«

»Äh, ja, kann schon sein.«

»Er enthält ungefähr zwei Seiten über Irland.«

»Verrat uns ein gutes französisches Schimpfwort«, fordert Paddy.

»*Putain* ist gut. Das kann man fast immer nehmen.«

Sie sprechen das Wort probeweise aus. »Und was heißt das?«, will Harry wissen.

»Hure.«

»Aber ist das dann nicht nur für Mädchen?«, fragt Paddy.

»Nein, nein. Für jeden.«

»Genau wie *Armleuchter*«, meint Harry. »Hey, Brian, du alte *putain*. Was hat dein Französischlehrer eigentlich in dein Zeugnis geschrieben?«

Brian grunzt etwas Unverständliches.

»›Kann nur grunzen‹ wahrscheinlich«, sagt Paddy.

»Hör mal, ich habe nie gesagt, dass ich in deinem Boot mitfahren möchte. Das war einzig und allein die Idee deiner Mutter«, erklärt Marie.

»Ich weiß«, erwidert Brian. »Du willst nicht mit dem Boot rausfahren. Wir wollen dich nicht mitnehmen. Deine Eltern wollen keine Tasse Tee. Sechs Leute, die Dinge tun, die sie eigentlich gar nicht tun wollen, nur um meiner Mutter ihren Willen zu lassen. Ich fass es einfach nicht!«

Maries sonnengebräunte Waden sind zwischen Harrys und Paddys bleichen Schienbeinen eingekeilt. Ihre Hosenbeine sind noch immer hochgekrempelt, nachdem sie das Boot zu Wasser gelassen haben. Marie sitzt im Heck, gegenüber von Harry und Paddy, die auf der Ruderbank in der Mitte des Bootes hocken. Hinter ihnen sitzt Brian im Bug. Die Jungen rudern, und das Boot – kleiner, als Harry es in Erinnerung hatte – flitzt dahin, während der Fiberglasboden und die Seiten durch den Druck des vorbeiströmenden Wassers vibrieren. Die Klippen von Breaghy Head schieben sich vor den Hafen, so dass das Boot von der Harbour Road aus nicht mehr zu sehen ist.

»Das ist weit genug«, sagt Brian. »Zeit für ’nen Glimmstängel, Leute.«

Sie ziehen die Ruder ein, und das Boot schaukelt sanft auf den Wellen. Es ist ein trüber, bewölkter Tag; die Spitzen von Horn Head und Muckish sind in Wolken gehüllt.

»Meine Runde«, sagt Harry und zieht eine Schachtel mit zehn Silk Cut aus seiner Hosentasche.

»Hier, probiert mal eine französische«, sagt Marie. Sie hält den Jungen ein blaues Päckchen hin, das oben offen ist.

»Die sind ja filterlos«, meint Paddy.

»Filter verderben den Geschmack.«

Keiner der Jungen sagt etwas darauf. Die einzige Art von filterlosen Zigaretten, die Harry kennt, sind Marken, die die Farmer in Kilmartin kaufen, Marken, die zu rauchen die Jungen normalerweise als unter ihrer Würde betrachten würden. Paddy dreht das Zigarettenpäckchen in der Hand herum.

»*Gau* …«

»*Gauloise.*«

»*Gauloise. Putain.*«

»Sehr gut.«

Sie zünden die Zigaretten an. Der Rauch versengt Harry die Kehle, so wie damals, als die feuchten Heuballen auf dem Hof seines Großvaters Feuer fingen. Ihm schießen Tränen in die Augen.

Das Boot dreht sich langsam in der Strömung. Plötzlich beugt sich Paddy über die Seite und kotzt ins Wasser, bringt das Boot dabei heftig zum Schaukeln. Sein Gesicht ist grünlich weiß.

»Liegt an dem verdammten Boot«, murmelt er, bevor er sich abermals übergibt.

»Ich glaube, er ist noch zu jung, um zu rauchen«, sagt Marie. Harry schnippt seine halb aufgerauchte Zigarette verstohlen über Bord, während Marie beobachtet, wie sich Paddys Schultern krampfartig heben und senken. Dann lässt Paddy sich wieder auf die Bank zurückfallen, seine Zigarette noch immer zwischen den Fingern. Er wirft einen Blick darauf, sein Gesicht käsebleich, dann zieht er abermals an der Zigarette, so als ob überhaupt nichts gewesen wäre.

»Schmecken echt cool, diese Gauloises«, sagt er.

Zwei Stunden später kehren sie wieder in den Hafen zurück und sehen die drei Erwachsenen schon auf der Harbour Road warten. Sie sind nach Breaghy Head hinausgefahren, haben dreiundzwanzig Makrelen gefangen, deren Exkremente an ihren Hosen kleben, und Harry hat Marie das Rudern beigebracht. Sie tragen das Boot den Strand hinauf, während die Fische auf dem Boden herumrutschen. Am Fuß des Abhangs legen sie die Makrelen in einen Eimer und klettern dann zur Straße hinauf, leicht stolpernd, denn jeder von ihnen trägt seine Schuhe, ein Ruder, eine Handleine, eine Riemendolle und außerdem eine Schwimmweste. Marie geht vor Harry her. Ihre Jeans sind noch immer hochgekrempelt, und die Stofffalten um ihre Knie sind dunkel vor Feuchtigkeit. Weiter oben, wo das Wasser bereits getrocknet ist, weisen ihre Jeans eine weiße Linie aus Salz auf und schmale Streifen verkrusteter Makrelenscheiße. Die Jungen sehen eigentlich jedes Mal, wenn sie von einer Bootstour zurückkommen, mehr oder weniger so aus wie jetzt. Aber Maries Eltern sind offenbar nicht darauf gefasst gewesen, wenn man nach dem Ausdruck auf ihren Gesichtern gehen kann.

Brian hält eine Makrele hoch. »Sie haben uns über und über vollgeschissen, Mummy. Oder nennt man das vollgekackt?«

»Dann werden wir uns jetzt mal wieder auf den Heimweg machen«, sagt Mr. Fischer. »Vielen Dank für den Kaffee.«

»Und für die Bananensandwiches«, fügt seine Frau hinzu.

»Was sind Bananensandwiches?«, fragt Marie.

»Bananenscheiben auf gebuttertem Weißbrot, mit Zucker bestreut«, erklärt Mrs. McClelland. »Die Jungen essen sie zu gerne. Man kann sie auch mit Orangen machen, wenn man gerade keine Bananen bekommen kann.«

»Dann sind es Orangensandwiches«, erklärt Brian.

Mr. Fischer wendet sich zu Mrs. McClelland um und verabschiedet sich mit einem raschen Händedruck von ihr. »Auf Wiedersehen.«

»Hat mich wirklich sehr gefreut, dass Sie vorbeigeschaut haben. Bitte kommen Sie doch jederzeit wieder!«

»Bye«, sagt Marie und geht hinter ihren Eltern her.

»Morgen fahren wir wieder raus«, ruft Harry ihr nach. Er möchte sie gerne wieder sehen, diese Französin, die keine große Sache daraus macht, mit drei Jungen in einem Boot zu fahren und obendrein noch mit einem Haufen toter Makrelen, die um ihre nackten Füße glitschen. Marie dreht sich zu ihm um und ruft etwas, aber Harry kann es nicht verstehen.

»Was für nette Leute. Nur schade, dass dein Vater nicht hier war«, sagt Mrs. McClelland, während sie noch immer den sich entfernenden Gestalten nachwinkt.

»Hört sich für mich nach einer Verschwendung von Bananensandwiches an«, sagt Brian.

»Vielleicht würden sie lieber Schneckensandwiches essen«, meint Paddy.

»Oder Sandwiches mit Froschschenkeln«, fügt Harry hinzu.

»Ich will diese Fische nicht in meiner Küche haben«, erklärt Mrs. McClelland.

Harry liegt in seinem Bett, eingehüllt von der anonymen Dunkelheit, die sie für ihre Gespräche bevorzugen, und wartet darauf, wie gewohnt mit Paddy noch einmal Rückschau auf die Ereignisse des Tages zu halten. Er hat sich auf den Bauch gedreht, sein Rücken ist auf der alten, durchgelegenen Matratze so durchgebogen wie bei einer Makrele, die mitten im Zappeln erstarrt ist. Sein Kinn ist auf das Kopfkissen gestützt, die Hände umfassen die senkrechten Stangen des Kopfteils des Bettes, und sein Kopf ragt zwischen seinen Armen hervor. Auf der anderen Seite des Zimmers liegt Paddy auf dem Rücken, den Kopf auf die im Nacken verschränkten Arme gebettet, seine Ellenbogen spitz in die Dunkelheit ragend, sein Blick gedankenverloren auf die Dachschräge geheftet, die sich langsam auf ihn herabzusenken scheint. Es ist nicht zu einer Wiederholung der Wichs-Aktion gekommen. Sie haben sie noch nicht einmal erwähnt.

»Es war schön heute im Boot«, sagt Harry.

»Ja.«

»Wie findest du Marie?«

»Nett.«

»Sie ist echt hübsch, nicht?«

»Ja.«

»Glaubst du, sie wird morgen wieder mitkommen?«

»Keine Ahnung.«

Mach doch, was du willst! »Macht einen ziemlich müde, die Seeluft, nicht?«

»Ja.«

»Gute Nacht, Paddy.«

»Gute Nacht, Harry.«

Aber Harry ist alles andere als müde, während er mit großen Augen in die Dunkelheit starrt. Diese kleinen Astlöcher im Holz der Wandvertäfelung direkt vor ihm, die sehen genauso aus wie die Grübchen in Maries Wangen, wenn sie lacht. Die Maserung der Holzverschalung gleich darunter hat den gleichen eleganten Schwung wie Maries Waden, und die feinen Linien dort sehen aus wie die Fältchen in ihren Kniekehlen. Wie sie die Beine beugte und streckte, als sie vor ihm den Abhang hinaufkletterte. Wenn er die Augen schließt, wird sein Bewusstsein von einer Fülle von Sinneseindrücken des Tages überflutet – der Druck ihres Schenkels an seinem, als sie neben ihm saß, während er ihr zeigte, wie man rudert. Ihr schallendes Gelächter. Ihre lässig im Wasser baumelnde Hand. Immer wieder sieht er ihr Gesicht in der

Dunkelheit vor sich schweben und malt sich dabei sehnsüchtig aus, wie sich ihre Lippen seinem Mund nähern. Seine Atemzüge scheinen jetzt schneller zu werden, statt sich allmählich zu verlangsamen, und er verspürt ein leichtes Gefühl der Übelkeit, als ob er mehr Luft einatmete, als er aushauchte, und die überschüssige Luft in seinen Magen hinuntersickerte.

Er weiß genau, was das bedeutet: Er ist verliebt.

8

Als Harry am nächsten Morgen aufwacht, stellt er zu seiner Überraschung fest, dass die Sonne bereits hoch an einem wolkenlosen blauen Himmel steht. Er muss wohl doch irgendwann eingeschlafen sein. Paddys Bett ist leer und bereits gemacht. Draußen kann er das Klacken von Holz gegen Golfbälle hören. Paddy übt gerade seinen Treibschlag mit den alten Bällen, die er nicht hat verkaufen können.

Als Harry ins Esszimmer herunterkommt, brät ihm seine Mutter ein paar Spiegeleier, während sie auf den Eintopf aufpasst, den sie zum Mittagessen kocht. Alle anderen sind schon zum Hafen hinuntergegangen.

»Essen wir heute Abend die Makrelen?«, fragt er.

»Nein. Die halten sich auch noch bis morgen. Wir müssen zuerst die beiden Hühner essen, die dein Vater mitgebracht hat.«

»Kann Brian dann morgen zu uns zum Abendessen kommen?«

»Seine Mutter wollte ihn wohl seine Makrelen nicht behalten lassen, wie? Ja, natürlich kann er zum Essen kommen. Warum nicht?«

»Dieses französische Mädchen würde vielleicht auch gerne kommen.«

»Welches französische Mädchen?« Seine Mutter taucht aus der Küche auf, damit beschäftigt, einen Teller abzutrocknen.

»Das aus dem Hotel.«

»Wo hast du es denn kennen gelernt?«

»Unten am Hafen. Es ist mit uns im Boot rausgefahren.«

»Ach, tatsächlich? Sieh mal einer an!«

»Kann sie auch kommen?«

»Würde sie denn Makrelen essen?«

Harry nickt betont beiläufig.

»Na ja, ich schätze, eigentlich könnte sie gut mitessen. Wir haben sowieso viel zu viele. Wie heißt sie?«

»Marie.« Harry versucht, nicht zu lächeln, als er das sagt.

Seine Mutter sieht ihn noch immer forschend an. »Ist sie ein nettes Mädchen?«

»Nett« ist die Summe aller Dinge, die ein Mädchen nach Ansicht seiner Mutter sein sollte. Zu diesen Eigenschaften gehört, dass das Mädchen ein Gymnasium besucht, in einem Kirchenchor singt, nicht kichert, nicht zu viel Bein zeigt und kein Make-up trägt, also kurzum der Typ Mädchen ist, der die sexuelle Fantasie eines Jungen nicht sonderlich beflügelt.

»Ja, sehr nett.«

»Na schön, in Ordnung, dann soll sie kommen. Willst du das da nicht aufessen?«

»Nein.«

»Was für eine Verschwendung von guten Eiern.«

Als sie in der Harbour Road ankommen, lässt Harry sein Fahrrad deutlich sichtbar auf dem moosbedeckten Boden gegenüber von dem Haus der McClellands stehen. Weiß Marie eigentlich, dass sie Fahrräder haben? Er trottet hinter

Paddy her, der sein Fahrrad zu der McClelland'schen Garage hinaufschiebt. Brian kommt aus dem Haus. »Wird aber auch langsam Zeit«, sagt er. Paddy folgt ihm in die Garage, und Harry sieht sich draußen ein letztes Mal suchend nach Marie um. Dann wartet er im Inneren der Garage, lungert gleich neben der Tür herum, während die anderen beiden anfangen, die Ruder, Riemendollen und Schwimmwesten zusammenzusuchen. Sie brauchen eine Ewigkeit dafür, die Lahmärsche. Schlafen fast im Gehen ein. Es kann gut sein, dass Marie jetzt aufkreuzt, keinen von ihnen draußen sieht und daraufhin wieder weggeht. Wer weiß, vielleicht taucht sie ja in genau diesem Moment vor dem Haus auf. Harry steckt den Kopf zur Tür hinaus. Keine Spur von ihr zu sehen. Aus der Garage ertönt ein hölzernes Klappern.

»Soll ich die verdammten Ruder etwa alle allein schleppen?«, schimpft Brian. Harry flitzt hinein und hebt die beiden Ruder auf, die Brian hat fallen lassen, dann rennt er wieder hinaus. Paddy und Brian kommen aus der Garage und marschieren über die Straße den Abhang hinunter.

»Ich werd hier noch eben abschließen«, sagt Harry. »Geht ihr ruhig schon vor.«

Er schließt die Garagentür, dann schiebt er sein Fahrrad in den Garten der McClellands und lehnt es gegen die Mauer, nur um es gleich darauf wieder nach draußen zu schieben. Noch immer keine Spur von Marie. Er stellt das Fahrrad an der Stelle ab, wo es zuvor schon gestanden hat, dann dreht er es in die andere Richtung herum.

»Komm endlich in die Hufe, Harry!«, ruft Brian vom Strand herauf.

»He, Mann, krieg nicht gleich die Krise!«

Brian und Paddy haben das Boot bereits ins Wasser geschoben und sind damit beschäftigt, die Riemendollen und Ruder einzulegen.

»Wieso hast du's eigentlich so eilig, Herrgott noch mal?«, fragt Harry, als er sich zu den beiden Jungen gesellt. »Wie wär's, wenn wir erst noch eine rauchen würden, bevor wir losfahren?«

Brian starrt ihn an. »Tickst du nicht mehr ganz richtig? Wir rauchen erst, wenn wir um die Landspitze rum sind, wie immer.«

Paddy hält das Boot fest, während Brian an Bord springt.

»Hat dieses Mädchen, wie hieß sie doch noch gleich, Marie, nicht gesagt, dass sie heute wieder mit uns rausfahren wollte?«, fragt Harry betont beiläufig.

»Tja, sie ist nicht hier, oder?«, erwidert Brian. »Außerdem will ich heute zum Horn rüberrudern, und vier im Boot sind zu viele. Nun komm schon, Harry, worauf wartest du denn noch?«

»Mal ganz im Ernst, Leute, ich fühle mich irgendwie nicht wohl. Ich werd einfach hier warten, bis ihr wieder zurückkommt.«

Brian verdreht die Augen zum Himmel, dann sieht er Paddy unterstützungsheischend an, aber der beschäftigt sich mit den Angelschnüren. »Mach doch, was du willst«, sagt er. »Nur zwei sind sogar noch besser.«

Sie klettern in das Boot und legen bald darauf vom Strand ab. Harry sieht ihnen nach, aber sie haben keinen Blick für ihn übrig. Er wendet sich ab und schlendert den Strand entlang. Er muss an einem günstigen Aussichtspunkt bleiben, an einer Stelle, wo er Marie kommen sehen kann. Oder wo sie ihn sehen kann. Der beste Ort dafür ist der Strand. Was soll er ihr bloß sagen, wenn sie tatsächlich erscheint? Warum ist er angeblich hier geblieben? Er könnte so tun, als ob er nach den Sandwürmern suchte, die sie als Angelköder benutzen. Ja, das ist eine gute Idee. Marie wird nicht wissen, dass es an diesem Strand überhaupt keine Sandwürmer gibt.

Eine halbe Stunde später kniet er gerade neben einer Reihe armtiefer Löcher im Sand, als er eine Mädchenstimme von der Harbour Road her rufen hört. »Harry!« Er blickt hastig auf, aber es ist nur Marjorie. Scheiße. Was macht die denn hier? Er hebt die Hand zu einem flüchtigen, abgelenkten Winken, um zu demonstrieren, wie beschäftigt er ist, aber Marjorie läuft schnurstracks den Abhang herunter und kommt auf ihn zu.

»Was soll das denn darstellen, wenn du damit fertig bist? Oder misst du nur die Länge deines Arms?«

»Uns sind die Sandwürmer ausgegangen, und da habe ich gesagt, ich würde hier bleiben und ein paar ausgraben.«

»An diesem Strand gibt es doch gar keine Sandwürmer. Das weiß ja selbst ich. Hast du dich mit Paddy und Brian gestritten? Na, komm, Harry, wie wär's, wenn wir uns eine Zigarette genehmigen würden? Mum und Dad sind oben im Laden.«

»Nicht ausgerechnet jetzt, ich glaube, ich bin hier gerade auf etwas gestoßen«, lügt er und wühlt betont eifrig im Sand herum.

»Na schön, dann eben nicht. Wie du willst!« Marjorie geht davon.

Harry wartet, bis sie verschwunden ist, dann erhebt er sich auf die Füße, wütend auf sich selbst, weil er Marjorie dieses eine Mal, wo sie ihm ein solches Angebot machte, kurzerhand abgewimmelt hat. Marie lässt sich nirgendwo blicken. Sie wird auch nicht mehr kommen, davon ist er inzwischen fest überzeugt. Und Brian und Paddy werden noch bessere Freunde sein, wenn sie zurückkommen und anfangen, ihre dämlichen Rugbyspiele zu organisieren. Ein bitteres Gefühl des Scheiterns steigt wie Galle aus seinem Magen auf. Er versetzt dem Sand einen heftigen Fußtritt, voller Ärger auf sich selbst.

»Rate mal, wen wir heute Morgen getroffen haben«, sagt Paddy. Sie sind oben in ihrem Zimmer, um nach dem Essen eine zu rauchen. Die Erwachsenen und Marjorie sind zu einer Spazierfahrt aufgebrochen.

»Moby Dick. Woher soll ich das denn wissen?« Harry hat den Rest des Morgens damit verbracht, die Taschenbücher in der Drogerie in Dunbreaghy durchzusehen, bis ihn der Drogist aus dem Laden scheuchte.

»Marie.«

»Wer's glaubt, wird selig!«

»Frag Brian! Sie war unten am Hafen, als wir zurückgekommen sind. Sie ist mit uns eine qualmen gegangen. Wir haben uns super unterhalten.«

»Worüber?«

»Ach, über alles Mögliche. Sie ist aus Dalmatien.«

»Seit wann ist das denn ein Teil von Frankreich?«

»Na ja, oder vielleicht auch aus Alsatien oder Elsatien oder Elsass oder wie das heißt. Irgendwas in der Art. Irgendein Ort, wo sie Hunde haben.«

»Na toll.«

»Willst du wissen, warum sie so gut Englisch spricht?«

»Warum denn?«

»Weil ihre Großmutter Engländerin ist, darum. Und sie hat darauf bestanden, dass Marie schon als kleines Kind Englisch lernte.«

»Warum tun sie eigentlich alle, was die Großmutter will?«

»Weil die das Geld hat. Die Knete. Ihr gehört die Firma. Sie war früher Gouvernante in einem der Häuser, in dem Maries Großvater verkehrte. Es gab einen großen Skandal, als sie heirateten, weil sie nicht standesgemäß war. Seine Familie enterbte ihn, und er gründete ein eigenes Geschäft. Jetzt ist der alte Mann tot, und die Oma ist der Boss.«

»War Brian auch da, als du mit Marie geredet hast?«

»Ja. Du hättest sehen sollen, wie er sie angeschmachtet hat.«

»Das kann ich mir lebhaft vorstellen.«

»Weißt du, was sie sonst noch gesagt hat?«

»Woher soll ich das denn wissen?«

»Sie hat gesagt, sie wäre froh, dass sie uns kennen gelernt hat.«

»Euch?«

»Das hat sie gesagt. Sie will irgendwann demnächst mit uns nach Horn Head rausfahren. Hat gesagt, es ist stinklangweilig, mit ihrem Vater herumzugurken, wenn er alle diese Tweed-Fabriken besucht, um sich ihr Zeug anzusehen. Und es ist stinklangweilig oben im Hotel mit all diesen alten Schwachköpfen. Sie bleiben noch fast fünf Wochen hier, genau wie wir. Und weißt du, was noch?«

»Nein, Herrgott noch mal! Spuck's endlich aus!«

»Marie kommt heute Abend mit, wenn wir unten am Hafen schwimmen gehen.«

»Du willst mich wohl verarschen?«

»Nein, ehrlich! Und Brian kommt nicht mit. Er hatte ungefähr zehn Minuten lang groß herumgetönt, was für Idioten wir wären, dass das Wasser so arschkalt wäre, dass wir uns die Klöten abfrieren würden, und dann hat Marie plötzlich gesagt, sie würde sehr gerne mit uns schwimmen gehen. Und da konnte er seine Meinung ja wohl kaum urplötzlich wieder ändern.«

»Ich kriege schon eine Gänsehaut, wenn ich das Wasser nur ansehe«, sagt Marie.

»Das erste Mal ist immer das schlimmste«, erwidert Paddy. »Das Beste ist, man denkt nicht darüber nach und springt einfach rein.«

Die drei stehen am Rand des Hafenbeckens und blicken in

das Wasser hinunter, das in grauen, von Ölstreifen durchzogenen Wellen bis zur Mitte der Hafentreppe hochschwappt.

»Ich habe gesagt, ich würde es mal versuchen«, sagt Marie.

Sie ziehen sich in den Schutz der Kaimauer zurück, um sich umzukleiden. Nirgendwo ist eine Menschenseele zu sehen. Harry hat bisher noch kaum ein Wort gesagt. Das liegt daran, dass er verliebt ist. Er ist jetzt nicht mehr in der Lage, sich locker und ungezwungen mit Marie zu unterhalten und ihr förmlich Löcher in den Bauch zu reden, so wie er es neulich getan hat. Er lässt sich jeden einzelnen Satz immer wieder durch den Kopf gehen, bis die Gelegenheit, ihn auszusprechen, lange vorbei ist. Und dann ist da zu allem Überfluss auch noch diese Besorgnis, die ihn quält. Den ganzen Nachmittag über hat er sich Sorgen gemacht, dass Marie womöglich doch nicht kommen würde. Kaum sah er sie am Ende des Hafens warten, da fing er an, sich Sorgen darüber zu machen, wie er ihr nächstes Treffen organisieren könnte. Wie kann er pausenlos quatschen wie Paddy, wenn er Marie vielleicht nie wiedersehen wird? Er fängt an, sein Hemd aufzuknöpfen, während er überlegt, wie er sie zum Makrelenessen einladen kann.

Marie hat den Jungen den Rücken zugekehrt. Sie greift unter ihren blauen Rock und wackelt mit den Hüften. »Wo bist du heute Morgen gewesen, Harry?«, fragt sie. Sie zieht ihren Slip über die Schenkel herunter und steigt heraus.

»Irgendwann hängt's einem zum Hals raus, in Booten rumzugammeln.« Das ist ein Satz, auf dem er wieder und wieder herumgekaut hat, für den Fall, dass Marie ihn fragt, bis er all seinen Geschmack verloren hat. Harry muss das Ende des Satzes verschlucken, weil seine Stimme plötzlich ein Eigenleben entwickelt hat und so schrill wie eine Feuerwehrsirene wird.

»Brian und Paddy haben mir bereits versprochen, mich irgendwann demnächst nach Horn Head mitzunehmen«, sagt sie. »Willst du dann nicht auch mitkommen?« Sie hält ihren Badeanzug auf Armeslänge von sich, dreht ihn mal nach vorn, mal nach hinten.

Idiot. Das hat Paddy ihm schon erzählt. »Könnte ich eigentlich. Aber wir müssen immer noch all die Makrelen vom letzten Mal essen. Wie wär's, wenn du uns dabei helfen würdest?« Diesmal klingt seine Stimme regelrecht hölzern.

»Ja, gerne, ich habe meine Eltern schon gefragt. Sie sagen, es ist in Ordnung.« Marie windet sich in ihren Badeanzug. Sie knöpft ihre Bluse auf, zieht sie aus und blickt dann auf ihren Bauch hinunter. »Kann man hier eigentlich nie in der Sonne liegen? Meine Bräune wird bald total verblasst sein.« Sie steht in einem weißen Büstenhalter da, der sich deutlich gegen ihre sonnengebräunte Haut abzeichnet, und in einem schwarzen Badeanzug, dessen Oberteil auf ihre Hüften herabhängt. Sie dreht sich zu Harry um. »Sieh mal.« Marie hält ihren Unterarm an seinen fahlweißen Bauch. Er kann spüren, wie die feinen Härchen auf ihrem Arm seine Haut kitzeln, und fühlt fast augenblicklich eine heftige Regung in seiner Hose. »Kaum noch ein Unterschied. Bald werde ich genauso blass sein wie du.« Sie wendet sich wieder von ihm ab und hakt mit geschickten Bewegungen ihren BH im Rücken auf. Ihre Schultermuskeln spielen unter ihrer Haut, als sie den Büstenhalter ablegt, und ihr schlanker, geschmeidiger Rücken ist von ihrem Haaransatz bis zu den oberen Rundungen ihrer Pobacken entblößt. Harrys Schwanz macht abermals einen Ruck. Bitte, lieber Gott, lass mich nicht ausgerechnet jetzt einen Ständer kriegen! Er schiebt seine Hosen über die Knie hinunter und tritt aus ihnen heraus. Gott sei Dank, kein Anzeichen von Leben in seiner Unterhose!

»Nun macht schon, ihr zwei, kommt endlich in die Gänge!«, ruft Paddy. Er steht fröstelnd am Rand des Hafenbeckens.

Plötzlich dämmert Harry eine schreckliche Erkenntnis. Er hat seine Schwimmshorts drüben bei der Treppe ausgewickelt, völlig geistesabwesend, während er versuchte, sich witzige Dinge auszudenken, die er sagen könnte, und dabei hat er sein Handtuch dort liegen lassen. Jetzt steht er wie ein Idiot da, nur mit seiner Unterhose bekleidet. Er hätte natürlich sein Hemd anbehalten sollen. Wie soll er es jetzt bloß anstellen, in seine Schwimmshorts reinzukommen? Er macht Paddy auf sich aufmerksam und weist mit einer verzweifelten Kopfbewegung auf das Handtuch. Paddy wirft einen Blick darauf, dann wieder auf Harry und schüttelt den Kopf. Er grinst breit. Scheißkerl!

Marie hat ihm noch immer den Rücken zugewandt, befestigt gerade ihr Badeanzugoberteil im Nacken. Jetzt, du Idiot! Hastig zerrt Harry seine Unterhose über die Knie herunter. Sein Schwanz ist wie eine winzige Schnecke ohne Haus. Ein Bein draußen und jetzt fix das andere, oh Gott, nein, er verliert das Gleichgewicht, schnell mit der Hand an der Kaimauer abgestützt, das war knapp, verdammt knapp, wo sind die Schwimmshorts? In deiner Hand, du Trottel, und er zieht sie genau in dem Moment hoch, als Marie sich zu ihm umdreht.

»Fertig, Harry?« Er kann nur nicken und seine Brust herausdrücken.

Sie gehen zu der Stelle hinüber, wo Paddy wartet und jetzt die Arme vor der Brust gekreuzt hat, um sich gegen den kalten Wind zu schützen. Paddys Miene hellt sich auf, als er sich zu ihnen herumdreht. Er zeigt auf Harry. »Sieh mal, wer seine Schwimmshorts falsch herum angezogen hat«, sagt er.

»Sie hat 'ne hübsche Figur, nicht?«, sagt Harry zur Zimmerdecke.

»Ja. Tolle Titten.«

Harry liegt einen Moment lang schweigend da, dann setzt er sich plötzlich auf. »Du hast sie gesehen?«

»Ja, von der Seite.«

»Die Nippel und alles?«

»Ja.«

»Mann!« Harry lässt sich wieder in die Kissen zurück fallen. Er wartet auf das verräterische Rascheln der Decken auf Paddys Bett und ist erleichtert, als er nichts hört. Er legt sich gemütlich zurecht, um sich auf das Bild zu konzentrieren, das er wie einen Schatz in seiner Erinnerung hütet: die Art, wie Marie ihn ansah, als sie sich vor dem Hotel von ihr verabschiedeten, dieses übermütige Aufblitzen in ihren Augen, das genau zu ihrem Lachen passte und sich dann in etwas anderes verwandelte.

In etwas Suchendes und dann in einen Ausdruck des Findens. Und das schüchterne Lächeln, als sie von ihm wegblickte.

9

Harry hat sich dem Haus und allen seinen Bewohnern noch nie derart entfremdet gefühlt. Es sieht alles so anders aus, jetzt, wo Marie hier ist: das höhlenartige alte weiß getünchte Esszimmer, der riesige, mit schwarzen Schieferplatten verkleidete Kamin, die unebenen Steinfliesen auf dem Fußboden, der in Kreuzstich gestickte und gerahmte Spruch »Du sollst den Sonntag heiligen«, der über Maries Kopf neben dem Kalender von Craig's Mill und dem Fotodruck irgendeines Sees in Schottland hängt, der alte Singer-Nähmaschinentisch in der Ecke, auf den sie die große Schüssel mit Kartoffeln gestellt haben.

Was muss Marie nur von alledem halten?

Harry versucht verzweifelt, sich auf das einzustellen, was sie sagt, aber er kann sie kaum hören dank Paddys und Brians monotonem Gequassel über irgendein erbärmliches Rugbymatch, das sie beide angesehen haben. Sie sitzen rechts und links von ihm, doch er beugt sich so weit über seinen Teller mit Makrelen, dass sie sich hinter ihm gemütlich unterhalten können. Wobei sie sich gegen seinen Rücken lehnen und ihm ihre Ellenbogen in die Seiten bohren. Marie sitzt auf der anderen Seite des breiten Tisches, eingezwängt zwischen Harrys Vater und seinem Onkel. Die beiden Männer hängen förmlich an ihren Lippen, nehmen jedes einzelne Wort von ihr interessiert in sich auf. Ihr Vater hat sie hergefahren und wird sie später wieder abholen. Sie hat das Haus wie ein summender Dynamo betreten, sprühend vor Energie und Temperament, und hat Harry das Gefühl vermittelt, langweilig und farblos zu sein. Nichts weiter als eine nuschelnde Null, die kein Mitspracherecht bei der Frage hatte, wo Marie sitzen sollte, und nur am Rande des Geschehens herumlungert. Aus diesem Grund ist er auch auf einem Platz gelandet, der so weit von ihr entfernt ist wie nur irgend möglich.

Harry stochert in seiner Makrele herum, als ob er sich vergewissern wollte, dass sie auch wirklich tot ist. Hin und wieder spießt er einen lauwarmen Bissen auf seine Gabel und kaut ihn eine halbe Ewigkeit lang. Verlockende Bruchstücke dessen, was Marie gerade erzählt, dringen an sein Ohr und werden gleich darauf wieder von der Geräuschkulisse um ihn herum übertönt, ähnlich wie die Musik von Radio Luxemburg, die er abends in seinem Transistorradio hört und die immer wieder von atmosphärischen Störungen überlagert wird.

Irgendwas davon, dass alle Elsässer zwei Sprachen sprechen. Französisch und Englisch? Nein, Französisch und Deutsch. Aber bei Marie zu Hause wird kein Deutsch gesprochen. Wieder mal die Großmutter, die es verboten hat. Die Familienangehörigen ihres Ehemannes, diejenigen, die ihn kurzerhand enterbten, als er sie heiratete, sprachen Deutsch. Deshalb weigerte sich die Großmutter, die Sprache zu lernen. Selbst Maries Mutter, die mit ihrer eigenen Familie Deutsch spricht, darf es nicht sprechen, wenn die Großmutter in der Nähe ist.

Jetzt sagt sie irgendwas über die Tätigkeit ihres Vaters. Dass das Geschäft expandiert. Dass er Tweedstoffe für eine große Ladenkette einkauft.

Und jetzt redet sie über neulich, als sie die Makrelen gefangen haben. Sie scheint den anderen gerade davon zu erzählen, wie die Makrelen plötzlich zu scheißen anfingen, weil ihre Lippen so verdächtig zucken, bevor sie zu lachen beginnt, genauso wie gestern beim Anblick von Harrys verkehrt herum angezogenen Schwimmshorts. Ja, richtig, und schon prustet sie los und lacht schallend, so ansteckend, dass die beiden Männer in ihr Gelächter einstimmen.

»Sie sieht wirklich klasse aus, ein echter Hingucker.«

»Was?«

Marjorie, die auf Paddys anderer Seite sitzt, hat sich zu Harry vorgebeugt und spricht mit ihm. »Mit wem geht sie eigentlich, mit dir oder mit Paddy? Oder mit Brian? Nein, wohl kaum.«

»Sie geht mit niemandem.« Harry wünschte, Marjorie würde ihre Stimme dämpfen. Er kann nicht mehr hören, was Marie gerade erzählt.

»Schmeckt dir dein Essen nicht?«

»Pssst!«

Jetzt unterhalten sie sich über das Hotel. Die beiden Männer geben sich ausgesprochen weltmännisch, so als ob sie tagtäglich in dem Laden ein- und ausgingen und mit den feinen Pinkeln aus Dublin verkehrten. Aber Marie schüttelt den Kopf. Sie blickt über den Tisch, sieht Harry direkt in die Augen und lächelt ihn an. Alles um sie herum wird plötzlich verschwommen und unscharf, und die Tischrunde scheint abrupt zu verstummen. »Hier gefällt es mir besser«, sagt sie.

»Aha, du bist also derjenige, hinter dem sie her ist.« Dieser Kommentar stammt wieder von Marjorie. Harry fühlt, wie ihm das Blut in die Wangen schießt, und er muss sich wieder tief über seinen Teller beugen, um seine Verlegenheit zu verbergen.

»Vielleicht hat Marie Lust, morgen einen netten kleinen Ausflug mit uns zu machen«, sagt Harrys Mum wie aus heiterem Himmel. Ja! Einen netten kleinen was auch immer!

»Ich würde liebend gerne mitkommen«, erwidert Marie, »aber morgen und am Freitag muss ich mit meinen Eltern gehen. Sie beklagen sich darüber, dass sie mich in letzter Zeit kaum noch zu sehen kriegen. Trotzdem vielen Dank.«

»Hörst du das, Harry?«, sagt Harrys Mutter naserümpfend. »Es gibt immer noch Kinder, die ein bisschen Rücksicht auf ihre Eltern nehmen.«

Harry verbringt den Rest des Abends in großer Unruhe und Verwirrung. Er versucht angestrengt, einen Plan auszuarbeiten, aber es fällt ihm schon schwer, auch nur klar zu denken, geschweige denn, sich an der Unterhaltung zu beteiligen. Denn er hat zunehmend den Eindruck, dass Marie ihm immer dann Blicke zuwirft, wenn er gerade einmal nicht zu ihr hinüberschielt. Und es ist schwierig, sich zu überlegen, wie er das nächste Treffen mit ihr arrangieren kann, wenn er ständig darauf lauert, dass sie ihn ansieht. Am Freitag findet diese Tanzveranstaltung in der Gemeindehalle von Port Braddan statt. Wie kann er Marie dazu bringen, mit ihm dort hinzugehen, wenn er sie morgen und übermorgen nicht sehen wird? Jeder Einzelne, der an diesem Tisch sitzt, weiß von diesem Tanzabend, abgesehen von Marie. Die Moores gehen jedes Jahr hin, aber keiner erwähnt ihn. Es kommt ihm fast so vor, als ob sie absichtlich nichts davon sagten. Harry lehnt sich zurück zwischen Brian und Paddy, so dass sie gezwungen sind, auseinander zu weichen.

»Ist am Wochenende nicht irgendwas Besonderes los?«, fragt er.

»Die Donegal-Rallye«, sagt Paddy. »Sie kommt am Samstag um den Atlantic Drive herum.«

»Um sieben Uhr früh oder so, auf jeden Fall zu 'ner unmöglichen Zeit«, fügt Brian hinzu.

»Ist euer Mann Hopkirk nicht auch dabei?«, fragt Onkel Alec.

»Ja. In dem Werks-Mini«, erwidert Paddy.

»Also, das wär doch mal was, Jungs, findet ihr nicht?«, sagt Onkel Alec. »Morgens um fünf aus den Federn und dann ab zum Atlantic Drive, um sie durchkommen zu sehen. Macht ihr mit?«

»Ja!«

»Was ist mit dir, Harry? Du scheinst nicht sonderlich scharf darauf zu sein.« Diese Bemerkung kommt wieder von Marjorie.

»Doch, klar.«

»Oder hattest du an was anderes gedacht?«

Verpiss dich! Harry verdrückt einen Happen kalter Makrele.

»Ich würde gern am Freitag zu der Tanzveranstaltung in der Gemeindehalle gehen«, sagt Marjorie in die Tischrunde.

»Du hast mir letztes Jahr versprochen, dass du mir den langsamen Walzer beibringen würdest, Onkel Fred.«

Mr. Moores Miene hellt sich auf. »Wie wär's damit, Eileen? Wir sind schon seit einer Ewigkeit nicht mehr tanzen gegangen.«

»Dann müsste ich aber vorher zu dem Friseur in Dunbreaghy. Was meinst du dazu, Flo?«

»Ach, ja, komm, lass uns zu dem Tanzabend gehen! Wir werden uns für Freitagmorgen einen Friseurtermin besorgen. Euch Jungs wird es auch nicht schaden.«

»Aber können wir dann trotzdem noch zu der Rallye am Samstagmorgen gehen, Dad?«, fragt Paddy.

»Keine Sorge«, erwidert Onkel Alec. »Als ich jung war, da gab es Nächte, in denen ich überhaupt nicht ins Bett gekommen bin.«

Keiner scheint auf die Idee zu kommen, Marie zu fragen, ob sie nicht auch zu dem Tanzabend mitkommen möchte. Haben sie denn überhaupt keine Manieren, sie alle? In dem Moment ertönt eine plärrende Autohupe vor dem Haus.

»Das ist Papa«, erklärt Marie. »Ich muss jetzt gehen. Vielen Dank für den schönen Abend.« Sie steht auf und beginnt, um den Tisch herumzugehen, um allen die Hand zu geben. Hinter Onkel Alec vorbei zu Tante Flo, dann wieder zu Onkel Alec und Harrys Vater, dann zu seiner Mutter und um die andere Seite des Tisches herum zu Marjorie. Je näher Marie kommt, desto mehr steigert sich Harrys Verwirrtheit zu einem Zustand, der an Lähmung grenzt. Vielleicht wird Brian sie zu einer Bootstour einladen. Aber der blickt kaum auf, als sie sich von ihm verabschiedet. Dann gibt sie Harry die Hand. Er glaubt, seine Zunge sei an seinem Gaumen festgeschweißt. Es ist wieder genau wie damals, als er den Text des Solos vergaß, das er am Kindertag in der Kirche singen sollte. Er stand ganz allein dort vorne und grinste die Gemeinde blöde an, während der Organist immer wieder die Einleitung spielte, bis seine Mutter ihn anzischte, sich hinzusetzen.

Marie lächelt ihn an und geht weiter zu Paddy, dem Letzten in der Tischrunde. Dann geht sie abermals hinter Harry vorbei und strebt zur Tür, wo sie kurz stehen bleibt, um allen zuzuwinken.

»Herrgott noch mal, Harry!« Diesmal ist es Marjorie, die ihn anzischt. »Brauchst du erst einen Tritt in den Hintern, oder was?«

Er erhebt sich von seinem Stuhl und folgt Marie in den Korridor. Sie steht an einer Stelle, wo sie vom Esszimmer aus zu sehen ist, und zieht gerade ihre blaue Windjacke über. Harry lungert neben ihr herum, verlegen und unsicher. Es ist ganz still geworden. Als Harry ins Esszimmer sieht, blickt ihm eine Reihe von neugierigen Gesichtern entgegen. Alle haben zu sprechen aufgehört. Dann geht Marie den Korridor entlang, und er folgt ihr. An der Haustür dreht sie sich zu ihm um. Sie beobachtet ihn mit diesem speziellen Lächeln, so als ob sie ein gemeinsames Geheimnis hätten.

»Sie hören alle zu«, flüstert sie.

Neben ihnen steht die Tür zum Wohnzimmer einen Spalt breit offen.

»Komm hier rein«, murmelt Harry und geht ins Wohnzimmer.

»Ich hab nur einen Moment Zeit«, sagt Marie, aber sie folgt ihm in den Raum und lehnt sich dann mit dem Rücken gegen die Tür, um sie zuzudrücken.

»Wegen dieses Tanzabends.«

Marie lacht. »Du machst es schon wieder.«

»Was?«

Sie schielt an ihrer Nase entlang.

»Ach, das. Ich hasse es nun mal, wenn ich rot werde.«

»Wirst du denn jetzt rot?«

»Es fühlt sich jedenfalls so an.«

Sie streckt die Hand aus und berührt leicht seine Wange. »Man merkt es aber kaum. Ich habe was für dich. Hier.« Sie gibt ihm eine Schachtel Zigaretten. »Ich glaube, die hier wirst du lieber mögen als die anderen.«

»Das ist ja eine volle Schachtel!«

»Meine Mutter hat ganze Kartons davon.«

»Hat sie nichts dagegen, dass du rauchst?«

»Ich habe ihr gesagt, die Zigaretten wären für dich.«

»Oh.«

»Was ist denn nun mit dem Tanzabend?«

»Würdest du gerne mitkommen?«

»Lädst du mich ein?«

Ihre Augen sind so strahlend, dass er es kaum aushalten kann, sie anzusehen. »Ja.«

»In Ordnung.« Sie rührt sich nicht von der Stelle, blickt ihn erwartungsvoll an, ihr Gesicht zu ihm emporgewandt, und so küsst er sie, und ihre Lippen sind genauso weich und warm und pulsierend wie in seinem Traum.

»Und? Hast du nun mit ihr rumgeknutscht, oder was? Ihr wart schließlich lange genug im Flur«, sagt Paddy schließlich.

Harry lächelt vor sich hin. Er ist fest entschlossen gewesen, Paddy nichts zu erzählen, wenn er nicht speziell danach fragt. »Ja. Nur schade, dass wir nicht mehr Zeit hatten. Ich habe sie zu dem Tanzabend eingeladen.«

Aus Paddys Fenster quillt eine Wolke von Zigarettenrauch in die Nachtluft hinaus. Wind und Regen rütteln an den Fenstern, und die Tropfen prasseln Harry ins Gesicht, aber er lächelt noch immer.

»Klasse Zigaretten, nicht?«

»Ja.«

Harry hat Maries Kents so sachlich und beiläufig hervorgeholt, wie er konnte. Die Filter sind fast genauso lang wie die Zigaretten, die sie normalerweise rauchen.

»Ich glaube, sie liebt mich«, sagt er.

»Wie kommst du denn auf diese Idee?«

»Das merkt man. Zum Beispiel an der Art, wie sie mich immer angesehen hat. Hast du nicht gesehen, wie sie mich den ganzen Abend über angesehen hat?«

»Na ja ...«

»Also?«

»Doch, ja.«

»Es ist super, dass ich dich habe, um darüber zu reden, weißt du.«

Sie rauchen schweigend weiter. Drüben auf der anderen Seite des Hügels, der sich als schwarzer Buckel gegen den Nachthimmel abzeichnet, ist das Hotel, in dem Marie wohnt. Sie wird jetzt in ihrem Zimmer sein und den Hügel hinaufblicken und an ihn, Harry, denken.

»Kommst du mit, wenn wir morgen mit dem Boot rausfahren?«, fragt Paddy. »Brians Dad hat gesagt, wir könnten den Außenbordmotor nehmen.«

»Ja, könnte ich eigentlich.« Es ist eine ebenso gute Art wie jede andere, um den Tag herumzubringen.

»Fertig?«

»Okay.«

»Eins – zwei – drei – los!« Die beiden Kippen sausen auf sehr ähnlichen Flugbahnen in die Nacht hinaus, aber Paddys beschreibt auf der anderen Seite der Gartenmauer einen Bogen und landet ein kleines Stück weiter entfernt.

»Ich hole langsam auf«, sagt Paddy. »Jetzt steht es für dich nur noch sechs zu fünf.«

»Glück gehabt«, sagt Harry, und er hat das Gefühl, dass das Glück dennoch ganz auf seiner Seite ist.

10

Als Harry und Paddy am nächsten Morgen unten am Strand ankommen, liegt das Boot bereits im Wasser. Brian und sein Vater sind damit beschäftigt, den Außenbordmotor anzubringen. »Hallo, Mr. McClelland«, grüßt Harry. Er hat Brians Dad in diesen Ferien noch nicht gesehen. Der ist ein großer Mann mit schütterem Haar, einer tiefen Stimme und einem schwarzen Bart und läuft im Urlaub gerne in Shorts herum.

»Hallo, Jungs. Passt gut auf diesen Burschen hier auf. Er glaubt nämlich, er wisse alles.«

Brian füllt Benzin in den kleinen Tank. Nach dem grimmigen Ausdruck auf seinem Gesicht zu urteilen, hat gerade irgendeine Auseinandersetzung zwischen Vater und Sohn stattgefunden. Mr. McClelland ist Mathelehrer an derselben Schule in Belfast, die Brian besucht. Harry hat den starken Verdacht, dass das der Grund für Brians subversive Taktik ist.

»Achte darauf, dass du erst eine gute Strecke hinausruderst, bevor du den Motor anlässt«, fährt Mr. McClelland ermahnend fort. Brian nickt so unmerklich, dass man auch ebenso gut meinen könnte, man hätte sich sein Nicken nur eingebildet. »Und komm niemals in Küstennähe, solange der Motor noch nicht läuft.«

»Ja, ja, schon gut, ich werd schon klarkommen.«

»Du und dein ewiges ›ich werd schon klarkommen‹! Ich denke noch mit Schrecken an diese Sache im letzten Sommer. Es hat mich ein Vermögen gekostet, den Fiberglasboden wieder reparieren zu lassen. Achte auf die Strömungsverhältnisse in der Bucht, und pass auf, dass du nicht zu nahe an die Klippen herankommst. Und du wirst nicht über Little Horn hinausfahren, hast du gehört?«

Nach einer halben Stunde sind sie durch die ganze Bucht geschippert, und die Klippen am Fuß von Horn Head ragen vor ihnen auf. Brian lenkt das Boot nach steuerbord und hält Kurs auf Little Horn. Es ist ein ruhiger, windstiller Tag; sie könnten die Höhlen erforschen oder an einem der Kieselstrände an Land gehen und dort die Gegend erkunden oder mit dem Boot direkt an Little Horn anlegen und an seiner knollenförmigen Seite hinaufklettern. Aber Brian fährt zielstrebig weiter.

»Ich dachte, dein Vater hätte gesagt, du solltest nicht über Little Horn hinausfahren«, sagt Harry.

»Scheiß drauf. Er wird ja nie was davon spitzkriegen«, erwidert Brian. »Die Fischer sagen alle, dass Skate Bay der Ort ist, wo die besten Makrelen sind.«

Als sie um Little Horn herumfahren, schiebt sich ruckartig eine hohe, konkave Wand aus Klippen in ihr Blickfeld, ähnlich wie eine Bühnendekoration, die aus den Kulissen irgendeines riesigen, wackeligen Theaters auftaucht. Dies ist das andere Gesicht von Horn Head, der klaffende Schlund, den es dem Atlantik präsentiert. Diese schroffen, zerklüfteten Klippen, die auf der anderen Seite ungefähr zwei Meilen entfernt steil bis zu einer Höhe von sechshundert Fuß aufragen und das öde, trostlose Kap von Great Horn bilden. An seinem Fuß markiert eine weiße Linie die Stelle, wo die Brecher, die vom offenen Atlantik herüberrollen, auf eine unter Wasser liegende Felsplatte treffen.

Das kleine Boot schaukelt auf den hohen Wellen, als Brian in die Mitte der Bucht steuert und den Motor abschaltet. Bald darauf haben sie sich bequem zurückgelehnt und rauchen Maries Kents, während sie eine Hand auf ihren Angelleinen ruhen lassen, um anbeißende Fische wahrzunehmen, und auf die Schreie der Seemöwen horchen, die von den hohen, steilen Klippen widerhallen.

Harry widmet sich wieder der angenehmen Beschäftigung, an den Kuss zu denken. Es ist das Einzige, was ihn beruhigt. Wenn er nicht daran denkt, fühlt er sich verkrampft und angespannt, ähnlich wie eine Uhr, die zu fest aufgezogen worden ist, aber trotzdem nicht schneller laufen kann, um die Anspannung loszuwerden. Er glaubt nicht, dass er in der Nacht zuvor auch nur eine Minute geschlafen hat. Wenn seine Angespanntheit zu stark wird, holt er wieder die wie einen Schatz gehütete Erinnerung hervor, und schwelgt darin. Die Erinnerung daran, wie Maries Lippen sich leicht öffneten, als er sich zu ihr vorbeugte, wie ihre Wimpern an seiner Wange flatterten. Die Erinnerung an den leichten Druck ihrer Hände auf seinem Rücken. An den Seufzer, den sie ausstieß, als ihr Vater draußen abermals hupte.

Die Brecher rollen unter dem Boot hindurch und tragen es in kurzen Schwüngen auf die Klippen zu. Bald tauchen die Felsen am Rand von Harrys Blickfeld auf, dunkle Giganten aus Gestein, die in einem Schwindel erregenden Bogen um die Jungen herum wippen und schwanken. Sie können hören, wie die Wellen mit einem lang gezogenen, trägen Rauschen gegen die Felsen branden und sich dann in zahllose winzige Platscher und Spritzer auflösen.

»Und? Hast du Marie schon rumgekriegt?«, fragt Brian.

»Ich habe sie zu dem Schwof im Gemeindesaal eingeladen.«

»Ja, das weiß ich ja, aber hast du ihr schon mal den Finger reingeschoben?«

»Verpiss dich!«

»Gott, wir sind empfindlich! Wahre Liebe, wie?«

Harry ist von einer Mischung aus Verlegenheit und Freude erfüllt. »Ich glaube schon.«

Brian murmelt nur etwas Unverständliches vor sich hin und zieht an seiner Angelschnur.

»Wie findest du Marie?«, fragt Harry.

»So weit ganz nett.«

»Sie spricht perfekt Englisch. Besser als ich.«

»Das ist ja auch nicht weiter schwierig. Ich würde das, was ihr in Kilmartin sprecht, kaum als Englisch bezeichnen.«

»Hat sie nicht wunderschöne Augen?«

»Mann, dich hat's aber wirklich schlimm erwischt.«

Unterbelichteter Trottel. Es kann doch nun wirklich jeder sehen, wie hübsch Marie ist. Diese kleine Vertiefung, die von ihrer Nase zu ihrem Mund verläuft und ihre Oberlippe in zwei bildschöne, perfekte kleine Bögen unterteilt. Zum Küssen.

»Da kommen die Stevensons«, sagt Paddy. »Sie fahren mit voller Maschinenkraft.«

»Bringen höchstwahrscheinlich Touristen nach Tory rüber«, erklärt Brian.

Der blaue Trawler, der tief im Wasser liegt, pflügt eine Strecke weiter vor ihnen durch die Bucht.

»Mann, was für 'ne Heckwelle!«, staunt Paddy.

»Verdammt, wir sollten besser zusehen, dass wir das Boot in die Welle drehen, bevor sie uns voll von der Seite erwischt«, erwidert Brian. Er zieht an dem Anlasserkabel des Außenborders; der Motor stottert, springt aber nicht an. Eine Doppelwelle rollt vom Heck des vorbeifahrenden Bootes ungefährlich in die See hinaus, aber ihr Spiegelbild, zwei glatte Wände aus Wasser von ungefähr vier Metern Höhe, brandet unaufhaltsam in Richtung der Jungen. Das Boot beginnt heftig zu schaukeln.

»Holt die Ruder raus, verdammt noch mal!«, ruft Brian, der noch immer vergeblich an der Anlasserschnur zieht.

»Sollten wir nicht besser erst die Angelleinen einholen?«, fragt Paddy.

»Scheiß auf die Leinen!«

Die Ruder liegen unter dem mittleren Sitz, auf dem Harry hockt. Er und Paddy beugen sich genau im gleichen Moment hinunter, um sie herauszuholen, und stoßen dabei heftig mit den Köpfen aneinander. Halb betäubt vor Schmerz, packt Harry eines der Ruder und schafft es gerade noch, das Ruder in die linke Riemendolle zu schieben, als die erste der beiden Heckwellen des Trawlers das Boot hochzuheben beginnt. Er taucht das Ruder hastig ins Wasser und dreht den Bug, mit beiden Armen rudernd, halb in die Welle hinein. Als das Boot sich aufbäumt und über den Kamm der Welle schießt, werden die Jungen gegen das Dollbord geworfen. Es taucht tief in die Welle ein, und eine grüne Wand aus Wasser ergießt sich in das Boot. Sie rutschen die Sitze entlang zu dem anderen Dollbord. Harry hält noch immer das Ruder umklammert, als sich das Boot wieder aufrichtet, löst sich das Ruder allerdings aus seiner Verankerung und reißt die Riemendolle aus ihrem Loch in der Bordwand heraus. Sie dreht sich noch einen Moment lang zitternd um das Ende des Ruders, dann fällt sie mit einem Plop ins Wasser, wo sie noch für einen kurzen Augenblick unter der Oberfläche glitzert, bevor sie endgültig in der Tiefe versinkt. Das Boot sinkt schwerfällig in das Wellental hinab, durch das zusätzliche Gewicht des Wassers noch schwieriger zu manövrieren, sein Bug noch immer nur halb in die nächste Welle herumgedreht. Als es sich erneut aufzurichten beginnt, zerrt Paddy das andere Ruder unter dem Sitz hervor, schiebt es hastig in die Riemendolle auf seiner Seite und pullt aus Leibeskräften. Der Bug hebt sich, und das Wasser im Boot schwappt wieder in die andere Richtung und auf Brian zu, der den Jungen den Rücken zugewandt hat und noch immer verzweifelt am Startkabel zieht. Während das Wasser bis zu seinen Knien ansteigt, dreht er sich ruckartig um, sein Gesicht eine Maske panischer Angst, als sich der Bug des Bootes abermals steil in die Tiefe senkt und Brian dabei bis über die Linie der Klippenspitzen hinter ihm hochgehoben wird. Das Wasser schwappt wieder an Harry und Paddy vorbei Richtung Bug, und das Boot schießt schlingernd in das nächste Wellental hinab. Wasser spritzt auf allen Seiten hoch, so dass sie bis auf die Haut durchnässt werden, aber das Boot kentert nicht.

Danach sitzen sie eine Weile stumm da, während sie sich von dem Schreck erholen.

»Menschenskind, Harry, du hast einen Schädel so hart wie die Scheißklippen von Great Horn«, sagt Paddy schließlich und reibt sich die Stirn. »Ich kann fühlen, wie sich hier 'ne Wahnsinnsbeule bildet.«

Harry betastet hektisch seinen Kopf. Das hat mir gerade noch gefehlt! Eine Beule wie Frankenstein. Mit so einem Ding kann ich mich unmöglich bei dem Schwof blicken lassen. Aber er kann nichts fühlen, obwohl sein Schädel zu hämmern anfängt. »Ist schon okay, mir geht's gut.«

»Tja, das ist die Hauptsache, nicht?«, sagt Paddy. »Hast du noch ein paar von Maries Zigaretten?«

Harry fischt in seinen Taschen herum und findet die Zigaretten, die auf unerklärliche Weise trocken geblieben sind. Ein Omen.

»Ihr seid derart nass geworden, als ihr das Boot aus dem Wasser geholt habt?«, fragt Mr. McClelland ungläubig.

»Du hättest die Wellen sehen sollen«, erwidert Brian.

»Und du bist nicht weiter als bis Little Horn gefahren?«

»Das hatte ich doch versprochen, nicht?«

»Was denn nun? Bist du weiter rausgefahren oder nicht?«

»Nein. Bin ich nicht.«

»Gut. In Ordnung. Das wollte ich nur wissen. Vielleicht nimmst du ja doch langsam Vernunft an.«

Harry und Paddy tauschen einen verstohlenen Blick. Sie sitzen in der Küche der McClellands, mit Sachen von Brian, die ihnen zu groß sind, während ihre eigenen Kleider auf dem Wäscheständer trocknen. Alle drei kämpfen mit Tellern voller Makkaroni, die Mrs. McClelland ihnen serviert hat.

Brian zwinkert Harry und Paddy zu. Harry schiebt sich eine kleine Gabel der gummiartigen Schläuche in den Mund und kaut darauf herum. »Habt ihr Schwierigkeiten mit den Makkaroni, Kumpels?«, fragt Brian, betont besorgt. »Warum können wir nicht Pommes essen, Mummy, wie es sie bei den Moores gibt? Normales Essen, stimmt's, Leute? Nicht solche Dinger, die wie Würmer aussehen und einem immer von der Gabel runterglitschen.«

»Die Makkaroni schmecken sehr gut, Mrs. McClelland«, erklärt Harry höflich.

»Ja, wirklich«, fügt Paddy hinzu.

Mr. McClelland legt sein Besteck auf dem Teller ab, schiebt seinen Stuhl zurück und legt die Fingerspitzen aneinander, so dass seine Hände ein Dreieck bilden. Er kaut eine Weile sorgfältig, schluckt und räuspert sich dann. Brian grinst Harry diabolisch über den Tisch hinweg an. Oh, nein, jetzt lässt er wieder eine von seinen langweiligen Anekdoten vom Stapel.

»Ich werde niemals den Tag vergessen, an dem ich mit deinem Vater eine Runde Golf spielte«, beginnt Mr. McClelland. Seine Pupillen sind unter den flatternden Lidern verschwunden, und das Einzige, was Harry noch von seinen Augen sehen kann, ist das Weiße der Augäpfel. Das ist eine typische Angewohnheit von Mr. McClelland, wenn er sich an eine Geschichte zu erinnern versucht. Brian, der neben ihm sitzt, äfft ihn prompt nach.

Paddy gibt einen erstickten Laut von sich. Er versucht krampfhaft, sich das Lachen zu verkneifen. »Mir ist da gerade was in die falsche Kehle gerutscht«, stöhnt er und räuspert sich.

Mr. McClellands Pupillen erscheinen wieder, und er wirft seinem Sohn einen argwöhnischen Blick zu, aber Brian mampft mit täuschend unschuldiger Miene seine Makkaroni.

»Wir kamen also in unseren Autos auf dem Parkplatz an, und beide brauchten dringend eine Wäsche«, fährt Mr. McClelland fort.

Harry erinnert sich an die Geschichte. Es ist eine von denjenigen, die Mr. McClelland jeden Sommer erzählt. »Und da sagte ich zu deinem Vater: ›Wer auch immer von uns beiden verliert, muss das Auto des anderen mitwaschen, in Ordnung?‹«

»Wessen Vater?«, fragt Brian.

»Was?«

»Wessen Vater, Harrys oder Paddys? Sie haben zwei verschiedene Väter.«

»Harrys. Oder war es Paddys? Egal, spielt ja auch keine Rolle. Jedenfalls, es war ein Kopf-an-Kopf-Rennen, bis rauf zum sechzehnten Grün.« Es reicht Mr. McClelland nicht, seine Geschichte einfach nur zu erzählen; sein Blick bekommt etwas Durchbohrendes, er starrt die Jungen ermahnend an wie der Lehrer, der er ist, bis er ihnen ein Nicken oder wenigstens ein Grunzen abgerungen hat, zum Beweis dafür, dass sie ihm auch zuhören. Nun schildert er ihnen ausführlich jeden einzelnen Schlag bis hinauf zum achtzehnten Loch, wo alles von dem letzten Putt abhängt. Schließlich fühlen sich Harry und Paddy verpflichtet, ihr Besteck abzulegen und Mr. McClelland ihre ungeteilte Aufmerksamkeit zu widmen. Brian, der geräuschvoll auf einem Salatblatt herumkaut, wartet bis zu der Stelle, wo der Putter zum entscheidenden Schlag ausholt, dann unterbricht er seinen Vater und sagt: »Und du hast gewonnen, und als ihr zum Parkplatz zurückgekommen seid, waren eure beiden Autos schon von einem Jungen gewaschen worden, der auf dem Platz herumlungerte und auf ein Trinkgeld wartete.«

Mr. McClellands Blick heftet sich wieder auf seinen Sohn. »Weißt du, was noch schlimmer sein soll, als Ziegelsteine zu schleppen? Kanäle auszuheben. So heißt es jedenfalls.«

Brians Grinsen verblasst. Einmal im Jahr wird er von seinen Eltern in ein Jugendcamp irgendwo in Europa geschickt, wo er für einen Hungerlohn bei irgendeinem Projekt mitarbeiten muss. Sein Vater behauptet, das sei eine hervorragende Methode, um den Charakter zu bilden.

In dem Moment klingelt es an der Haustür. »Ich geh schon aufmachen«, sagt Mrs. McClelland.

Aus dem Flur sind weibliche Stimmen zu hören, die sich unterhalten, zuerst gedämpft und ruhig, dann zunehmend aufgeregt. Einen Moment später erscheint Mrs. McClelland wieder in der Küche, die Arme vor der Brust verschränkt. »Das war Mrs. Foster«, erklärt sie. »Sie hat heute den Tagesausflug mit dem Trawler der Stevensons nach Tory mitgemacht. Und sie hat gesagt, sie hätte euch Jungs im Boot gesehen, und zwar weit draußen vor Great Horn.«

»Tja, mein Freundchen«, bemerkt Mr. McClelland in das betretene Schweigen hinein. »Das war's dann wohl. Sieht ganz danach aus, als könntest du das Boot den Rest der Ferien über vergessen. Wo war ich stehen geblieben? Ach, ja. Sein Schlag ging daneben! Ein Fuß oder sogar noch weniger, und er hat das Loch verfehlt! Und da sagte ich: ›Fred‹, oder war es Alec? Egal, jedenfalls, ich sagte: ›Tja, nun sitzt du ganz schön in der Tinte, was? Ha-ha. Bis zur Halskrause.‹ Aber als wir dann zu den Wagen zurückkamen, ihr werdet's nicht glauben, da waren beide blitzsauber gewaschen. Das Wasser tropfte noch von ihnen herunter. Und daneben stand dieser winzige Knirps von einem Jungen und hielt die Hand auf, so!« Er bricht in prustendes Gelächter aus und schüttelt den Kopf. »Ja, genau das habe ich gesagt, in der Tinte. Bis zur Halskrause. So richtig in den Arsch gekniffen.«

11

Am Freitagmorgen bleibt Harry im Bett liegen, bis er beide Autos wegfahren hört, seine Mutter und Tante Flo in dem A45 zum Friseur in Dunbreaghy und die beiden Männer und Paddy in dem Corsair zum Golfplatz. Es ist der zwölfte Juli, deshalb ist das Geschäft der Moores geschlossen. Harrys Vater ist am Abend zuvor aus Kilmartin gekommen, um das verlängerte Wochenende mit seiner Familie zu verbringen. Als Harry gerade seinen Toast verspeist, erscheint Marjorie in der Küche. Sie macht sich eine Schüssel mit Cornflakes zurecht und setzt sich an den Tisch, um zu essen, während ihre Haare wie die Hauer eines Keilers unter ihrem Kinn schwingen. Nach einer Weile blickt sie zu Harry auf. »Was machst du denn hier noch so spät?«

»Ich wollte dich mal was fragen.«

»Schieß los.«

»Du weißt schon, wenn ein Junge dich zu einem Tanzabend eingeladen hat.«

»Ja?«

»Also, was tut er dann?«

»Beim ersten Mal nicht allzu viel, wenn er klug ist.«

»Das meine ich nicht. Ich meine – wo trefft ihr euch in einem solchen Fall?«

»Hast du Marie zu dem Schwof eingeladen?«

»Ja.«

»Also, du holst sie ab und bringst sie natürlich auch wieder nach Hause. Es sei denn, sie serviert dich im Laufe des Abends ab. Aber ich glaube kaum, dass sie das tun wird, so wie sie dich neulich Abend immer angesehen hat.«

Harry fühlt, wie er vor Freude errötet.

»Und noch etwas: Nimm dein Bad schon heute Abend, vor dem Schwof.«

»Aber heute ist doch erst Freitag!«

»Trotzdem.«

Am Nachmittag gesellt Harry sich wieder zu Paddy und Brian, mit dem Ergebnis, dass er schließlich am Strand Fußball spielen muss. Es läuft gar nicht mal so schlecht, bis die Foster-Jungen und ein paar andere aus der Harbour Road mitzuspielen anfangen und Harry dabei mühelos in die Tasche stecken, obwohl sie viel jünger sind als er. Trotz Harrys Widerstand beschließen die anderen, ein richtiges Spiel zu veranstalten. Paddy und Brian, die Kapitäne der jeweiligen Mannschaften, wählen abwechselnd aus der versammelten Schar ihre Mitspieler aus. Die Gruppe um Harry schrumpft immer mehr, bis am Ende nur noch er und der kleinste der Jungen übrig sind, als Paddy wieder mit Auswählen an der Reihe ist. Er entscheidet sich für den kleinen Jungen.

»Ihr könnt mich alle mal!«, knurrt Harry und marschiert ab. Er geht zu den Klippen hinüber und zündet sich eine Zigarette an. Harry versucht, wieder an den Kuss zu denken, denn das hat ihm geholfen, den Donnerstag und den heutigen Vormittag zu überstehen. Aber jetzt, wo der Tanzabend immer näher rückt, kann er das nervöse Flattern in seinem Bauch einfach nicht mehr unterdrücken. Er fängt wieder an, sich Sorgen zu machen. Es war ja schließlich nur ein Kuss gewesen. Vielleicht bedeutet das Marie nicht annähernd so viel wie ihm, Harry. Vielleicht sollte er heute Abend besser den Coolen spielen und sich nichts anmerken lassen. Einfach so tun, als ob gar nichts gewesen wäre.

Als Harry vom Hafen zurückkommt, hat Marjorie bereits das Badezimmer mit Beschlag belegt. Harry zieht sich auf sein Zimmer zurück. Aus den anderen Schlafzimmern sind gedämpfte Geräusche zu hören, Rascheln und Poltern, untermalt von Brocken von Gesang und fröhlichem Pfeifen. Harry verpasst mehrfach den Moment, in dem das Badezimmer frei wird, und als er dann schließlich hineinkann, findet er eine reichhaltige Auswahl an Parfüms und Aftershaves vor, aber zum Baden und Haarewaschen ist nur noch kaltes Wasser da. Wie immer ist er überrascht über den Sand in der Badewanne, nachdem das Wasser abgelaufen ist. Er rasiert sich sorgfältig, kann dann aber nicht der Versuchung widerstehen, einen Pickel auszudrücken, der noch nicht ganz reif ist. Er tut höllisch weh und sitzt wie eine pochende rote Kirsche auf seinem Kinn. Harry schmiert eine dicke Schicht von Marjories Abdeckcreme auf den Pickel und klatscht sich großzügig Sandelholz-Aftershave ins Gesicht. Dann geht er wieder in sein Zimmer, um zu überlegen, was er anziehen soll. In der Zwischenzeit ist auch Paddy vom Strand zurückgekehrt und liegt lang ausgestreckt auf seinem Bett.

»Was meinst du?«, fragt Harry. »Der Schulblazer oder das Kordsamtjackett?« Er probiert beide an.

»Ich glaube, je eher du dazu kommst, in Hemdsärmeln herumzulaufen, desto besser.«

»Du bist mir vielleicht 'ne Hilfe! Ich kann Marie doch nicht in Hemdsärmeln abholen.«

»Dann das Kordjackett.«

Der Rest ist kein Problem mehr. Es müssen der schwarze Pullover mit V-Ausschnitt über dem weißen Nylonhemd sein, die graue Flanellhose und die Boots. Harry geht etwas in die Hocke, um sich in dem Spiegel über der Anrichte zu betrachten. Wenn er die Schultern leicht hochzieht, sieht er tatsächlich ein bisschen wie Patrick McGoohan aus.

»Seid ihr fertig, Jungs?«, ruft Tante Flo die Treppe herauf.

Harry fühlt wieder ein leichtes Flattern im Bauch. »Wir kommen!«, ruft er.

Draußen vor der Gemeindehalle lässt Harry die anderen bei den Autos zurück und macht sich allein auf den Weg zum Hotel. Gegen Abend ist ein böiger Wind aufgekommen. Er zerrt an Harrys Anorak und seinem Kordjackett, lässt sie wie die Lumpen einer Vogelscheuche um ihn flattern. Harry geht mit schnellen Schritten, während er in Gedanken noch einmal übt, was er sagen wird. Eine ausgeschmückte Version der gestrigen Ereignisse im Boot wird wohl fürs Erste genügen. Und danach wird er einfach improvisieren. Sei witzig, aber fletsch nicht sämtliche Zähne, wenn du lachst. Achte darauf, dass du immer die Schultern hochziehst. Bleib cool, halt die Ohren steif, und bring die Sache hinter dich. Frisch gewagt ist halb gewonnen.

Kurz bevor er am Hotel ankommt, setzt ein leichter Nieselregen ein. Die Empfangsdame, ein junges Mädchen mit frischer Gesichtsfarbe in einer grünen Uniform, blickt erwartungsvoll zu ihm auf, und er überlegt, ob er nach dem Zimmer der Fischers fragen soll, aber dann sieht er Marie inmitten einer Gruppe von Hotelgästen in der Nähe der Treppe stehen, flankiert von ihren Eltern. Harry nähert sich der Gruppe. Die Männer sind von der gut betuchten Sorte mit rotem Kopf, die manchmal Harrys Golfbälle kaufen und die tollen Schlitten fahren, die er und Paddy auf dem Parkplatz bewundert haben. Die Frauen sind vom gleichen Typ wie Mrs. Cooper. Marie redet lebhaft, anscheinend über den neuen Tweedmantel, den sie trägt, denn ein Mitglied der

Gruppe, ein dicker, weißhaariger Mann, nutzt die günstige Gelegenheit, um den Mantel zu betatschen. Die anderen hören zu. Marie fängt an zu lächeln. Harry beobachtet, wie das warme Leuchten in ihren Augen erscheint, und alles, was er sagen wollte, verflüchtigt sich abrupt. Er bleibt ganz still stehen, um den Augenblick noch ein wenig hinauszuzögern. Marie hat ihn noch nicht bemerkt, wird ihn aber sicher bald entdecken. Dann ertönt schallendes Gelächter von der Gruppe, und Marie blickt zufällig in Harrys Richtung, sieht ihn und tritt aus dem Kreis der anderen heraus. Die Wärme in ihrem Blick erlischt nicht, als sie Harry am Arm nimmt und zu ihren Eltern führt.

»Guten Abend, Mrs. Fischer. Guten Abend, Mr. Fischer.« Er gibt beiden die Hand, so wie seine Mutter es ihm eingeschärft hat.

Mrs. Fischers Lächeln ist ein kümmerliches, zerknittertes Ding, wie etwas, das draußen im Regen vergessen wurde und eingeschrumpft ist. Mr. Fischer steht kerzengerade aufgerichtet da, die Stirn leicht gerunzelt, wie ein General, der eine Truppe von rangniedrigeren Soldaten inspiziert. Er umschließt Harrys Hand mit schraubstockartigem Griff. »Ich glaube, ich werde euch mit dem Auto hinbringen«, sagt er.

»Ach, Unsinn, Papa, es sind doch nur ein paar Schritte bis zur Gemeindehalle.«

»Hmmm. Du wirst meine Tochter anschließend nach Hause begleiten müssen.« Er hält noch immer Harrys Hand fest.

»Ja. Natürlich.«

»Du wirst gut auf sie aufpassen. Normalerweise lassen wir unsere Tochter nicht allein ausgehen. Aber sie hat mir gesagt, dass du ein vertrauenswürdiger junger Mann bist.« Er sieht Harry durchbohrend an, hält Harrys Blick mit seinen Augen fest. Er sieht so aus, als ob er daran dächte, eine

Art Ringergriff anzuwenden. »Sie muss vor Mitternacht wieder zu Hause sein.« Endlich lässt er Harrys Hand los.

Mrs. Fischer sagt etwas auf Französisch und tätschelt Maries Schulter.

»*Salut*«, sagt Marie.

»*Salut*«, erwidert Mrs. Fischer. »Wir werden so lange aufbleiben und auf dich warten.«

Marie geht voran, als sie und Harry das Hotel verlassen. Sie streben die Auffahrt hinunter. Als Harry zum Hotel zurückblickt, sieht er Maries Eltern an dem Erkerfenster im Foyer stehen und zu ihnen hinausblicken. »Worüber habt ihr vorhin alle so gelacht?«, fragt Harry.

»Ach, nur über diesen Mr. O'Connor. Er bildet sich ein, unheimlich charmant zu sein. Labert andauernd herum, was er tun würde, wenn er dreißig Jahre jünger wäre.«

»Was würde er denn dann tun?«

»Keine Ahnung. Es würde ihm aber nicht viel nützen, dreißig Jahre jünger zu sein. Selbst wenn er dann nicht fett wäre, würde er es später werden. Das kann man immer schon vorher erkennen.«

»Dass manche Leute später dick sein werden?«

»Ja. Wie bei Brian. Ist dir das noch nicht aufgefallen? In seinem Innern steckt ein dicker Mann, der darauf wartet, herauszukommen. Er ist in der Zwischenzeit nur ein dünner dicker Junge. Verstehst du, was ich meine?«

»Ich glaube schon.«

»Umgekehrt funktioniert es übrigens auch. Es gibt auch dicke dünne Menschen. Deine Tante zum Beispiel ist eine dicke dünne Frau, würdest du das nicht auch sagen?«

»Vielleicht, ja.«

Harry beobachtet, wie sich Maries Lippen beim Sprechen und Lachen bewegen, und er wünscht sich sehnsüchtig, er könnte sie einfach küssen. Wie können sie nur über irgendetwas anderes reden als über das, was zwischen ihnen passiert ist? Denkt sie denn überhaupt nicht daran? Sie erreichen das Ende der Auffahrt und biegen in die Straße zur Kirche ein.

»Eine Menge Filmstars und Popsänger sind kleine große Menschen«, fährt sie fort. »Humphrey Bogart. Dustin Hoffman. Charles Aznavour. Mick Jagger. Tatsächlich sogar die meisten von ihnen. Und dann gibt es noch clevere dumme Menschen und dumme clevere.«

»Leute von hier?«

»Nein. Du kennst sie nicht. Mein Cousin ist ein cleverer dummer Mensch. Unser Gärtner ist ein dummer cleverer Mensch.«

»Und was bin ich?«

»Normal.« Marie dreht sich um und blickt zum Hotel zurück. Wird sie jetzt sagen, dass sie nun außer Sichtweite sind? Werden sie sich küssen? Aber sie sind schon fast bei der Gemeindehalle angelangt. Zwischen den einzelnen Windböen können sie Fetzen von Akkordeonmusik aus der offenen Tür dringen hören. Leute steigen aus ihren Autos aus und laufen, ihre Hüte festhaltend, in die Halle.

Im Vorraum kämmt Marie sich die Haare, während Harry den Eintritt bezahlt. Er nimmt ihr den Mantel ab und hängt ihn zusammen mit seinem Anorak an die Garderobenhaken neben der Tür zur Küche. Marie trägt ein blaues Kleid, das unter ihrem Busen weit ausgestellt ist und eine Handbreit oberhalb ihrer Knie endet. Sie gehen hinein. Der Saal ist noch halb leer. Die Band auf der Bühne spielt einen Walzer, aber niemand tanzt. Es gibt einen Akkordeonspieler, einen Drummer mit einem rudimentären Satz von Trommeln und einen Elektrogitarristen, der Akkorde klimpert. Die Mädchen sitzen entlang der linken Seite des Saals, die Ehepaare und einige Jungen auf der rechten. Ein paar junge Männer aus dem

Ort lungern in der Nähe der Tür herum, während sie rauchen und die Mädchen beäugen. Die Moores, die McClellands und die Bryces sitzen an einem Tisch in der Nähe der Bühne auf der rechten Seite. Ihre Schritte hallen auf dem Fußboden, als Harry und Marie durch den Saal gehen, und Harry hat das Gefühl, dass sämtliche Anwesenden sie anstarren.

»Marie!« Marjorie winkt ihnen zu. »Komm hier rüber.« Sie klopft auf den Stuhl an ihrer Seite, und Marie setzt sich neben sie.

Harry geht zu Paddy und Brian, die ein Stück weiter an der Wand stehen, die Hände in den Hosentaschen vergraben. Als ob sich hinzusetzen bedeuten würde, dass man die Sache zu ernst nimmt. »Hi, Leute.«

Die beiden nicken mit ausdrucksloser Miene und sehen sich im Saal um. Harry sieht sich ebenfalls um, dann blickt er wieder zu Marie hinüber, die jetzt in eine Unterhaltung mit Marjorie vertieft ist. Was wird sie wohl von alledem hier halten? Ziemlich schäbig, der ganze Ort; ist das eigentlich schon immer so gewesen? Triste braune Ölfarbe an den Wänden, grelle Leuchtstoffröhren an der Decke, die einheimischen Mädchen in ihren unmodernen Sommerkleidern, die blechern klingende Musik, die über die leere Tanzfläche schallt.

»Wählen Sie Ihre Partner für den nächsten Tanz«, sagt der Gitarrist, während er sich zum Mikrofon hinunterbeugt und die einleitenden Akkorde schlägt.

»Komm schon, Alec«, sagt Tante Flo. »Irgendjemand muss ja den Anfang machen.« Gleich darauf rauscht sie über die Tanzfläche, ihren Ehemann fest an ihren ausladenden Busen gedrückt, ihre Lippen zu einem zufriedenen Lächeln verzogen. Eine dicke dünne Frau. Marie hat Recht. Harry blickt zu ihr hinüber. Sie sitzt jetzt allein am Tisch, denn Harrys Eltern haben sich zu Flo und Alec auf der Tanzfläche gesellt, und Reverend McLeod tanzt mit Marjorie. Marie blickt auf und lächelt ihn an. Harry erwidert ihr Lächeln und sieht dann wieder weg. Er horcht auf die Musik und versucht herauszuhören, welche Art von Tanz das ist. Der einzige, den er mühelos erkennen kann, ist der Walzer, und das hier ist kein Walzer. Aber was ist es dann? Quickstepp? Foxtrott? Kann Marie diese Tänze? Was wird sie von ihm denken, wenn er selbst sie nicht kann? Jetzt stimmt die Band die dritte Melodie an. Eine Melodie, die Harry sofort erkennt. Er geht zu Marie hinüber. »Darf ich bitten? Diesen Song kenne ich.« Er nimmt ihre Hand und führt sie auf die Tanzfläche, als der Gitarrist zu singen beginnt.

Flugzeuge und Schiffe und Züge
ziehen an mir vorbei.
Für andere bedeuten sie
eine Reise nach Paris oder Rom,
aber nicht für mich.
Die Flugzeuge, Schiffe, Züge
brachten dich fort, fort von mir.

»Den kenne ich auch«, sagt Marie. »Bei uns heißt er *Quand un bateau passe.*«

Harry nimmt Marie in seine Arme, und sie beginnen zu tanzen. Nach ein paar Schritten lächelt Marie, nickt und passt sich Harrys Allzweck-Schleifschritt an.

So verliebt, wie wir waren,
gab es über uns nur noch den Himmel.
Wir träumten bei den Sternschnuppen,
und manchmal werden Wünsche und Träume wahr,
nur nicht für mich.
Die Flugzeuge, Schiffe, Züge
brachten dich fort, fort von mir.

»Es ist eigentlich ein Tango, Harry«, sagt Marie. »Kannst du Tango tanzen?«

»Ich glaube nicht.«

»Es ist ganz einfach. Sieh mal, so. Langsam – langsam – schnell – schnell – langsam.«

Harry folgt Maries Beispiel, und sie bewegen sich über die Tanzfläche, während die Band den Instrumentalteil in der Mitte des Songs spielt. Da Harry die Tanzschritte gerade erst lernt, bedeutet das, dass er ungeniert hinunterblicken und auf Maries Beine starren kann. Jedes Mal, wenn sie von den langen Gleitschritten zu den kurzen, schnellen Tanzschritten überwechselt, rutscht der Saum ihres Kleides mit einem leichten Rascheln bis weit über ihr Knie hoch. Bei der letzten Strophe des Liedes stimmt der Akkordeonspieler in den Refrain ein.

Flugzeuge und Schiffe und Züge
nahmen dich mir fort.
Aber jedes Mal,
wenn ich ihnen nachblicke,
spreche ich ein Gebet.
Und sollte mein Gebet eines Tages das trennende Meer überwinden,
werden die Flugzeuge und die Schiffe und die Züge
dich wieder zurückbringen,
zurück zu mir.

»Reist ihr auch auf diese Art?«, fragt Harry. »Mit Flugzeugen und Schiffen und Zügen?«

»Nicht mit dem Flugzeug. Nur mit dem Zug und dem Schiff.«

Werden sie dich wieder zurückbringen? Zurück zu mir?

Sie erwidert sein Lächeln, sieht dann weg, kommt aber ein

bisschen näher an ihn heran. Jetzt lässt sie sich von ihm führen.

»Du kannst mich ruhig ein bisschen tiefer halten«, sagt sie.

Aber dann endet der Song mit einem Trommelwirbel.

Als sie die Tanzfläche verlassen, bemerkt Harry, dass sich der Saal in der Zwischenzeit etwas mehr gefüllt hat. Paddy fordert Marie zu der nächsten Runde von Walzern auf, und Marjorie tanzt wieder mit Reverend McLeod. Harry gesellt sich zu Brian. Der steht noch immer an der Wand, die Hände in den Hosentaschen vergraben, sein zugeknöpfter blauer Schulblazer bis in Taillenhöhe hochgeschoben, so dass die beiden Seiten des Vorderteils zu zwei spitzen Schnauzen ausgebeult sind. »Tanzt du nicht?«, erkundigt sich Harry.

»Nein, aber trotzdem vielen Dank. Ich bevorzuge Mädchen. Da drüben ist übrigens 'ne echt heiße Schnalle.« Brian weist mit einer Kopfbewegung zur anderen Seite des Saals hinüber. Diejenige, die er zu meinen scheint, ist ein stark geschminktes, pummeliges Mädchen in einem geblümten Minirock, das konzentriert zum hinteren Teil des Saals hinüberstarrt.

»Sie scheint sich aber mehr für die einheimischen Jungs zu interessieren«, entgegnet Harry.

»Weil sie nichts Besseres gewohnt ist, deshalb.« Brian zieht seine Krawatte zurecht, strafft die Schultern und steuert zielstrebig über die Tanzfläche auf seine Auserwählte zu. Harry beobachtet, wie das Mädchen überrascht aufschaut und den Kopf schüttelt. Brian geht weiter zu dem Mädchen rechts von ihr, das ebenfalls den Kopf schüttelt. Harry glaubt schon, dass Brian die ganze Reihe entlanggehen wird, aber er versucht es nur noch einmal. Dann schlendert er wieder durch den Saal zurück. »Blöde Weiber«, sagt er verächtlich.

Harry sieht zu seiner Erleichterung, dass Marie und Paddy sich nicht unterhalten, während sie tanzen, denn Paddy ist zu intensiv damit beschäftigt, auf seine Füße zu achten. Sie halten sich auch nicht bei den Händen, als sie die Tanzfläche verlassen. Inzwischen sind genügend Leute für die Gruppentänze versammelt, und der *Siege of Ennis* wird angekündigt. Harry fordert wieder Marie auf.

»Was ist Paddy, was würdest du sagen?«, fragt er Marie, als er mit ihr auf die Tanzfläche geht. »Dünn dick? Groß klein?«

»Alt jung.«

»Und was heißt das?«

»Er macht einen auf älter, als er ist, aber er ist zu naiv.« Sie müssen sich einander gegenüber aufstellen, und Marie achtet genau auf Schrittfolgen und Formationen, deshalb ergibt sich keine weitere Gelegenheit zu einer Unterhaltung. Danach spielt die Band einen langsamen Walzer, den Harry auslässt. Er beobachtet, wie Marjorie mit seinem Vater tanzt und Marie mit Onkel Alec. Sie tanzt perfekt, scheint es Harry. Überhaupt ist alles an ihr perfekt. Ihr Gesicht, ihre Stimme, die Art, wie sie sich bewegt. Jedes männliche Wesen im Saal muss sich in sie verlieben, wenn es sie bloß ansieht.

Kurz vor zehn verschwindet Harry durch den Seiteneingang, um zur Toilette zu gehen. Vor der Toilette steht eine Schlange, die sich bis um die Rückseite der Halle zieht. Er stellt sich hinten an. Als er sieht, dass nur Frauen und Mädchen in der Schlange stehen, geht er weiter um das Gebäude herum zur menschenleeren anderen Seite und pinkelt in die Gosse, wobei er sorgsam darauf achtet, den Strahl in Windrichtung zu halten. Dann setzt er seinen Rundgang zur Vorderseite des Gebäudes fort und betritt den Saal wieder durch den Haupteingang, wo er sich durch den Haufen von jungen Männern hindurchdrängeln muss. Die Band hat inzwischen eine Pause eingelegt. Jetzt wird Tee serviert. Eine kleine Prozession, bestehend aus einem Teewagen mit weißen Tassen und Untertassen, einem großen Kessel voller Tee auf Rädern und einem weiteren Wagen mit Kuchen und Sandwiches bahnt sich langsam einen Weg an der Seite des Saals entlang, eskortiert von einem Konvoi von Frauen. Marie und Marjorie lachen gerade über irgendetwas, als Harry zu ihnen stößt.

»Fünf«, sagt Marie.

»Viel zu gut«, erwidert Marjorie. Sie blicken zum hinteren Teil des Saals. »Sieh dir dieses doppelreihige marineblaue Jackett an. Die Messingknöpfe. Diese spitzen Schuhe, Herrgott noch mal. Drei, allerhöchstens.«

»Drei von wie vielen möglichen Punkten?«, fragt Harry.

»Zehn.«

»Wie viele würde ich kriegen?«

»Das darf ich dir nicht verraten. Von Marie auf jeden Fall mehr als von mir. Doppelt so viele, um genau zu sein. Tut mir Leid, aber ich kann nun mal nicht anders. Ich seh dich immer noch in diesen Shorts, die du letztes Jahr anhattest.«

»Wo sind Paddy und Brian?«, fragt Harry, während er über Marjories Bemerkung nachdenkt.

»Draußen, um eine zu rauchen«, erklärt Marie.

»Ist die Summe der Punkte, die ihr mir gegeben habt, eine gerade Zahl oder eine ungerade?«, will Harry wissen.

»Was meinst du, Marie? Wäre das zu viel verraten?«

Marie zuckt die Achseln.

»Eine gerade«, sagt Marjorie.

Jetzt ist die Prozession bei ihnen angekommen, und sie halten den Frauen ihre Tassen hin.

»Möchte jemand ohne?«, fragt eine der Frauen und füllt dann ihre Tassen, als keiner von ihnen die seine wieder zurückzieht.

»Wie findest du den mit den Koteletten?«, fragt Marjorie.

»Ich weiß nicht«, erwidert Marie. »Kennst du Johnny Halliday? Nein? Ein Überbleibsel aus den Fünfzigern.«

»The Ted That Time Forgot«, sagt Harry.

»Fünf Punkte«, erklärt Marie und nippt an ihrem Tee.

»Na ja, aber sieh dir doch mal die Art an, wie er mit der Zigarette im Mund redet. Das erfordert schon eine gewisse Übung. Ein echter James Dean. Ich würde ihm sieben geben.«

»Was ist das hier?«, Marie hält Harry ihre Tasse hin.

»Tee«, erklärt er.

»Da sind ja Milch und Zucker drin!«

»Du musst Bescheid sagen, wenn du ihn ohne möchtest. Das haben sie extra gesagt.«

»Ach so.« Sie stellt ihre Tasse hinter sich auf dem Fensterbrett ab.

»Welches ist die höchste Punktzahl, die du vergeben hast?«, will Harry wissen.

»Das verrate ich nicht«, erwidert Marie. Um ihre Mundwinkel zuckt es belustigt.

Die Menschenmenge im rückwärtigen Teil des Saals schwillt sichtlich an. Der Pub in Dunbreaghy hat inzwischen geschlossen, und ein Strom von Jungen drängelt sich nach vorne durch. Sie blinzeln, schon leicht angetrunken, während sie die Mädchen beäugen, die jetzt lebhafter geworden sind und kreischen und kichern. Brians Favoritin hockt auf den Knien eines anderen Mädchens und flüstert aufgeregt, während sie unentwegt Blicke Richtung Tür wirft. Strömender Regen prasselt gegen die Fenster hoch oben in den Wänden.

Dann kehrt die Band auf die Bühne zurück und fängt wieder an zu spielen. Die Mädchen und Frauen stellen sich zu einem Kreis in der Mitte der Tanzfläche auf und fassen sich an den Händen, und die Jungen und Männer, in der Minderzahl, bilden einen Kreis um sie herum. Beide Kreise beginnen sich zu drehen, sie bewegen sich dabei in entgegengesetzte Richtungen. Harry verliert immer wieder den Anschluss an einen Farmer mit großen, rauen Händen und muss fast rennen, um ihn wieder einzuholen. Plötzlich bricht die Musik abrupt ab, und Harry findet sich Brians Auserwählter gegenüber, die offensichtlich ebenso enttäuscht ist wie Harry selbst. Die Band stimmt einen Walzer an, und Harry schlurft mit seiner widerwilligen Partnerin über die Tanzfläche. Die Frauen, die ohne Tanzpartner geblieben sind, setzen sich wieder oder tanzen schweigend miteinander, während sie in die Ferne lächeln, so als ob es in Ordnung ist, wenn Frauen miteinander tanzen, so lange sie sich nicht unterhalten. Harry sieht Marie mit Brian tanzen. Sie schenkt Harry ein sehnsüchtiges Lächeln, als sie und Brian an ihm vorbeiwirbeln. Danach, als sich die Paare wieder trennen und sich die beiden Kreise neu formieren, versucht Harry, die Wahl ein bisschen zu manipulieren, indem er langsamer wird, bevor Marie in dem Kreis der Frauen und Mädchen auftaucht, und dann so lange wie möglich in ihrer Nähe bleibt, bevor er erneut im Kreis herumrennt, um sie wieder einzuholen. Aber als die Musik das nächste Mal abbricht, landet er abermals bei einem Mädchen aus dem Ort und zuletzt bei Mrs. Bryce. Es ist schwierig, eine Stelle auf ihrem Rücken zu finden, wo er sie halten kann, ohne auf einen störenden Träger oder eine Falte zu stoßen, und er muss seine Hand ein bisschen hin und her bewegen, bis er schließlich eine Art Niemandsland zwischen ihrem BH und einem anderen Wulst weiter unten findet. Mrs. Bryce beobachtet ihn während dieser Wanderungen mit einem leichten Lächeln und macht ein Gesicht, als wollte sie etwas sagen, tut es aber nicht. Während Harry mit ihr tanzt, versucht er, Marie in dem Gewühl ausfindig zu machen. Schließlich sieht er sie in den Armen eines stämmigen Bauernburschen, der sie umschlungen hält, als ob er glaubte, sie würde zerbrechen, wenn er sie fallen ließe. Sie redet ununterbrochen und lächelt. Harrys Magen zieht sich zu einem Knoten zusammen. Wie viele Punkte gibt sie dem Kerl wohl gerade? Was kann dieser grobschlächtige Trottel schon zu sagen haben, um sie zum Lächeln zu bringen? Wenn er nicht witzig ist, wieso lächelt sie dann? Ist Harry dann witzig, wenn sie über die Dinge lacht, die er sagt?

»Marie scheint sich gut zu amüsieren«, sagt Mrs. Bryce.

»Ja.«

»Sie verdreht sämtlichen Jungs den Kopf.«

Harry ist froh, als der Tanz endlich vorbei ist. Einen schrecklichen Moment lang kann er Marie nicht finden, doch dann sieht er sie mit Paddy reden. Es ist inzwischen ziemlich voll im Saal, und bevor er sich zu den beiden durchdrängeln kann, wird Marie von Reverend McLeod zum Foxtrott entführt.

»Verrate mir mal was«, sagt Harry zu Paddy. »Wenn eine Frau die doppelte Anzahl von Äpfeln kaufen würde, die eine andere gekauft hat, sagen wir mal aus einer Anzahl zwischen eins und zehn, und die Summe der beiden eine gerade Zahl ergeben würde, was könnte dann die höhere Anzahl sein? Mal ganz im Ernst.«

Paddy sieht ihn irritiert an. »Redest du über Marjories dämliches Spiel? Marie hat dir acht Punkte gegeben. Das war, kurz bevor wir rausgegangen sind, um 'ne Kippe zu rauchen. Sie hätte dir wahrscheinlich die volle Punktzahl von zehn gegeben, nur dass Marjorie mit vier anfing.«

Nach dem Tanz führt Reverend McLeod Marie mit einer schwungvollen Gebärde und einer Verbeugung wieder zu ihrem Tisch zurück. »Dünn dick?«, fragt Harry sie. »Clever dumm?«

Marie überlegt einen Moment. »Definitiv gut böse«, antwortet sie.

»Ladys und Gentlemen, auf besonderen Wunsch«, ruft der Gitarrist in sein Mikro, »der Clap Dance!« Aus der Menschenmenge steigen vereinzelte Pfiffe und Jubelrufe auf.

»Warte nur, bis du das siehst«, sagt Harry zu Marie.

Marie lacht, als die Tänzer auf die Tanzfläche stürmen. »Warum tanzen denn die alten Männer miteinander?«

»Wart's nur ab.«

Bald hallt der Saal vom peitschenähnlichen Knallen großer, schwieliger Handflächen wider, als die alten Bauern rhythmisch in die Hände klatschen.

»Tut das denn nicht weh?«, fragt Marie.

»Sieh sie dir doch an. Sie lachen.«

Die Luft ist zum Schneiden dick vor Zigarettenrauch und Schweiß, und als der Tanz endet, perlt Feuchtigkeit von den Wänden herab.

»Und jetzt der Augenblick, auf den wir uns schon den ganzen Abend gefreut haben«, verkündet der Gitarrist. »Damenwahl!« Ein paar Mädchen überqueren die Tanzfläche. So ist das also, wenn man ein Mädchen ist, denkt Harry, diese vorgetäuschte Gleichgültigkeit, das schreckliche Warten darauf, dass einen jemand zum Tanzen auffordert.

»Ach so, ich verstehe«, lächelt Marie. »Darf ich um den nächsten Tanz bitten? So sagt ihr doch, nicht?«

Die Freude!

Die Musik setzt ein. »Es ist eine Polka«, stellt Marie fest. »Kannst du Polka tanzen?«

»Das ist *Shoe the Donkey*. Den kann ich ganz gut.«

Sie schließen sich der Reihe an und legen los. Der Saalboden erzittert unter den stampfenden Füßen der Tanzenden. Der Akkordeonspieler legt sich ins Zeug, lässt alle möglichen zusätzlichen Töne in die simple Melodie einfließen, die Augen fest geschlossen, sein Gesicht schweißüberströmt.

»Man könnte fast meinen, sein Akkordeon versucht, von ihm wegzukommen«, ruft Marie. Es sieht wie eine komische Nummer mit einem zu vollen Koffer aus. Wenn es dem Akkordeonspieler gelingt, einen Teil seines Instruments zusammenzudrücken, quillt es an einer anderen Stelle wieder auf, und Kaskaden von Noten purzeln heraus.

Marie sagt abermals etwas.

»Was hast du gesagt?«

Sie schiebt ihr Gesicht ganz dicht an seines, um in sein Ohr zu sprechen. Er kann spüren, wie sich ihr Wangenknochen beim Sprechen bewegt. »Einer der Jungs hat gefragt, ob er mich nach Hause begleiten könnte. Ich habe gesagt, dass ich mit dir gehe.«

Danach spielt die Band eine Reihe von Popsongs für die jungen Leute. Selbst ihre Version von *Satisfaction* hört sich für Harry spitzenmäßig an, und bei *Massachusetts* kommt Marie in seine Arme und schmiegt sich eng an ihn, während sie sich über die Tanzfläche schieben. Der Saal ist jetzt brechend voll, und immer wieder stoßen andere Paare gegen sie, aber Harry ist von einer großen Ruhe und Gelassenheit erfüllt. Als der Tanz schließlich endet und sie sich wieder voneinander lösen, kommt es ihm so vor, als erwachte er aus einem wundervollen Traum.

»Und nun, Ladys und Gentlemen, wählen Sie bitte Ihre Partner für den *Waves of Tory*.«

»Ich muss jetzt gehen«, sagt Marie.

»Lass uns noch einen Moment bleiben, ja? Nur noch für diesen einen Tanz.«

»In Ordnung.«

Die Reihen formieren sich rasch. Bei diesem Tanz will jeder dabei sein. Harry und Marie stellen sich neben einer lebhaften Marjorie mit Reverend McLeod auf, der sich andauernd die Haare aus dem Gesicht streichen muss, wenn er nickt, um irgendeine Bemerkung zu unterstreichen. Dann müssen sich die Paare wieder trennen, um sich der Reihe der Frauen oder Männer anzuschließen. Als sich die beiden Reihen über die gesamte Länge des Saals erstrecken, kommt die Band in Schwung.

Marie lernt den Tanz schnell, indem sie einfach nur dem Beispiel der anderen folgt. Bald beherrscht sie sogar den Schleifschritt, wie ihn die einheimischen Frauen tanzen. Die zwei Reihen von Männern und Frauen wenden sich zur Bühne um und setzen sich in Bewegung, streben in verschiedene Richtungen auseinander, nur um am oberen Ende der Halle wie die beiden Hälften eines Reißverschlusses wieder zusammenzufinden. Harry befürchtet schon, dass er wieder bei irgendeiner anderen Tanzpartnerin landen wird, aber da ist Marie und streckt die Hand nach ihm aus, lächelt ihr zärtliches Lächeln. Als ob uns das Schicksal zusammengeführt hätte. Und schon stürzen sie sich gemeinsam in das Meer von Tanzenden, ducken sich zuerst unter dem Bogen hindurch, den die entgegenkommenden Paare mit ihren Armen bilden, Maries weiche Hüfte dicht an seiner, und stellen sich dann einander gegenüber auf, ihre Hände noch immer fest miteinander verflochten. Harrys ganzes Empfindungsvermögen ist in seinen Fingerspitzen, die Maries halten, und er kann fühlen, wie sie nach jeder leichten Bewegung danach streben, den vollen Hautkontakt wieder herzustellen. Gesichter tauchen aus den dichten Rauchschwaden auf, zu einem Lachen oder auch zu einer Grimasse verzogen, seine Eltern, Brian, Reverend McLeods Glatze, als er gebückt aus dem Tunnel der unzähligen Arme hervorkommt, alle irgendwie unwirklich und scheinbar in weiter Ferne, verglichen mit dem warmen Druck von Maries Hand.

Als der Tanz schließlich endet, ist es Viertel vor zwölf. Harry führt Marie zu seinen Eltern, damit sie sich von ihnen verabschieden kann, und holt ihren Mantel. Der Gitarrist singt gerade: »*The old home town looks the same ...*«, als sie den Saal verlassen.

Draußen trifft sie der kalte, stürmische Wind wie eine Welle. Ein Unwetter tobt über der Bucht. Hinter den brodelnden Wolkenungetümen pulsiert der Himmel in einem schmutzigen Gelb, und grelle gabelförmige Blitze zucken auf die bleigraue, aufgewühlte See herab, erhellen die gesamte Bucht. Krachende Donnerschläge hallen durch die Nacht, scheinen Himmel und Erde gleichermaßen zu erschüttern. Die Abbilder der blendend hellen Lichtstrahlen bleiben auf Harrys Netzhaut, wenn er blinzelt, zeichnen sich wie Fäden aus Gold darauf ab. »Gleich wird es wieder regnen«, sagt er. »Wir sollten uns besser beeilen.« Es kommt ihm ganz natürlich vor, seinen Arm um Marie zu legen. Sie hasten los, laufen die Straße entlang Richtung Hotel. Der Regen setzt in dem Moment ein, in dem sie die Hotelauffahrt erreichen, peitscht in Strömen über die Rasenfläche. Die knorrigen, vom Sturm gebeugten Bäume am unteren Ende der Auffahrt ächzen und stöhnen, als sie an ihnen vorbeirennen.

»Musst du sofort reingehen?«, fragt Harry, als sie sich dem Seiteneingang zum Fernsehraum nähern, der jetzt dunkel ist.

»Wir haben noch ein paar Minuten Zeit«, erwidert Marie. Sie suchen Schutz im Eingang.

»Auf diesen Augenblick habe ich mich schon den ganzen Abend gefreut«, gesteht Harry. Maries Gesicht, nass vor Regen, ist zu ihm emporgewandt. Er beugt sich hinunter, um sie zu küssen, und sie schmiegt sich fest in seine Arme. Ihre Lippen sind kalt an seinen, und er spürt, wie sich ihre Mundwinkel zu einem Lächeln verziehen.

»Ich kann einfach nicht vergessen, wie wir uns neulich Abend geküsst haben«, sagt sie.

»Ich auch nicht. Ich habe seitdem kein Auge mehr zugetan, weil ich immer an dich denken musste«, erwidert Harry.

»Ich hatte schon Angst, dass ich dir mit all diesem blöden Gerede über dünne dicke Menschen auf den Geist gegangen bin. Ich habe mir den ganzen Nachmittag überlegt, was ich sagen könnte, wenn ich dich wiedersehe. Als ich dann erst einmal angefangen hatte, konnte ich irgendwie nicht wieder aufhören. Ich hatte gehofft, du würdest mir einfach einen Kuss geben.«

»Alles andere kommt einem wie Zeitverschwendung vor, nicht?«

»Ja.«

Sie küssen sich abermals. Dann lehnt Marie ihren Kopf an seine Brust, und sie beobachten, wie sich die dunkle Masse von Horn Head sekundenlang gegen den von Blitzen erhellten Himmel abzeichnet, um gleich darauf wieder hinter Regenschleiern zu verschwinden.

»Ich muss jetzt reingehen«, sagt Marie. »Meine Eltern werden schon auf mich warten.«

»Sehe ich dich morgen wieder?«

»Morgen Vormittag?«

»Da muss ich zur Kirche. Am Nachmittag.«

»Um zwei Uhr?«

»In Ordnung. Ich werde dich hier abholen.«

»Okay.«

Sie küssen sich noch ein letztes Mal, dann flitzt Marie durch den strömenden Regen zum Vordereingang des Hotels. Harry beobachtet, wie sie hineingeht, dann lehnt er sich gegen die Wand und sieht noch eine Weile verträumt zu, wie das Unwetter über der Bucht grollt und tobt.

So fühlt sich innerer Frieden an. Er hatte schon fast vergessen, was das für ein Gefühl ist. Er klappt den Kragen seines Anoraks hoch und marschiert hinaus in die stürmische Nacht.

Bald ist er bis auf die Haut durchnässt. Heftige Sturmböen peitschen die Ranken des Dornengestrüpps um seine Beine, und die Steine in den Mauern sind gefährlich glitschig. Harry summt »Flugzeuge und Schiffe und Züge« vor sich hin, und es klingt, als ob der Sturm die Begleitmelodie dazu bläst.

»Harry?« Eine Gestalt in der Dunkelheit, die am Fuß der zweiten Steinmauer kauert.

»Paddy? Bist du das?«

»Mann, bin ich froh, dass du gekommen bist! Ich dachte schon, du hättest vielleicht den Weg über die Straße genommen.«

»Was ist denn los?«

»Der Scheißstein ist weggerollt.«

»Bist du ausgerutscht?«

»Ja. Ich muss mir was gebrochen haben.« Das grelle Licht eines zuckenden Blitzes zeigt Paddy, wie er am Fuß der Mauer kauert und sich den rechten Knöchel hält.

»Warum bist du überhaupt hier raufgegangen?«, will Harry wissen.

»Ach, weißt du, ich war derart abgenervt, dass ich keine Lust mehr hatte, auf dich zu warten. Es ist schon ’ne Ewigkeit her, dass ich mich verdrückt habe.«

»Ich habe gar nicht mitgekriegt, wie du gegangen bist.«

»Du hast auch sonst nicht sonderlich viel mitgekriegt.«

»Kannst du aufstehen, wenn ich dir helfe?«

»Du kannst es ja mal versuchen. Nein, oh Mann, tut das weh, hör auf, es hat keinen Zweck.«

»Dann werde ich losgehen und die Männer holen. Wir werden mit dem Auto herkommen und dich hier abholen.«

»Sie sind gerade zum Haus raufgefahren. Ich habe sie vorbeifahren hören. Ich habe gerufen, aber sie haben mich nicht gehört.«

»Ich bin gleich wieder da, es dauert nicht lange.« Harry eilt den Pfad hinunter. Dann kommt er unvermittelt wieder zurück. »Weißt du, was das Gute an der Sache ist?«

»Nee, das weiß ich im Moment beim besten Willen nicht. Ich weiß nur, dass meine Ferien höchstwahrscheinlich im Eimer sind.«

»Du wirst dein Fahrrad nicht brauchen.«

»Was soll denn daran gut sein?«

»Na ja, wenn du nicht damit fahren kannst, kann Marie es haben.«

Sie müssen schließlich alle drei mit anpacken, um Paddy über die Mauer zu hieven und ins Auto zu verfrachten. Tante Flo macht einen Mordswirbel und drängt darauf, dass sie Paddy sofort ins Krankenhaus von Letterkenny fahren, aber Paddy erklärt, es ginge ihm schon besser und er könne seinen Knöchel sogar schon wieder ein bisschen belasten. Deshalb beschließen sie, bis zum nächsten Tag zu warten. Sie bugsieren ihn die Treppe hinauf und legen ihn auf sein Bett. Nachdem die Männer das Zimmer verlassen haben, zündet sich Harry am Fenster eine Zigarette an. Es ist die letzte von Maries Kents.

»Diese eine zählt nicht«, sagt er.

»Sehr großzügig von dir.«

»Weißt du, wie das ist, wenn einem gerade ein Zahn ausgefallen ist?«, fragt Harry.

Paddy niest.

»Und man mit der Zunge in dem Loch herumbohrt?«, fährt Harry fort. »Kennst du das Gefühl? Diese angenehme Art von Schmerz? Genauso fühlt es sich an.«

»Genauso fühlt sich was an?«

»Wenn sie nicht weiß, dass ich sie beobachte.«

»Für sie oder für dich?«

»Herrgott noch mal, Paddy! Für mich natürlich. Ich kann mich gar nicht mehr daran erinnern, wie es früher war. Ich meine, bevor ich mich in Marie verliebt habe. Worüber ich früher nachgedacht habe. Welche Dinge meine Gedanken beschäftigt haben. Womit ich früher den Tag ausgefüllt habe. An alles das kann ich mich gar nicht mehr erinnern. Weißt du, wenn wir Arm in Arm gehen …«

»Ja?«

»Also, das ist, als ob wir uns wie eine Einheit bewegen, verstehst du? Es ist ganz anders als mit anderen Mädchen, die neben einem herhüpfen wie Jo-Jos. Man kann mit ihnen irgendwie nicht im Gleichschritt gehen. Weißt du, was ich meine?«

Paddy gibt keine Antwort, und nach einer Weile hört Harry, wie Paddys Atemzüge sich verlangsamen und regelmäßig werden. Harry raucht weiter, während er gedankenverloren in die Nacht hinausblickt. Das Unwetter ist landeinwärts gezogen, in seinem Schlepptau eine dichte Regenwand, die Horn Head abschneidet.

12

»Und dann stellte sich raus, dass mit seinem Bein überhaupt nichts passiert war«, erzählt Harry. »Na ja, mal abgesehen von dem verstauchten Knöchel. Aber er hat sich 'ne Lungenentzündung geholt.«

Marie stößt einen Pfiff aus. »Das ist schlimm.«

»Er weiß nicht, ob er rauchen darf oder nicht, *das* ist schlimm. Er konnte den Arzt wohl kaum danach fragen, wo seine Eltern dabei waren. Jetzt muss er zwei Wochen im Haus bleiben.«

»Und er hat nichts dagegen, dass ich sein Fahrrad benutze?«

»Es war seine Idee.« Harry hat beide Räder zum Hotel hinuntergeschoben.

Marie schwingt ihr Bein über die Stange und stößt sich ab, um mit Schwung über die Straße zu fahren.

»Links, Marie! Du musst auf der linken Straßenseite bleiben!«

»Huch!«

Bei Doe Chapel werden sie von einem Regenschauer überrascht, einem letzten Rest des Unwetters der vergangenen Nacht, aber bei Creeslough kommt die Sonne wieder heraus. Hinter Creeslough zweigt eine schmale, mit Schlaglöchern übersäte Straße nach links in Richtung Doe Castle ab. Der Asphalt ist mit Pfützen gesprenkelt und mit einem dünnen Regenfilm überzogen. Unter der Straßendecke zeichnen sich hier und da die darunter liegenden Felsen ab. Der blaue Himmel und die flauschig weißen Wattewolken spiegeln sich in dem Wasser unter ihren surrenden Fahrradreifen, und es ist, als ob sie flögen. Zu beiden Seiten der

Straße erstreckt sich das schwammige, violett schimmernde Moos.

Dann fällt die Straße zu den Wäldern von Dunbally River ab. Hier müssen Harry und Marie abbremsen wegen der zahlreichen Buckel in der Fahrbahn, wo sich die Felsen durch die Teerdecke gebohrt haben. Deshalb haben sie keinen Schwung mehr, als die Straße wieder steil bergauf führt. Sie sind gezwungen, von ihren Rädern abzusteigen und zu schieben. Schließlich betreten sie einen dicht überwucherten Durchgang, der auf beiden Seiten von hohen, mit rötlich schimmernden Fuchsien überwachsenen Böschungen begrenzt wird. Das dichte Geflecht aus belaubten Ästen über ihren Köpfen hat den Regenschauer abgehalten, doch inzwischen hat sich das Wasser einen Weg durch das Blätterdach gebahnt und fällt in dicken Tropfen herab, die träge auf die Straße platschen. Harry, der vorausgeht, dreht sich erschrocken um, als Marie plötzlich aufschreit, aber es ist nur einer dieser dicken Tropfen, der auf ihrem Nacken gelandet ist. Sie hat reflexartig den Rücken gekrümmt, ihre Augen sind fest zugekniffen, ihr Mund zu etwas zwischen einer Grimasse und einem Lachen verzogen. Harry kann deutlich die Umrisse ihres BHs sehen, die sich unter ihrem dünnen Pullover abzeichnen, und die aufgerichteten Brustwarzen darunter.

»Ich werde klitschnass!«, ruft sie.

Sie ziehen ihre Jacken über und schieben die Räder den Hügel hinauf. Ein kalter Wassertropfen trifft Harry genau zwischen Jackenkragen und Nacken und rinnt zwischen seinen Schulterblättern hinab, so dass er unwillkürlich am ganzen Körper zusammenzuckt. Als sie auf der Kuppe des Hügels wieder in den Sonnenschein hinauskommen, sind sie vollkommen durchnässt.

»In der Sonne werden wir wieder trocken«, sagt Marie, während sie ihre Jacke auszieht und ihr nasses Haar ausschüttelt. Harry folgt ihrem Beispiel und versucht dabei, nicht auf Maries feuchten Pullover zu starren, der jetzt wie eine zweite Haut an ihrem BH und den Brustwarzen klebt, die noch immer keck aufgerichtet sind.

Als sie Doe Castle erreichen, sind ihre Kleider noch immer nicht getrocknet. Es ist Ebbe, und nur ein Schimmer von Silber weit draußen in der Bucht lässt erkennen, wo die See ist. Marie fröstelt im böigen Wind. »Gibt es hier nirgendwo einen Ort, wo wir in der Sonne liegen und trocknen können?«

»Vielleicht auf der Insel dort drüben.«

Ungefähr hundert Meter weiter draußen in der Bucht liegt eine kleine Insel, ein grüner Hügel mit ein paar Büschen, umringt von einem Gürtel aus braunem Seetang. Dort wird sie kein Mensch stören. Sie lassen die Fahrräder am Strand zurück, ziehen Schuhe und Strümpfe aus, krempeln ihre Jeans hoch und marschieren über den Schlick. Harry trägt den Picknickkorb. Vor der Insel müssen sie den Teppich aus Seetang überqueren. Die kugelförmigen Algenkapseln glucksen und zerplatzen unangenehm unter ihren Füßen, dann klettern sie den grasbewachsenen Abhang hinauf. Von einem Vorsprung oben auf der Kuppe blickt Marie zur anderen Seite des Hügels hinunter, die zur See hinausgeht. »Da unten ist eine Stelle, wo ich liegen kann. Ich werde mich ausziehen und meine Klamotten zum Trocknen ausbreiten. Du kannst auf dieser Seite liegen. Und wehe, du spionierst!«

»Schon gut«, sagt Harry verlegen. Er zieht sich auf seine Seite des Hügels zurück und steht dann einen Moment unschlüssig da, den Picknickkorb noch immer in der Hand. Von oben kann er Geraschel und das gedämpfte Geräusch von Reißverschlüssen hören. Dann herrscht Stille. Er starrt zu dem Felsvorsprung hinauf. Ich werde mich ausziehen. Harry stellt den Korb ab und klettert dann verstohlen wieder den Hügel hinauf, bewegt sich dabei wie der Indianer in den Spielen seiner Kindheit, sorgfältig darauf bedacht, nicht auf knackende Zweige zu treten. Als er sich der Hügelkuppe nähert, lässt er sich auf die Knie nieder, dann rutscht er auf dem Bauch zu dem Felsvorsprung, auf dem Marie gestanden hat, und schiebt sich lautlos Stück für Stück bis zum Rand, um hinunterzuspähen.

Trotz allem, was er Paddy erzählt hat, waren die einzigen Brüste, die Harry bisher gesehen hat, lediglich diejenigen in den Magazinen seines Vaters. Und die waren auch nur in Schwarz-Weiß. Maries dagegen sind blassrosa Rundungen, die sich zwischen ihren sonnengebräunten Schultern erheben, und ihre Brustwarzen sind rosenfarbene Knospen. Sie liegt direkt unterhalb des Vorsprungs, mit dem Gesicht zur anderen Seite, die Augen geschlossen, nur mit einem weißen Baumwollslip bekleidet. Plötzlich blickt sie geradewegs zu Harry hoch, ihre nach oben gerichteten Augen reizvoll orientalisch.

»Das hatte ich mir doch gedacht«, sagt sie und bedeckt ihre Brüste mit den Händen.

»Auf der anderen Seite ist keine Sonne«, rechtfertigt sich Harry.

»Also, wirklich, Harry! Na ja, jetzt kannst du auch ebenso gut herunterkommen.«

Als er unten ankommt, hat sie ihren Büstenhalter wieder angezogen und sich aufgesetzt.

»Tut mir Leid, das mit vorhin«, entschuldigt er sich. »Ich wusste ja nicht, dass du dich so weit ausziehen würdest.«

»Mein BH ist auch nass geworden, weißt du.« Sie scheint nicht allzu verärgert zu sein.

»Ist er denn jetzt wieder trocken?«

»Noch nicht ganz. Ich ziehe ihn aber trotzdem nicht wieder aus.«

»Ich möchte nur nicht schuld sein, wenn du eine Erkältung bekommst.«

»Sehr rücksichtsvoll von dir. Aber du kannst dein Hemd ausziehen. Es muss doch auch nass geworden sein.«

Er knöpft sein Hemd auf und breitet es auf dem Gras aus, schämt sich ein bisschen seiner fahlweißen Glieder. Seine Jeans kleben klamm an seinen Beinen. Er würde sie am liebsten ebenfalls ausziehen, aber das könnte so aussehen, als ob er etwas anzustellen versuchte. So legt er sich unbehaglich ins Gras zurück.

Eine leichte Brise weht raschelnd durch die Blätter und Zweige der Büsche über ihnen, und darüber kreisen Lerchen am Himmel. Über das Gezwitscher der Lerchen und die Schreie der Seemöwen hinweg können sie das heisere Krächzen einer Wiesenknarre hören, die in den Feldern am Ufer ihr Revier verteidigt. Vor ihnen liegt die weite Bucht mit dem tiefblauen Flussbett des Lackagh River, der sich durch die gelbe Sandfläche windet, und dahinter erheben sich die Hügelketten in immer blasser werdenden Schattierungen von Blau.

Harry fällt es schwer, sich auf die Landschaft zu konzentrieren, so wie er es sonst immer tut. Das Bild von Maries nackten Brüsten ist einfach noch zu frisch in seiner Erinnerung, ihre unmittelbare Nähe in dem weißen Büstenhalter neben ihm noch aufregender als in einem Badeanzug.

»Kann uns hier jemand sehen?«, fragt Marie.

»Keine Menschenseele.«

Sie sagt nichts darauf. Harry sieht sie einen Moment lang an, dann dreht er sich zu ihr herum, nimmt sie unbeholfen in die Arme und küsst sie. Die Körbchen ihres BHs drücken sich gegen seine Brust.

»Deine Hose ist nass«, murmelt sie.

»Soll ich sie ausziehen?«

»Untersteh dich!«

Sie küssen sich abermals, und allmählich überkommt Harry wieder der Seelenfrieden, den er am Freitag empfunden hat. Er öffnet die Augen, genau wie Marie. Sie blickt ihn ruhig und unverwandt an, ihre Augen grau-grün mit winzigen braunen Sprenkeln, bis ihre Blicke miteinander verschmelzen. Plötzlich seufzt sie leise und drängt sich an ihn. Er spürt eine Erektion. Sehnsüchtig streicht er mit einer Hand über die harten Schalen ihres BHs. Sie erzittert unter seiner Berührung und setzt sich dann abrupt auf, ihr Atem keuchend.

»Ich muss vorsichtig sein«, sagt sie und greift nach ihrer Bluse.

Was soll das heißen? Ist sie mit einem anderen Jungen etwa schon weiter gegangen? Grübelnd zieht Harry sein Hemd an und dann seinen Pullover. Aus den Tiefen des Kleidungsstücks fragt er: »Hast du einen Freund?«

»Nicht wirklich.«

Er zieht sich hektisch den Pullover über den Kopf und blickt Marie an. Sie betrachtet ihn mit einem leichten Lächeln, ihre Arme um die hochgezogenen Knie geschlungen.

»Und was ist mit dir? Hast du eine Freundin?«

»Natürlich nicht.«

»Aber du hattest schon Freundinnen?«

»Nur zwei.« Es gibt da zwei Mädchen, mit denen er nach den Tanzveranstaltungen des Jugendclubs ein bisschen herumgeknutscht hat. »Was heißt das, du hast nicht wirklich einen Freund?«

Marie streckt sich wieder im Gras aus und schließt die Augen. »Ich würde ihn nicht direkt als meinen Freund bezeichnen. Er ist nur ein Junge, den ich manchmal küsse, mehr nicht.«

Ein heißer Schürhaken dreht sich in Harrys Eingeweiden. »Wer?«

»Mein Cousin.«

»Der dumme Clevere?«

»Der clevere Dumme, meinst du. Ich habe nur den einen. Meine Eltern lassen mich nicht mit anderen Jungs ausgehen. Sie würden im Sechseck springen, wenn sie wüssten, dass ich ganz allein mit dir hier bin. Ich erzähle ihnen immer, dass wir eine ganze Clique sind und gemeinsam losziehen, mit Marjorie und allen. Sie finden, das ist gut für mein Englisch.«

»Aber dass du mit deinem eigenen Cousin rumknutschst, dagegen haben sie nichts einzuwenden?«

»Sie wissen natürlich nichts davon.«

Dann wird es ja höchste Zeit, dass ihnen mal jemand die Augen öffnet. »Also, ist er nun dein Freund oder nicht?«

»Nein, nein. Er ist viel zu alt. Er ist nur, na ja, der Junge, den ich küsse, verstehst du?«

»Ich verstehe nur zu gut. Wie alt ist er?«

»Zwanzig. Er ist Student. Deshalb denken meine Eltern, dass es in Ordnung ist, wenn ich mit ihm spazieren gehe und so, weil er doch mein Cousin ist und alles. Na ja, wir gehen spazieren, und dann küssen wir uns. Ich glaube, er ist in mich verliebt.«

»Er sollte sich was schämen! Und du auch. Warum küsst du ihn eigentlich, wenn er gar nicht dein Freund ist?«

»Zur Übung.«

Harry legt sich ins Gras zurück und macht die Augen zu. Er ist wie benommen, und in seinem Kopf herrscht völlige Leere, ein hohles Gefäß voller Blättergeraschel und Vogelgezwitscher. Plötzlich fühlt er wieder Maries Lippen auf seinem Mund. Sie streichelt seine Wange, während sie sich küssen. »Dummer Junge«, murmelt sie. »Hast du denn nicht gemerkt, dass ich dich liebe?«

»Wenn du wüsstest, wie komisch du mit diesem Grinsen im Gesicht aussiehst«, sagt Paddy.

»Sie liebt mich«, erwidert Harry träumerisch.

»Woher willst du das wissen?«

»Sie hat es mir gesagt.« Maries Worte sind Harry den ganzen Abend über durch den Kopf gegangen. Er glaubt zu sehen, wie Paddy drüben an seinem Fenster die Augen verdreht, aber es kümmert ihn nicht. »So verknallt wie jetzt bin ich noch nie gewesen.«

»Das sagst du jedes Mal.«

»Was meinst du?«

»Das hast du über Pearl Brown gesagt, und das hast du über Josephine McClintock gesagt. Und dann vergisst du sie wieder.«

Seine beiden Bräute aus dem Jugendclub. Das ist wieder mal typisch Paddy, dass er sich an jedes Wort erinnert, das er gesagt hat. »Die waren nichts im Vergleich zu dem hier.«

»Und wie läuft's? Hast du sie schon dazu gekriegt, sich von dir befummeln zu lassen?«

»Und ob.«

Harry hat Maries Brüste durch ihren BH liebkost und ihn dann mit Maries Hilfe aufgemacht und die kleinen Nippel geküsst, bis sie sich aufrichteten. Aber das will er Paddy nicht erzählen. Er hat immer groß vor Paddy angegeben und ihn mit reichlich übertriebenen Schilderungen seiner Begegnungen mit Mädchen aus Kilmartin verwöhnt. Doch nun, da er tatsächlich alles das tut, womit er seit langer Zeit geprahlt hat, möchte er nicht darüber sprechen.

13

»Darf die Plage der Sieben Weltmeere noch immer nicht mit dem Boot rausfahren?«, will Harry wissen.

»Ich arbeite noch dran«, erklärt Brian. »Ich leide still vor mich hin, mache einen auf Märtyrer, weißt du. Ich glaube nicht, dass mein Alter das noch lange ertragen kann.« Er hockt auf der Armlehne von Marjories Sessel und liest den *Daily Mirror.* Sie sind im Haus der Moores versammelt und leisten Paddy Gesellschaft, während sie sich Marjories Plattensammlung auf dem Plattenspieler anhören, den sie aus ihrem Zimmer geholt hat – *A Whiter Shade of Pale*, *I'm A Believer*, *Nights In White Satin*, *Jumpin' Jack Flash*, *Excerpt From A Teenage Opera* und *Sunny Afternoon.* Marjorie hatte auch *Honey* mitgebracht, aber Paddy ließ die Platte bereits vor seinem Unfall verschwinden und versteckte sie unter einem losen Fußbodenbrett in seinem und Harrys Zimmer. Die Erwachsenen sind ausgegangen.

»Hey, Marie, ich wette, du weißt nicht, wer der Premierminister von Frankreich ist«, sagt Brian.

»De Gaulle natürlich«, erwidert Marie.

»Falsch. Der ist der Präsident.«

»Na, dann der andere. Pompidou.«

»Wieder falsch. Monsieur Couve de Melville, seit letzter Woche.«

»Von dem hab ich noch nie gehört.«

»Wegen der ganzen Studentenunruhen.«

»Die gibt's überall, in Amerika, England, Deutschland.«

»Nicht hier. Nicht in Irland.«

»Oh, doch, bei uns gibt's so was auch«, wirft Paddy ein. »Bei uns gibt's auch Straßenschlachten und Bürgerrechtsdemonstrationen. Sie singen *We Shall Overcome* und alles.«

»Das ist was anderes«, sagt Brian. »Das sind nur die Prods und die Micks.«

»Ist das eine Gruppe?«, fragt Marie.

»Protestanten und Katholiken«, erklärt Harry. »Eine wichtige Sache in Nordirland. Jedenfalls für die Alten. Wenn wir erwachsen sind, wird alles anders sein. Hat jemand ’nen Glimmstängel?«

»Es ist mal eine nette Abwechslung, gefragt zu werden, statt dass ihr einen einfach beklaut«, bemerkt Marjorie. Sie zieht eine Schachtel Silk Cut aus ihrer Hosentasche und windet sich hinter Brian hervor, um sie herumzureichen. »Nicht für dich, kleiner Bruder.«

»Ach, nun komm schon, Marjorie, stell dich nicht so an.«

»Du bist noch zu jung zum Rauchen. Und bist du nicht eigentlich krank?«

»Ich werd auch nicht inhalieren.«

»Du bist trotzdem noch zu jung. Ich habe erst mit sechzehn zu rauchen angefangen.«

»Wenn du mir keine gibst, werd ich eben einfach gehen und mir eine von meinen holen. Aber dazu muss ich diese furchtbar steile Treppe rauf. Und der Arzt hat gesagt, dass ich jede unnötige Anstrengung vermeiden soll.«

»Gott, wenn Mum ihren kleinen Liebling hören könnte!«

»Danke. Und jetzt brauche ich nur noch eine Tasse Kaffee.«

»Marie ist Katholikin.«

»Na und?«

Harry bläst Zigarettenrauch zum Fenster hinaus, während er nach einer passenden Erwiderung sucht. Paddys Antwort war eigentlich genau das, was er selbst hatte sagen wollen.

»Ja, da ist es ja gerade – *na und*«, sagt er. »Es ist doch wirklich scheißegal, ob sie katholisch oder evangelisch ist.«

Aber er ist doch ein bisschen verärgert. Eine solche Einstellung ist nicht etwas, was man als selbstverständlich betrachten kann. Viele seiner Freunde würden nicht mit einem katholischen Mädchen gehen.

»Wenn sie Irin wäre«, sagt Paddy, »dann wäre es anders, nicht?«

»Kein bisschen.«

»Ich meine, wenn sie, sagen wir mal, aus Kilmartin wäre.«

Harry hatte ganz vergessen, dass Paddy so sein kann. Er hat manchmal eine nervtötend pingelige Art an sich. Man sagt etwas wirklich Offenkundiges, etwas, dem jeder, der auch nur ein Fünkchen gesunden Menschenverstand besitzt, zustimmen wird. Und Paddy fängt an, darin herumzustochern und es zu zerpflücken. Ähnlich wie ihre Großmutter, wenn sie einen Pullover mit einem Strickfehler aufribbelt, den nur sie sehen kann.

Paddy fährt fort: »Also, wenn sie zum Beispiel auf die Klosterschule gehen würde, stell dir das bloß mal vor, und vorne im Bus in dieser grauen Uniform sitzen würde –«

»Blau.«

»– okay, von mir aus auch in 'ner blauen. Jedenfalls, wenn sie dort mit all den anderen sitzen würde, weit weg von euch protestantischen Jungs im hinteren Teil des Busses.«

»Herrgott noch mal, es tut mir schon Leid, dass ich überhaupt davon angefangen habe!«

»Wenn sie – wie heißt noch mal diese Frau von gegenüber? – also, wenn sie Mrs. McCloskeys Tochter wäre.«

»Dann wäre sie nicht Marie, oder?«

Paddy sagt nichts.

»Du solltest dir auch eine Freundin zulegen«, erklärt Harry.

»Dürfte ein bisschen schwierig sein, wenn ich nicht aus dem Haus komme.«

»Ich meine ja auch nicht jetzt, ich meine im Allgemeinen. Du bist schließlich alt genug. Und jetzt, wo der alte Apparat in betriebsfähigem Zustand ist …«

Paddy gibt ein Geräusch von sich, das eine Mischung zwischen einem Grunzen und einem Prusten ist.

»Hast du schon mal eine gehabt?« Harry weiß, dass Paddy noch nie ein Mädchen hatte.

»Nicht direkt.«

»Gibt es denn keine, die du gut findest?«

»Doch, es gibt schon eine.«

»Erzähl doch mal.«

»Sie ist schon vergeben. Außerdem ist es sowieso keine, die du kennst.«

»Erzähl mir trotzdem von ihr.«

»Hat keinen Zweck.«

»Unerwiderte Liebe, wie?«

»Ich weiß nicht.«

Harry lässt es dabei bewenden. »Marie hat Hs in den Kniekehlen«, sagt er.

»Sie hat was?«

»Hs. Ich weiß nicht, wie man das nennt. So Fältchen, die wie der Buchstabe H aussehen. In den Kniekehlen, wenn sie die Knie beugt. Sie sind süß.«

»Ach so, Hs! Himmel noch mal! Ich dachte schon, du redest von irgendeiner Krankheit.«

Sie gehen ins Bett, und Harry liegt noch eine Weile wach. Er denkt an die intimen Dinge, die er mit Marie an diesem Morgen in den Dünen hinter Tramore Strand in der Nähe von Horn Head getan hat, und bei der Erinnerung an Maries feuchte kleine Knospe unter seinem Finger fängt sein Penis prompt an zu pochen und zu pulsieren. Aber Harry hat sich geschworen, nie wieder zu wichsen.

14

Harrys Mutter kommt genau in dem Moment aus dem Esszimmer, als Harry zur Tür hinausschlüpfen will. »Wozu brauchst du denn die Wolldecke?«

»Für das Picknick.«

»Komm mir bloß nicht auf die Idee, ein Techtelmechtel mit Marie anzufangen! Wissen ihre Eltern eigentlich, dass ihr zwei allein loszieht?«

»Natürlich.«

»Es wäre eine bessere Idee, wenn ihr Paddy Gesellschaft leisten würdet.«

»Haben wir doch gemacht. Wir sind gestern den ganzen Nachmittag bei ihm gewesen.«

»Tja, wenn dein Onkel, deine Tante und ich nicht wären, würde er den ganzen Morgen über allein sein.«

»Wo ist Marjorie denn hingegangen?«

»Sie hat angefangen, auf der Kirchenorgel zu üben.«

»Ich dachte, sie hätte keine Lust mehr zum Orgel spielen.«

»Wechsle jetzt nicht das Thema! Du weißt sehr gut, dass Paddy dein Freund ist und nicht ihrer, selbst wenn sie seine Schwester ist.«

»Okay, okay, schon gut, wir wollten heute Nachmittag sowieso wieder zu ihm raufgehen.«

»Und vergiss nicht, was ich über Marie gesagt habe.«

»Ob wohl jemals irgendjemand hierher kommt, was meinst du?«, fragt Marie.

»Der Ort liegt so versteckt, dass vielleicht nur der Farmer ihn kennt.«

»Und der lebt schon lange nicht mehr hier. Wir könnten die einzigen Menschen auf der Welt sein.«

Durch Zufall haben sie einen einsamen Strand drüben auf der anderen Seite von Horn Head gefunden, umschlossen von einem Kreis aus Klippen und Sanddünen, mit nur einem einzigen schmalen Durchgang durch die Klippen zum Meer. Es ist der bisher heißeste Tag des Sommers. Die einsetzende Ebbe leert den Priel zwischen den Klippen und dem Strand, und sie können zusehen, wie der Sand in der Sonnenhitze trocknet und dabei eine ständig breiter werdende, sichelartige Form annimmt, die an den zunehmenden Mond erinnert.

»Ich werde mich sonnen«, erklärt Marie und beginnt sich auszuziehen.

»Aber wir haben doch kein Badezeug dabei.«

»Na und? Es ist niemand hier, der uns sehen kann, abgesehen von den Kühen.« Marie schlüpft bereits aus ihren Jeans.

Harry knöpft sein Hemd auf. »Machst du das oft?«, fragt er, während er an die Feriencamps auf dem Kontinent denkt, von denen er gehört hat, wo die Leute den ganzen Tag splitterfasernackt herumlaufen.

»Ich habe es bisher nur einmal gemacht.«

»Mit deinem Cousin?«

»Vielleicht.« Sie zieht ihren Slip aus und legt ihn ordentlich gefaltet auf ihre Kleider. Dann richtet sie sich wieder auf und dreht sich zu Harry um. »Kann sein, dass er auch dabei gewesen ist. Ich weiß es nicht mehr. Wir waren eine ganze Clique. Im letzten Sommer. Wir haben in der Nähe eines Sees gezeltet. Es war ein schöner warmer Sommerabend.«

Ihre Brüste und ihre Schamgegend heben sich als helle Flecken gegen die Sonnenbräune ab. »Dein Cousin würde sich ganz bestimmt daran erinnern«, sagt Harry.

Marie kichert.

»Was ist los?«, fragt Harry.

»Deine Socken. Du solltest sie nicht bis zum Schluss anbehalten, das sieht so komisch aus.«

Sie liegen auf der Wolldecke, Marie auf dem Rücken, Harry auf dem Bauch. Nach einer Weile kann er es nicht mehr aushalten und rollt sich zu Marie herum. Sie küssen sich. Wenig später liegt er auf ihr.

»Wie soll ich denn so braun werden?«, fragt sie.

»Du kannst ja später noch braun werden.« Sein erigierter Penis ist zwischen ihnen, und er stupst Marie spielerisch an, zögert einen Moment, als er einen Eingang findet, und stößt dann ein bisschen weiter vor, ohne sich so ganz darüber im Klaren zu sein, was er eigentlich beabsichtigt.

»Du wirst sehr vorsichtig sein müssen, es ist für mich das erste Mal«, sagt sie und bewegt sich leicht.

»Meinst du, wir sollten?«

»Ja.«

»War es für dich auch das erste Mal?«

»Natürlich.«

»Dann wirst du mich nie vergessen. Ich habe irgendwo gelesen, dass Männer das erste Mal niemals vergessen.«

»Ich könnte bis in alle Ewigkeit hier bleiben.«

»Ich auch. Ich weiß gar nicht, wie ich es ertragen soll, wenn wir wieder nach Frankreich zurückfahren.«

»Sprechen wir nicht darüber. Wir haben ja noch zwei Wochen.«

»Aber wir müssen darüber sprechen. Ich muss wissen, wann ich dich wieder sehen werde.«

»Zu Weihnachten.«

»Wie soll denn das gehen? Meine Eltern werden dich nicht bei uns wohnen lassen, und deine Eltern werden mich nicht bei euch wohnen lassen.«

»Aber Marjories Eltern werden dich bei sich wohnen lassen, wenn Marjorie dich zu Weihnachten einlädt. Und ich werde dann auch kommen und bei ihnen übernachten.«

»Das könnte vielleicht funktionieren. Es ist wirklich schade, dass es keinen Schüleraustausch zwischen unseren beiden Schulen gibt. Dann könnte ich bei euch wohnen, und du könntest bei uns in Obernai wohnen. Zwei Wochen, jedes Jahr, und obendrein noch mit dem Segen der Schule.«

»Ja.« Harry beginnt wieder, sich zu bewegen. »Was ist mit dem zweiten Mal, hast du darüber auch irgendwas gelesen?«

»Mann, bin ich froh, dass ihr alle hier seid!«, sagt Paddy. »Der Morgen war tödlich. Meine Leute sind bei mir geblieben. Und das Schlimmste war, dass sie auch noch glaubten, sie täten mir damit einen Gefallen.«

»Meine Mutter hat sich auch schon Sorgen um dich gemacht«, erklärt Brian. »Sie hat mir gesagt, ich soll dir ein paar alte Enid Blyton Bücher mitbringen, die sie auf dem Dachboden gefunden hat. Wie wär's mit *Abenteuer in den Bergen?*«

»Du könntest es doch selbst lesen«, wirft Marjorie ein. »Dann bräuchtest du dir nicht andauernd meine Bücher auszuleihen.«

Brian hockt wieder auf der Armlehne ihres Sessels. »Es macht mir aber Spaß, deine Bücher zu lesen«, erwidert er.

»Tja, mir nicht.«

»Hast du nicht noch eins für mich?«

»Oben in meinem Zimmer.«

»Lass uns raufgehen und zeig es mir.«

»Das hättest du wohl gerne, was?«

»Kommt drauf an. Auf das Buch.« Brian grinst, zeigt dabei seine schaufelartigen Schneidezähne.

»Das kann ich mir lebhaft vorstellen. Meinst du nicht, dass ich ein bisschen zu alt für dich bin?«

»In deinem Fall wäre ich eventuell bereit, eine Ausnahme zu machen.«

Marjorie schüttelt den Kopf und vertieft sich wieder in ihr Buch. Aber um ihre Lippen spielt ein leises Lächeln.

Draußen in der Küche erkundigt sich Harry bei Marie nach der Sache zwischen Marjorie und Brian. »Natürlich macht sie sich nichts aus ihm«, sagt sie. »Das kann doch jeder sehen.«

»Wieso gibt sie sich dann mit ihm ab und geht auf seine Anmache ein?«

»Nur so. Sie bezweckt nichts damit.«

»Sie sieht ihn dauernd an.«

»Nein, nein, sie guckt nur, um zu sehen, ob er sie ansieht. Sie fühlt sich geschmeichelt. Es gefällt ihr, dass er sie mag, selbst wenn sie sich überhaupt nichts aus ihm macht. Sie spielt nur ein bisschen mit ihm. Hält ihn hin, wie sie es nennt.«

»Sie macht also das Gleiche mit Brian, was du mit deinem Cousin gemacht hast?«

»Vielleicht, ja.«

Harry denkt einen Moment darüber nach. »Ich weiß, dass du Brian nicht magst.«

Marie wäscht weiter das Geschirr ab. »Weißt du, die Art, wie er mich gehalten hat, als wir bei dem Schwof neulich miteinander getanzt haben. Das ist eines der Dinge, die ich nicht an ihm mag.«

»Wie hat er dich denn gehalten?«

»Ganz eng. Du weißt schon. Ein Junge sollte wissen, ob ein Mädchen so gehalten werde möchte oder nicht. Es sollte den Jungen nicht andauernd wegschieben müssen.«

»Könnte es nicht sein, dass das Mädchen das zunächst nicht möchte und es dann aber doch ziemlich ... schön findet?«

»Nur bei einem Jungen, mit dem sie sowieso gerne auf diese Art tanzen würde. Weißt du, am Anfang kennt sie ihn nicht, und dann lernt sie ihn näher kennen und mag ihn, und dann ist es in Ordnung. Ein Junge sollte das wissen. Und Brian bildet sich ein, so superklug zu sein. Mit seinen Premierministern und allem.«

Sie fahren fort, das Geschirr zu spülen. Harry weiß, Marie denkt ebenfalls über den Morgen nach. »Hast du Marjorie schon gefragt?«, will sie wissen.

»Hab bisher noch keine Gelegenheit dazu gehabt.«

»Warum kommen deine Eltern nicht demnächst mal ins Hotel runter und treffen sich mit meinen auf einen Drink?«

»Oh, das würden sie nicht tun.«

»Wollen sie meine Eltern nicht kennen lernen?«

»Das ist es nicht. Es ist nur so, dass sie nichts trinken.« Das tun nur Katholiken, hätte er beinahe hinzugefügt. »Sie würden nicht in eine Hotelbar gehen.«

»Warum denn nicht?«

»Es ist ganz einfach nicht die Art von Lokal, in das sie gehen. Das sind nun mal zwei unterschiedliche Arten von Leuten, die Leute aus der Harbour Road und die Hotelgäste. Sie verkehren eigentlich nicht miteinander.«

»Hat das wieder was mit Prods und Micks zu tun?«

»Mehr oder weniger, ja.«

»Mrs. Bryce ist aber manchmal im Hotel. Sie scheint ein paar der Gäste zu kennen.«

»Na ja, sie ist ja auch anders. Ich meine damit auch nicht, dass die Leute sich streiten oder so. Sie neigen nur dazu, sich gegenseitig zu ignorieren.«

»Ach so, ich verstehe. Wie mein Onkel Ludwig und seine Frau. Sie sprechen schon seit Jahren nicht mehr miteinander, aber sie wohnen immer noch im selben Haus.«

»Würdest du mir einen Gefallen tun, Marjorie?«

»Kommt drauf an.«

»Würdest du Marie zu Weihnachten einladen?«

»Und dann lädt Paddy dich ein. Das ist aber ein ziemlich großer Gefallen, nicht?«

»Ich würde das Gleiche für dich tun.«

»Es gibt da tatsächlich etwas, was du für mich tun kannst.«

»Alles, was du willst.«

»Ich brauche dich vielleicht irgendwann demnächst als eine Art Alibi. Du musst dann sagen, dass ich mit dir und Marie zusammen war. Draußen auf Horn Head oder irgendwo.«

»Und du wirst irgendwo anders sein? Wo denn?«

»Lassen wir das lieber. Je weniger man darüber spricht, desto besser. Es ist nur so eine Idee von mir.«

»Habt ihr euch gestritten, oder was?«

»Nee, ich bin nur müde.« Zum ersten Mal wünscht Harry sich, er hätte ein Zimmer für sich allein.

»Wie läuft's mit Marie?«

»Gut.«

»Du willst wohl nicht darüber sprechen, wie?«

»Wenn du schon danach fragst, nein, ehrlich gesagt, nicht.«

»Kriegst du nicht so viel, wie du haben willst?«

»Rede nicht so über Marie! Du klingst schon wie Brian.«

»Sorry. Ich meine, ich kenne Mavis McWhirters Titten so gut, als ob ich sie selbst betatscht hätte. Ich war nur neugierig, das ist alles.«

»Vergiss es.«

15

Harry sitzt auf der Steinmauer gegenüber der Auffahrt zum Hotel. Gleich wird Marie zur Tür herauskommen. Sie wird Paddys Fahrrad von seinem Platz an der Mauer holen, wo es mitten zwischen den großen schwarzen Damenfahrrädern der Zimmermädchen und Köchinnen lehnt, als ob es schon immer dorthin gehört hätte. Sie wird die Auffahrt hinunterradeln, und sie wird wahrscheinlich übers ganze Gesicht lachen, als könnte sie einfach nicht anders. An der Straße wird sie ihr rechtes Bein ausstrecken, um abzubremsen. Dann wird sie sich aufrichten, und ihr Körper wird sich dabei so geschmeidig biegen, wie wenn sie miteinander schlafen.

Heute werden sie wieder zu dem geheimen Strand auf der anderen Seite von Horn Head fahren. Sie sind seit dem ersten Mal noch nicht wieder dort gewesen, und sie haben sich nun schon ein paar Tage nicht mehr geliebt, weil es Maries gefährliche Zeit war.

Aber heute werden sie wieder miteinander schlafen. Selbst das Wetter ist auf ihrer Seite.

»Ist sie noch nicht aufgetaucht?« Es ist Mr. Bryce mit seinem weit ausholenden Schritt, die Golftasche auf dem Rücken, während er einen Spazierstock schwenkt. Harry hat ihn nicht kommen hören, weil der Wind seine Schritte übertönt hat. Er lehnte sich neben Harry an die Mauer.

»Wo wollt ihr zwei Turteltauben denn heute hin?«

»Vielleicht wieder nach Horn Head.«

»Es ist prima, dass ihr die Fahrräder habt, nicht?«

»Ja.«

»Was macht Paddy?«

»Dem geht's gut. Aber er langweilt sich doch ein bisschen. Wir leisten ihm immer nachmittags Gesellschaft.«

»Schön, schön.« Mr. Bryce lächelt sein breites, freundliches Lächeln und wendet sich zum Meer. Er blickt zu der Bucht auf der anderen Seite hinunter, während seine sommersprossige Glatze in der Sonne glänzt.

»Da unten liegt ein schönes langes Stück Holz«, sagt er. »Muss durch die Springfluten an den Strand geschwemmt worden sein. Genau wie mein Stock.« Er hebt seinen Spazierstock hoch und streicht mit dem Daumen daran entlang. »Könnte ihn auch als Lineal benutzen. Ein Stück Mahagoni, das 1948 bei Portstewart angeschwemmt wurde. Da gab es eine gewaltige August-Springflut in dem Jahr. Stammt wahrscheinlich von einem Tanker, der im Krieg unterging. Stell dir bloß mal vor, wie das sein muss, so eine Planke zu sein. Du wirst jahrelang, vielleicht sogar jahrzehntelang unablässig von der See getragen und hin und her geworfen, und dann ist plötzlich alles vorbei. Du wirst an irgendeinen Strand geschwemmt, bist vollkommen bewegungsunfähig, in der Falle. Es muss wie Sterben sein. Es sei denn natürlich, die nächste Springflut schwemmt dich wieder aufs Meer hinaus. Aber eines Tages wird es eine Flutwelle geben, die dich so weit den Strand hinaufspült, dass du nie wieder von dort wegkommst. Und dann wirst du in einen Spazierstock verwandelt.« Er lacht und wendet sich wieder zu Harry um. »Na ja, wie auch immer, ich wünsche euch beiden noch einen schönen Tag. Junge Liebe. Die ganze Harbour Road beneidet euch, das kannst du mir glauben. Ihr weckt in uns Übrigen all die Erinnerungen daran, wie es damals war, als wir jung und verliebt waren.« Mr. Bryce geht mit raschen Schritten davon, dann bleibt er unvermittelt stehen und kommt noch einmal zu Harry zurück.

»Weißt du, Harry, ich dachte gerade, du bist wirklich ein Glückspilz, wie du da sitzt und darauf wartest, dass sie kommt. Ich erinnere mich noch gut daran, wie ich damals auf meine Angebetete gewartet habe. Manchmal denke ich, das war das Beste an der ganzen Sache.« Er lacht meckernd und marschiert abermals davon, während er mit seinem Spazierstock winkt.

Was weißt du denn schon darüber?

Eine Viertelstunde später ist Marie noch immer nicht gekommen. Könnte es sein, dass sie etwas missverstanden hat und schon vorausgefahren ist? Harry schiebt sein Rad die Auffahrt hinauf und um das Gebäude herum zur Rückseite. Nein, Paddys Fahrrad steht noch immer dort. Ist sie vielleicht mit ihren Eltern irgendwo hingefahren? Nein, auch der Citroën ist noch da. Harry geht ins Hotel hinein. In der Halle ist sie nicht. Er geht weiter zum Fernsehraum. Ein paar gelangweilte Männer, die sich ein Testspiel zwischen England und Australien ansehen, drehen sich zu ihm um. Er kehrt wieder in die Halle zurück, völlig verwirrt.

Aus dem Salon auf der gegenüberliegenden Seite der Halle sind Gläsergeklirr und gedämpfte Stimmen zu hören. Die Bar ist Winzling Sammys Reich. Harry stößt die Tür auf in der Erwartung, gleich wieder von Sammy hinausgescheucht zu werden. Der süß-saure Geruch nach schalem Bier vermischt mit Rauch, weht ihm entgegen. Er sieht die Fischers sofort; sie sitzen mit dem Gesicht zu ihm an einem kleinen runden Tisch, aber Marie ist nicht bei ihnen. Harry will gerade wieder hinausgehen, als Mr. Fischer ihn zu sich winkt.

»Komm doch her, und setz dich zu uns, junger Mann«, sagt er und zeigt auf den freien Sessel neben seinem. Harry geht zu den Fischers hinüber. »Ich muss dir einen Drink spendieren, weil du dich so gut um meine Tochter gekümmert hast. Setz dich doch. Was möchtest du haben?«

Harry weiß nicht, was er sagen soll. Ob er eine Limonade bestellen kann?

»Einen Brandy vielleicht?«, fragt Mr. Fischer. »Henessy, um auf das französisch-irische Bündnis anzustoßen?« Maries Vater lächelt düster. Harry hat keine Ahnung, wovon Mr. Fischer eigentlich spricht. Er weiß nur, dass anscheinend von ihm erwartet wird, etwas Alkoholisches zu trinken.

»Ein kleines Glas Lager, wenn das in Ordnung ist.« Harry hat noch nie zuvor Bier getrunken, aber das möchte er nicht eingestehen. Mr. Fischer ruft die Bestellung Winzling Sammy zu, der hinter der Bartheke Gläser abtrocknet und dabei aus finsteren, zu Schlitzen verengten Augen zu Harry hinüberstarrt, ähnlich wie ein Box-Trainer, der den Gegner seines Schützlings zwischen den einzelnen Runden kritisch mustert. Harry wartet darauf, dass Sammy Einwände erhebt, aber der füllt das Glas und bringt es an den Tisch.

»Prost«, sagt Mr. Fischer und hebt ein Glas mit einer Flüssigkeit, von der Harry annimmt, dass es Brandy ist.

»Prost«, sagt Harry und trinkt einen Schluck von seinem Bier.

»Für meinen Magen«, erklärt Mr. Fischer. »Für die lange Reise.«

Das Bier schmeckt unangenehm seifig. Harry hat alle Mühe, eine Grimasse zu unterdrücken. Mrs. Fischer beobachtet ihn schweigend. Sie hat nichts zu trinken. Harry überlegt krampfhaft, was er sagen könnte. »Dann gehen Sie also auf eine lange Reise?«, fragt er.

»Heute fahren wir nach Sligo. Und dann weiter nach Connemara.«

Harry findet, dass er genug Konversation gemacht hat. »Wo ist Marie eigentlich?«, fragt er.

»In ihrem Zimmer, schätze ich mal.«

Wie simpel! Daran hat Harry überhaupt nicht gedacht. Er weiß noch nicht einmal, wo ihr Zimmer ist.

»Sie packt gerade«, fügt Mrs. Fischer hinzu. Es ist das erste Mal, dass sie Harry anspricht.

»Für das Picknick?«, fragt er. Er hat doch bereits alles für das Picknick besorgt. Er kauft die Sachen immer, und dann teilen sie sich die Kosten.

»Picknick?«, fragt Mr. Fischer. »Kein Picknick. Sie packt ihre Kleider.« Er legt die Fingerspitzen aneinander. »Wir fahren geschäftlich nach Connemara, und Marie fährt mit uns. Sie möchte zwar nicht mitkommen, aber wir können kein Hotel nur für sie allein bezahlen. Und außerdem sollte sie mehr von Irland sehen als nur diesen einen Ort. Andere Mädchen würden eine solche Chance sofort beim Schopf packen.«

Harry fühlt, wie ihm das Blut in die Wangen schießt. Er beugt sich über sein Bier und trinkt abermals einen Schluck, dann umfasst er das Glas mit beiden Händen. »Kommen Sie danach wieder hierher zurück?«, fragt er.

Mr. Fischer schürzt die Lippen. »Doch, ja. Das mussten wir ihr versprechen. Aha, da ist sie ja. Du musst mal vernünftig mit ihr reden.«

Marie steht in der offenen Tür. Sie trägt ein hellblaues Cape und ein dazu passendes Kostüm, weiße Strümpfe und weiße Schuhe. Marie macht keine Anstalten, an den Tisch zu kommen. Sie sieht hinreißend aus.

Harry trinkt sein Glas aus, steht auf und geht auf die Tür zu. Seine Beine bewegen sich ganz von selbst, als ob sie kein Teil von ihm wären. Er folgt Marie, als sie sich schweigend umdreht und durch die Halle geht. Neben der Treppe steht ein brauner Koffer. Sie fahren also gleich jetzt. Er und Marie gehen nach draußen und um die Ecke zu dem Seiteneingang, wo sie sich in der Nacht des Unwetters geküsst haben. Marie dreht sich zu ihm um und schmiegt sich in seine Arme. »Wir haben nicht viel Zeit«, sagt sie. »Wir dürfen jetzt nicht die Nerven verlieren.«

»Was ist denn passiert?«

»Dieser Geistliche hat gestern mit meinem Vater gesprochen.«

»Du meinst Reverend McLeod?«

»Ja. Er muss wohl mit seinem Auto an uns vorbeigefahren sein, als wir mit dem Rad unterwegs waren. Jedenfalls ist mein Vater ausgerastet, als er hörte, dass wir auf unseren Ausflügen ganz allein miteinander waren.«

»Scheiße!«

»Er wollte sowieso nach Connemara fahren, um ein paar Wollfabriken zu besuchen. Aber jetzt besteht er darauf, dass Mutter und ich mitkommen.« Marie hält sich eisern in Schach; Harry kann es an der Steifheit ihres Körpers spüren. Auch er versucht, sich zu beherrschen und seine Panik zu unterdrücken. Aber es gibt noch so viele Dinge, über die er mit Marie sprechen wollte, und er hatte geglaubt, alle Zeit der Welt dafür zu haben. Nun drängt plötzlich die Zeit, sodass er gar nicht weiß, wo er anfangen soll.

»Wie lange werdet ihr fortbleiben?«

»Ich weiß nicht. Eine Woche, vielleicht auch länger.«

»Was, wenn dein Vater sagt, dass er doch nicht mehr hierher zurückkommen möchte?«

»Ich werde einfach sagen, dass ich meinen Pass vergessen habe und dass wir wieder herkommen müssen, um ihn zu holen.«

»Kann er nicht einfach das Hotel anrufen und den Pass nachschicken lassen?«

»Nicht das Hotel. Ich habe den ganzen Morgen Zeit zum Nachdenken gehabt. Wir werden Folgendes tun: Ich werde ihm sagen, dass ich den Pass in eurem Haus liegen gelassen habe. Und ihr habt kein Telefon. Hier.« Sie hält Harry einen blauen Pass hin. Harry nimmt ihn. »Menschenskind, Marie, du bist genial!«

»Sie kommen. Vergiss mich nicht, Harry.«

»Niemals!«

Marie küsst ihn ein letztes Mal und geht zum Hoteleingang, den Kopf gesenkt und ohne noch einmal zu Harry zurückzublicken.

16

Straßburg 1998

Harry wirft einen Blick auf seine Armbanduhr. Zwei Uhr morgens. Die stickige Heizungswärme lässt sich nicht regulieren, deshalb hat er ein Fenster aufgemacht, aber er ist nicht an den Verkehrslärm gewöhnt, auch nicht an das Gehacke und Gegurre der Tauben auf dem Dach oder das unaufhörliche Gluckern aus der schäbigen, nachträglich eingebauten *chambre de toilette,* die in einer Ecke des Zimmers steht wie etwas, das das Zimmermädchen aufzuräumen vergessen hat. Zum ersten Mal seit vielen Jahren sehnt Harry sich nach einer Zigarette. Mehr noch als nach einer Zigarette sehnt er sich danach, endlich ein bisschen zu schlafen, aber jedes Mal, wenn er versucht, einzuschlafen, wallt erneut Wut in ihm auf. Eine Wut, die sich abwechselnd gegen Jenny, gegen Kahlkopf Willie und gegen ihn selbst richtet.

Er krümmt sich jedes Mal vor Zorn, wenn er daran denkt, wie er in den letzten Monaten bei Kontroversen mit dem Kollegium stets für Kahlkopf Willie Partei ergriffen hat, wie er sich immer wieder bemühte, den anderen klar zu machen, dass er doch eigentlich gar nicht so eine Landplage war, wie sie immer behaupteten. Er krümmt sich abermals, wenn er an die Warnzeichen denkt, die er nicht bemerkt hatte, Jennys angebliche Einkaufstouren, von denen sie stets zurückkehrte, ohne irgendetwas gekauft zu haben. Oder wie der Bibliothek von Ballyraine sämtliche Bücher ausgegangen zu sein schienen. Er stöhnt, wenn er sich an Jennys Aussprüche in jüngster Zeit erinnert: »Nenn ihn nicht immer so verächtlich Kahlkopf. Bei einem Mann spielt das Aussehen doch nun wirklich nur eine sehr untergeordnete Rolle.« »Warum laden wir die McNutts nicht mal zum Dinner ein?« »Kannst du denn nicht begreifen, dass William nun mal bei den Konservativen bleiben möchte?« Er wälzt sich ruhelos von einer Seite auf die andere, wenn er sich Jenny und Kahlkopf Willie zusammen vorstellt. Er malt sich aus, wie sie es im Bett oder im Auto miteinander treiben, stöhnt laut, fährt mit einem Ruck aus den Kissen hoch und wählt abermals Kahlkopf Willies Nummer. Es klingelt und klingelt, bis sich am anderen Ende der Leitung endlich jemand meldet.

»Ja?« McNutts Stimme, zitternd, aber hoffnungsvoll.

»Tut mir Leid, Sie enttäuschen zu müssen. Ich bin's nur.«

»Moore?«

»Richtig. Habe ich Sie aus dem Bett geholt? Ich hoffe es.«

»Das Telefon steht direkt neben mir auf dem Nachttisch.«

»Oje, wie peinlich für Sie. Ihre liebe Ehefrau dicht an Sie gekuschelt, so dass sie jedes Wort mithören kann, wie ich hoffe.«

»Meine Frau und ich pflegen eigentlich nicht ... wir haben getrennte Schlafzimmer.«

»Sie meinen wohl, Sie kriegen's zu Hause nicht mehr gebacken und bumsen anderswo.«

»Ähnlich wie Sie, nach allem, was ich so gehört habe.«

»Stellen Sie keine blöden Vergleiche an. Sie vögeln meine Frau. Ich vögele aber nicht Ihre.«

»Wir können wohl nicht wie vernünftige Menschen über diese Sache sprechen?«

»Warum sollte ich? Verraten Sie mir doch mal eines. Warum wollten Sie das alte Schafsgesicht nicht Jennys wegen verlassen, wie es jeder halbwegs Vernünftige tun würde?«

»Das ist meine Privatangelegenheit. Darüber rede ich nicht mit Ihnen.«

»Na schön, wie Sie meinen. Dann werde ich eben einfach mit Ihnen darüber reden. Es hat nicht zufällig etwas mit der Tatsache zu tun, dass Sie von der Unionspartei als Wahlkandidat für einen Sitz in Westminster vorgeschlagen worden sind?« Harry kann ein unterdrücktes Stöhnen am anderen Ende der Leitung hören. »Sie hätten wohl nicht gedacht, dass ich davon weiß, wie? Ich habe es erst neulich abends erfahren. Und zwar von meinem Kollegen und guten Freund Bertie Tate. Der, wie Sie sehr gut wissen, Vorsitzender der hiesigen Bezirksgruppe der Unionspartei ist.«

»Das ist im Moment alles nur müßige Spekulation, weiter nichts.«

»Bertie Tate hat aber etwas anderes behauptet. Eine ausgemachte Sache, das waren seine Worte. Konnte es selbst nicht verstehen, so, wie er Sie kennt. Aber was zählt, ist das, was die Leute glauben. Ein sicherer Sitz, Ballyraine. Für die feine, rechtschaffene Säule der Gemeinde, für die man Sie fälschlicherweise hält. Nicht für ein ehebrecherisches kleines Arschloch von einem Kerl.«

»Es wundert mich doch sehr, dass ausgerechnet Sie den Mund so voll nehmen, Moore. Jeder weiß doch von Ihnen und dieser Frau.«

»Eben. Und keiner weiß von Ihnen und meiner Frau. Das ist der Unterschied.«

»Sie werden sicherlich mit mir einer Meinung sein, dass es für alle Beteiligten besser ist, wenn es so bleibt.«

»Nicht unbedingt für alle Beteiligten. Für mich zum Beispiel nicht.«

»Denken Sie doch an Ihre Frau.«

»Es ist nicht der gute Name meiner Frau, der in den Schmutz gezogen würde, sondern Ihrer. Kahlkopf Willie McDreck. Wie auch immer, ich hatte eigentlich nicht die Absicht, eine Anzeige im *Old Boys' Magazin* aufzugeben, oder etwas in der Art. Ich denke eher an eine kleine Unterhaltung unter vier Augen mit meinem guten Freund Bertie Tate. Das sollte vollauf genügen, um Ihnen die Tour zu vermasseln. Und noch etwas. Sie können sich den Schüleraustausch in den Arsch stecken, Sie mieser, schleimiger kleiner Scheißkerl von einem Freimaurerkirchenältesten!«

Es ist das erste Mal in dieser Nacht, dass Harry es geschafft hat, einfach aufzulegen.

Liebe oder Leidenschaft, hatte Jenny gesagt. Harry überlegte, was schlimmer für ihn wäre. Und warum *oder*? Warum nicht beides? Wie lange kann es das für zwei Leute geben?

In den stillsten Stunden der Nacht, in der Zeit zwischen drei und fünf, versinkt Harry schließlich in einen unruhigen Schlaf. Er träumt, er gehe durch ein Gebäude, das eine Mischung aus den Korridoren seiner Schule in Ballyraine ist, aus den schmalen Treppen des Hotels hier in Straßburg und den riesigen, geschmacklosen Räumen eines Szenenaufbaus aus dem dramatischen Finale eines alten James-Bond-Films. Lehrerkollegen gehen an ihm vorbei, sehen ihn aber nicht. Er versucht, mit ihnen zu sprechen, aber er ist dazu nicht fähig, bekommt kein Wort über die Lippen, obwohl er es mit aller Kraft versucht. Die Korridore werden zunehmend leerer. Er selbst sollte sich jetzt ebenfalls auf den Nachhauseweg machen, doch er wandert unentwegt weiter durch das Gebäude. Jetzt ist er plötzlich wieder Schüler, aber nicht jünger; ein

Mittvierziger mit knochigen Knien, schütter werdendem Haar und Bauchansatz in einer unmöglich engen, kurzen Schuluniform. Er stößt auf einen weiteren offenen Raum, kreuz und quer von frei schwebenden Treppen durchzogen. Aus irgendeinem unerfindlichen Grund muss Harry in das nächste Stockwerk hinauf. Als er die Stufen hinaufsteigt, fällt plötzlich das Geländer ab, und die Treppe dehnt sich in die Länge, hängt in der Mitte durch wie die Konzertina eines Zirkusclowns. Die gesamte Konstruktion schwankt bedenklich hin und her und erstreckt sich unmöglich steil zu dem jetzt unsichtbaren nächsten Stockwerk hinauf. Harry ist gezwungen, auf Händen und Knien zu kriechen. Dort oben steht eine Frau; manchmal ist sie Jenny, manchmal Marie. Die Treppenstufen sind jetzt brusthoch, und er muss sich auf den Ellenbogen hochstemmen. Dann wiederum sind sie winzig klein wie eine Reihe von Metallklammern in einem Hefter, und er muss wie ein Drahtseiltänzer darauf entlangbalancieren, während sie hoch über der Halle hin und her schwingen. Das Metallseil schlängelt sich in einem immer größer werdenden Winkel in die Dunkelheit empor. Harrys Füße beginnen wegzurutschen. Er klettert ein Stück an dem Seil hinauf, doch dann rutschen plötzlich auch seine Hände ab, und er verliert den Halt, gleitet weiter und immer weiter abwärts auf das abgerissene Ende des Seils zu.

Harry wacht schweißgebadet auf. Eine Straßenkehrmaschine mit rotierenden Bürsten reinigt die Straße draußen vor seinem Fenster, und die Tauben dreschen wieder auf die Dächer ein. Diesen Traum zu interpretieren dürfte sich wohl erübrigen. An dem Tempo seines Herzschlags kann er erkennen, dass er in dieser Nacht garantiert kein Auge mehr zutun wird. Deshalb steht er auf und tappt zur Dusche. Als er geduscht hat, ist es halb sechs. Zu Hause ist es jetzt halb fünf. Jennys Telefon ist noch immer besetzt. Mit Monsieur

Bruckmann wird er sich erst um neun Uhr treffen. Harry zieht sich an, verlässt das Hotel und geht die Rue des Grandes Arcades bis zur Place Kléber hinunter, froh über die Kälte nach der stickigen Hitze in seinem Hotelzimmer. Er spielt mit dem Gedanken, sich auf die Suche nach dem Hotel zu machen, in dem er vor so langer Zeit einmal gewohnt hat, wandert aber am Ende nur ziellos die Straßen und Kanäle vom Stadtviertel »Klein Frankreich« entlang.

Als er um acht Uhr wieder in sein Zimmer zurückkehrt, ruft er abermals Jenny an. Das Telefon zu Hause klingelt.

»Hallo?«

»Ich bin's.«

»Ach so.«

»Enttäuscht?«

Er hört, wie sie den Atem ausstößt.

»Ich habe die ganze Nacht versucht, dich anzurufen.«

»Ich hatte das Telefon ausgehängt. Wollte etwas Schlaf bekommen.«

»Und? Hast du geschlafen?«

»Ein bisschen.«

»Das ist mehr, als ich von mir behaupten kann. Hast du wirklich mit dem Gedanken gespielt, mich wegen Kahlkopf Willie zu verlassen?«

»Nenn ihn nicht so.«

»Du selbst hast ihn doch sogar einen kleinen Scheißkerl und ein Arschloch genannt.«

»Für mich ist das ja auch in Ordnung.«

»Wie soll ich ihn denn nennen?«

»Sein Name ist William.«

»Kahlkopf William, wie wär's damit?«

Schweigen.

»Kahlkopf William ist mein letztes Angebot.«

Wieder Schweigen am anderen Ende der Leitung.

»Hättest du mich wirklich seinetwegen verlassen?«

»Ich weiß nicht.«

»Wie soll ich jetzt bloß mit ihm zusammenarbeiten?«

»Auf die gleiche Art und Weise, wie ich tagein, tagaus mit dieser Schlampe von dir zusammenarbeiten muss. Außerdem verlässt er Ballyraine nächstes Jahr.«

»Du hast also gewusst, dass er für die nächsten Westminster-Wahlen kandidiert? Hast du geglaubt, er würde dich mitnehmen?«

Schweigen.

»Leidest du? Verzehrst du dich nach ihm? Machst du die Hölle durch?«

»Hör auf damit, verdammt noch mal.«

»Was machen wir jetzt?«

»Ich weiß es nicht.«

»Du wartest darauf, dass er es sich anders überlegt und zu dir zurückgekrochen kommt, stimmt's?«

»Nein.«

»Ich würde das an deiner Stelle nicht tun. Ich habe den Kahlköpfigen letzte Nacht angerufen.«

»Was hat er gesagt?«

»Nicht allzu viel, nachdem ich gedroht hatte, ihm seine Vorwahl zu versauen.«

»Du Mistkerl!«

»Ich dachte, du wolltest ihn nie wieder sehen?«

»Das ist meine Entscheidung, nicht deine.«

»Ich habe dir damit nur einen Gefallen getan.«

»Den Teufel hast du!«

»Wie konntest du nur mit einem solch gemeinen, abstoßenden Menschen schlafen?«

»Du hast keine Ahnung, wie William wirklich ist. Er ist zärtlich, leidenschaftlich, alles das, was du nicht bist.«

»Ich bin durchaus zärtlich und leidenschaftlich!«

»Nicht bei mir, da bist du nicht so.«

»Hör mal, Jenny, ich habe nachgedacht. Wir zwei sind jetzt in gewisser Weise quitt, nicht?«

»Das ist kein verdammtes Spiel.«

»Ich weiß, aber weißt du – manche Leute behaupten, dass das gut für eine Ehe ist.«

»Dämliche Leute.«

»Du glaubst nicht, dass es gut ist?«

»Nein.«

»Ich eigentlich auch nicht. Ist das etwas, was wir gemeinsam haben?«

»Im Moment ist mir das so oder so völlig egal.«

»Denk mal darüber nach.«

Keine Antwort.

»Weinst du?«

Keine Antwort.

»Liebst du ihn?«

Keine Antwort.

Harry legt auf.

Harry nimmt an einer englischen Konversationsstunde in Monsieur Bruckmanns Schule teil, die in unmittelbarer Nähe der Kathedrale liegt. Die Klasse hat *Lies of Silence* von Brian Moore als Pflichtlektüre für das *baccalauréat* gelesen, aber Harry nicht, deshalb lässt er sich von den Schülerinnen und Schülern die Handlung erzählen.

»Und dann bringt der Mann in sein Auto die Bombe zum Hotel, aber er sagt es die Polizei.«

»Sehr vernünftig.«

»Sehr vernünftig, wenn er will, dass sein Frau dabei draufgeht.«

»Ist sie eine Geisel?«

»Genau. Die IRA töten sie, wenn er die Polizei sagt.«

»Warum hat er denn dann die Polizei informiert?«

»Weil da waren unschuldige Touristen in dem Hotel. Franzosen, wie wir.«

»Nicht wie wir. Aus der Bretagne.« Lautes Gelächter.

»Er setzt also das Leben seiner Frau aufs Spiel, um unschuldige Touristen zu retten? Eine schwierige Entscheidung.«

»Vielleicht nicht so schwierig, er ist in ein andere Frau verliebt.«

»Er wird sein Frau sowieso verlassen. Wahrscheinlich.«

»Hätte er genauso gehandelt, wenn seine Freundin die Geisel gewesen wäre?«

»Das ist allerdings das Frage.«

»Also, was meint ihr, was er tun sollte?«, fragt Harry die Klasse. Die Schüler sehen sich gegenseitig ratlos an. Harry muss sich immer wieder daran erinnern, dass sie die Sweatshirts und Jeans tragen, in denen sie jeden Tag herumlaufen, nicht nur heute, um ihn zu ärgern. Dennoch kommt er sich in dem Jackett und der Krawatte, die er für Schulbesuche immer anzieht, in gewisser Weise angeschmiert vor, wie der einzige Gast auf einem Kostümfest, der maskiert erscheint.

»Kann er irgendetwas tun, was richtig ist?«, fragt er abermals.

Verständnislose Gesichter. Ein Junge meldet sich. »Das Beste ist, er geht mit die Auto weg und sprengt sich in die Luft. Aber dann gibt es keine Buch.«

Harry wartet vor *La Maison Rouge* auf der Place Kléber, so wie er es mit Marie ausgemacht hatte. Es nieselt beharrlich, und es herrscht Nebel, im Inneren seines Kopfes wie auch außerhalb. Ein grüner Renault Twingo rollt an den Bordstein und hält an. Marie beugt sich zur Beifahrerseite hinüber, um die Tür zu öffnen. Harry versucht, nicht auf ihre hübschen Beine unter dem Tweedrock zu starren, als er einsteigt.

»Das ist aber nicht vernünftig«, bemerkt sie, als sie losfahren. »So ohne Schirm im Regen herumzustehen.«

»Ein echter Ire trägt keinen Regenschirm mit sich herum.«

»Gegen irischen Regen nützen Schirme sowieso nicht viel. Soweit ich mich erinnere.«

»Stimmt. Wenn der Regen dich mit einem Schirm sieht, peitscht er einfach herum und erwischt dich von der Seite.«

Vor ihnen kriecht ein Mercedes mit deutschem Nummernschild unschlüssig in der Mitte der zweispurigen Einbahnstraße dahin. Der Kopf des Fahrers dreht sich unablässig von einer Seite zur anderen.

»Man könnte meinen, er wäre bei einem Tennismatch«, bemerkt Harry.

»Irgendwo sind wir alle Touristen.«

Die rechte Hälfte der Windschutzscheibe im Wagen vor ihnen wird von einer flatternden Straßenkarte ausgefüllt, gehalten von der Ehefrau des Deutschen. Hin und wieder knickt das ganze Gebilde ein und fällt in sich zusammen, wird dann sorgfältig von der Seite oder verkehrt herum wieder zusammengebaut. Auf einem freien Stück Straße drückt Marie leicht auf die Hupe und zieht dann, als der Mercedes nach rechts hinüberschwenkt, mit einem raschen Gangwechsel und einem freundlichen Winken an dem Auto vorbei.

»Rate mal, was mir meine Frau gestern Abend am Telefon mitgeteilt hat«, sagt Harry.

»Sie ist schwanger?«

»Gott bewahre! Nein, sie hat eine Affäre. Und ausgerechnet mit meinem Schulleiter.«

»Oje! Ist es ernst?«

»Oh ja. Wenn es nicht ernst wäre, würde sie sich nicht auf so was einlassen. Dafür ist sie nicht der Typ.«

»Das ist wohl niemand, schätze ich.«

Harry zuckt die Achseln. Vielleicht bin ich der Typ dafür.

»Wird sie dich verlassen?«

»Sie hat gesagt, es wäre vorbei, aber man kann nie wissen. Diese Dinge ziehen sich allzuleicht in die Länge.«

»Du hörst dich an, als wärst du ein Experte auf diesem Gebiet. Als ob du selbst auch schon eine Affäre gehabt hättest.«

Harry schielt an seiner Nase entlang, um zu sehen, ob er rot wird.

»Gott, Harry, du machst das ja immer noch!« Marie kichert. »Entschuldige. Ich meine, du wirst bei dieser Sache doch auch noch ein Wörtchen mitzureden haben. Willst du bei ihr bleiben? Liebst du deine Frau?«

»Ich weiß es nicht. Ich weiß nicht, was Liebe ist. Ob es überhaupt so etwas wie Liebe gibt. Je älter ich werde, desto mehr denke ich, dass Liebe nur eine Illusion ist. Ein Deckmantel für etwas anderes. Sex oder Einsamkeit. Oder Ehrgeiz. Oder auch Langeweile.«

»Sehr zynisch. Ich bin überzeugt, dass es so etwas wie Liebe gibt. Ich weiß, dass ich Annie liebe.«

Das ist aber nicht das, was ich hören möchte. Was war mit uns, 1968? Hast du mich damals geliebt?

Sie fädeln sich in den Verkehr auf der *autoroute* ein und brausen durch die Vororte.

»Glaubst du, deine Frau liebt diesen Mann?«

»Ich begreife nicht, wie sie das könnte. Er ist so schrecklich. Ausgesprochen hässlich. Er ist nicht witzig, er ist langweilig ... Aber ich nehme an, sie muss ihn wohl lieben.«

»Er muss doch sicher auch ein paar positive Seiten haben.«

»Er kann im Bett nicht sonderlich viel taugen«, fährt Harry nachdenklich fort. »Ich habe gesehen, wie er zu tanzen versuchte. Er war entsetzlich linkisch und hölzern. Eigentlich sollte ich erleichtert sein, dass nur er es ist, der sie eingewickelt hat. Er hat absolut nichts an sich, worauf ich neidisch sein müsste.«

»Dann kannst du ja noch von Glück reden. Stell dir bloß mal vor, wie viel schlimmer es sein würde, wenn es ein wirklich gut aussehender Mann wäre. Oder einer mit sehr viel Geld. Einer, der besser im Bett wäre. Einfach jemand, der dir in jeder Beziehung überlegen wäre.«

Harry denkt niedergeschlagen darüber nach, während er den Gürtel aus Supermärkten, Sportplätzen und Apartmentgebäuden betrachtet, der die Stadt umschließt, alle in einen feinen Schleier aus Regen gehüllt. »Hast du deinen Mann geliebt?«, will er wissen.

»Doch, ja, das denke ich schon. Eine Zeit lang jedenfalls.«

»Warum hast du dich scheiden lassen?«

»Er hatte eine Freundin, die er nicht aufgeben wollte. Und da habe ich ihm eine Frist gesetzt. Er konnte sich aber trotzdem nicht dazu entschließen, mit ihr Schluss zu machen, also habe ich ihn rausgeworfen. Manchmal frage ich mich, ob ich damals das Richtige getan habe. Vielleicht war es nur eine alberne Willensprobe.«

»Fragst du dich jemals, wie die Generation unserer Eltern das gemacht hat?«

»Was gemacht hat?«

»Meine Mutter hat nie einen anderen Mann angesehen, und mein Vater auch nicht. Eine andere Frau, meine ich.«

Marie zuckt die Achseln. »Bei meinen Eltern bin ich mir da nicht so sicher. Meine Mutter, nein, aber mein Vater … Manchmal gab es heftige Auseinandersetzungen, verschlossene Schlafzimmertüren …«

»Also, in Nordirland gab es so was früher eigentlich nicht ... dass die Leute Affären hatten, meine ich.«

»Das habe ich aber etwas anders in Erinnerung.«

»Ja, na ja, es war vielleicht ungefähr zu der Zeit, dass sie damit anfingen. 1968, *make love, not war.* Love-ins und alles das. Jeder war dabei.«

Marie erwidert nichts darauf, und sie schweigen eine Weile, während die Autos aufs Land hinaussausen. Mittlerweile hat es zu regnen aufgehört. Riesige hellbraune Maisfelder, erst kürzlich abgeerntet, die zerfetzten Stängel schlaff auf dem Boden liegend, verschwinden im Nebel. Skelettartige Wäldchen in der Ferne wirken wie eine feine Radierung.

»Erzähl mir von deiner Frau. Ich kann sie mir irgendwie nicht vorstellen.«

»Sie ist Engländerin«, erwidert Harry und zögert dann.

»Und? Ist das alles?«

»Nein, natürlich nicht. Was möchtest du denn wissen?«

»Wann hast du sie kennen gelernt?«

»1970.« Zwei Jahre, nachdem du gesagt hattest, du wolltest mich nie wieder sehen. »Ich habe sie an der Universität von Canterbury kennen gelernt. In England. Sie studierte damals wie ich Französisch.«

Ein Herbsttag, ähnlich wie dieser; die Farben verblasst, ausgewaschen. Harrys erster Tag in Canterbury. Er hat das Studentenwohnheim verlassen, um in die Stadt zu gehen und sich ein bisschen umzusehen, und wandert gerade die Auffahrt des Wohnheims hinunter, als ein Jaguar neben ihm anhält. Hinter dem heruntergleitenden Fenster auf der Fahrerseite kommt ein Gesicht von der Farbe einer Pflaume zum Vorschein, ein Gesicht mit schwammigen Hängebacken, so schwer, dass sie die Unterlider herunterziehen und einen

Streifen von Rosa unter den Augäpfeln enthüllen, ähnlich wie bei Bulldoggen. »Sie sehen ganz danach aus, als ob Sie sich auskennen, junger Mann. Meine Tochter hier …«

»Vater!« Ein Mädchen auf dem Rücksitz, das genervt die Augen verdreht.

»Wenn Sie sie vielleicht in alles einweihen könnten, ihr zeigen könnten, wo sie sich einschreiben muss, und so weiter …«

»Jetzt reicht's mir aber, verdammt noch mal!« Auf dem Rücksitz ein hektisches Wirbeln von Armen, einem Mantel und einer Tasche, und dann steigt das Mädchen auf der gegenüberliegenden Seite aus, schultert einen Matchbeutel und marschiert davon.

»Jenny! Ruf uns an, hörst du?« Die Mutter, die aus dem Fenster auf der Beifahrerseite winkt, als der Wagen wendet und in die entgegengesetzte Richtung davonfährt. Harry sieht ihr Gesicht, das schlaffe Kinn, die Augen Quellen der Verzweiflung, als sie sich zu dem aufgeblasenen Ekel neben ihr umdreht, mit dem sie den Rest ihres Lebens verbringen wird.

Nicht Harrys Angelegenheit. Jedenfalls nicht damals, zwei Jahre nach dem Sommer mit Marie. Da hatte Harry andere Dinge im Kopf. Damals war er nur darauf bedacht, herauszukommen und wegzubleiben. Weg von dem beunruhigenden Lächeln seiner Mutter, als das Geld, das der neue Supermarkt einbrachte, ihr schließlich die Achtung eintrug, die man ihr sonst nicht entgegengebracht hatte. Weg von der zunehmenden Verwirrtheit seines Vaters. Weg von den Besuchen bei seiner Tante Flo in dem Heim für Geistesgestörte. Weg von Kilmartin, wo die erste Bombe genau an dem Tag explodierte, als Harrys Abiturnoten bekannt gegeben wurden, die erste Bombe von einer ganzen Reihe, die die Häuser und Läden der Main Street in Trümmerhaufen verwandelten. Trümmerhaufen, die weggekarrt wurden und mehr und mehr Lücken hinterließen. Weg von dem Ruß, der durch die Schornsteine sank und in dichten Schwaden durch sämtliche Räume zog. Weg von den berstenden Fensterscheiben, die sich in einem Regen von Scherben und Splittern auf die Straßen ergossen. Weg von den Brettern aus Sperrholz mit der Aufschrift »Der Verkauf geht weiter«, die der Regen wellig machte und zu Buckeln aufquellen ließ, in die er dann einsickerte, um dunkle Flecken zu hinterlassen, wie ein Mund voller verfaulender Zähne.

Alles das war nicht Harrys Angelegenheit. Und auch dieses Mädchen nicht – das ebenso sehr darauf erpicht schien wie Harry, von zu Hause wegzukommen, und das jetzt prompt in die falsche Richtung davonstapfte. Denselben Weg entlang, den Harry bei seiner Ankunft ein paar Stunden zuvor gegangen war, auf einen Komplex von amtlich aussehenden Gebäuden zu, die den Eindruck erweckten, als gehörten sie zur Universität. In Wirklichkeit waren sie aber der Sitz des Wessex Water Board, während das Universitätsverwaltungsgebäude hinter Harry lag, inkognito in rotem Backstein. Aber auch das ging Harry nichts an.

Nur dass sich dann herausstellte, dass das Mädchen in Harrys Französischseminar war. Am nächsten Morgen, als Harry vor dem Seminarraum ankam, stand sie bereits im Korridor und wartete darauf, dass der Dozent erschien. Und statt verlegen darüber zu sein, dass Harry Zeuge ihres Irrtums gewesen war, wollte sie wissen, warum er sie nicht auf ihren Irrtum hingewiesen hatte, und schüttelte dann den Kopf über seine Antwort. »Nicht deine Angelegenheit?«, wiederholte sie. »Und wenn ich auf eine steile Klippe zumarschiert wäre, hättest du dann auch gedacht, dass dich das nichts angeht?«

Sie interessierte sich für Harry. War von ihm fasziniert.

Weil er sich abseits von den anderen hielt, nicht mit der Meute heulte. Weil er sich einen Dreck um alles scherte. In dem Jahr, in dem sie beide als Referendare an französischen Schulen waren, trampte Harry von der Normandie bis nach St. Girons in der Nähe der spanischen Grenze, um sie zu sehen.

»Dir ist also doch nicht alles schnurzegal«, sagte sie, als sie die Tür öffnete.

»Warum bist du eigentlich wieder nach Nordirland zurückgekehrt?«, fragt Marie jetzt. »In den Siebzigern kann es doch kein sehr angenehmer Ort zum Leben gewesen sein.«

»Es war besser, als man vielleicht gedacht hätte. In Ballyraine war es immer ziemlich ruhig.«

»Trotzdem, sie muss dich geliebt haben, wenn sie mit dir nach Irland gegangen ist.«

»Na ja, weißt du, es war auch eine gute Möglichkeit, um von ihren Eltern wegzukommen. Außerdem kann Vater die Iren nicht ausstehen.«

»Wie sieht sie aus?«

»Sie ist durchaus eine gut aussehende Frau. Groß, so groß wie ich. Markantes Gesicht, hohe Wangenknochen. Rotes Haar und das Naturell, das angeblich dazugehört.«

»Streitet ihr euch oft?«

»Manchmal.« Nur dann, wenn einer von uns eine Affäre hat.

»Du hast sie also geliebt.«

»So könnte man es nennen.«

»Das ist aber eine komische Art, es auszudrücken.«

»Es war Liebe, schon, ja. Nur … ich war sehr vorsichtig. Ich wollte sie nicht so nahe an mich herankommen lassen, nach dieser Zeit mit dir.«

Marie nickt langsam, blickt Harry aber nicht an. »Und dann hast du andere Frauen angesehen, wie du es nennst?«

»Eine. Ich hatte nur eine einzige Affäre.«

»Und worum ging es dabei?«

»Weiß der Himmel. Zu der Zeit dachte ich, es wäre Liebe.«

»Hast du damals die Absicht gehabt, Jennifer zu verlassen?«

»Ich habe eine Zeit lang daran gedacht.« Harry lässt sich in den Sitz zurücksinken. Helen. Liebe, so sicher, dass sie ihn ein halbes Jahr lang regelrecht verrückt machte. Das Wahre, genauso wie es mit Marie gewesen war. Das dachte er jedenfalls. Wilde, schweißtreibende Leidenschaft auf dem Rücksitz des Ford Escort. Briefe, Gedichte, Schwüre. Ein Wunder, das sich so vollkommen verflüchtigte, dass man sich nicht sicher sein konnte, ob es wirklich jemals existiert hatte. Er hatte es damals selbst exorziert, nur dass er da völlig auf dem Holzweg war. Er trieb das Wunder aus und behielt den Dämon. Sich selbst. Als Strafe für fehlendes Vertrauen.

»Das Schlimmste war nicht das Verlieben«, erklärt er. »Ich war sogar erleichtert darüber, dass ich noch immer fähig war, mich zu verlieben. Es war das sich wieder Ent-lieben, die Ernüchterung.«

»Ich verstehe nicht.«

»Es blieb einfach nichts mehr übrig. Meine Liebe war so vollständig verschwunden, dass ich mich fragte, ob sie überhaupt jemals da gewesen war. Es blieb nur ein Gefühl der Leere in mir. Ich kam mir vor wie ein Hochstapler. Weißt du jetzt, was ich meine?«

»So in etwa, vielleicht.«

»Hast du nie nur *geglaubt*, du wärst verliebt?«

»Nein. Na ja, als junges Mädchen vielleicht.«

»Bei deinem Cousin.« Nicht bei mir, sag es!

Marie lacht. »Ja. Nicht zu fassen, dass du dich daran noch erinnerst!«

Vielleicht bin ich nur ein Schwindler, ein Simulant, denkt Harry. Vielleicht bin ich das schon mein ganzes Leben lang gewesen. Oder ich bin später dazu geworden. Wann? Schuld-Ablagerungen, die lassen sich über die Jahre nur schwer vermeiden. Genauso wie Sklerose. »Ach, Gott, manchmal denke ich, es wäre fantastisch, einer Sache beschuldigt zu werden, von der man absolut sicher sein kann, dass man sie nicht getan hat«, sagt er.

»Ach, Harry!«

»Es muss eine solche Erleichterung sein, erfrischend.« Zu Unrecht inhaftiert. Ein Unschuldiger, dem man den Mord an Kahlkopf Willie angehängt hat. Man stelle sich diese glühende Rechtschaffenheit vor!

Er schüttelt den Kopf. Was denkt er sich da bloß für einen Quatsch aus. »Ich weiß nicht, ob ich mir selbst trauen kann. Ob meine Gefühle echt sind.«

»Du scheinst dir aber ziemlich viele Gedanken um deine Frau zu machen.«

»Das ist was anderes.«

»Wieso?«

»Ach, Gott, ich weiß es nicht. Ich bin so müde. Ich habe letzte Nacht so gut wie überhaupt nicht geschlafen. Können wir vielleicht irgendwo anhalten und einen Spaziergang machen? Ein bisschen frische Luft schnappen?«

»Ich kenne genau den richtigen Ort dafür.«

Sie fahren auf sanft ansteigenden Straßen durch die Vogesen. Urzeitlich anmutende Kiefern zeichnen sich als verschwommene Silhouetten im Nebelschleier ab, und dann ist das Auto urplötzlich in Sonnenschein gebadet.

»So ist es oft«, sagt Marie. »Wenn man höher in die Berge rauffährt.« Sie biegt auf einen fast leeren Parkplatz ein, der von Felsblöcken umringt ist.

»Wo sind wir hier?«, will Harry wissen.

»Mont Sainte-Odile.«

»Ich habe schon mal irgendwas über diesen Ort gelesen. Ein Kloster, richtig?«

»Ein Nonnenkloster.«

»Irgendwas von einer Heiligen, einer Frau, die blind war und ihr Augenlicht wiedergewann?«

»Stimmt.«

Sie steigen aus und schlendern einen Weg hinauf, der sich serpentinenförmig zwischen den Felsblöcken hindurchwindet.

»Annie war noch nicht mal da, als ich gestern Abend nach Hause zurückkam. Ich hätte also gar nicht so fortzuhetzen brauchen«, bemerkt Marie.

Harry kommt es vor, als ob der vergangene Abend schon eine Ewigkeit zurückläge.

»Ich glaube, sie hat einen Freund«, fährt Marie fort.

»Würde sie dir das denn nicht sagen?«

Marie lacht müde. »Ich erzähle ihr alles, aber sie hält manches vor mir geheim.«

»Marie!« Eine Nonne, ganz in Weiß gekleidet, hat Harry und Marie von einem Punkt weiter oben näher kommen sehen. Sie wartet auf dem Weg. Als sie sie erreichen, umarmen sie und Marie sich. Harry schlendert allein weiter den laubbedeckten Pfad hinauf. Er fragt sich, ob die Frau wohl eine Verwandte von Marie ist, vielleicht eine Tante. Gar keine schlechte Idee für alte Jungfern, Nonne zu sein. So haben sie wenigstens immer Gesellschaft. Ein Stück weiter vor ihm taucht ein Gebäudekomplex aus rotem Backstein auf. Auf dem grauen Schieferdach steht eine Steinfigur, eine Hand um eine Krücke geschlungen, die andere zu einer segnenden Geste erhoben. Harry wirft einen Blick zurück. Marie unterhält sich noch immer mit der Nonne; beide beugen sich zurück, die Arme vor der Brust verschränkt, während sie über irgendetwas lachen. Dieses Lachen von Marie. Verdammt reizvoll.

Er geht weiter, wandert unter einem Torbogen hindurch in einen Hof, gesäumt von Lindenbäumen. Ein paar Touristen stehen im Hof herum, einen aufgeschlagenen Reiseführer in der Hand, und zeigen auf verschiedene Besonderheiten der Kirche auf der rechten Seite des Hauptkomplexes. Ein Schild weist auf *Le sarcophague d'Odile* hin, aber Harry möchte lieber im Freien bleiben, und so umgeht er die Gebäude auf der Rechten und folgt einem Weg um die Außenseite herum, der ihn zur Vorderseite des Klosters führt. Eine Reihe von Terrassen fallen zu einer Mauer hin ab. Hier stehen wieder ein paar Leute und blicken über die Brüstung. Harry gesellt sich zu ihnen.

Der Ausblick, der sich ihm bietet, ist fantastisch. Die Gebäude stehen auf einem steilen Felsen, der fast senkrecht in ein Meer von Nebel abfällt, das in reglosen, milchigen Schwaden unten im Tal liegt. Bucklige Hügel, bewachsen mit goldbraun und dunkelgrün schimmernden Bäumen, ragen aus dem Nebel heraus. Es ist, als stünde man am Bug eines riesigen Ozeandampfers, der sich Stück für Stück den Weg durch eine Inselkette bahnt.

Einen Moment später erscheint Marie und stellt sich neben Harry. »An einem klaren Tag hat man von hier aus einen herrlichen Ausblick.« Sie zeigt über das Nebelmeer hinweg. »Man kann geradewegs über das Rheintal hinweg bis zum Schwarzwald sehen.«

»Erzähl mir von diesem Kloster.«

»Es wurde von Saint Odile gegründet, im achten Jahrhundert.«

»Ich fürchte, ich kenne mich mit Heiligen nicht besonders gut aus.«

»Sie ist unsere hiesige *patronne,* unsere Schutzheilige. Sie kam blind zur Welt, und ihr Vater wollte sie töten. Nur eine Tochter und zu allem Überfluss auch noch blind, das war einfach zu viel für ihn. Aber ihre Mutter versteckte sie, und als sie getauft wurde, konnte sie plötzlich sehen.«

»Sie wurde aber nicht auch noch gleich in einen Jungen verwandelt, oder?«

»Nein, ein solches Wunder wäre denn doch zu viel verlangt gewesen.« Marie lacht. »Ihre Quelle ist nur ein kurzes Stück den Hügel hinunter. Es ist ein schöner Spaziergang.«

»Gut. Das ist genau das, was ich brauche.«

Sie gehen an der Mauer entlang zur anderen Seite des Klosters, wo ein schmaler Weg an der Seite der Felsen hinunterführt. Wenig später hüllt der Nebel sie wieder ein, entzieht dem Wald all seine leuchtenden Herbstfarben. Riesige, moosüberwucherte Findlinge ragen aus den pastellfarbenen Schatten. Bald sind sie an einem Eisentor angekommen, hinter dem die Quelle aus der steilen Felswand hervorsprudelt. Das runde Becken, in das sie plätschert, ist mit Münzen gefüllt.

Harry liest die Inschrift an der Seite des Tores. »Hier steht was von einem blinden Jungen. Was hat das denn zu bedeuten? Ich dachte, Odile wäre diejenige gewesen, die blind war?«

»Es war ein anderes Baby. Ein alter Mann trug es hier herauf und verirrte sich im Wald. Odile erschien den beiden, schlug mit ihrem Stock gegen den Fels, und plötzlich sprudelte Wasser heraus und heilte das Baby von seiner Blindheit.«

»Ach so.«

»Viele Menschen mit Augenleiden kommen wegen des Wassers hierher.«

»Bist du religiös, Marie?«

»Nein. Aber mir gefällt dieser Ort. Er hat etwas Besonderes an sich, finde ich. Früher, als ich noch ein Kind war, sind wir jeden Sonntag hierhergefahren.«

»Es kommt einem auch irgendwie wie ein sonntäglicher Ort vor.«

»Jetzt komme ich nicht mehr so oft hierher. Annie sagt, der Ort wäre ihr unheimlich. Deshalb komme ich nur noch alleine her, wenn ich Zeit habe.«

»Um deine Verwandte zu besuchen?«

»Welche Verwandte?«

»Ich dachte, diese Nonne …«

»Oh nein. Ich kenne viele der Nonnen hier. Ich habe hier einmal eine Zeit lang gewohnt.«

»Gibt es hier oben ein Hotel?«

»Ja. So etwas Ähnliches wie ein Hotel.«

Sie machen sich wieder auf den Rückweg, gehen diesmal jedoch langsamer wegen der Steigung. Von tief unten aus dem Tal können sie das Bellen eines Hundes hören und das Krächzen einer Krähe, gedämpft durch den Nebel. Harry denkt an das Auto, das oben auf dem Parkplatz darauf wartet, sie wieder nach Straßburg zurückzubringen. »Du bist also recht glücklich«, sagt er nach einer Weile, ohne Marie anzusehen.

»Oh ja.«

»Gut. Ich habe jahrelang an dich gedacht.« Er sieht sie noch immer nicht an, sondern hält seinen Blick weiter auf den Weg geheftet. Da fühlt er plötzlich Maries Hand auf seinem Arm. Sie bleiben stehen und wenden sich einander zu. Ihre Hand gleitet von seinem Arm ab, aber Harry ergreift sie und zieht Marie an sich. Sie umarmen sich. Er streichelt sanft ihr Haar. »Hast du eigentlich jemals meine Briefe lesen können?«, fragt er, sein Mund dicht an ihrem Haar.

»Ja. Sie lagen in einer Schublade meines Vaters. Ich habe sie gefunden, kurz nachdem er gestorben war. Er hatte sie abgefangen und vor mir versteckt, aber er hatte sie nicht vernichtet. Ich habe sie immer noch. In einer Schachtel.«

»Du Glückliche. Ich habe nie einen von dir bekommen.«

»Ich habe dir aber einmal geschrieben.«

»Wann?«

»Als ich damals mit meinen Eltern von Port Braddan wegfahren musste, weil mein Vater die Fabriken im Süden von Irland besuchen wollte.«

»Ich habe deinen Brief nie bekommen.«

»Das ist wahrscheinlich auch ganz gut so. Ich bin sicher, es stand ein Haufen sentimentaler Quatsch drin.«

»Klingt toll.«

Marie ist auf einmal ganz still geworden. Als Harry sich zu ihrem Gesicht hinunterbeugt, blickt sie zu ihm auf, und sie küssen sich, zuerst zögernd und dann drängend und leidenschaftlich. Als Marie schließlich den Kopf wegdreht, um ihn an Harrys Brust zu schmiegen, atmen beide in tiefen, hastigen Zügen die feucht-kalte Luft ein. Harry erinnert sich plötzlich wieder an eine schreckliche Zeit, die er vollkommen vergessen hatte. Keiner hatte in jenem Sommer irgendwelche Fotos gemacht, doch Harry konnte Maries Gesicht nach Belieben aus der Erinnerung heraufbeschwören, angefangen mit den Augen. Dann, nach ungefähr sechs Monaten, wurde es immer schwieriger. Maries Züge fingen an, seinem Gedächtnis zu entgleiten und allmählich in Vergessenheit zu geraten. Er hatte versucht, sie zu zeichnen, aber damit hatte er ihr Gesicht völlig verbannt. Voller Verzweiflung hatte er das Auto seines Vaters genommen und war zu dem Ferienhaus in Donegal gefahren, das sie jeden Sommer gemietet hatten. Er hatte den Eigentümern vorgeschwindelt, etwas in dem Dachzimmer vergessen zu haben, in dem er geschlafen hatte, und sie hatten ihn ins Obergeschoss hinaufgehen lassen. Vor der Holzverschalung an der Wand hatte er sich auf die Knie fallen lassen und angestrengt nach dem Muster gesucht, in dem er im Sommer zuvor Maries Gesicht gesehen hatte, wenn er abends vor dem Einschlafen im Bett gelegen und auf das Holz gestarrt hatte. Aber er konnte es nicht mehr finden. Es war verschwunden.

»Marie, ich habe nie …«

»Schsch.« Sie legt ihm sanft einen Finger auf die Lippen.

Sie bleiben noch eine Weile so stehen, dann lösen sie sich schließlich voneinander und gehen weiter den Weg hinauf, Hand in Hand.

»Lass uns noch nicht wieder nach Straßburg zurückfahren«, bittet Harry.

»Natürlich nicht«, erwidert Marie. »Ich dachte, wir könnten vielleicht die *route du vin* entlang fahren. Sie ist um diese Jahreszeit einfach wunderschön.« Unter der steinernen Statue der Odile kommen sie wieder aus dem Nebel heraus in den Sonnenschein.

Die *route du vin* schlängelt sich durch die hügeligen Weinberge am Fuße der Vogesen und verbindet die Dörfer der Weinanbaugebiete, die zum Teil deutsche Namen haben, wie Mittelbergheim und Blienschweiler. Die Häuser sind in den Farben von Herbstlaub gestrichen, und obwohl es schon spät im Jahr ist, blühen noch immer Geranien und Chrysanthemen in den Kästen vor den Fenstern. Die hereinbrechende Abenddämmerung unterstreicht den warmen Lichtschein, der von den erleuchteten Fenstern der Restaurants und *Winstubn* ausstrahlt.

»Ich sollte besser Annie anrufen, damit sie sich keine Sorgen macht«, sagt Marie.

»Wollen wir irgendwo zu Abend essen?«

»Wenn du möchtest.«

»Dann sollte ich den Französischlehrer anrufen. Er wollte mich nämlich heute Abend zum Essen treffen.«

Sie halten vor einer Telefonzelle. Marie geht als Erste hinein. Ihr Körper, in steifer, angespannter Haltung verharrend, während sie auf das Klingeln am anderen Ende der Leitung horcht, schwingt plötzlich in Harrys Richtung herum, und ihr Gesicht hellt sich auf, als Annie sich meldet. Harry denkt unwillkürlich daran, wie ihr Körper sich anfühlte, als sie sich oben auf dem Weg zum Kloster an ihn schmiegte. Jetzt sieht sie ihn an, während sie in die Sprechmuschel spricht, und um ihre Lippen spielt ein Lächeln. Er sehnt sich danach, mit ihr zu schlafen.

»Ich glaube, ich habe Annie beunruhigt«, erklärt Marie, als sie Harry die Tür der Telefonzelle aufhält. »Sie hat mich gefragt, ob du nett wärst, und ich habe gesagt, ja, sehr nett.«

Als Harry telefoniert, erreicht er zu seiner Erleichterung nur Madame Bruckmann. Er erklärt ihr, er säße in Colmar fest, nachdem er am Nachmittag mit dem Zug dort hingefahren sei, und nun habe sich herausgestellt, dass der früheste Zug zurück nach Straßburg erst um zweiundzwanzig Uhr fahren würde. Er lehnt das Angebot, ihn abzuholen, höflich ab und äußert sein Bedauern.

»Wie mühelos du lügst«, sagt Marie, als er aus der Telefonzelle herauskommt. »Ich nehme an, du hast eine Menge Übung darin bekommen, als du diese Affäre hattest. Was, wenn sie im Zugfahrplan nachsehen?«

»Aber der nächste Zug geht tatsächlich erst um zehn. Ich habe das auf dem Bahnhof nachgesehen, als ich zur Place Gutenberg gegangen bin. Nur zur Sicherheit.«

Sie fahren weiter. Es ist jetzt vollkommen dunkel. Dichte Nebelbänke zwingen Marie, langsam zu fahren. Die Dörfer mit ihren alten Fachwerkhäusern und den schmalen, gewundenen Straßen sind herrlich, wie ein Traum vom Mittelalter.

»Was heißt ›Neuer Siaßer‹?«, will Harry wissen. »Es ist schon das dritte Mal, dass ich so ein Schild gesehen habe.«

»Das ist der neue Wein der Saison.«

»*Vin primeur?*«

»Nein, nicht so ausgereift wie der *vin primeur.* Er gärt noch. Er kann süß oder auch säuerlich sein, je nachdem, in welchem Gärungsstadium er ist. Oft bekommt man auch Esskastanien dazu serviert. Möchtest du mal welche probieren?«

»Hört sich großartig an.«

»Ich kenne ein Lokal.«

»Wie viel Zeit haben wir denn noch?«

Marie wirft ihm einen Blick zu. »Den ganzen Abend.«

Harry fühlt sich persönlich losgelöst und von innerer Ruhe erfüllt. Zwischen ihnen hat sich Schweigen ausgebreitet, aber es ist ein entspanntes, freundschaftliches Schweigen, das nicht danach verlangt, gebrochen zu werden. Alles scheint auf einmal möglich zu sein. Der untere Teil von Maries Gesicht wird jedes Mal von einem Fächer aus Licht von den Straßenlampen erhellt, wenn sie durch ein Dorf fahren, ihre Augen darüber sind ein glänzender Schimmer von Braun. Harry würde gerne die Kontur ihres Kinns liebkosen. Um ihre Lippen zuckt es belustigt, als sie ihn dabei ertappt, wie er sie anstarrt, und sie streicht sich die Haare aus dem Nacken.

»Du solltest dir lieber unsere wunderschönen elsässischen Dörfer ansehen«, meint sie.

»Ich ziehe es aber vor, dich anzusehen«, erwidert Harry. Seine Worte kommen langsam und kehlig über seine Lippen. Marie schüttelt den Kopf und lächelt ihn an. Dann bremst sie ab und späht durch die Windschutzscheibe in den Nebel hinaus.

»Um diese Jahreszeit ist es überall voll«, sagt sie. »Es gibt aber hier in der Nähe einen netten Ort, falls ich ihn finden kann.« Eine Strecke weiter vor ihnen materialisiert sich ein Wegweiser aus dem Nebel. »Dambach, da ist es.«

Sie sitzen in einem Restaurant im ersten Stock mit Blick auf den Marktplatz, ihre Unterhaltung ist vorübergehend verstummt, während die Kellnerin die *Baeckœfe* abräumt, die sie gegessen haben. Die Deutschen, die kurz zuvor noch das Lokal gefüllt haben, sind jetzt geräuschvoll die schmale Treppe hinuntergestampft, um in einen großen Reisebus zu steigen, der mit laufendem Motor unten auf der Straße wartet. Seine Tür schließt sich mit einem Zischen, und Harry und Marie beobachten, wie er sich in Bewegung setzt und sich durch die engen Straßen windet. Das ganze Gebäude hallt von seinem Motorengeräusch wider. An der Straßenecke bleibt der Bus stehen, schiebt sich ein paar Mal rückwärts und vorwärts wie ein verwirrter Bulle und verschwindet dann um die Ecke. Harry und Marie sehen sich an und lächeln in der Stille. Es sitzen jetzt nur noch wenige Leute im Restaurant.

»Hast du mich damals danach gehasst?«, fragt Harry plötzlich.

»Nein. Nur ... »Marie hält einen Moment inne. »In dem Alter sieht man alles nur in Schwarz und Weiß. Ich dachte damals, wenn man einen Menschen liebt, schläft man nicht mit jemand anderem.«

»Hast du mich wirklich geliebt?«

»Oh ja.« Sie knackt eine Nuss, betrachtet sie nachdenklich, dann blickt sie wieder zu Harry auf und stützt ihr Kinn in die Hand. »Tatsache ist, dass ich auch jetzt noch denke, dass man nicht mit jemand anderem schläft, wenn man einen Menschen aufrichtig liebt. Warum hast du mit dieser Frau geschlafen? Warum hat eigentlich sie mit dir geschlafen? Ich meine, du warst doch zu der Zeit noch ein junger Bengel. Nicht unbedingt sehr – erfahren.«

»Sie benutzte mich, um sich an ihrem Freund zu rächen. Sie glaubte, er betröge sie mit einer anderen.«

»Ach so, ich verstehe, du warst also nur ein Opfer. Eine Schachfigur in ihrem Spiel. Du Ärmster.«

»Es war ein einziges Mal. Aber ich habe nur dich geliebt«, erklärt Harry. »Ich hätte alles getan, um dich zurückzubekommen. Warum hast du damals in Obernai nicht die Tür aufgemacht?«

Marie dreht die Nuss in ihren Fingern. »Bist du später jemals wieder nach Port Braddan zurückgekehrt?«

»Nur einmal. Jenny gefiel es dort nicht.« Sie hatten im Dunbreaghy Hotel gewohnt, nur dass es zu der Zeit ein vernachlässigter alter Kasten gewesen war, der dringend einen frischen Anstrich benötigt hätte, mit Duschen und Toiletten auf dem Gang und Möbeln aus Sperrholz mit abgestoßenen Kanten, einem nicht allzu sauberen Salon mit zerschlissenen Polstersesseln und einem menschenleeren Speisesaal, wo indifferent schmeckendes Essen auf Teewagen herumgekarrt wurde, ähnlich wie in einem Krankenhaus. Es ist wie Portrush ohne das Nachtleben, hatte Jenny gesagt. Einmal und nie wieder.

»Alle unsere Freunde kamen sonnengebräunt aus Griechenland, Spanien oder Jugoslawien zurück. In Port Braddan regnete es die ganze Zeit über.«

Marie nickt. »Genau wie in jenem Sommer.«

Harry ist bestürzt. »Es hat nicht die ganze Zeit geregnet. Haben wir uns damals nicht im Freien geliebt?«

»Richtig. Und wir sind dabei jedes Mal bis auf die Haut durchnässt worden.«

»Daran erinnere ich mich nicht mehr.« Harry fällt nichts ein, was er darauf sagen könnte. »Wenn das mit dem Schüleraustausch klappt, werde ich in Zukunft jedes Jahr nach Straßburg kommen«, erklärt er.

»Ist es wirklich nur purer Zufall, dass eure Partnerschule in Straßburg ist?«

»Also, nein, nicht wirklich. Ich habe das durchgesetzt.«

»Aha. Aber du wusstest doch gar nicht, dass ich hier sein würde.«

»Ich wusste, dass das Geschäft noch immer hier ist. Ich habe es im Telefonbuch nachgesehen. Jedes Mal, wenn ich nach Frankreich komme, überprüfe ich das mit Hilfe des Telefonbuchs.« Er greift über den Tisch und nimmt Maries Hand. Sie entzieht sie ihm nicht. »Weißt du, wie viele Marie Fischers es in Straßburg gibt? Elf. Und siebzehn M. Fischer.«

Ihre Fingerspitzen schließen sich um seinen Handrücken.

»Hättest du aufgelegt, wenn ich angerufen hätte?«, will er wissen.

»Oh ja. Und ich hätte meine Telefonnummer ändern lassen. Wäre weggezogen. Aber die Gefahr, dass du anrufen würdest, hat ja wohl kaum bestanden.«

»Wieso nicht?«

»Weil ich nicht Fischer heiße. Sondern Bonnardot. Du vergisst, dass ich verheiratet war.« Sie beißt sich auf die Lippen, um nicht zu lachen.

»Ich habe Blut und Wasser geschwitzt, als ich draußen vor deinem Laden gestanden habe.«

»Du armer Kerl!« Marie nimmt seine Hand und hebt sie an ihren Mund. Er fühlt, wie sich ihre Lippen über die Härchen auf seinem Handrücken bewegen. »Was hättest du getan, wenn ich noch immer verheiratet gewesen wäre?«

»Ich weiß es nicht.«

»Worauf willst du eigentlich hinaus, Harry?«

»Ich kann jedes Jahr zwei Wochen lang herkommen.«

»Um danach wieder zu deiner Frau zurückzukehren? Falls sie dann noch da ist.«

»Was soll ich denn sonst tun? Ich kann nicht hier bleiben.«

»Vielleicht kann sie es arrangieren, dass sie während derselben zwei Wochen mit deinem Schulleiter wegfährt. Was würdest du dazu sagen? Ach, Harry!« Sie blickt ihn kopfschüttelnd an, drückt einen Kuss auf seine Hand und legt sie dann wieder auf den Tisch zurück. »Wir sollten aufhören, uns wie Teenager zu benehmen. Madame beobachtet uns von der Küche aus, und sie ist eine Kundin von mir.«

Marie greift in ihre Handtasche und holt eine Schachtel Gauloises hervor.

»Ich glaube, ich werde auch eine rauchen«, sagt Harry.

Marie hält vor Harrys Hotel an.

»Komm mit rauf in mein Zimmer«, sagt Harry bittend. »Um diese Zeit ist niemand mehr in der Rezeption.«

»Ich kann nicht. Annie hat gesagt, sie würde aufbleiben und auf mich warten.«

»Dann komm wenigstens noch für einen Augenblick mit hinauf.« Er streichelt ihren Nacken.

Maries Augen glänzen in der Dunkelheit. »Harry, verrate mir mal eines. Würdest du wirklich mit mir schlafen, während du dir Sorgen darüber machst, ob deine Frau bei diesem Mann ist oder nicht?«

»Ich würde einfach nur den Augenblick genießen. Und nach mir die Sintflut.«

»Sind wir dafür nicht schon ein bisschen zu alt?«

»Nein.«

»Vielleicht morgen, Harry.« Sie reibt ihre Wange an seiner Handfläche.

»Wann?«

»Nicht am Nachmittag. Da muss ich nach Obernai fahren.«

»Ich komme mit.«

»Nein.«

»Ist es geschäftlich? Ich werde dir bestimmt nicht im Weg

sein. Ich werde auch nicht versuchen, dich ins Bett zu kriegen. Ich werde einfach spazieren gehen und bei diesem Polizisten vorbeischauen. Um zu sehen, ob er sich noch an mich erinnert.«

Marie lacht leise. »Tut mir Leid, es geht einfach nicht.« Sie blickt aus dem Fenster auf ihrer Seite, weg von Harry, aber er kann ihr Spiegelbild in der Scheibe sehen. Sie sieht sehr müde aus.

»Ein anderer Mann?«

»Nein.« Sie dreht sich wieder zu ihm um. »Wir können doch nicht zulassen, dass du dir Gedanken um deine Frau machst und auch noch um mich.«

»Morgen Abend?«

»Ich werde dich anrufen, wenn ich zurückkomme.«

Harry kehrt in die nächstgelegene Bar ein, um ein Bier zu trinken. Die Bar ist leer, abgesehen von einem Betrunkenen, der in sich zusammengesunken an der Theke hockt, während er mit zusammengekniffenen Augen auf den Fernseher starrt und vor sich hinmurmelt. Im Fernsehen läuft gerade eine Talk-Show mit einem fetten französischen Prominenten, der Harry vage bekannt vorkommt. Irgendein Schauspieler. Er brüstet sich damit, wie lange er mit einer Frau schlafen kann. »Und wie mache ich das?«, fragt er den Interviewer, dessen Mund zu einem kriecherischen Grinsen verzogen ist. »Mathematische Gleichungen!«, beantwortet er vergnügt seine eigene Frage. »Alte mathematische Gleichungen aus meiner Schulzeit. Ich mache einen auf diesen hier, und dabei denke ich an mathematische Gleichungen.« Er steht auf, um seine Worte zu veranschaulichen, und schiebt demonstrativ seine Hüften vor und zurück. Das Publikum applaudiert.

»Was für ein mieser kleiner Wichser«, knurrt der Betrunkene. »Und woran hat er gedacht, als er in der Schule seine mathematischen Gleichungen gerechnet hat? An einen heißen Fick, darauf wette ich, genau wie der Rest von uns.«

17

Port Braddan, 1968

Wenn Sonntagnachmittage eine Farbe hätten, denkt Harry, dann wären sie hellbraun. Wie das Roastbeef, das sie zum Mittagessen hatten und dessen Geruch noch immer in der Luft hängt. Wie die Farbe der alten Tapete im Wohnzimmer, wo die Moores träge auf Sofas und Sesseln hängen, in unterschiedlicher Körperhaltung gegen die Polster gelehnt, und mit Lesen beschäftigt sind.

Der Tag zieht sich schier endlos in die Länge. Wirklich erstaunlich, wie lange es dauert, bis eine Stunde verstrichen ist. Wenn ich doch einfach eine ganze Woche lang schlafen und erst dann wieder aufwachen könnte, wenn Marie wieder zurück ist, denkt Harry. Sein Rekord im Nicht-auf-die-Uhr-sehen liegt bei fünf Minuten und siebenundzwanzig Sekunden. Diesen Rekord hat er gestern aufgestellt. Und dabei hatte er geglaubt, mindestens eine Viertelstunde gewartet zu haben. Und was die Leute so alles von sich geben! Und worüber sie sich aufregen! Man weiß schon, was kommt, noch bevor sie den Mund aufgemacht haben. Sein Vater starrt finster auf die zweite Seite der *Sunday Press,* als ob sie sich nur ja nicht erdreisten sollte, ihn in die Nase zu beißen. Es ist garantiert wieder etwas über Bürgerrechtler. »Nun hört euch das hier an«, sagt er. »*We Shall Overcome* singende Demonstranten wurden von der Polizei aufgefordert, weiterzugehen. ›Wir werden siegen‹, also wirklich! Was glauben die eigentlich, wen sie besiegen wollen? Uns, so ist das doch. Das richtet sich doch nur wieder gegen uns.« Er blättert empört raschelnd zur nächsten Seite um.

Harrys Mutter treibt sich drüben am Fenster herum und späht sehnsüchtig hinaus. Gleich kommt: Eine nette kleine Autofahrt würde uns allen gut tun. Sie dreht sich zu den versammelten Moores um. »Genau der richtige Tag für eine nette kleine Autofahrt, meint ihr nicht auch? Würde uns allen bestimmt gut tun.«

Na komm schon, Tante Flo, das ist dein Stichwort. Tante Flo legt auch prompt ihren Barbara-Cartland-Roman beiseite. »Wir sind in diesem Sommer noch gar nicht nach Bloody Foreland rausgefahren«, sagt sie fröhlich.

Jetzt kann sie nichts mehr vor einer beschissenen Fahrt um das beschissene Bloody Foreland herum bewahren. Trotzdem wird einer der beiden Männer gegen diesen Vorschlag sein und der andere – schon aus Prinzip und weil es für ihn Ehrensache ist – dafür. Onkel Alecs rundköpfige Birne taucht hinter einer uralten Ausgabe des *National Geographic* auf. »Ich hatte eigentlich vor, eine Runde Golf zu spielen«, bemerkt er.

Aber Harrys Vater legt bereits seine *Sunday Press* beiseite und erklärt: »Ich geh schon mal raus und mach den Primuskocher fertig.«

Harry spielt seinen letzten Trumpf aus. »Ich werde hier bleiben und Paddy Gesellschaft leisten.«

»Paddy kommt auch mit«, erwidert Tante Flo. »Es wird höchste Zeit, dass er mal wieder rauskommt. Der Arzt hat gesagt, dass es kein Problem ist, wenn er sich nur warm hält. Es wird ein richtiger Familienausflug sein.«

»Ohne mich!«, erklärt Marjorie, während sie gelangweilt in ihrer *Woman's Own* blättert. »Ich probiere heute die Orgel in Rathmelton aus. Sie soll die beste in ganz Donegal sein.«

»Wie willst du denn dort hinkommen?«, fragt ihre Mutter.
»Das ist alles schon arrangiert. Reverend McLeod hat in Rathmelton ein paar Dinge zu erledigen.«

»Er liest wieder diesen Schund«, sagt Harrys Dad ärgerlich zu der sanft abfallenden grauen Landschaft, die langsam am Autofenster vorbeigleitet. Harry hat sich an diesem Morgen nach der Kirche ein Taschenbuch gekauft, und zwar wegen des Bildes auf der Vorderseite, und nun versucht er, Interesse für den Inhalt aufzubringen. Es ist das erste Mal, seit er Marie kennen gelernt hat, dass er wieder ein Buch in die Hand nimmt. Jetzt ignoriert er den Kommentar seines Vaters. Schund ist nach Mr. Moores Ansicht alles, was Harry seit Enid Blyton gelesen hat, von den *Friendly Ghost*-Comics seiner Kindheit über *Superman* und *Batman* bis hin zu den *James-Bond*-Romanen im letzten Jahr.

Seit den letzten zwei Jahren interessiert er sich nur noch für Taschenbücher, die so aussehen, als enthielten sie eine Menge schmutziger Stellen. In dieser Hinsicht muss er allerdings vorsichtig sein. Sein Vater missbilligt den Lesestoff, den er sich zu Gemüte führt, zwar ganz entschieden, aber seine Ablehnung ist eher passiver Natur. Harrys Mutter ist diejenige, vor der er auf der Hut sein muss. Die von Ungeziefer wimmelnden Schädel und leichenfressenden Dämonen und Monstern bevölkerten Nebel der *Pan Books of Horror,* die Harry sich vor ein paar Jahren kaufte, ließ sie zwar noch durchgehen, aber seine Ausgaben von *The Virgin Soldiers* und *Peyton Place* verschwanden ziemlich schnell. Sie blättert voller Argwohn alles durch, auf dessen Vorderseite großbusige Frauen prangen oder was im Klappentext als »erotisch«, »glutvoll« oder »heißblütig« bezeichnet wird. Die Seiten mit den saftigen Stellen sind immer leicht zu finden, weil die Buchrücken durch Harrys wiederholtes Lesen an ebendiesen Stellen rissig geworden sind. Jetzt achtet er immer sorgfältig darauf, die Taschenbücher so zu halten, dass ihr Rücken nicht knickt.

»Was liest du denn da, Harry?«, fragt seine Mutter jetzt. Kochend vor Wut reicht er ihr den *Angélique*-Roman. Er würde am liebsten herausschreien, dass er bereits mit Marie geschlafen hat und dass es anders als alles ist, was er jemals in irgendeinem beknackten Buch darüber gelesen hat. Mrs. Moore presst den Mund zu einer schmalen Linie zusammen, als sie den üppigen Busen betrachtet, der aus dem Mieder der auf dem Buchdeckel abgebildeten Heldin herausquillt, und ihre Lippen werden noch verkniffener, als sie die Inhaltsangabe auf der Rückseite liest. Aber Harry macht sich keine Sorgen, als sie in dem Roman zu blättern anfängt. Er hat bereits das ganze Buch auf der verzweifelten Suche nach einer einzigen anstößigen Stelle durchgeblättert, und seine Suche war vergeblich. Die drei Shilling und Sixpence, die er für den Roman geblecht hat, waren im Grunde rausgeschmissenes Geld.

Hinter ihnen ertönt ein Hupen, und ein Auto schert zum Überholen aus. Es ist Mrs. Bryce in ihrem Imp; sie winkt ihnen flüchtig zu, blickt aber nicht zu ihnen herüber, als sie an ihnen vorbeifährt. »Wo rast die denn schon wieder hin?«, fragt Harrys Vater.

»Wahrscheinlich irgendwohin, wo sie malen kann«, erwidert Mrs. Moore, die schon wieder damit beschäftigt ist, Harrys Buch zu inspizieren. »Nicht, dass man jemals auch nur eines ihrer Bilder zu sehen bekäme«, fügt sie hinzu. Dann reicht sie Harry das Taschenbuch zurück. »Scheint mir eher ein Buch für Mädchen zu sein«, meint sie.

Harry macht sich gar nicht erst die Mühe, die richtige Stelle wieder zu finden. Er lehnt sich zurück, bekommt glasige Augen und versucht, an Marie zu denken. Unglaublich, dass sie erst seit zwei Tagen fort ist. Schon jetzt kommt ihm die letzte Woche wie eine völlig andere Welt vor. In jener Welt war er ein anderer Mensch, so ähnlich wie die Person, die er immer sein wollte. Jetzt ist dieser andere Mensch nur noch ein Schatten, eine vage Erinnerung. Und er selbst ist wieder der alte Harry, der Harry, den er hasst, der mit Mum und Dad todlangweilige Autofahrten macht. Maries Gesicht schwebt irgendwo dort draußen am Rande seines Bewusstseins, nicht ganz vergegenwärtigt.

»Um Himmels willen, Harry, kannst du nicht mal ein kleines bisschen Elan aufbringen und versuchen, den herrlichen Tag zu genießen?«, sagt seine Mutter.

»Was macht Marjorie eigentlich so den ganzen Tag?«, erkundigt sich Brian. »Sie lässt sich ja kaum noch blicken.«

»Sie übt andauernd Orgelspielen. Wie verrückt. Ich weiß auch nicht, was plötzlich in sie gefahren ist«, erklärt Harry.

Sie schnippen ihre aufgerauchten Zigaretten über den Bootsrand. Die Kippen landen mit einem Zischen im Wasser und treiben als graubraune Stummel auf den Wellen. Brians Vater hat sich endlich erweichen lassen und das Boot wieder herausgerückt, und Harry hat wieder angefangen, mit Brian hinauszufahren. Obwohl er das alte Freundschaftsverhältnis eigentlich nicht wieder aufleben lassen möchte, nachdem er Brian mit Maries Augen gesehen hat. Es wäre so etwas wie Verrat.

Sie sind an diesem Morgen bei Hochwasser nach Dunbreaghy geschippert und haben dort eine Weile herumgehangen. Jetzt dümpelt das Boot in der Mitte der Sheephaven Bay, und die Hügel am Rand der Bucht schaukeln sanft auf und ab. Der Himmel ist von einer dicken Schicht weißer Wolken bedeckt, und das diffuse Licht, das durch die Wolkendecke dringt, lässt alles fahl und farblos erscheinen.

»Wie wär's, wenn wir 'n bisschen angeln würden?«, meint Brian. Harry kann seine Bestürzung förmlich auf der Zunge schmecken. Es scheint, als wäre alles klammheimlich wieder in den Zustand zurückgeglitten, in dem es war, bevor Marie auftauchte, und als hätte keiner auch nur bemerkt, dass es jemals eine Veränderung gegeben hatte.

»Warum bringen wir das Boot nicht wieder zurück und gehen ins Dunbreaghy Hotel?«, fragt Harry.

»Wozu?«

»Um was zu trinken.«

»Was, wenn wir erwischt werden?«

»Wer sollte uns denn dort erwischen? Keiner von unseren Leuten würde doch jemals freiwillig einen Fuß in den Schuppen setzen.«

Sie fangen also an, ins Dunbreaghy Hotel zu gehen, um in der Bar ein Glas Bier zu trinken. Es ist wirklich nichts dabei. Harry fühlt sich, als hätte er einen Anteil an dem Hotel, seit er Marie dort abgeholt hat. Darin besteht das ganze Geheimnis. Man muss einfach hineingehen, als ob man ein Recht darauf hätte, locker-flockig an der Empfangsdame vorbei durch die Halle traben und schnurstracks auf die Bar zusteuern, das ist alles. Beim ersten Mal war Harry ziemlich nervös, als er sich Winzling Sammy näherte. Aber Sammy zuckte nur einmal kurz mit der Wimper, als er ihre Bestellungen entgegennahm. Jetzt fragt Harry sich, wieso er eigentlich jemals solch einen Heidenrespekt vor dem Barkeeper hatte.

Nachmittags ist es immer ziemlich ruhig in der Bar. Nur wenige Leute sitzen an der Theke und an den verstreut stehenden Tischen und unterhalten sich in gedämpftem Ton über das Rascheln der Zeitungen und das Klirren der Gläser hinweg. Der Geruch nach Spirituosen ist immer das Erste, was einem auffällt, und er ist ein bisschen abstoßend. Aber nach einer Weile bemerkt man ihn nicht mehr. Trotz der großen Panoramafenster mit Blick auf die Bucht ist es drinnen immer dunkler als draußen, weil die Beleuchtung erst am Abend eingeschaltet wird.

Zuerst trinken Harry und Brian nur ein kleines Bier. Harry empfindet den seifigen Geschmack noch immer als unangenehm, aber er mag das leichte Schwindelgefühl, das das Bier in seinem Kopf erzeugt. Es ist sogar noch besser als damals, als er zu rauchen anfing. Und die Zigaretten schmecken auch besser, wenn man ein Bier dazu trinkt. Er und Brian sitzen trinkend und rauchend da, ohne viel miteinander zu reden. Brian holt sich manchmal eine Zeitung aus dem Salon oder bleibt dort, um sich die Pferderennen im Fernsehen anzusehen, und Harry versinkt in Tagträumereien über Marie. Gegen vier Uhr füllt sich die Bar dann allmählich, und sie beobachten die Leute.

Dies ist eine völlig andere Welt als die Harbour Road. Die Leute sprechen mit weichem südlichen Akzent, der zu dem Geld zu passen scheint, das sie besitzen. Sie sind die Fahrer der Mercedesse, Alfa Romeos und Volvos, deren Seitenfenster in früheren Jahren die Abdrücke von Harrys Nase aufgewiesen hätten. Die Männer stehen in entspannter Kameradschaft an der Theke, tragen sportliche Hosen und Pullover mit V-Ausschnitt mit diversen Clubabzeichen. Die Frauen sitzen rauchend an den kleinen Tischen und unterhalten sich mit lebhaften, weit ausholenden Gesten. Sie sagen häufig »fabelhaft«. Sie sind wie die Menschen, die man im Fernsehen oder in Kinofilmen sieht, von der Art, wie Harry gerne sein würde. Die Bar ist ganz zweifellos etwas vollkommen anderes als das, was seine Mutter sich als Pubs vorstellt, üble Spelunken voller betrunkener Katholiken.

Die Unterhaltung dreht sich auch um andere Orte als um

diejenigen, die die Leute aus Ulster besuchen, Orte wie Dungloe, Bundoran und Buncrana. Harry fragt sich, wie sie wohl sind. Manchmal, wenn er die Barbesucher beobachtet, erwidert einer der gut gekleideten Männer Harrys Blick. Können sie etwa erkennen, dass Harry und Brian Protestanten aus Ulster sind?

Er sieht sich im Geist mit Marie hier sitzen, und er malt sich aus, wie die Leute sie bewundern und ihn beneiden. Er fragt sich, ob es wohl jemals dazu kommen wird.

Die beiden Jungen rauchen sehr viel mehr als sonst, und Harry fängt an, sich Sorgen um seine Finanzen zu machen, besonders als Brian beginnt, Halbe zu trinken, und Harry sich gezwungen sieht, mitzuhalten.

Das Schlimmste ist immer, wenn man nach dem Halbdunkel in der Bar plötzlich wieder in den noch hellen Tag hinauskommt. Irgendwas ist daran faul; es ist ein komisches, verwirrendes Gefühl, ein Gefühl momentaner Orientierungslosigkeit, so dass Harry sich noch betrunkener fühlt, als er ohnehin schon ist. Er denkt immer an Marie, wenn ihn die frische Luft wie ein Schlag ins Gesicht trifft. Er sieht ihr wehendes Haar in den Zweigen, die im Wind peitschen, sieht die windgepeitschte Hecke in seinem Augenwinkel und dreht sich suchend um, ohne wirklich wahrzunehmen, wie Brian in Richtung Harbour Road davontrottet. Auf dem Rückweg zum Haus schwindet seine Benommenheit allmählich, vertrieben von dem kalten Wind und der Erkenntnis, dass Marie nicht da ist, und die Nüchternheit setzt wieder ein. Das ist jedes Mal der Augenblick, in dem der Schmerz kommt, ein brennender Schmerz, so als ob man durch eine stark entzündete Nase atmen würde.

»Weißt du, wenn man zwei Halbe intus hat …«

»Ja?«

»... dann pinkelt man wie ein Feuerwehrschlauch.«

»Aha.«

»Sammy sagt jetzt nur noch ›Dasselbe wie immer‹. Und ›Kommt sofort, Sir.‹«

»Er sagt ›Sir‹ zu dir?«

»Ja.« Harry blickt zu Paddy hinüber, dessen Gesicht schwach vom Mond beleuchtet wird. Paddy gibt sich alle Mühe, unbeeindruckt auszusehen, und diese Anstrengung hinterlässt Furchen auf seiner Stirn. Er sieht sehr jung aus. »Ich glaube, wenn ich dich nicht hätte, um über Marie zu sprechen, dann würde ich die Wände hochgehen.«

»Mmmm.«

»Ich weiß gar nicht, wie ich den Herbst ohne sie durchstehen soll. Glaubst du, dass sie in Frankreich im November auch ein paar Tage schulfrei haben, so wie wir?«

»Keine Ahnung.«

»So was wie Kartoffelferien?«

»Frosch-Fang-Ferien vielleicht.«

»Ich glaube, wenn ich mein Abi in der Tasche habe, werde ich Französisch studieren.«

»Wohl kaum das Fach, in dem du am besten bist, oder?«

»Das nicht. Aber weißt du, dass man ein Jahr in dem betreffenden Land verbringen muss, wenn man eine Fremdsprache studiert? Glaubst du, sie würden mich mit dem Jahr anfangen lassen?«

»Keine Ahnung.«

»Stell dir das bloß mal vor! Ein Jahr in Straßburg, mit Marie!«

Im Bett zieht Harry Maries Pass unter der Matratze hervor und klappt ihn auf. Er hat so etwas wie ein Ritual daraus gemacht. Zuerst liest er die Adresse: Rue de la Paix, Obernai, Straßburg. Straße des Friedens. Das ist wegen des inneren Friedens, der ihn erfüllt, wenn er mit Marie zusammen ist. Obernai ist ein Dorf in unmittelbarer Nähe von Straßburg, und das Haus der Fischers steht auf einem Hügel mit Blick auf die Stadt, hat Marie ihm erzählt. Daneben sind Weinberge und eine Mauer mit einem aufgemalten Heiligen. Harry versucht, sich das Ganze vorzustellen. Aber die einzigen Bilder, die er heraufbeschwören kann, stammen aus seinem schon etwas betagten Französischlehrbuch: breite Boulevards mit dünn gesäten Vorkriegsautos, ein Rad fahrender Franzose mit einer Baskenmütze auf dem Kopf, mit Zwiebeln behängt und mit einem ellenlangen, dünnen Brot unter dem Arm, das irgendwie an eine Lanze erinnert.

Dann wendet Harry sich dem Passfoto zu. Es ist in dem Moment aufgenommen, bevor Marie in Lachen ausbricht; ihre Lippen sind nach oben verzogen, und in ihren Augenwinkeln sind Fältchen zu erkennen. Harry denkt an die vielen Male, die sie so gelächelt hat, oft unmittelbar bevor sie sich geliebt haben, und er drückt einen Kuss auf das Foto. Dann verstaut er den Pass wieder sorgfältig unter der Matratze und knipst das Licht aus.

18

Harry reißt in letzter Sekunde, bevor er abermals auf seine Armbanduhr sieht, den Kopf hoch. Noch nicht, noch nicht. Es muss mindestens fünfzehn Minuten her sein, seit er das letzte Mal einen Blick auf die Uhr geworfen hat. Ein neuer Rekord. Und jetzt dauert es nur noch einen Tag, bis Marie zurückkommt. Er lässt seinen Blick durch die Bar schweifen, aber dort ist nichts, was ihn ablenken könnte, abgesehen von Winzling Sammy, der hinter der Theke Zeitung liest. Im Fernsehen läuft gerade ein Pferderennen, und die Männer, die gewöhnlich die Bar frequentieren, sitzen im Fernsehraum. Brian hat sich zu ihnen gesetzt.

Harry fühlt, wie seine Augäpfel wie durch Schwerkraft hinuntergezogen werden. Er sieht auf seine Armbanduhr. Zweiundzwanzig Minuten nach drei. »Scheiße«, flüstert er vor sich hin. Eine Minute zu früh. Jetzt wird er weitere fünfzehn Minuten brauchen, um eine Viertelstunde voll zu kriegen. Er grinst blöde über diesen Gedanken, als Mrs. Bryce die Bar betritt und genau in seinem Blickfeld erscheint. Hastig beugt Harry den Kopf über den Tisch. Zu spät. Er kann hören, wie sie mit raschen Schritten auf ihn zukommt.

»Hallo, Harry. Ganz allein hier?«

»Oh, hallo, Mrs. Bryce. Brian ist hier auch irgendwo.« Vielleicht wird sie denken, das Bier und die Zigarette im Aschenbecher gehörten Brian.

»Wo ist Marie?«

Sie muss wohl der einzige Mensch in Port Braddan sein, der das nicht weiß.

»Sie ist irgendwo im Süden, mit ihren Eltern. Sie wollte eigentlich nicht mitfahren. Morgen kommt sie wieder zurück.«

»Stört es dich, wenn ich mich für einen Moment zu dir setze?«

Scheiße. »Natürlich nicht.«

Sie setzt sich, schlägt die Beine übereinander und blickt zur Tür. Dann sieht sie wieder Harry an, ertappt ihn dabei, wie er unter ihren Faltenrock schielt, und zieht an dessen Saum. Er sieht, wie sie das Glas Bier und die Zigarette betrachtet, die zwischen ihnen auf dem Tisch präsentiert liegen wie die Beweisstücke in den Perry-Mason-Filmen. Harry macht keinerlei Anstalten, nach einem von beiden zu greifen. Verweht durch die Zugluft, die durch das gekippte Fenster hinter ihm hereinströmt, beschreiben die Rauchspiralen aus dem Aschenbecher jetzt die kunstvollsten Muster vor Mrs. Bryces Gesicht, fast so, als ob die Zigarette angeben wollte. Harry spürt, wie seine Wangen zu brennen beginnen.

»Du solltest deine Zigarette besser rauchen, bevor sie das ganze Lokal in Brand steckt«, sagt Mrs. Bryce.

Harry hebt die Zigarette mit einer lässigen Bewegung an seine Lippen, doch der Rauch steigt ihm in die Augen, und sie fangen prompt an zu tränen. Er holt die Schachtel aus der Tasche seiner Windjacke und bietet sie Mrs. Bryce an.

»Nein, danke«, sagt sie. »Aber du könntest mir einen Drink holen.«

»Klar. Was möchten Sie denn?«

»Einen Gin Tonic.«

»Kein Problem.« Verdammter Mist. Was wird ihn das kosten? Vielleicht kann er ja mal schnell hinausflitzen und ein bisschen Geld von Brian schnorren. Aber Mrs. Bryce wird es bestimmt bemerken, so wie sie ständig in Richtung Tür blickt.

Sie reicht ihm eine Pfundnote.

»Nein, nein, ist schon in Ordnung.«

»Nun komm schon, Harry, sei nicht albern.«

Erleichtert nimmt er den Geldschein und geht zur Theke. Sammy faltet seine Zeitung mit einem Seufzen zusammen und nimmt Harrys Bestellung entgegen, ohne ihn anzusehen. Harry betrachtet sein Gesicht im Spiegel hinter der Theke, während er auf den Drink wartet. Nicht allzu rot, denkt er. Und es sieht auch nicht danach aus, als ob Mrs. Bryce vorhätte, schnurstracks zu seinen Eltern zu laufen und ihn zu verpetzen.

Als er mit dem Drink an den Tisch zurückkehrt, hat Mrs. Bryce den Platz gewechselt. Sie sitzt jetzt in dem Sessel, in dem Harry zuvor gesessen hat, mit dem Rücken zu dem großen Panoramafenster und dem Gesicht zur Bar.

»Es macht dir hoffentlich nichts aus«, sagt sie und zeigt mit einer flüchtigen Handbewegung über ihre Schulter. »Die Aussicht hat mich deprimiert.«

Harry reicht ihr den Drink und das Wechselgeld und setzt sich.

»Prost.«

»Prost.« Er kann draußen vor dem Fenster eigentlich nichts entdecken, was irgendjemanden deprimieren könnte. Nur die üblichen dürren Felder und die verstreut liegenden Häuser. Der Hügel im Hintergrund ist zwar im Begriff, von einer dunklen Regenwolke verdeckt zu werden, das schon, aber in dieser Gegend gibt es nun mal hin und wieder Regen, das ist ganz normal.

»Dies ist also der Ort, wo du jetzt deine Zeit verbringst«, sagt sie. »Ich habe mich schon gefragt, warum wir dich gar nicht mehr unten am Hafen sehen.«

»Na ja, es wurde ein bisschen langweilig, immer in Booten herumzugammeln und so.«

»Das kann ich mir vorstellen«, erwidert Mrs. Bryce. »Für junge Leute bietet Port Braddan ja auch nicht sonderlich viel Abwechslung. Würdest du deine Ferien lieber woanders verbringen?«

»Nicht wirklich. Port Braddan ist eigentlich der schönste Ort, den ich mir vorstellen kann. Downings ist nicht viel mehr als ein großer Campingplatz, und Falcarragh Town ist wie etwas aus dem Wilden Westen. Außerdem liegt es zu weit von der See entfernt.« Harry gewinnt an Selbstvertrauen, überlegt bereits, wie er Paddy die Begegnung mit Mrs. Bryce am besten schildern kann. Er zieht ein letztes Mal an seiner Zigarette und drückt sie dann im Aschenbecher aus.

»Ich dachte eigentlich an einen Ort, der ganz anders ist. Wie Guernsey, nein, warte, wie Mallorca oder Ibiza. Irgendwo, wo es viel Sonne gibt und billigen Wein.«

»Wir kommen jedes Jahr hierher, schon so lange, wie ich zurückdenken kann.«

Von der Tür hinter Harry ertönt plötzlich Lärm. Er erkennt die lauten, jovial klingenden Stimmen einer Gruppe von Golfspielern. Mrs. Bryce mustert die Gruppe flüchtig, bevor sie wieder Harry anblickt.

»Bist du schon mal im Ausland gewesen?«

»Nicht wirklich, nein.« Als Kind hatte er einmal mit seinen Eltern eine Tagestour nach Schottland gemacht. Mit der Fähre rüber nach Stranraer und von dort aus mit dem Zug die Küste hinauf bis nach Girvan. Sie waren noch am selben Abend wieder zu Hause in Kilmartin gewesen. Er kann sich kaum noch an Einzelheiten dieser Reise erinnern. »Ich werde aber vielleicht nächstes Jahr nach Frankreich gehen«, fügt er hinzu.

»Aber doch wohl kaum mit deinen Eltern.«

»Nein. Um Marie zu besuchen.«

»Ich kann sie mir irgendwie nicht in Frankreich vorstellen. Deine Eltern, Fred und Eileen, meine ich.« Versucht Mrs. Bryce, sich ein Lächeln zu verkneifen? Harry weiß nicht sonderlich viel über die Lebensweise von Leuten wie den Bryces, die aus Belfast kommen. Vielleicht halten sie die Moores für rückständige Hinterwäldler. Vielleicht reißen sie Witze über sie.

»Wie dem auch sei, mir geht dieser Ort jedenfalls nach einer Weile furchtbar auf die Nerven.«

»Das Hotel?«

Mrs. Bryce lehnt sich zurück und macht eine alles umfassende Geste. »Donegal. Die ganze Gegend. Sie ist wie ein Gewicht, das einen niederdrückt. Man kann dem irgendwie nicht entrinnen. Überall diese weite, leere, einsame Landschaft.«

»Das ist genau das, was ich an dieser Gegend so schön finde«, erwidert Harry. »Es bringt einem zum Bewusstsein, dass man nicht wichtig ist.«

»Wenn du in mein Alter kommst, dann brauchst du keine Landschaft, um das zu erkennen. Und ich bin nicht die Einzige, die so empfindet. Du würdest dich wundern, wie viele Leute hier Selbstmord verüben. Sie versuchen natürlich, das zu vertuschen, von wegen Todsünde und so. Erst letzte Woche hat mein Mann mir erzählt – übrigens, hast du ihn zufällig gesehen? Oder Reverend McLeod?«

»Nein.«

»Nun ja, jedenfalls, letzte Woche ist eine Krankenschwester, ein junges Mädchen aus dem Krankenhaus in Letterkenny, zu einem Strand auf Malin Head gefahren, einem wunderschönen Ort, hat sich dort in den Sand gelegt und sich eine Spritze verpasst. Sie war tot, als sie sie gefunden haben.« Mrs. Bryce macht eine wegwischende Handbewegung. »Oder wie viele Leute es gibt, die es hier nur mit Beruhigungsmitteln aushalten, so wie Mrs. McLeod.« Sie lächelt Harry an, als ob sie etwas bewiesen hätte.

Nur noch ein Tag, denkt Harry. Morgen wird er wieder mit Marie zusammen sein. Er muss schleunigst zusehen, dass er von Mrs. Bryce wegkommt, bevor sie ihn mit ihrer düsteren Stimmung ansteckt. »Ich sollte jetzt besser gehen«, erklärt er und steht auf.

»Du hast doch dein Bier noch gar nicht ausgetrunken.«

»Spielt keine Rolle. Bye, Mrs. Bryce.« Harry verlässt die Bar und marschiert durch die Halle, ohne sich die Mühe zu machen, Brian Bescheid zu sagen.

Draußen bewegt sich die dunkle Regenwand langsam den Steilhang hinter Sessiagh Lake hinauf und zieht weiter landeinwärts. Der grün und braun gesprenkelte Rücken von Horn Head drüben auf der anderen Seite der Bucht sieht in dem Licht wie frisch gewaschen und angemalt aus.

Warum verbringt die Frau eigentlich so viel Zeit damit, die Landschaft zu malen, wenn sie sie nicht ertragen kann?

»Nur noch ein Tag«, sagt Harry.

»Was macht dich so sicher?«, fragt Paddy.

Wir sind wieder mal in Nörgellaune, wie? »Sie hat gesagt, eine Woche.«

»Eine Woche, vielleicht auch länger, hast du gesagt.«

»Sie wird es schon schaffen, ihren Vater umzustimmen, mach dir da mal nur keine Sorgen. Sie wird wahrscheinlich nicht vor dem Nachmittag da sein, aber ich werde morgen früh schon mal zum Hotel runtergehen. Nur für den Fall.«

»Sie hat dir nicht geschrieben oder so, nicht?«

»Wie konnte sie das denn? Sie kennt doch meine Adresse nicht.«

»Harry Moore, Port Braddan, das hätte doch vollauf genügt.«

»Woher soll sie das denn wissen? Worauf willst du eigentlich hinaus?«

»Auf nichts. Ich finde nur, dass sie dir mal ein paar Zeilen hätte schreiben können oder so, das ist alles. Ich meine, es ist schließlich schon eine ganze Woche her, seit sie weggefahren ist.«

»Willst du damit etwa andeuten, dass sie nicht zurückkommt, oder was?«

»Ich will damit nur sagen, dass es klüger ist, sich nicht darauf zu verlassen, dass sie zurückkommt.«

»Und seit wann bist du Experte auf diesem Gebiet? Hast du einen Crash-Kurs gemacht, oder was?« Ausgerechnet du, der vor zwei Wochen noch nicht mal wichsen konnte.

»Es ist nur gesunder Menschenverstand.«

»Bildest du dir etwa ein, du bist der Einzige mit gesundem Menschenverstand?« Es macht Harry wahnsinnig, sich Paddys weise Ratschläge anhören zu müssen. Es ist eine Sache, wenn Harry so tut, als ob er Paddys Rat hören wollte, aber eine völlig andere, wenn Paddy glaubt, Harry brauche seinen Rat.

»Schon gut, vergiss es«, sagt Paddy.

Das Schlimmste ist, dass Harry genau das Gleiche gedacht hat.

19

Harry muss wohl doch wieder eingeschlafen sein, denn als er das nächste Mal aufwacht, fällt ihm auf, dass er bereits die Einzelheiten des Zimmers in dem grauen Dämmerlicht ausmachen kann. Es ist fünf Uhr früh. Er hat das gleiche Gefühl, das er noch von seiner Kindheit her kennt, dieses Gefühl, das ihn immer am Weihnachtsmorgen erfüllte, eine Mischung aus freudiger Erregung und Erschöpfung. Und er weiß, dass er jetzt kein Auge mehr zutun wird. Harry steht auf und setzt sich auf das Fußende des Bettes, um in den Nieselregen hinauszublicken und zu beobachten, wie die grauen Brecher in eintönigem Rhythmus an den Strand schlagen.

Um acht Uhr ist er gewaschen und angezogen und deckt gerade den Tisch fürs Frühstück, als seine Mutter im Morgenmantel erscheint.

»Was ist mit dir los?«, fragt sie gähnend. »Ist es wieder dein Durchfall?«

»Marie kommt heute zurück«, erwidert er kurz angebunden. »Und sie erwartet mich.«

»Du bist wohl immer noch rettungslos in sie verschossen, wie?«

Typisch für seine Mutter, das so auszudrücken. »Sie wird

uns an Weihnachten besuchen, oder vorher«, erklärt Harry. »Sonst werde ich nach Frankreich fahren.«

Seine Mutter starrt ihn einen Moment lang an, dann reibt sie sich die Augen und tappt barfuß in die Küche. »Dein Vater kommt heute, also denk dran, dass du zu Hause bist und nicht wieder das ganze Wochenende mit Marie durch die Gegend gondelst, obwohl sie ein sehr nettes Mädchen ist.«

»Dann wird sie eben einfach mit uns kommen müssen.«

Der Citroën steht nicht auf dem Hotelparkplatz. Harry verlangsamt seinen Schritt. Ihm ist gar nicht richtig bewusst gewesen, dass es noch so früh ist. Die Empfangsdame blickt überrascht auf, als er die Hotelhalle betritt. Er steuert wie gewohnt auf die Bar zu, aber die Tür klemmt im Rahmen, als er sie aufzudrücken versucht, und er stößt prompt mit der Stirn dagegen.

»Die Bar ist erst ab halb elf geöffnet«, ruft die Empfangsdame ihm zu.

»Ach so.« Harry geht ein paar Schritte in die Halle zurück und vergräbt die Hände in den Hosentaschen. Er würde sich gerne die Ansichtskarten an der Rezeption ansehen, um irgendwie die Zeit totzuschlagen, aber das würde der Empfangsdame Gelegenheit geben, sein knallrotes Gesicht aus nächster Nähe zu betrachten. Er ist noch nie so früh im Hotel gewesen und kommt sich wie ein Störenfried vor. Säcke mit schmutziger Wäsche lehnen rechts und links am Geländer der Treppe, und irgendwo aus der Ferne ist das Brummen von Staubsaugern zu hören. Er schlendert in den Salon, darum bemüht, lässig zu erscheinen. Um diese frühe Morgenstunde ist der Salon leer. Auf der anderen Seite der Tür kann er das gedämpfte Klappern und Klirren der Hotelgäste hören, die beim Frühstück sitzen. Harry lässt sich in einen der großen Lehnsessel fallen und starrt auf den leeren Bildschirm des Fernsehers. Noch zu früh für Pferderennen.

Von seinen Turnschuhen steigt ein beißender Gestank auf. Sie sind mit braunen Klecksen verschmiert. Er ist quer über die Felder gegangen oder vielmehr gerannt, weil Paddy heute zum Röntgen nach Letterkenny fährt, und wenn mit Paddys Lunge alles in Ordnung ist, wird Harry ihm sein Fahrrad zurückbringen müssen. Er ist zu sehr in Eile gewesen, um den Kuhfladen auf dem Feldweg auszuweichen. Harry kann Geflüster draußen in der Halle hören und dreht sich um. Der Hotelmanager, ein weißhaariger Mann mit blühender Gesichtsfarbe, der wie ein im Ruhestand lebender Filmstar aussieht, berät sich mit der Empfangsdame. Beide blicken zu Harry hinüber. Dann knöpft der Manager sein Jackett zu und kommt in Harrys Richtung marschiert. Harry wendet sich wieder zu dem Fernseher um. Gleich darauf tauchen die blank polierten Schuhe des Managers in seinem Blickfeld auf.

»Hör mal, mein Junge, wir haben nichts dagegen einzuwenden, wenn du nachmittags hierher kommst, solange du dich benimmst. Aber wir können nicht zulassen, dass du uns mit deinen schmutzigen Schuhen den Teppich verdreckst.« Harry blickt gerade rechtzeitig zu dem Mann hoch, um zu sehen, wie der angewidert die Nase rümpft. »Und jetzt hör zu: Du musst von hier verschwunden sein, bevor die Gäste aus dem Frühstücksraum kommen.«

»Kann ich heute Nachmittag wiederkommen?«, fragt Harry.

»Gewiss doch, ja, aber jetzt mach, dass du rauskommst.«

Der Mann tritt einen Schritt zurück, damit Harry aus seinem Sessel aufstehen kann. Als er an der Rezeption vorbei durch die Halle geht, tut die Empfangsdame so, als wäre sie voll und ganz in ihre Schreibarbeit vertieft.

Draußen weht Harry der kalte Nieselregen ins Gesicht. Es spielt keine Rolle, denkt er. Nichts spielt eine Rolle, solange nur Marie wieder zurückkommt. Er wandert zum Hafen hinunter, in der Hoffnung, dass Brian ihm nicht über den Weg laufen wird. Harry geht bis zum Ende der Pier hinaus. Der Regen wird jetzt stärker, er hinterlässt pockenartige Vertiefungen auf der Oberfläche der Wellen, während sie träge in die Bucht rollen. Harry blickt in das graue, von Ölschlieren durchzogene Wasser und fragt sich, wie er sich bloß jemals dazu hat überwinden können, dort hineinzutauchen. Dann lehnt er sich gegen die Kaimauer und blickt über die Bucht zum Hotel hinüber. Von hier aus kann er den Parkplatz sehen. Noch immer kein Citroën.

Er klappt den Kragen seiner Windjacke hoch. Harry denkt wieder an den Hotelmanager. Wie er auf die Tür gezeigt hat! Wie in einem Film. Er denkt an seinen eigenen unterwürfigen Ton, als er fragte, ob er am Nachmittag wiederkommen dürfte. Gott! Harry spürt, wie seine Wangen zu brennen beginnen.

Am Nachmittag, als er erneut die Hotelhalle betritt, kniet dort eine Frau, damit beschäftigt, den Teppich zu säubern. Harry geht um sie herum zur Rezeption. Von dem Manager ist keine Spur zu sehen. Das Mädchen an der Rezeption telefoniert gerade. Es sieht durch Harry hindurch, als er näherkommt, und klopft ungeduldig mit einem Kugelschreiber auf die Empfangstheke.

»Ja, in Ordnung, Pater, acht Uhr. Ja … ja, das habe ich notiert. Wir werden einen sehr hübschen Tisch für Sie decken, aber was die Torte angeht, da kann ich Ihnen nichts versprechen, Pater. Wir werden unser Bestes tun. Bitte, gern geschehen. Bye.« Die Empfangsdame stößt einen genervten Seufzer aus. »Das ist doch wohl nicht zu fassen!«, sagt sie zu

Harry. »Wo soll ich denn für heute Abend eine Geburtstagstorte für Pater Columbs Schwester herbekommen?« Sie schüttelt den Kopf.

»Der Priester?«

»Ja. Pater Columb.« Sie sieht Harry an, als ob er schwerhörig wäre.

»Tut mir Leid, das mit heute Morgen«, sagt er.

»Mach dir darüber mal keine Sorgen. Du hast ja jetzt saubere Schuhe an, wie ich sehe.«

»Können Sie mir sagen, ob die Fischers erwartet werden?«

»Die französische Familie von letzter Woche?«

»Ja. Sie wollten wieder hierher zurückkommen.«

Die Empfangsdame sieht im Gästebuch nach. »Sie haben kein Zimmer bestellt.«

»Oh. Okay. Danke.« Harry geht unsicher zum Fernsehraum. Dann kehrt er wieder um. »Ich weiß, sie haben kein Zimmer bestellt, aber es könnte ja vielleicht sein, dass sie angerufen haben?«

»Nein, das haben sie nicht. Tut mir Leid. Kein Wort.«

Er räuspert sich und marschiert aus dem Hotel, als ob er eine wichtige Verabredung hätte.

Draußen in der Bucht kriecht ein kleines Boot langsam auf Horn Head zu. Es ist das der McClellands. Harry erkennt es an dem weißen Fiberglasrumpf. In dem Boot sitzen zwei Gestalten. Brian und Paddy.

»Hast du an der Rezeption nachgefragt, ob sie ein Zimmer bestellt haben?«

»Natürlich habe ich das. Hältst du mich für blöde, oder was?«

»Kein Erfolg?«

»Nein.« Wenn er jetzt sagt, ich hab's dir ja gesagt, dann werfe ich ihn zum Fenster raus!

»Dann wirst du also auch morgen den ganzen Tag auf gut Glück dort rumhängen?«

»Ja. Wenn ich muss.«

»Jetzt verstehe ich, worüber Brian sich dauernd beschwert hat.«

»Ich bin ganz Ohr.«

»Er hat gesagt, du hättest die ganze Woche über wie ein nasser Sack rumgehangen.«

»Brian kann mich mal kreuzweise! Der denkt doch an nichts anderes als an Boote und Wichsen.«

»Gott, Harry, wie ich dich kenne, wirst du Marie in ein paar Wochen doch sowieso vollkommen vergessen haben.«

»Du kannst mich auch mal!«

Am nächsten Tag bessert sich das Wetter. Ein blauer Himmel schiebt die letzten grauen Wolken auf die See hinaus, und über Horn Head lacht die Sonne.

Die Empfangsdame winkt Harry zu, sobald er die Hotelhalle betritt. »Ich habe gute Nachrichten für dich.« Harry fühlt, wie sich seine Lippen zu einem unkontrollierbaren Grinsen verziehen. Die Empfangsdame lächelt ebenfalls. »Mr. Fischer hat gerade angerufen. Sie haben sich für Montag ein Zimmer reservieren lassen.«

»Und wann werden sie hier sein? Montagmorgen?«

»Das hat er nicht gesagt. Ich nehme an, irgendwann am Nachmittag. Es war das Fernamt in Sligo, das ihn durchgestellt hat.«

»Danke!«

»Keine Ursache.«

Harry könnte das Mädchen auf seine roten Wangen küssen, so glücklich ist er. Er lächelt und nickt und wendet sich zum Gehen. Dann dreht er sich abermals um. »Wie lange werden sie bleiben?«, fragt er.

»Bis Samstag.«

»Nochmals danke!«

Draußen ist der Wind endlich abgeflaut. Das Muhen der Kühe auf den Feldern klingt seltsam laut in der Stille. Die Steine in der Mauer, die den Parkplatz umgibt, glänzen hell, während sie langsam in der Sonne trocknen. Es sieht ganz danach aus, als stünde eine Hitzewelle bevor.

20

Harry beobachtet die Männer und Jungen, die unten auf dem festeren Sand Kricket spielen und dabei wie ein Haufen Idioten grinsen und lachen. Paddy, Brian, Harrys Vater, sein Onkel und Mr. McClelland. Mr. Foster und seine Brut stellen die Fängerpartei.

Sie sind wieder am Strand von Falcarragh. Paddys Mutter hat Harrys Vater gebeten, Würstchen zu grillen. Der Ausflug an den Strand war diesmal Onkel Alecs Idee. Herrgott noch mal!

»Warum gehst du nicht und spielst mit den anderen?«, fragt Harrys Mutter. Es klingt, als ob er ein Fünfjähriger wäre.

»Wozu denn? Mir geht's gut.«

»Sei nicht so ein Spielverderber. Du solltest wenigstens eine Zeit lang mitmachen.« Sie sieht dabei ihre Strickarbeit an, nicht Harry.

»Ich hab doch gesagt, mir geht's gut.« Jetzt muss er nur noch diesen einen Sonntagnachmittag durchstehen, Gott sei Dank.

Seine Mutter senkt die Stimme. »Wenn du nicht aufpasst, wird Brian keine Lust mehr haben, sich mit dir abzugeben und dich zu Bootstouren einzuladen, jetzt wo Paddy wieder auf den Beinen ist.« Sie wirft einen verstohlenen Blick auf ihre Schwester, aber Tante Flo schwatzt in einer Tour mit Mrs. Foster und Mrs. McClelland. Die Frauen sitzen weiter oben am Strand in dem wärmeren Sand, alle in Badeanzügen bis auf Tante Flo, die ein Baumwollkleid trägt und deren Waden wie Schinkenkeulen unter dem Rocksaum hervorschauen. Mrs. Bryce ist nicht mitgekommen und Marjorie auch nicht. Deshalb gibt es niemanden, den Harry heimlich beäugen könnte. Nicht, dass er das tun würde, aber es wäre schön, wenigstens die Gelegenheit zu haben.

»Na und? Und wenn schon«, sagt Harry. »Ich werde jetzt einen Spaziergang machen.«

»Geh aber nicht zu weit. Dein Vater will in einer Stunde mit dem Grillen anfangen. Und komm mir ja nicht auf die Idee, allein ins Meer rauszuschwimmen.«

Harry erhebt sich und klopft sich den Sand vom Hosenboden seiner Jeans. Er umgeht die Gruppe von Kricketspielern. Paddy pflanzt sich gerade vor Mr. McClelland auf, um dessen kunstvollen Lob zu schlagen; Brian, der den Eckmann spielt, geht hinter ihm in die Hocke und schaukelt wichtigtuerisch auf den Fersen hin und her. »Hi, Leute«, sagt Harry, aber keiner von ihnen blickt in seine Richtung. Paddy und Brian sind jetzt dicke Freunde und fahren immer weiter mit dem Boot raus. Vorgestern sind sie den ganzen Weg durch Sheephaven Bay bis nach Downings geschippert. Jetzt planen sie, ganz um Horn Head herum bis nach Falcarragh zu fahren. Richtige harte Männer.

Harry watet durch den Bach, der zum Strand hinunterfließt, wandert zum Ende des Strandes und klettert dort die Klippen hinauf. Auf der anderen Seite gibt es eine weitere Bucht, die sich in einem sanften Bogen bis zu der Landenge von Horn Head erstreckt und einen Sandstrand umschließt, dessen Form an ein Krummschwert erinnert. Zu diesem Strand führt keine Straße hinunter, und er ist vollkommen menschenleer. Als Harry Falcarragh hinter sich lässt und das Klacken der Kricketschlaghölzer in der Ferne verhallt, fühlt er, wie sein Ärger und seine Gereiztheit von ihm abfallen.

Er kann sich mit allem abfinden, solange Marie nur zurückkommt.

Eine halbe Stunde später liegt er in einer tiefen, windgeschützten Vertiefung hoch oben in den Dünen hinter dem anderen Strand. Dies ist ein weiterer stiller, einsamer Ort, wo er und Marie ungestört zusammen sein können. Harry hat einen angenehmen Spaziergang über die felsige Landspitze und dann über eine grasbewachsene Anhöhe gemacht, ohne dabei auch nur einer Menschenseele zu begegnen.

Er schließt die Augen und genießt eine Weile die Wärme der Sonne auf seinem Gesicht. Es wäre schön, wenn er ein bisschen Farbe hätte, wenn Marie zurückkommt. Ein sonnengebräunter Gott. Schließlich wird es ihm langweilig, und er greift nach dem Anorak, den er in der Sonne ausgezogen hat. Harry zieht Maries Pass aus der Innentasche, wo er ihn aufbewahrt, und klappt ihn auf, um ihr Foto zu betrachten. Morgen um diese Zeit wird sie ihn wieder mit diesem Lächeln ansehen. Sie werden vielleicht hierher kommen oder nach Doe Castle fahren. Oder auch zu dem geheimen Strand. Paddy wird wieder mit Brian im Boot rausfahren müssen oder so, damit sie sein Fahrrad haben können.

Harry will gerade aufstehen und sich auf den Rückweg machen, als er plötzlich Stimmen hört. Die Stimmen eines Mannes und einer Frau. Dieses Paar denkt wahrscheinlich auch, es wäre ganz allein auf der Welt. Es muss wohl noch einen anderen Weg zum Strand hinunter geben. Wahrscheinlich haben die beiden dort irgendwo ihr Auto abgestellt. Zuerst scheinen sie sich ganz normal zu unterhalten, obwohl Harry nicht verstehen kann, was sie sagen. Dann wird die Stimme der Frau auf einmal lauter, durchschneidet den beschwichtigenden, vibrierenden Bass des Mannes und erhebt sich zu einem schrillen Kreischen, so ähnlich wie in diesen experimentellen Opern, die man auf BBC 2 zu sehen bekommt. Als die beiden näher kommen, kann Harry geschrieene Bruchstücke ausmachen.

»... glaubst wohl, du kannst mich für dumm verkaufen ... weiß sehr genau, was du mit diesem kleinen Luder vorhast ... wie einen alten Lumpen ... bist du aber total auf dem Holzweg ... was du kannst, das kann ich nämlich auch ...«

Die Stimme der Frau, obgleich vor Wut verzerrt, kommt Harry irgendwie bekannt vor. Aber es ist das unverständliche Gemurmel des Mannes, das Harry als Erstes erkennt, allein schon an seinem Timbre. Schließlich hat er in unzähligen Predigten eine wahre Kunst daraus gemacht, die einzelnen Worte zu ignorieren und zu einem monotonen Geleier zusammenfließen zu lassen. Es ist Reverend McLeods Stimme. Und die Frau ist nicht seine Ehefrau; dies ist kein Streit zwischen Eheleuten. Harry ist an die Auseinandersetzungen seiner Eltern gewöhnt, geduldig ertragene, aufgeblähte Dinge, die meistens ruhen, unterschwellig, die man erraten muss wie Wale, die direkt unterhalb der Meeresoberfläche treiben und träge gegeneinander stoßen. Dieser Streit hier hat dagegen etwas Spannungsgeladenes, Gefährliches an sich. Er könnte zu allem Möglichen führen.

Harry kriecht auf Händen und Knien vorwärts und teilt den Strandhafer. McLeod kommt unterhalb der Düne in sein Blickfeld, während er mit raschen Schritten zum anderen Ende des Strandes geht und sich alle paar Meter die Haare aus der Stirn streicht, ohne zurückzublicken. Wo ist die

Frau? Menschenskind, Paddy wird die Kinnlade runterklappen, wenn er das hier hört! McLeod muss eine Affäre mit einer anderen Frau haben.

»Was machst du denn hier?«

Harry fährt mit einem Ruck herum. Mrs. Bryce steht hinter ihm in der Mitte der Vertiefung. Sie trägt ein geblümtes Baumwollkleid und hält ihre Schuhe in der Hand. Anscheinend ist sie den Sandpfad vom Strand heraufgekommen. Ihr Gesicht wirkt seltsam zerknittert, und ihre Lippen zucken, als versuchte sie krampfhaft, sich zu beherrschen und nicht in Tränen auszubrechen.

»Nichts.«

»Hast du uns etwa nachspioniert?«

»Wir sind alle hier«, erwidert er.

»Oh Gott!« Mrs. Bryce klettert zum Kamm der Düne hinauf, um zum anderen Ende des Strandes zu blicken.

»Nicht hier. Drüben hinter dem Hügel, bei Falcarragh. Ungefähr eine Meile entfernt.«

»Was machst du dann hier?«

»Ich hab 'nen Spaziergang gemacht.«

Sie stößt einen tiefen, zittrigen Seufzer aus und wendet sich wieder zu Harry um. »Ich nehme an, du hast alles gehört.«

»Nein.«

»Natürlich hast du alles mitbekommen. Das kann ich doch an deinem Gesicht sehen. Ich habe ja schließlich auch wie eine Wahnsinnige geschrien.« Sie beschattet ihre Augen gegen die Sonne und blickt den Strand entlang, während ein Schuh von ihrer Hand herabbaumelt. McLeods Gestalt verschwindet gerade in den Dünen am anderen Ende des Strandes. Sie ist offensichtlich hier heraufgekommen, um zu sehen, ob er wieder umkehren und zu ihr zurückkommen wird. Plötzlich stampft sie so heftig mit dem Fuß auf, dass

Harry den Sand beben fühlt. Sie beugt ungeschickt die Arme und schleudert ihre Schuhe, so weit sie kann. Was aber nicht sonderlich weit ist, nur ungefähr halb die Düne hinunter. Dann stößt sie einen erstickten, gepresst klingenden Laut aus, wie jemand, der am liebsten obszön fluchen würde, lässt sich auf die Knie fallen, verzieht das Gesicht wie ein Kind und fängt an zu schluchzen.

Harry blickt verlegen weg. Er glaubt zu hören, wie hinter den Dünen ein Automotor angelassen wird, aber das ist schwer zu sagen, weil Mrs. Bryce so laut schluchzt. Nach einer Weile verebbt ihr Schluchzen zu einer Art Stöhnen, das von irgendwo aus der Ferne zu kommen scheint, ähnlich wie das Brummen der Staubsauger neulich im Hotel.

»Alles in Ordnung mit Ihnen?«, fragt Harry.

»Bildet sich ein, er könnte mich wie einen alten Lumpen wegwerfen. Der Scheißkerl!« Sie zieht die Knie hoch, legt die Arme darum, vergräbt ihr Gesicht in den Armen und beginnt abermals zu schluchzen, während sie am ganzen Körper zittert. Es scheint sie nicht zu kümmern, dass durch diese Körperhaltung ihre weißen Schenkel entblößt werden. Sie trägt keine Strümpfe. Harry blickt erneut weg, so als ob er am Horizont etwas äußerst Interessantes entdeckt hätte. Das Einzige, was er tun muss, ist, sich etwas Vernünftiges einfallen zu lassen und abzuhauen. Das dürfte nicht allzu schwierig sein. Er räuspert sich.

»Ich gehe jetzt wohl besser, sonst verpasse ich die Grillfete.«

»Geh noch nicht!« Mrs. Bryce blickt wieder auf. Ihre Wimperntusche ist heruntergelaufen und hat sich in dunklen Flecken unter ihren Augen abgesetzt, was ihr das Aussehen eines Pandas verleiht. »Du hast wohl nicht zufällig ein Taschentuch dabei, oder?«

»Nein, tut mir Leid.«

»Ich muss katastrophal aussehen.«

»So schlimm nun auch wieder nicht.«

Sie schnieft. »Steh nicht wie ein Ölgötze da, Harry. Komm her und setz dich.«

»Ich muss jetzt wirklich gehen. Ehrlich!«

»Nur für einen Moment. Ich muss einfach mit jemandem reden.«

Harry hockt sich linkisch neben sie in den Sand, wo es windgeschützt ist. Mrs. Bryce kramt in ihrer Handtasche herum und holt eine Schachtel Benson & Hedges heraus. Sie öffnet sie mit zitternden Fingern, steckt sich eine Zigarette zwischen die Lippen und gibt auch Harry eine. Na schön, denkt Harry, drei Minuten, um diese Lulle hier zu rauchen, und dann werde ich schleunigst 'nen Abgang machen. Er nimmt sein Feuerzeug aus der Tasche und gibt Mrs. Bryce Feuer. Seine Hand ist plötzlich ganz ruhig beim Anblick ihrer zitternden Finger. Als sie sich über die Flamme beugt, fällt eine Träne von ihren schwarz verschmierten Wimpern herab und landet als dunkler Klecks auf seinem Handrücken.

Sie zieht gierig an der Zigarette und stößt dann den Rauch aus, ohne ihn zu inhalieren, als ob sie es gar nicht abwarten könnte, sich ihren Kummer von der Seele zu reden. »Wenn ich doch bloß nicht zu schreien angefangen hätte!« Sie starrt blicklos geradeaus. »Ich habe völlig den Kopf verloren. Es hat mich einfach auf die Palme gebracht, wie er den Gelassenen gemimt hat. Als ob man bei alledem, was mich wütend gemacht hat, sachlich und vernünftig bleiben könnte. Dir ist wahrscheinlich klar, was los ist.«

»Ja, sicher«, sagt Harry leichthin. »Sie ... Sie haben eine Affäre mit Reverend McLeod.«

»Richtig. Genauer gesagt, ich hatte eine. Er will die Sache beenden.« Sie zieht an ihrer Zigarette. »Behauptet, es wird allmählich zu gefährlich und dass es garantiert herauskommen wird und so weiter. Aber der wahre Grund ist, dass er ein Auge auf eine andere geworfen hat, die sehr viel jünger ist als ich. Und jetzt will er mich aus dem Weg haben.« Sie blickt auf die Schafsköttel auf dem Boden und nickt langsam, als ob die so etwas wie ein Beweis wären. »Er ist widerwärtig, ein mieser kleiner Wurm. Aber dem werde ich's zeigen!«

»Ist es denn dann nicht ein Glück für Sie, dass Sie ihn los sind?«

Sie wendet sich zu Harry um und blickt ihn an, als ob sie ihn zum ersten Mal sähe. »Er ist der einzige Grund, weshalb ich jedes Jahr in diesen verdammten Ort komme. Ich verbringe meine Zeit damit, mich auf den Sommer zu freuen, und wenn ich dann hier bin, kann ich es nicht genießen, weil mir davor graut, wieder abreisen zu müssen. Es ist lächerlich, wirklich.« Sie lacht bitter. »Morgen werden es vier Jahre. Dabei gehört mir die Gegenwart und alles. Herrgott!«

»Macht es seiner Frau nichts aus?«

»Sie weiß nichts von unserer Affäre. Oder vielleicht will sie auch nichts davon wissen.«

»Und Ihr Mann?«

»Das Gleiche. Das ist also die Situation. Die ganze jämmerliche, beschissene Situation. Ziemlich schockierend, nicht?«

»Nein.« Harry schnaubt auf eine, wie er hofft, verächtliche Art.

»In Kilmartin passiert so was andauernd, wie?«

»Na ja, also unser Pfarrer bekam eine Zeit lang haufenweise anonyme Briefe. Er setzte die Polizei auf die Sache an, und sie fanden heraus, dass die Briefe von der Frau des Postmeisters stammten. Sie versuchten, die Sache zu vertuschen, aber es kam natürlich heraus. Die Frau ist vierundachtzig.«

»Ich verstehe. Na ja, vielleicht doch nicht ganz das Gleiche.«

»Nein, vielleicht nicht.«

»Schläfst du mit Marie?«

»Ja.« Harry hat ganz spontan geantwortet, ohne nachzudenken. Er spürt, wie er rot wird.

»Hier?«

»Nein.«

»Dir ist hoffentlich klar, dass ich ruiniert bin, wenn du irgendjemandem erzählst, was du weißt.«

»Ich werde es niemandem erzählen.«

»Ich habe dich schon immer gemocht, Harry. Du hast etwas an dir, was dich anders macht als die anderen.« Sie betrachtet ihn jetzt forschend, während ihr Blick auf beunruhigende Weise von Harrys einem Auge zum anderen wandert. »Du findest doch nicht, dass ich eine alte Schachtel bin, oder?«

Tatsache ist, dass ihr Gesicht aus nächster Nähe betrachtet genauso aussieht – wie das einer alten Schachtel, mit Tränensäcken unter den Augen, Krähenfüßen in den Winkeln und der Andeutung eines Doppelkinns.

Harry zuckt unwillkürlich zusammen, als sie plötzlich mit einer Hand über den Reißverschluss seiner Jeans streicht. Sie zieht ihre Hand wieder zurück, und auf ihrem Gesicht erscheint so etwas wie ein Ausdruck von Ängstlichkeit. Es ist totenstill zwischen den Dünen. Harry könnte jetzt einfach aufstehen und weggehen, aber er tut es nicht; er rührt sich nicht von der Stelle, sitzt einfach nur reglos da und sieht Mrs. Bryce an. Und dann hellt sich ihre Miene auf. Ihr Gesicht taucht ganz nahe vor seinem auf, die Krähenfüße in ihren Augenwinkeln zitternd vor Anstrengung, die Augen geschlossen zu halten, und er fühlt, wie ihre Hand den Reißverschluss an seinem Hosenschlitz herunterzieht.

»Harry! Harry, wo bist du?« Paddys Stimme irgendwo in den Dünen. Mrs. Bryce reißt die Augen auf und starrt in Harrys Gesicht, ihrs so dicht vor seinem, dass er die grünen Sprenkel in ihrer blauen Iris sehen kann. Einen Moment lang liegen sie wie erstarrt.

»Harry!« Diesmal aus größerer Nähe. Mit plötzlichem Ärger versetzt Mrs. Bryce Harry einen Stoß, und er zieht sich unbeholfen zurück. Dann sind sie beide mit einem Satz auf den Beinen, fuchteln und hüpfen schweigend herum wie Schattenboxer, während sie verzweifelt mit ihren Kleidern kämpfen.

»Harry!« Paddy scheint sich wieder von ihnen fortzubewegen. Harry richtet sich auf, sein Atem keuchend. Mrs. Bryce macht alle möglichen Verrenkungen, während sie mit dem Reißverschluss im Rücken ihres Kleides kämpft. Harry macht einen Schritt auf sie zu, um ihr zu helfen, aber sie schüttelt den Kopf und runzelt unwillig die Stirn, ohne aufzublicken. Plötzlich erscheint ihm seine Absicht als unmöglich vertraulich. Sie zieht den Reißverschluss selbst hoch, und als sie sich aufrichtet, treffen sich ihre Blicke. »Du wartest hier noch eine Weile«, sagt sie.

Er nickt wortlos, und sie geht zum Rand der Düne.

»Harry!« Abermals Paddys Stimme, jetzt aus unmittelbarer Nähe. »Mrs. Bryce!«, ruft er. »Haben Sie Harry gesehen?«

Harry schnappt sich seinen Anorak und läuft den Pfad zwischen den Dünen hinunter. Als er unten angekommen ist, sieht er, wie Mrs. Bryce sich abwendet und mit ihrem leicht watschelnden Gang zum anderen Ende des Strandes strebt, ihre Schuhe wieder in der Hand. Paddy blickt ihr nach, wie sie davoneilt.

»Was soll denn der ganze Wirbel?«, sagt Harry zu Paddys Rücken.

»Und du bist dir ganz sicher, dass Marie morgen kommt?«, fragt Paddy.

»Willst du wetten?«

»Nein. Ich hoffe sehr, dass sie kommt. Ganz ehrlich. Dann wirst du endlich aufhören, Trübsal zu blasen und wie ein kranker Hund herumzuschleichen.«

»Das klingt nach Brian.«

»Stimmt. Seine Worte.«

»Der hat doch keine Ahnung.«

»Also, ich selbst hab heute auch gedacht, dass du's ein bisschen zu weit getrieben hast. Du hättest sie sehen sollen, wie sie losgestürzt sind, wie eine Schar kopfloser Hühner. Ich hab ihnen erklärt, was Sache ist, habe ihnen gesagt, Harry geistert nur irgendwo rum und träumt vor sich hin. Und das hast du ja auch getan, wie du da am Strand entlanggewandert bist wie ... wie Sir Patrick Spens, oder wer auch immer der Spinner war.«

»Ich konnte die ganze Blase einfach nicht mehr ertragen, um ehrlich zu sein.«

»Deine Mutter war echt in Sorge um dich. Sie dachte, du wärst schon auf halbem Weg nach Tory, oder die Haie hätten dich erwischt.«

»Ach, Mann, sie macht sich immer viel zu viele Sorgen!«

»Es war das vermasselte Picknick, was alle am meisten aufgeregt hat. Als die Eier verbrannten, weil dein Dad loszog, um eine Telefonzelle zu suchen. Das ist das, was Brian so enorm geärgert hat. Du weißt ja, wie sehr er Grillfeten mag und dass er zu Hause nie eine bekommt. Deshalb fing er an, große Reden zu schwingen und sich aufzublasen.«

»Ach, tatsächlich?«

»Er sagte, du solltest endlich aufwachen und erwachsen werden.«

»Der und sein ewiger Pfadfinder-Schwachsinn!«

»Was meinst du damit?«

»Immer nur in Booten herumhängen. Mit einem Haufen kleiner Kinder Kricket spielen.«

Paddy schweigt, während er Harrys Worte verdaut.

»Dann hast du also etwas wirklich Erwachsenes gemacht?«

»Könnte man so sagen, ja.«

»Hast wahrscheinlich in den Dünen gelegen und dir einen runtergeholt.«

»Das denkst aber auch nur du. Ich war nicht allein.«

»Du erwartest doch wohl nicht von mir, dass ich dir das abkaufe, oder?«

»Mach doch, was du willst.«

21

Als Harry am nächsten Morgen aufwacht, stürmen die Gedanken, die er mit aller Macht verdrängt hatte, wieder auf ihn ein, und er wälzt sich schweißgebadet im Bett herum. Wie hat er das bloß tun können? Wie hat er sich nur auf etwas derart Idiotisches einlassen können? Als ob er nie in Marie verliebt gewesen wäre. Als ob sein Verstand abgeschaltet gewesen wäre oder durch irgendetwas außer Kraft gesetzt. Gott im Himmel! Und Mrs. Bryce hat es nur getan, um ihn zum Schweigen zu bringen, sie hatten sich ja noch nicht mal richtig ausgezogen.

Es war ziemlich schnell klar, dass die ganze Sache ein Fehler war, aber es war trotzdem zu spät gewesen, während sie ungeschickt herumhantierten und mit Armen und Beinen zusammenstießen wie bei einem Tanz, bei dem beide Partner zu führen versuchen. Schließlich hatte Mrs. Bryce Harry auf sich gezogen; wahrscheinlich eher aus Verzweiflung als aus irgendeinem anderen Grund. Wenn sie doch bloß die Augen geschlossen gehalten hätte, oder er. Es war der Ausdruck in ihren Augen gewesen, bei dem ihm alles vergangen war. Als er ihr in die Augen gesehen hatte, hatte sie seinen Blick nüchtern und leidenschaftslos erwidert. So wie damals die Krankenschwester, als er als kleines Kind mit einem gebrochenen Bein im Krankenhaus gelegen hatte. Sie hatte ihn mit genau dem gleichen unbeteiligten Ausdruck angesehen, als sie ihn aufs Töpfchen gesetzt hatte. Bist du schon fertig? Und er war nicht in der Lage gewesen, weiterzumachen, es war ihm so sinnlos erschienen.

Vielleicht zählt es dann nicht wirklich, denkt Harry. Er dreht sich auf den Bauch, um nach dem Astknoten im Holz zu suchen, der ihn immer an Maries Lächeln erinnert. Da ist er. Dieser weiche, zärtliche Ausdruck, den sie manchmal hat, wenn sie mit den anderen zusammen sind und er ihren Blick auffängt. Dann senkt sie ganz leicht den Kopf und lächelt ihn an, und er weiß, dass auch sie an die Male denkt, die sie miteinander geschlafen haben. Wie anders das ist, wenn er mit Marie schläft, mit all den Küssen und den Zärtlichkeiten. Wie vertraut ihm ihr Körper ist, als ob ihr Körper und seiner Äste desselben Baums wären. Verdammt! Er wälzt sich sorgenvoll auf die andere Seite.

»Kannst du nicht endlich Ruhe geben, verdammt noch mal, und einen schlafen lassen?«, murmelt Paddy.

Harry dreht sich auf den Rücken und starrt mit weit aufgerissenen Augen an die Zimmerdecke. Die Hauptsache ist jetzt, dafür zu sorgen, dass Marie niemals dahinter kommt.

Nach dem Frühstück klemmt Harry *Der Herr der Ringe* auf den Gepäckträger seines Fahrrads und fährt zum Hotel. Er sieht auf dem Parkplatz nach, ob der Citroën schon da ist, dann fährt er wieder die Auffahrt hinunter, lehnt sein Fahrrad an die Mauer gegenüber und hockt sich obendrauf, um zu warten, außer Reichweite des Hotelmanagers. Von hier aus kann er die gesamte Straße nach Dunbreaghy sehen, von wo die Fischers kommen werden.

Er blättert in seinem Buch, auf der Suche nach der Stelle, an der er das letzte Mal zu lesen aufgehört hat, aber er kann sich nicht konzentrieren, und schließlich legt er das Buch wieder beiseite. Das Wetter ist noch immer schön, aber es weht ein böiger Wind, der an seinem Pullover zerrt.

Eine innere Stimme piesackt ihn unentwegt. Du liebst Marie nicht, sagt sie, du kannst sie gar nicht lieben, sonst hättest du niemals mit Mrs. Bryce geschlafen. Wenn du Marie wiedersiehst, wirst du absolut nichts mehr für sie empfinden. Du wirst dir alle möglichen Ausreden ausdenken müssen, weil du keine Lust haben wirst, an den Tagen bis zu ihrer endgültigen Abreise mit ihr mit dem Rad rauszufahren. Du wirst froh sein, wenn sie wieder zurück nach Frankreich fährt, und du wirst ihr niemals schreiben. Harry unterdrückt die innere Stimme. Sei still, sagt er, das stimmt doch alles gar nicht, mein Herz fließt doch über vor lauter Liebe zu Marie. Aber was, wenn die Stimme doch Recht hat? Er versucht, in sich hineinzuhorchen und sein Innerstes zu ergründen, aber es ist, als tauchte man in trübem Wasser. Er wird erst dann wissen, wie es wirklich um seine Gefühle bestellt ist, wenn Marie kommt. Trotz des frischen Windes tritt ihm Schweiß auf die Stirn.

»Herrliches Wetter heute, nicht?«, sagt plötzlich eine Stimme neben ihm. Harry fährt der Schreck durch alle Glieder. Es ist Mr. Bryce, wieder auf dem Weg zum Golfplatz. Er lehnt sich leutselig gegen die Mauer. »Sieh dir bloß diese Farben an. Wie auf einer Ansichtskarte. Ein perfekter Tag zum Malen. Liz konnte es gar nicht erwarten, aus dem Haus zu kommen und wegzufahren.«

»Haben Sie schon jemals eines ihrer Bilder gesehen?«, fragt Harry, ohne nachzudenken.

»Kaum jemals, um die Wahrheit zu sagen. Sie ist sehr empfindlich in Bezug auf ihre Bilder.« Mr. Bryce lächelt noch immer, aber seine Stirn ist in Falten gelegt, als ob er Kopfschmerzen hätte. Harry sieht sich suchend um, um das Thema zu wechseln.

»Diese Kühe da genießen die Sonne ganz sicherlich«, meint er. Eine Herde von Friesländern sonnt sich auf einer kleinen grasbewachsenen Landspitze ein kurzes Stück weiter die Straße hinauf, während die Kühe träge mit den Schwänzen schlagen.

»Mach bloß nicht den Fehler, zwischen ihnen hindurch zum Strand runtergehen zu wollen«, sagt Mr. Bryce. »Dieser kräftige schwarze Bursche da ist nämlich ein Bulle.«

»Wirklich?«

»Ich wette, du glaubst, er führt ein Leben wie Gott in Frankreich, als einziger Bulle unter all den Kühen. Aber das ist ein Riesenirrtum. Absoluter Stress, so sieht das aus. Die armen Tiere sind vollkommen ihren sexuellen Instinkten ausgeliefert. Du solltest mal ihre Augen sehen, wenn sie eine Kuh bespringen. Totale Panik. Es ist für sie kein Vergnügen, das kann ich dir flüstern. Wir Tierärzte tun den Jungen wirklich einen Gefallen, wenn wir sie von ihren Qualen erlösen.«

»Die armen Viecher.«

»Nicht erlösen im Sinne von einschläfern, das meine ich nicht. Ich habe damit gemeint, wenn wir sie kastrieren.« Mr. Bryce lacht. »Kein Grund, einen knallroten Kopf zu bekommen, Harry. Wir Menschen sind in der Beziehung ja Gott sei Dank anders.« Er winkt vergnügt mit seinem Stock und schlendert weiter die Straße hinunter.

Ein Geräusch in der Luft, ein fernes, vertraut klingendes Brausen. Harry springt mit einem Satz auf die Mauer. Der graue Citroën saust wie ein Windhund die Straße von Dunbreaghy entlang, bewegt sich um die Kurve unterhalb des Hauses der Moores und kommt dann geradewegs auf Harry zu. Zwei Köpfe hinter der Windschutzscheibe; kann es sein, dass sie Marie zurückgelassen haben? Nein, da ist noch ein dritter Kopf, der zwischen den beiden anderen hindurchspäht, eine winkende Hand, und dann lächelt Marie zum Seitenfenster hinaus, als der Wagen abbremst und in die Auffahrt zum Hotel einbiegt. Harry springt von der Mauer und eilt hinter dem Citroën die Auffahrt hinauf. Er hört, wie Autotüren geöffnet und wieder geschlossen werden, hört das Quietschen und Zuknallen des Kofferraumdeckels und Stimmen, die durcheinander reden. Als er oben ankommt, gehen Mr. und Mrs. Fischer gerade auf das Hotel zu. Marie steht neben dem Auto.

Sie sieht anders aus, älter, mit einer neuen Frisur, ihre Haare jetzt glatt zurückgekämmt. Sie trägt einen sehr schicken Tweedrock und eine dazu passende Jacke. Marie blickt Harry forschend und eindringlich an, ihre Arme vor der Brust verschränkt, ihre Stirn leicht gerunzelt, und die feinen Linien rechts und links von ihrem Mund, die sich vertiefen, wenn sie lacht, sind jetzt nur angedeutet. Um ihre Lippen spielt nur ein schwaches, zögerndes Lächeln. Sie sieht sehr verletzlich aus. Harry fühlt eine warme Woge von Liebe in seinem Inneren aufwallen. Wie hat er nur jemals an seinen Gefühlen für Marie zweifeln können?

»Lass uns irgendwo hingehen«, sagt er und greift nach ihrer Hand.

Sie geht mit ihm zur anderen Seite des Hotels, wo Paddys Fahrrad steht, und sobald sie außer Sichtweite sind, zieht Harry Marie in seine Arme und will sie küssen. Aber sie hält ihn auf Armeslänge von sich ab und sieht ihm in die Augen. »Fühlst du immer noch das Gleiche?«, fragt sie. »Bitte sag es mir, wenn es nicht so ist. Sag es mir jetzt sofort.«

»Mehr als je zuvor. Und du?«

Sie nickt, und sie küssen sich.

»Ich hatte solche Angst, dass du aufgehört hast, mich zu lieben. Du hast so ein komisches Gesicht gemacht.«

»Ich werde niemals aufhören, dich zu lieben.«

»Ich habe mir Sorgen gemacht, dass ich die ganze Liebe aufgebraucht hätte, weil ich so viel über dich nachgegrübelt habe, aber als ich dich vorhin gesehen habe, da wusste ich plötzlich, dass sich an meinen Gefühlen für dich nichts geändert hat.«

Sie küssen sich abermals.

»Hast du meinen Brief bekommen?«, fragt sie.

»Nein.«

»Ich wusste nicht genau, wie ich ihn adressieren sollte. Er ist wahrscheinlich verloren gegangen.«

»Du trägst ja Parfüm.«

»Es heißt *Tweed*. Ich habe es zusammen mit dem Kostüm bekommen. Mein Vater ist wütend wegen meines Passes. Er weiß, dass es nur ein Trick ist.«

»Wie lange bleibt ihr?«

»Bis Samstag. Wir haben also nicht viel Zeit. Ich sehne mich so danach, mit dir zu schlafen.«

»Können wir wieder an diesen Strand gehen?«

»Du meinst, an den Geheimen Strand?«

»Ja. Ich habe die ganze Zeit daran gedacht.«

»Heute Nachmittag? Dann wird Paddy uns einfach sein Fahrrad leihen müssen.«

»Marie!« Die Stimme ihrer Mutter. *»Viens, à table.«*

»Ich muss jetzt gehen, ich kann es mir nicht leisten, sie noch mehr zu verärgern. Komm nach dem Mittagessen zum

Hotel runter, und was immer du auch tust, vergiss um Gottes willen nicht meinen Pass.«

Harry flitzt die Treppe zu seinem und Paddys Zimmer hinauf. Sein Anorak hängt über dem Stuhl am Fenster. Er sucht in den Taschen nach. Fehlanzeige. Er stülpt die Taschen nach außen um, nur um ganz sicherzugehen, dann überprüft er, ob vielleicht etwas herausgefallen und irgendwo auf dem Fußboden gelandet ist. Kein Pass. Scheiße, Scheiße, Scheiße! Er muss noch in den Dünen liegen.

Hastig poltert Harry wieder die Treppe hinunter und stößt prompt mit Paddy zusammen, der gerade zur Haustür hereinkommt.

»Sag den anderen, dass ich zum Essen nicht da sein werde«, sagt er und rennt hinaus zu seinem Fahrrad.

In Dunbreaghy ist er gezwungen, langsamer zu fahren. Er hat den ganzen Weg von Port Braddan bis hierher auf den Pedalen gestanden, und jetzt hat er Seitenstiche. Seine Muskeln fühlen sich an, als ob sie einen Knoten hätten, so hart wie ein Knoten in einer Trosse. Harry ist schon seit einer Ewigkeit nicht mehr richtig stramm Rad gefahren oder geschwommen. Vielleicht spricht am Ende doch etwas dafür, regelmäßig Sport zu treiben. Auf der anderen Seite des Ortes fährt er die Hauptstraße nach links Richtung Falcarragh entlang, statt die Straße nach Horn Head zu nehmen. Er wird nach dem Feldweg Ausschau halten, den Mrs. Bryce und Reverend McLeod hinuntergefahren sein müssen. Das wird ihm den langen Fußmarsch durch die Dünen ersparen. Das Einzige, was ihm große Sorgen bereitet, ist, was er machen soll, falls der Pass nicht mehr in der Einbuchtung in den Dünen liegt. Falls Mrs. Bryce ihn irgendwie mit ihren Kleidern zusammengerafft hat.

Bitte, lieber Gott, lass ihn noch da sein! Ich werde auch nie wieder an deiner Existenz zweifeln.

Harry ist schon ziemlich spät dran, weil er sich in der Zeit verschätzt hatte, die er brauchen würde, um den New Lake zu umfahren. Harry ist diese Strecke noch nie zuvor mit dem Fahrrad gefahren, und der See ist doch sehr viel größer, als er einem vom Auto aus vorkommt. Aber er findet den Feldweg problemlos und holpert um all seine Kurven, bis der Weg vor einer Steinmauer endet. Dann trabt Harry im Dauerlauf über ein morastiges Feld, an dessen anderem Ende er den Strand sehen kann.

Der Pass liegt noch immer in der Einbuchtung zwischen den Dünen, dem Himmel sei Dank! Sein blauer Einband ist so deutlich sichtbar in dem grünen Gras, dass Harry in schwerer Bedrängnis gewesen wäre, wenn er Marie hätte erklären müssen, wie er den Pass einfach dort vergessen konnte.

Als er sich auf den Rückweg zu seinem Fahrrad macht, wälzen sich dicke dunkle Regenwolken vom Atlantik herüber. Zu dumm, dass er nicht daran gedacht hat, seinen Anorak mitzunehmen. Hoffentlich schafft er es, rechtzeitig nach Hause zu kommen, bevor es zu regnen anfängt. Harry ist fast schon wieder am oberen Ende des Feldwegs angelangt, als er ein Auto mit knirschenden Reifen herankommen hört. Harry steigt von seinem Rad, um das Auto vorbeifahren zu lassen. Er erkennt das blecherne Winseln des Motors, noch bevor der Wagen um die Kurve kommt. Es ist der Imp von Mrs. Bryce. Sie hält an und kurbelt das Seitenfenster herunter. »Was machst du denn hier?« Sie klingt ziemlich aufgebracht.

»Ich hab gestern was in den Dünen liegen lassen«, sagt er und klopft auf seine Tasche.

»Steht da unten irgendwo ein Auto?«

Sie meint sicherlich McLeods Wagen. »Nein.«

Mrs. Bryce dreht den Kopf weg und starrt ihre Hände auf dem Lenkrad an. Harry befürchtet, dass sie wieder in Tränen ausbrechen wird, und macht Anstalten, sein Fahrrad an dem Imp vorbeizuschieben.

»Steig ein, ich werde dich mitnehmen«, ruft Mrs. Bryce ihm nach. »Wir müssen sowieso miteinander reden.«

Wenn er mit dem Auto fährt, kann er die verlorene Zeit wieder aufholen und fast so bei Marie sein, als ob er zu Hause zu Mittag gegessen hätte. Vielleicht gelingt es ihm ja, die Unterhaltung auf das Wetter oder etwas in der Art zu beschränken. »Das wäre super«, sagt er. »Aber ich muss auch das Fahrrad mitnehmen.«

Mrs. Bryce muss aussteigen, damit der Sitz ein Stück vorgeschoben werden kann, um das Fahrrad ins Auto zu bekommen. Die einzige Art, wie es hineinpasst, ist mit dem Vorderrad über der Lehne des Beifahrersitzes, so dass Harry nichts anderes übrig bleibt, als sich darunter zusammenzukauern. Um über das Armaturenbrett hinweg nach draußen sehen zu können, muss er den Nacken gegen das Rad lehnen.

»Lass uns vernünftig sein«, sagt Mrs. Bryce, als sie den schmalen Feldweg entlang fahren. »Das Beste ist, diese Sache gestern einfach zu vergessen.«

»Genau das habe ich auch gedacht.«

»Ich war irgendwie in Panik. Ich konnte nicht mehr klar denken. Ich glaube, ich habe alles vermasselt. Du musst mich für eine schreckliche Frau halten.«

»Überhaupt nicht.«

»Wir vergessen die ganze Sache also einfach?«

Wenn sie doch bloß aufhören würde! »In Ordnung.«

»Gut, das wäre dann also geregelt.«

Sie versinken in unbehagliches Schweigen. Es fängt an zu regnen, zuerst in vereinzelten dicken Tropfen, die auf die

Windschutzscheibe platschen, dann in einem Pladdern, das sich rasch zu einem heftigen Trommeln auswächst. Mrs. Bryce wendet den Wagen und fährt zurück Richtung Dunbreaghy. Muckish Mountain taucht vor ihnen auf, zeigt sich flüchtig in den Bögen auf der Windschutzscheibe, die die Scheibenwischer freilegen und die sofort wieder von Regen verschleiert werden. Nach ein paar Meilen blinkt sie ein entgegenkommender Wagen mit der Lichthupe an. Mrs. Bryce verkrampft sich hinter dem Lenkrad und bremst ab, während sie angestrengt in den Rückspiegel starrt. Dann hält sie an, setzt rückwärts in eine Nebenstraße und fährt dann dem anderen Wagen nach zurück in die entgegensetzte Richtung.

»Ist das Reverend McLeod?«, fragt Harry. Aber Mrs. Bryce gibt keine Antwort, sondern beobachtet das Auto vor ihnen mit besorgtem Blick.

»Würden Sie mich einfach hier aussteigen lassen?«, fragt Harry. »Ich werde doch lieber mit dem Rad zurückfahren.« Aber sie holpern bereits wieder den Feldweg entlang. Schließlich hält der Imp, Stoßstange an Stoßstange mit dem anderen Wagen. McLeod springt aus seinem Auto und rennt zu dem Imp. Mrs. Bryce kurbelt ihr Fenster herunter, und McLeod steckt seinen Kopf herein und starrt mit finsterer Miene in den Wagen. Der Regen, der von seiner Glatze abprallt, sprüht ins Wageninnere. Harry kann spüren, wie ihm winzige Tröpfchen ins Gesicht spritzen.

»Was macht denn der Junge in deinem Auto?«

»Was geht dich das an?«

»Was geht hier vor?«

»Ich habe dich gewarnt.«

»Wovon redest du eigentlich?«

»Ich habe dir doch gesagt, wie du mir, so ich dir!«

»Ich muss jetzt zusehen, dass ich nach Hause komme«, sagt Harry voller Unbehagen.

McLeod zieht den Kopf aus dem Wagenfenster zurück, und Harry hört ihn um den Imp herumgehen. Dann wird plötzlich Harrys Tür aufgerissen, eine Hand packt ihn an den Haaren und zerrt ihn unsanft hoch. »Los, raus mit dir, du kleiner Dreckskerl!«

Der Schmerz ist entsetzlich. Harry versucht, sich an den Arm zu klammern, der ihn aus dem Auto zerrt. Es fühlt sich an, als ob ihm die Haare mitsamt den Wurzeln ausgerissen würden. Harry bekommt einen Fuß auf den Boden, dann den anderen. Aber McLeod lässt ihn noch immer nicht los. In seiner Verzweiflung zieht Harry blitzschnell sein linkes Knie hoch und rammt es McLeod mit aller Kraft zwischen die Schenkel. Der schraubstockartige Griff um seine Haare erschlafft augenblicklich, und McLeod bricht stöhnend auf der Kühlerhaube des Imp zusammen. Im nächsten Augenblick hagelt es Schläge auf Harrys Kopf und Schultern. »Was fällt dir ein! Wie kannst du es wagen!«, schreit Mrs. Bryce wütend. Harry wehrt ihre Schläge mit den Ellenbogen ab, verliert dabei aber das Gleichgewicht und fällt auf die Knie und dann mit dem Gesicht in eine schlammige Pfütze. Als er sich mühsam wieder aufrappelt, ist sein linkes Hosenbein am Knie zerrissen, sein Pullover ist völlig durchnässt und mit Schlamm verschmiert. Der Regen spült den Schmutz auf seiner Wange seinen Hals hinunter.

Mrs. Bryce steht über McLeod gebeugt und flüstert eindringlich auf ihn ein. Harry geht zu dem Imp und versucht, sein Fahrrad herauszuziehen, aber er schafft es nicht. Nach einem Moment hinkt McLeod leise stöhnend zu seinem Wagen zurück, steigt ein und fährt davon. Mrs. Bryce steigt wieder in den Imp und sitzt reglos da, während sie McLeod nachstarrt. Solange sie im Auto sitzt, kann Harry sein Fahrrad nicht herausholen. Sie trommelt mit den Fingern auf das Lenkrad, dann lässt sie plötzlich den Motor an und fährt so schnell davon, dass Harry eilig rückwärts springen muss. An der Einmündung zur Straße beugt sie sich zur Beifahrerseite hinüber und zieht die Tür zu. Dann saust der Imp davon, hinter McLeods Wagen her, noch immer mit Harrys Fahrrad auf dem Rücksitz.

»Verdammte Scheiße!«, flucht Harry. Er hinkt den Feldweg entlang Richtung Straße. Sein Knie tut höllisch weh. Es ist aufgeschürft und blutet. Der Regen läuft in Strömen über sein Gesicht, Pullover und Hose kleben pitschnass an seinem Körper, und in den Schuhen quatscht bei jedem Schritt das Wasser. Harry zieht Maries Pass aus seiner Hosentasche und steckt ihn in den Taillenbund seiner Hose, damit er einigermaßen trocken bleibt. Schließlich trifft er auf die Straße nach Dunbreaghy und eilt den Fahrbahnrand entlang, halb gehend, halb laufend. Nach einer Weile hört er ein Auto hinter sich und hält sofort den Daumen raus. Zu seiner Überraschung schaltet der Fahrer herunter und bremst. Harry dreht sich um. Die ungläubigen Gesichter von Mr. und Mrs. McClelland starren ihm aus dem Morris 1300 entgegen, als das Auto langsamer wird und neben ihm zum Stehen kommt. Harry öffnet die hintere Tür.

»Ich bin vom Rad gefallen«, erklärt er.

»Leg es in den Kofferraum«, erwidert Mr. McClelland.

»Es liegt aber da hinten auf dem Feldweg, eine ganze Strecke von hier.«

»Wir haben's nicht eilig. Es wird deinem Vater die Mühe ersparen, den ganzen Weg von Port Braddan herzukommen.«

»Nein, ehrlich, Sie kommen niemals den Feldweg runter, der Wagen wird garantiert im Schlamm stecken bleiben.«

»Na schön, wie du meinst.«

Sie fahren los.

»Also, dies ist ein echter Glückstreffer«, sagt Harry.

»Ich weiß nicht«, meint Mr. McClelland. »Die halbe Harbour Road scheint sich heute in dieser Gegend herumzutreiben.«

»Wir haben auch schon Reverend McLeod und Mrs. Bryce gesehen«, erklärt Mrs. McClelland.

»Ist das nicht dein Fahrrad?«, fragt Mr. McClelland plötzlich und tritt auf die Bremse.

Harrys Fahrrad lehnt an der Steinmauer links von der Straße. Mrs. Bryce muss es dort ausgeladen haben.

»Nein«, sagt Harry.

»Bist du sicher? Es sieht aber genau wie deines aus.«

»Nein, nein, das ist nicht mein Rad.«

»Na gut. Du musst es ja schließlich wissen, nicht?«

»Er hat doch gesagt, es läge auf dem Feldweg«, bemerkt Mrs. McClelland.

»Das hat er, allerdings.« Mr. McClelland beobachtet Harry im Rückspiegel, seine Augen von einem schlauen Ausdruck erfüllt. »Ich weiß nicht, was du ausheckst, Harry, und ich will es auch gar nicht wissen. Ich bin nur froh, dass du nicht mein Sohn bist und dass ich nicht dahinter kommen muss.«

Sie fahren schweigend weiter nach Dunbreaghy, wo Harry plötzlich fragt: »Sind Brian und Paddy mit dem Boot rausgefahren?«

»Soweit ich weiß, wollen sie heute Nachmittag rausfahren, sobald Gezeitenwechsel ist«, erklärt Mrs. McClelland. »Willst du mit?«

»Könnte ich eigentlich.«

Sie setzen Harry am unteren Ende des Feldwegs ab, der zu dem Moore'schen Haus hinaufführt. Als sie davonfahren, kommt Paddy gerade den Weg heruntergeradelt. Er hält an und steigt von seinem Rad.

»Was ist denn mit dir passiert?«, fragt er. »Wo ist dein Fahrrad?«

»Lass mal, das ist im Moment nicht weiter wichtig. Willst du heute mit Brian um Horn Head herum nach Falcarragh fahren?«

»Ja, wieso?«

»Würdet ihr mich und Marie mitnehmen? Drüben auf der anderen Seite ist ein Strand, an dem ihr uns absetzen könntet.«

»Und wo wir euch dann wieder abholen sollen?«

»Ja.«

»Tja, da wirst du Brian fragen müssen.«

»Wartet unten am Strand auf uns. Ich muss mich nur eben umziehen. Ach, leih uns doch noch mal dein Fahrrad, dann geht es schneller.«

»Und wie soll ich dann zum Strand runterkommen?«

»Nur noch dieses eine Mal. Bitte, Paddy!«

Harry radelt den Weg hinauf und lehnt das Fahrrad an die Hauswand. Dann blickt er quer über die Felder zurück. Paddy steht auf dem Kuhpfad, die Hände in den Hosentaschen, und starrt auf den Boden, während er irgendetwas mit der Schuhspitze anstupst. Wahrscheinlich auf der Suche nach einem Stein. Na los, mach schon, wirf ihn, du Riesenbaby! Paddy bückt sich leicht, zögert, dann richtet er sich wieder auf und geht weiter.

Harry ist im Bad verschwunden, bevor seine Mutter reagieren kann.

»Harry? Dein Essen steht auf dem Herd«, sagt sie draußen vor der Badezimmertür.

»Ich habe keinen Hunger, Mum, ich bin schon so gut wie weg.«

»Ist Marie wieder da?«

»Ja.«

»Oje!«

Harry ist schon fast am Hotel, als er plötzlich merkt, dass er Maries Pass in seiner anderen Hose vergessen hat.

22

Sie tuckern aus dem Hafen. Harry und Marie sitzen auf der mittleren Bank, mit dem Rücken zu Paddy, der im Bug hockt, und gegenüber von Brian, der neben dem Außenbordmotor sitzt. Es herrscht eine langsame, aber ziemlich starke Dünung, die das Boot in großen Schwüngen anhebt und wieder herabsinken lässt, während es sich quer durch die Wellen in Sheephaven Bay bewegt. Der Wind schert die Gischt von den Kämmen der Brecher und weht sie in einem feinen Sprühregen über den Bug, so dass sie alle durchnässt sind. Harry hat einen Arm um Marie gelegt, mit seiner freien Linken hält er ihre Hand in ihrem Schoß umfasst. Marie lässt eine Schachtel Kent herumgehen und erzählt den Jungen von ihrer Reise nach Galway und Kerry. Sie ist überrascht, als sie hört, dass noch keiner von ihnen jemals so weit im Süden war. Brian erklärt, er sei schon in Holland, Dänemark und Deutschland gewesen, in Irland aber noch nie weiter südlich als Sligo. Harry sind die Orte, von denen Marie erzählt – Galway Town, Limerick und Killarney – so fremd, dass sie ebenso gut Paris, Lyon oder Straßburg sein könnten.

»Wieder mal Prods und Micks?«, fragt sie.

»Ich glaube schon«, erwidert Harry.

Sie erzählt ihnen von dem Hotel in Galway, wo sie mit ihren Eltern gewohnt hat, und wie ihr Vater eines Abends eine Flasche Wein bestellte und sich das gesamte Personal auf die Suche nach einem Korkenzieher machte; sie erzählt, wie sie in Aran-Pullovern und Tweedröcken für einen Katalog fotografiert wurde und dass der Fotograf immer eine eingetopfte Fuchsie in seinem Kombi herumfuhr, die er bei jedem Foto als Dekoration im Vordergrund aufstellte, ganz gleich, ob die Aufnahmen nun an einem Strand gemacht wurden, im Hochmoor oder vor einer alten Bauernkate. Und sie berichtet von der heftigen Auseinandersetzung, die sie mit ihrem Vater wegen der Rückkehr nach Dunbreaghy hatte.

»Nicht Dunbreaghy, sondern Port Braddan«, korrigiert Harry.

»Aber das Hotel heißt doch das *Dunbreaghy.*«

»Deshalb also ist dein Brief nicht angekommen.« Harry dreht sich um und nickt Paddy zu. Siehst du? Ich hab's dir ja gesagt.

»Apropos Auseinandersetzungen«, sagt Brian. »Das hätte ich beinahe vergessen. Im Haus der Bryces hat's vorhin einen mörderischen Streit gegeben. Wir saßen gerade beim Mittagessen, und Mr. Bryce brüllte so laut, dass wir jedes Wort hören konnten. Meinen Leuten war das furchtbar peinlich, und sie haben versucht, zu tun, als ob überhaupt nichts wäre, aber er brüllte unentwegt weiter. Dreckskerl dies und Luder das, und was weiß ich noch alles. Und irgendwas von einem Strand, an den sie immer geht. Mrs. Bryce muss eine Affäre mit jemandem haben, und sie hat sich mit dem Mann anscheinend an diesem Strand getroffen, wenn sie angeblich irgendwo zum Malen hingefahren ist. Ich hatte echt Mühe, nicht laut loszulachen. Es war genauso, als ob man einen Film im Fernsehen sieht, und dann kommt die tolle Sexszene. Nur dass sie die Szene diesmal nicht abschalten konnten.«

»Sie war neulich an diesem Strand, an dem Harry auch war. Aber es war niemand bei ihr«, sagt Paddy. »Außer Harry, natürlich. Du musst sie doch gesehen haben?«

»Nein«, erwidert Harry.

Sie schippern um die Klippen von Little Horn herum, die

dunkel im Sog der Flut glänzen, und dann öffnet sich vor ihnen der felsige Schlund von Skate Bay.

»Das hier ist die Stelle, wo wir zu Anfang der Ferien um ein Haar gekentert wären«, sagt Harry. »Jetzt kommt es mir so vor, als ob das schon eine Ewigkeit her wäre.«

»Hast du eine Ahnung, wer der Mann ist?«, fragt Marie.

»Nein. Ein Dreckskerl, das ist alles, was ich gehört habe«, erwidert Brian.

»Sie war gerade dabei, ihre Sachen ins Auto zu packen, als wir vorbeigekommen sind. Sah ganz so aus, als ob sie abreisen wollte. Ich habe sie angesprochen, aber sie hat keine Antwort gegeben. Ich fand das irgendwie komisch. Du nicht auch, Harry?«

»Ich hatte alle Hände voll zu tun, um zu verhindern, dass wir mit dem Fahrrad auf die Straße stürzten«, sagt Harry und dreht sich zu Paddy um. »Du solltest mal die Bremsen an deinem Rad nachsehen. Die kreischen ganz fürchterlich.«

»Es war ja auch nicht als Tandem gedacht«, erwidert Paddy.

»Was ist eigentlich mit deinem Fahrrad passiert, Harry?«, fragt Brian. »Mein Dad hat gesagt, es müsste eine interessante Geschichte sein. Sagte, er wäre froh, dass das nicht mir passiert ist, was immer es auch gewesen ist.«

»Nichts, wirklich. Ich bin einfach nur vom Rad gefallen, das ist alles.«

»Warte nur, bis du das hier hörst, Paddy«, fährt Brian munter fort. »Mum und Dad haben Harry vorhin in der Nähe von Falcarragh aufgelesen. Sie haben erzählt, er hätte ausgesehen, als ob er sich auf einen Ringkampf mit einem Bären eingelassen hätte. Hat behauptet, er hätte irgendwo auf einem Feldweg einen Unfall mit seinem Rad gehabt, war es nicht so?«

»Nicht ganz«, erwidert Harry.

»Jedenfalls fahren sie ungefähr eine Meile weiter die Straße entlang, und da steht plötzlich sein Fahrrad, an eine Mauer gelehnt. Harry hat behauptet, es wäre nicht sein Rad, aber es war ganz eindeutig seines, weil es diesen albernen Aufkleber auf dem Schutzblech hatte. So 'nen 007-Sticker, als ob James Bond in all seinen Filmen damit fahren würde.«

»Und das war heute?«, fragt Marie.

»Ja, heute, irgendwann um die Mittagszeit«, erklärt Brian. »Hat Harry dir denn nicht davon erzählt?«

»So interessant ist die Sache nun auch wieder nicht«, sagt Harry.

»Also, ich finde, wie dein Fahrrad von dem Feldweg eine Meile weiter die Straße raufgekommen ist, das ist fürs Erste schon mal interessant genug«, erwidert Brian.

»Darüber habe ich mir auch schon den Kopf zerbrochen«, erwidert Harry. »Jemand muss es gestohlen haben.«

»Von dem Feldweg?«

»Ja.«

»Wo bist du denn zu der Zeit gewesen?«

»Ich bin in den Dünen gewesen und habe nach etwas gesucht, was ich gestern dort vergessen hatte. Ein Buch. Zuerst bin ich vom Rad gestürzt, dann habe ich es liegen lassen und bin über die Dünen gegangen.«

»War das derselbe Strand, an dem du gestern warst?«, will Paddy wissen.

»Ja.«

»Und dieser Jemand hat dein Rad dann später einfach stehen lassen?«, fragt Brian. »Warum sollte er das tun?«

Harry zuckt die Achseln.

Brian lächelt Harry an, aber es ist das maliziöse Lächeln, das er immer bei seinen Eltern anwendet, bevor er etwas sagt, um sie zu ärgern. »Warum hast du meinen Eltern dann erzählt, das Fahrrad läge auf dem Feldweg?«

»Das habe ich nicht.«

»Doch, hast du. Das haben sie gesagt. Beide.«

»Hör mal, Brian, warum lässt du mich nicht einfach in Ruhe und kümmerst dich um deine eigenen Angelegenheiten?«

»Klar.«

Danach herrscht eine Zeit lang angespanntes Schweigen im Boot.

»Ich verstehe noch immer nicht, was du dort draußen auf dieser Straße gemacht hast«, sagt Marie schließlich.

»Ich erklär's dir später«, flüstert Harry. »Es hat mit deinem Pass zu tun.«

»Warum machst du dann so ein großes Geheimnis daraus?«

Harry lächelt nur und streichelt ihr die Hand.

Brian achtet weiterhin auf Great Horn, während er gelegentlich geringfügige Kurskorrekturen vornimmt, aber er spricht kein Wort und vermeidet es, die anderen anzusehen, als ob das Steuern seine gesamte Konzentration erforderte. Sie schippern ziemlich dicht an den Klippen entlang, um im Schatten des Windes zu bleiben, der vom Atlantik herüberweht.

»Du denkst wahrscheinlich, dass es meine Angelegenheit ist, euch im Boot mitzunehmen, wann immer du willst und wohin du willst«, sagt Brian schließlich, ohne Harry anzusehen. »Und wenn es dir nicht in den Kram passt, dann ist es Pfadfinder-Schwachsinn. So ist es doch, nicht?«

»Setz uns einfach an dem Strand ab, Brian. Du brauchst uns auch nicht wieder abzuholen. Wir werden zu Fuß zurückgehen.«

»Und noch etwas. Wegen deines Fahrrads. Dad hat gesagt, dass überhaupt nichts daran kaputt war. Dass es nicht verbeult war und nichts. Was immer das auch für ein Unfall war, den du gehabt hast, er hatte nichts mit deinem Rad zu tun.«

»Herrgott noch mal, jetzt fängst du schon wieder an! Ich hab dir doch schon mal gesagt, dass es dich nichts angeht, was ich mit meinem Fahrrad mache.«

»Und es geht wohl auch Paddy nichts an, wie?«

»Lass Paddy gefälligst da raus.«

»Es geht ihn nichts an, dass du einfach sein Rad nimmst und er den ganzen Weg zum Strand zu Fuß latschen muss, wie?«

»Hör endlich auf damit, ja? Ich kann schließlich nichts dafür, dass ich einen Unfall hatte.«

»Unfall, so ein Quatsch! Das glaubst du doch selbst nicht«, sagt Paddy.

Harry dreht sich zu ihm um. Paddys Gesicht ist bleich und angespannt. »Was weißt du denn schon darüber?«, sagt Harry ärgerlich. »Warst du vielleicht dabei?«

»Ich kenne dich, Harry«, erwidert Paddy mit leiser, gepresst klingender Stimme. »Ich habe doch gleich gewusst, dass du Marie vergessen würdest.«

Eine innere Stimme rät Harry, den Mund zu halten, aber zuerst will er Paddy auf den Platz verweisen, auf den er seiner Meinung nach gehört. »Halt die Klappe, Paddy«, sagt er, ebenfalls mit gedämpfter Stimme. »Du riskierst doch hier nur die dicke Lippe, weil du selbst in Marie verliebt bist.«

Paddy zuckt zusammen, als ob er geschlagen worden wäre. Es stimmt, denkt Harry überrascht. Wieso habe ich das eigentlich nicht schon eher gemerkt?

»Ich werd dir mal was sagen«, erwidert Paddy wütend. »Wenn Marie meine Freundin wäre, würde ich jedenfalls nicht so eine alte Schabracke wie Mrs. Bryce ficken!«

Brian gibt ein prustendes Geräusch von sich, dann beißt er sich auf die Lippen, ähnlich wie jemand, der auf einer Beerdigung beim Lachen ertappt wurde. »Menschenskind! Ich werd nicht mehr!«, murmelt er.

»Sie war diejenige, die mit dir in den Dünen war. Und Mr. Bryce ist dahinter gekommen und hat dich verprügelt«, fährt Paddy fort. »So muss dein so genannter Unfall passiert sein.«

»Falsch, total falsch«, erwidert Harry.

»Was ist denn dann passiert?«

Harry dreht sich wieder nach vorn um. Marie blickt ihn kopfschüttelnd an und versucht krampfhaft zu lächeln. Brian beobachtet ihn ebenfalls, sein Mund wieder zu diesem hinterhältigen Lächeln verzogen. Harry starrt auf den vibrierenden Fiberglasboden des Bootes. Irgendwo gibt es einen Satz, der die Situation retten wird. Er braucht nichts weiter zu tun, als ihn zu finden. Aber sein Verstand arbeitet schrecklich langsam. So langsam, wie wenn man in Wasser zu rennen versucht. Dann geht plötzlich ein heftiger Ruck durch das Boot, irgendetwas kracht mit einem dumpfen Aufprall von unten gegen den Boden, und dann heult der Motor auf, der plötzlich in die Luft ragt. Das Boot schwenkt scharf herum und schaukelt gefährlich. Brian greift hastig nach dem Außenborder, als er noch für einen flüchtigen Moment schief an einer Schraube hängt, doch er kann ihn nicht mehr halten. Der Motor reißt sich endgültig los und fällt platschend ins Meer. In der plötzlichen Stille hört Harry das Tosen der Brecher, die gegen die Klippen branden.

»Scheiße!«, flucht Brian. »Wir sind auf ein Riff unter Wasser aufgelaufen. Ich hab nicht aufgepasst. Das ist alles deine verdammte Schuld!«

Die Klippen schwanken direkt über ihnen. Das rettet mich wenigstens davor, jetzt gleich etwas erwidern zu müssen, denkt Harry. Ich kann mir irgendwas überlegen, während ich die Ruder heraushole. Sie liegen unter Maries Sitz. Harry steht auf, um an die Ruder zu kommen, aber das Boot senkt sich plötzlich ruckartig zur anderen Seite. Verdammt, Paddy ist auch aufgestanden! Der Boden des Bootes rutscht unter Harrys Füßen weg, und eine grüne Welle kommt hoch, um Harry mit sich in die Tiefe zu reißen. Kälte umhüllt ihn, und er versinkt in einer Wolke von Blasen. Wo ist das Licht? Er schluckt einen Mund voll Wasser. Seine Hand trifft auf die nassen Wedel von Seetang auf einem Felsen. Er stößt sich von dem Felsen ab, bekommt wieder Auftrieb. Jetzt kann er sehen, wie das Licht die Unterseite der Wellen mit glitzernden Flitterpartikeln übersät. Einen Moment später taucht er wieder an der Oberfläche auf und ringt keuchend nach Luft. Schleim spritzt aus seiner Nase und läuft an seinem Kinn herab. Er würgt ein paar Mal und hustet das Wasser aus seinen Lungen, es verbrennt ihm die Kehle mit dem bitteren Geschmack von Galle.

»Harree!« Marie beugt sich über den Bootsrand und streckt ihm die Hand hin. Er schwimmt zu ihr, wischt sich dabei das Gesicht ab, während seine Turnschuhe bei jeder Bewegung um seine Füße schlenkern. Er versucht, sich etwas Witziges einfallen zu lassen, etwas, das sie alle immer an die Situation erinnern wird, später, wenn alles überstanden ist. Das Dollbord des Bootes ist unnatürlich hoch.

»Vorsicht! Paddy hängt auf der anderen Seite. Er ist auch ins Wasser gefallen«, sagt Marie warnend, als Harry hinaufgreift, um das Dollbord zu packen und sich daran hochzuziehen. Das Boot senkt sich unter Harrys Gewicht, und er hängt dort eine Weile, während er Wasser tritt und wieder zu Atem zu kommen versucht. Jetzt fühlt er einen stechenden Schmerz an der Stelle, wo er beim Überbordfallen mit dem Schenkel gegen das Dollbord gestoßen sein muss.

»Alles in Ordnung mit euch beiden? Könnt ihr jetzt wieder ins Boot klettern?«, fragt Marie.

»Sind die Ruder da?«, will Harry wissen.

»Nur eines. Das andere ist über Bord gefallen.«

»Kannst du es irgendwo sehen?«, ertönt Paddys gedämpfte Stimme von der anderen Seite des Bootes.

»Nein ... das heißt, doch, ja, das da drüben könnte es sein. Aber es ist zu weit weg. Versuch bloß nicht, es zu holen!«

»Wir treiben von den Klippen weg«, sagt Brian. »Auf die See raus. Die Ebbe hat eingesetzt.«

»Wir werden das Boot verlassen und an Land schwimmen müssen, bevor es zu weit hinaustreibt«, erklärt Harry.

»Ich kann eine Stelle sehen, wo man an Land kann«, sagt Marie. »Es ist eine Art Kieselstrand.«

»Bevor wir losschwimmen, sollten wir besser Schuhe und Pullover ausziehen«, meint Harry. Er greift mit einer Hand zu seinen Füßen hinunter und zieht die Schnürsenkel auf. Seine Turnschuhe tauchen an der Wasseroberfläche auf. Dann zieht er seinen klatschnassen Pullover über den Kopf und hängt ihn über das Dollbord.

»Ihr könnt von mir aus machen, was ihr wollt«, sagt Brian. »Ich bleibe hier. Ich lasse das Boot nicht zurück.«

»Wir müssen«, sagt Harry. »Es wird immer weiter aufs offene Meer hinausgetragen.«

Das Boot schaukelt, und gleich darauf ertönt ein lautes Platschen. »Ich bin im Wasser«, ruft Marie. »Kommt!«

»Nun komm schon, Brian!«, ruft Harry.

»Ich bleibe hier«, erwidert Brian störrisch.

»Herrgott noch mal!«, schimpft Paddy. Das Boot schaukelt heftig.

»He, was soll denn das?«, brüllt Brian. »Du wirst das Boot umkippen!«

»Komm endlich raus aus dem Ding, verdammt noch mal«, ruft Paddy. »Wir müssen zum Ufer schwimmen. Jetzt!« Das Boot schaukelt abermals wild.

»Schon gut, schon gut.« Es ist ein weiteres Platschen zu hören, und dann liegt das Boot wieder etwas höher im Wasser. Harry stößt sich ab und schwimmt um das Boot herum. Eine Strecke weiter vor ihm kann er zwei Köpfe im Wasser sehen, vorne Maries und dahinter Brians. Harry krault hinter ihnen her. Sie schwimmen parallel zu den Klippen. Es ist ausgesprochen unangenehm, in Hemd und Hosen schwimmen zu müssen, es fühlt sich irgendwie noch kälter an mit dem voll gesogenen Stoff, der eng an der Haut klebt. Der Schock hat Harry wieder einen klaren Kopf verschafft. Vielleicht ist es nur gut, dass der Bootsunfall genau in diesem Moment passierte. Er war nämlich gerade im Begriff, etwas Dummes zu sagen. Er wird zugeben müssen, dass er zurückgefahren war, um Maries Pass zu holen. Das ist vielleicht ein bisschen seltsam, aber es ist schließlich kein Verbrechen. Das einzige Problem ist, warum er sagte, sein Fahrrad läge auf dem Feldweg, obwohl es doch oben an der Mauer lehnte. Er wird sich eine glaubwürdige Erklärung ausdenken müssen, bevor sie den Strand erreichen.

Harry könnte sagen, dass er bremsen musste, um einem entgegenkommenden Auto auszuweichen, und dass er dabei vom Rad stürzte. Er ließ das Fahrrad auf dem Feldweg liegen und rannte weiter zu der Einbuchtung in den Dünen. Als er wieder zurückkam, war das Rad verschwunden. Der Mann im Auto hatte es gestohlen, überlegte es sich dann aber wieder anders, vielleicht weil er glaubte, Harry hätte sich sein Kraftfahrzeug-Kennzeichen gemerkt, oder so was, und stellte das Rad einfach an der Straße ab. Ja, genau das werde ich erzählen. Klingt doch wirklich glaubhaft. Von neuer Zuversicht erfüllt, schwimmt Harry weiter.

Von einem Strand, wo sie an Land gehen können, ist weit und breit keine Spur zu sehen; das Kap zur Linken scheint nur aus steilen, hoch aufragenden Klippen zu bestehen.

Harry hofft inständig, dass Marie sehen kann, wo sie hinschwimmt. Seine Kräfte fangen allmählich an zu erlahmen. Er kann noch immer die beiden Köpfe sehen, die in einiger Entfernung vor ihm schwimmen. Jetzt ändern sie die Richtung und halten auf die Klippen zu. Harry schwimmt noch ein Stück weiter geradeaus, um die Stelle zu erreichen, an der Marie und Brian abgebogen sind. Es kann kein sehr breiter Strand sein, und wenn man zu früh einbiegt, wird man mit Sicherheit von der Strömung erfasst und gegen die scharfkantigen Felsen geschleudert. Jetzt kann er das Rauschen der sich brechenden Wellen hören und das Zischen, während das Wasser zwischen den Kieselsteinen wieder zurückfließt. Marie hat also doch Recht gehabt. Der Kamm einer Welle hebt ihn für einen Moment hoch, und er sieht den Ort, den sie gemeint hat, nicht viel mehr als ein Sims aus Kieselsteinen am Fuß der steil aufragenden Klippen. Was für ein Glückstreffer! Es sieht aus, als wäre dies die einzige Stelle in der gesamten Bucht, wo es möglich ist, an Land zu kommen. Harry versinkt wieder in einem Wellental. Die nächste Welle bricht sich auf seiner Höhe. Er kracht mit dem Knie auf einen unter Wasser liegenden Felsblock, dann spürt er plötzlich Kieselsteine unter sich, rollt aber gleich wieder kraftlos herum, als ihn der Sog des zurückweichenden Wassers erfasst und zurück ins Meer zieht. Er fällt auf den Rücken. Gewaltige Wassermassen stürzen auf ihn herab, brechen sich auf seiner Brust und dringen in seinen Mund.

Und dann greifen plötzlich Hände unter seine Arme und ziehen ihn ein kleines Stück den Strand hinauf. Marie hält ihn fest, während er sich in dem zurückströmenden Wasser mit letzter Kraft auf die Füße erhebt. Er übergibt sich in die zurückweichenden Wellen und muss dann zur Seite springen, als das Erbrochene von der nächsten Welle prompt wieder zurück an Land geschwemmt wird.

»Sorry«, murmelt Harry. Sie humpeln auf die Klippen zu. Ihre bloßen Füße rutschen immer wieder schmerzhaft auf den nassen Steinen aus. Brian hockt auf einem Felsen, hustend und frierend. »Zur Hölle mit euch allen!«, flucht er und kämpft mit den Tränen. »Mein Vater wird einen Tobsuchtsanfall kriegen.«

»Wo ist Paddy?«, fragt Marie.

»Ich weiß es nicht«, erwidert Harry. »Er war hinter mir. Er muss irgendwo rechts von hier sein.«

Sie wenden sich wieder zum Meer um und lassen ihren Blick suchend über die Wasserfläche schweifen. Sie hätten niemals so weit rausfahren dürfen. Scheiße, Scheiße, Scheiße! Der Außenbordmotor ist auf Nimmerwiedersehen verschwunden, und das Boot ist auch weg. Es sei denn, die Stevensons finden es mit ihrem Trawler. Sie können sich auf höllischen Ärger gefasst machen. Harry und Paddy werden wahrscheinlich mithelfen müssen, das Boot zu bezahlen.

»Paddy!«, ruft Marie.

Von Paddy ist keine Spur zu sehen. »Paddy!«, ruft auch Harry.

»Er müsste inzwischen hier sein«, sagt Marie.

»Falls er nicht umgekehrt und zum Boot zurückgeschwommen ist.«

»Hast du ihn umkehren sehen?«

»Nein. Ich habe ihn nicht mehr gesehen, nachdem ihr auf den Strand zugeschwommen seid.«

Das Boot hüpft eine ganze Strecke weiter draußen auf den Wellen, während es auf Great Horn zutreibt und sich dabei unentwegt langsam um sich selbst dreht. Harry klettert auf die großen Felsblöcke am Ende des Strandes, um einen besseren Ausblick zu bekommen.

»Ist er im Boot?«, fragt Marie.

»Ich kann nichts sehen.« Teile der breiten Wasserfläche

zwischen dem Ufer und dem Boot werden von hohen Wellenbuckeln verdeckt. Während Harry angestrengt in die Ferne späht, kommt ein grauer Regenschleier von der See herübergezogen und sprenkelt die Dünung mit dicken Tropfen. Sie hören das Prasseln der Regentropfen auf dem Wasser und fühlen die ersten Spritzer auf ihren Gesichtern.

»Wir müssen etwas unternehmen«, sagt Marie voller Sorge.

Harry wendet sich ab, um zu den Klippen hinaufzusehen. Sie hängen hoch über ihm, dunkel und glänzend. Für einen Moment glaubt er, sie kippten und stürzten geradewegs auf ihn herab, und er muss sich mit beiden Händen an dem Felsblock festhalten. Regen prallt von den fast senkrecht in die Tiefe abfallenden Felswänden ab und durchnässt sie erneut. Völlig unmöglich, dort hinaufzuklettern. Harry blickt zur anderen Seite des Strandes hinüber, wo die Landenge von Great Horn in die See hinausragt. Die Klippen dort bestehen aus verschiedenen Felsschichten, die in einem Winkel von ungefähr fünfundvierzig Grad ins Meer abfallen. Die einzelnen Gesteinsschichten sind unterschiedlich stark verwittert; einige sind stärker von Wind und Wetter abgetragen worden als andere und bilden unregelmäßige Stufen. Wenn man auf eine von diesen Schichten raufkommen könnte, überlegt Harry, müsste man ihr eigentlich bis ganz nach oben zur Kliffspitze folgen können. Er kann einen schmalen Felsspalt sehen, der sich an dem Klippenvorsprung hinaufzieht und zu einem verwitterten Sims führt, das breit genug zu sein scheint, um darauf entlangzukriechen. Harry blickt wieder zu Brian zurück. Brian stochert trübsinnig in der durchweichten Masse von Zigaretten in seiner Schachtel herum, während er irgendetwas vor sich hin murmelt und den Kopf schüttelt.

»Dort drüben gibt es einen Weg, der die Klippen raufführt«, sagt Harry. »Ihr bleibt hier, falls Paddy doch noch kommt. Ich werde Hilfe holen.«

Marie nickt nur und starrt weiter auf die See hinaus. Sie friert jetzt erbärmlich in ihren nassen Kleidern. Sie hat die Arme vor der Brust verschränkt, und die Ärmel ihres Pullovers, die im Wasser ein ganzes Stück länger geworden sind, hängen schlaff von ihren Handgelenken herab.

»Ich werde so schnell machen, wie ich kann. Paddy wird schon nichts passiert sein. Er ist inzwischen wahrscheinlich draußen im Boot. Das war echt ein Haufen Blödsinn, den er da vorhin von sich gegeben hat. Er ist nur eifersüchtig, das ist alles. Ist er schon immer gewesen.«

»Wir haben jetzt wirklich andere Sorgen«, erwidert sie, den Blick noch immer in die Ferne gerichtet.

»Okay.« Harry lässt Marie zurück, froh, endlich etwas tun zu können, und marschiert zum anderen Ende des steinigen Strandes, zu der Stelle, wo er den Weg nach oben entdeckt hat.

Aus der Nähe betrachtet sieht der Felsspalt sogar noch günstiger aus, nicht so steil, wie es zuerst den Anschein hatte, und mit vielen kleinen Vorsprüngen und Einbuchtungen, wo man sich festhalten kann. Aber die Felsen sind nass vom Regen, und Harry wird sehr vorsichtig sein müssen. Er macht sich an den Aufstieg und konzentriert sich dabei voll und ganz auf das Klettern, denkt immer nur an den nächsten Schritt, den nächsten Halt. Der Spalt verengt sich, während er Stück für Stück hochklettert; er blickt nicht hinunter. Als er ungefähr den halben Weg nach oben geklettert ist, hört der Regen plötzlich auf.

Am obersten Punkt schließt sich der Spalt über seinem Kopf. Harry steht auf einem schmalen Felsvorsprung. Er weiß, das Sims ist direkt über ihm, obwohl er es nicht sehen kann. Wenn er erst einmal dort hinaufgeklettert ist, kann ihm nichts mehr passieren, dann ist er in Sicherheit. Das Sims ist bis oben mit Heidekraut bewachsen. Harry greift mit der rechten Hand hinauf. Er kann die Kante fühlen, tastet suchend mit der Hand herum und bekommt die Wurzel eines Heidestrauchs zu fassen. Sie fühlt sich recht kümmerlich an. Er tastet erneut herum, aber es gibt keine anderen Wurzeln in greifbarer Nähe. Diese dürftige Wurzel hier wird sein gesamtes Gewicht tragen müssen, wenn er sich aus dem Felsspalt zur Vorderseite der Klippe herumschwingt und sich dann auf das Sims hochzieht.

Sinnlos, darüber nachzudenken. Er wechselt seinen Griff um die Pflanze von der rechten in die linke Hand, packt mit der rechten die Simskante, stößt sich mit den Füßen aus der Felsspalte heraus, tastet an der Klippenwand hektisch nach einem Halt für die Fußspitzen, findet einen winzigen Vorsprung und hievt sich seitlich hinauf. Die Pflanze, die er mit der linken Hand umklammert hält, gibt plötzlich unter seinem Gewicht nach und löst sich aus dem Erdreich. Er fuchtelt wild mit seiner rechten Hand, und seine Finger schließen sich um eine kräftige Wurzel weiter oben auf dem Vorsprung. Harry kann sich gerade noch auf das Sims hinaufziehen, als auch die Pflanze in seiner rechten Hand nachgibt und in einem Regen von kleinen Erdklumpen die Klippe hinuntersaust. Harry bleibt noch eine Weile auf dem Bauch liegen, zitternd und keuchend, während er sich von dem Schreck zu erholen versucht.

Das Sims erstreckt sich vor ihm bergauf, voller leicht erreichbarer Heidepflanzen, während es eine sanfte Kurve zur Spitze der Klippen beschreibt. Er hat es geschafft. Harry fragt sich, ob Marie ihn wohl bei seiner waghalsigen Kletterpartie beobachtet hat. Jetzt braucht er nichts weiter zu tun, als das Sims hinaufzuflitzen und weiter landeinwärts zum nächstgelegenen Farmhaustelefon zu rennen, um dafür zu sorgen, dass Paddy und das Boot gerettet werden. Und dann muss er anschließend mal vernünftig mit Marie reden. Der Tag ist noch nicht verloren. Er muss diese Sache mit Mrs. Bryce nur überzeugend abstreiten.

Harry bewegt sich rasch das Sims hinauf, den Blick konzentriert auf den Weg vor ihm geheftet. Der Himmel ist jetzt wieder blau, und weiße Wolken segeln am Rand des Kliffs vorbei landeinwärts. Harry bleibt stehen, um einen Moment zu verschnaufen. Die Kurve des Simses hat ihn wieder an eine Stelle oberhalb des Strandes zurückgeführt. Er blickt hinunter und sieht Marie und Brian in der Brandung stehen und an Paddy zerren, umringt von dunklen Wedeln von Seetang. Was machen die denn da so weit draußen im Wasser?, denkt Harry verwirrt. Paddys Arme schlenkern so seltsam kraftlos hin und her. Eine Welle bricht sich schlaff über den dreien, Paddys Kopf dreht sich in Richtung Strand und wird dann von der Rückströmung wieder in die andere Richtung gezogen.

Paddy ist fest zwischen zwei Felsblöcken eingekeilt, und die dunkle Färbung im Wasser um die drei herum ist kein Seetang, denn sie breitet sich immer weiter aus. Es ist Blut.

23

So sehr er sich auch anstrengt, Harry kann die Buchstaben einfach nicht zu Worten zusammenfügen. Sie fallen immer wieder auseinander, breiten sich auf der Seite unregelmäßig aus wie in alle Winde zerstreute Gestalten. Wie kleine schwarze Körper, die in einem Meer von Weiß ertrinken. Harry überläuft ein Schauder, und er legt das Buch weg. Nach einer Weile setzt er sich wieder im Bett auf und beobachtet erneut die Pendeltür. Die unteren Hälften der beiden Türflügel sind mit Metallblech verkleidet, das Dellen aufweist, wo die Krankenschwestern sie mit ihren Teewagen aufstoßen. In die Tür ist kein Fenster eingelassen, so dass man nicht sehen kann, wer kommt. Aber man kann es hören, wenn sich jemand der Tür nähert. Völlig sinnlos, sich in Aufregung hineinzusteigern, wenn man das Rattern der Teewagen hört, denn das bedeutet nur die Austeilung einer neuen Mahlzeit. Und das Quietschen von Gummisohlen draußen auf dem Gang kündigt lediglich einen Arzt oder eine Schwester an.

Es ist das Klappern von hochhackigen Pumps, auf das Harry sehnsüchtig wartet. Sie wird ganz sicherlich hochhackige Schuhe tragen, wenn sie kommt, denn die Leute machen sich fein, wenn sie jemanden im Krankenhaus besuchen. Er ist froh, dass er der Einzige auf der Intensivstation ist. Keine anderen Patienten, die ihn mit ihrem leeren Geschwätz von den Geräuschen draußen auf dem Korridor ablenken. Er will Marie schon an ihrem Gang erkennen, wenn sie kommt. Er hat sich nicht von dem langsamen Schritt seiner Mutter täuschen lassen und auch nicht von Brians latschigem Gang, und Mrs. McClelland hatte er bereits im Korridor mit den Schwestern sprechen hören, lange bevor ihre Schritte vernehmbar waren.

Er hat sich die schnellen, energischen Schritte so intensiv vorgestellt, dass er, als er sie schließlich hört, nicht so recht weiß, ob sie nun real sind oder nicht. Aber sie werden lauter und lauter. Er setzt sich kerzengerade auf und ignoriert den stechenden Schmerz in seiner Seite. Alles hängt von dem ab, was er sagen wird. Die Tür schwingt auf. Aber es ist nicht Marie, die ins Zimmer kommt.

»Hallo, Harry.«

»Hallo, Marjorie.«

»Was macht deine Lungenentzündung?«

»Es geht schon wieder, danke.« Was für eine Ironie, dass er sich die gleiche Krankheit geholt hat, die auch Paddy hatte.

»Du siehst aus, als hättest du jemanden erwartet. Aber wahrscheinlich nicht mich.« Marjorie steht unsicher neben dem Bett, in der Hand eine braune Papiertüte. »Hast du genug zu lesen? Möchtest du, dass ich in Letterkenny noch ein paar Bücher für dich besorge?«

»Nein, danke.« Er muss die Frage jetzt einfach stellen. »Wie geht es Tante Flo?«

Marjories Mund zittert plötzlich, und sie senkt den Kopf. Sie vergräbt ihr Gesicht in den Händen, ihre Schultern zucken. Harry wartet schweigend, während er an das schrille, verzweifelte Wehklagen seiner Tante denkt, als das Boot der Stevensons in die Bucht kam und sie Paddy erblickten, und wie Tante Flo sich unbeholfen über den Bootsrand warf, wieder auf die Füße kam und durch das flache Wasser auf die Leiche zustolperte, bevor sie irgendjemand daran hindern konnte, den Rock bis über ihre dicken Schenkel hochgerafft. Onkel Alec und sein Vater mussten sie gewaltsam von Paddy wegziehen, damit sie den leblosen Körper zwischen den Felsen herausheben konnten. »Er fühlt sich so schrecklich kalt an!«, jammerte Tante Flo unentwegt. »Warum haben wir nicht daran gedacht, warme Kleider für ihn mitzubringen?«

»Wenn doch bloß die Beerdigung schon vorbei wäre«, schnieft Marjorie in ihr Taschentuch.

»Wann ist sie?«

»Morgen Nachmittag.«

»Ich werde sehen, ob sie mich rauslassen, damit ich dabei sein kann.«

Marjorie putzt sich die Nase. »Weißt du, Harry, es wäre

besser, wenn du nicht kommen würdest. Das ist der eigentliche Grund, weshalb ich hier bin. Wenn du nicht dabei bist, wird es für meine Mutter vielleicht ein kleines bisschen leichter sein.«

»Ich verstehe.«

»Du weißt ja, wie sehr du und Paddy euch ähnlich seht. Und außerdem sind einige der Ansicht, dass du und Marie nicht in dem Boot hätten sein dürfen. Dass es eure Schuld ist, weil das Boot überladen war. Ich weiß, es ist nicht fair, aber so denken sie nun mal.«

»Sicher.«

»Ich habe dir ein paar Trauben mitgebracht.« Sie setzt sich auf den Stuhl neben seinem Bett. »Ich fühle mich so schrecklich, und ich kann mit niemandem darüber reden. Sie haben alle ihre eigenen Probleme. Ich wünschte bloß, ich ... ich wäre ein bisschen netter zu ihm gewesen, verstehst du? Die ganzen Jahre über war er nur eine Nervensäge, und diesen Sommer fing ich gerade an, ihn zu mögen. Und jetzt ist er tot. Ich denke andauernd ... es ist verrückt, ich weiß ... aber ich denke ständig, wenn er zurückkäme, würde ich ihm so viele Zigaretten geben, wie er haben wollte. Ich habe sogar eine Schachtel von der Sorte gekauft, die er gerne mochte, Silk Cut, nur für den Fall. Aber er kommt nicht mehr zurück.«

»Nein.«

Marjorie bricht erneut in Tränen aus. Harry blickt verlegen weg. Früher oder später fangen alle, die ihn hier im Krankenhaus besuchen, an seinem Bett zu weinen an. Und sie scheinen von ihm zu erwarten, dass er ebenfalls um Paddy weint. Sogar Brian. »Paddy war total auf dem Holzweg, als er behauptete, du hättest was mit dieser Bryce«, sagte er. »Es war McLeod, mit dem sie eine Affäre hatte. Jetzt läuft McLeod mit einem dicken blauen Auge herum. Es ist *das* Gesprächsthema in der Harbour Road. Abgesehen von Paddy, natürlich. Der ganze Streit war wegen nichts und wieder nichts.« Und dann begann Brian zu schniefen und zu schluchzen. Aber Harry kann nicht weinen. Es gibt noch einen anderen Kummer, der den Weg zu seinem Schmerz um Paddy blockiert. Der ihn daran hindert, um seinen Cousin und Kumpel zu trauern. Wenn er weiß, dass Marie ihn noch liebt, dann wird er vielleicht endlich in der Lage sein, um Paddy zu trauern, aber vorher nicht.

Marjorie fasst sich wieder. »Glaubst du, ich könnte eine Zigarette rauchen?«, fragt sie.

»Klar, rauch ruhig.«

»Hier, nimm dir auch eine.«

»Ich hab das Rauchen aufgegeben.«

Marjorie zündet sich eine Zigarette an und geht zum Fenster hinüber.

»Ich habe immer gewusst, dass er Mums Lieblingskind war«, sagt sie. »Ich kann sie überhaupt nicht trösten. Es ist, als ob ich gar nicht da wäre.« Sie starrt hinaus auf die schiefergedeckten Dächer von Letterkenny, die düster im Regen glänzen. »Ich gehe nach England. An die Universität von Canterbury. Ich habe in allen Abifächern die Noten bekommen, die ich brauche. Übrigens, bevor ich es vergesse, du hast deine Prüfung zur Mittleren Reife bestanden. Dein Vater hat den Brief gestern mitgebracht.«

»War da eigentlich was zwischen dir und McLeod?«

Sie inhaliert den Rauch und bläst ihn wieder aus. »Wie kommst du denn auf diese Idee?«

»Hattest du was mit ihm?«

»Er hatte eine Affäre mit Mrs. Bryce. Das weiß doch jeder.«

»Dann hast du also all diese Male, die du in der Kirche warst, wirklich nur auf der Orgel geübt?«

»Ja. Zwischen McLeod und mir war nichts. Nicht wirklich. Es war nur ein bisschen Spaß, mehr nicht. Ich habe ihn nur ...«

»Hingehalten.«

»Woher weißt du das?«

»Frag nicht.«

»Gott, Harry!«

Sie schweigen eine Weile, bis Marjorie ihre Zigarette zum Fenster hinausschnippt. »Ich muss jetzt wieder gehen«, sagt sie. »Dad wartet unten im Auto.«

»Er wollte nicht mit raufkommen?«

»Nein.« Marjorie kehrt wieder zum Bett zurück.

»Sind die Fischers noch da?«, fragt Harry.

»Ich glaube ja. Sie konnten nicht wie geplant mit der Fähre weg, weil die Polizei noch Fragen wegen des Unfalls hatte. Gestern sind sie zum Haus raufgekommen, aber ich habe keine Gelegenheit gehabt, mit Marie zu sprechen. Sie hat schrecklich ausgesehen. Wie wir alle, schätze ich.«

»Hat sie nach mir gefragt?«

»Ich habe keine Ahnung, Harry, ehrlich.«

»Weiß sie, dass ich hier bin?«

»Ich bin sicher, dass das irgendjemand erwähnt hat. Armer Paddy, er war auch in sie verliebt, weißt du.«

»Woher weißt du das?«

»Das konnte doch selbst ein Blinder sehen.«

»Aus dem Grund hatten wir uns am Ende zerstritten.«

»Ich habe mich schon gefragt, ob wohl etwas in der Art passiert sein könnte. Denkst du schlecht über ihn?«

»Er dachte schlecht über mich. Er dachte, ich wäre nicht gut genug für Marie.«

»Ich verstehe. Ach, Gott! Er war verliebt. Du weißt ja, wie das ist. Da tut man alles.«

»Ja.« Er greift nach Marjories Hand. »Würdest du mir einen Gefallen tun?«

»Du möchtest, dass ich zu Marie gehe und mit ihr spreche?«

»Ja. Sag ihr, dass ich sie unbedingt sehen muss.«

»In Ordnung. Hast du alles vermasselt?«

Da fängt Harry plötzlich an zu weinen, die Tränen, die er um Paddy nicht hat vergießen können.

»Ich werde sehen, was ich tun kann«, erwidert Marjorie und geht auf die Tür zu. »Und du nimmst das mit der Beerdigung nicht übel?«

»Nein.«

Sie drückt die Tür auf. »Sieht ganz danach aus, als könnte ich mir diesen Besuch sparen. Hallo, Marie.«

»Hallo, Marjorie.«

Marie kommt ins Zimmer. Harry spürt, wie sein Herz einen Salto schlägt und zu rasen beginnt und wie sich sein Mund zu diesem albernen, pferdeähnlichen Lächeln verzieht. Marie trägt ein Tweedcape. Ihre Hände ragen aus den Armschlitzen und halten eine Handtasche umklammert. Harry hat Marie noch nie zuvor mit einer Handtasche gesehen. Sie ist erwachsen geworden, denkt er. So wie jetzt wird sie von nun an immer aussehen.

»Es ist so super, dich zu sehen, Marie!«

Sie setzt sich auf die Bettkante. »Ich wollte eigentlich nicht kommen«, erklärt sie. »Aber das hätte ich meinen Eltern niemals erklären können, nach all dem Theater, das ich in Connemara gemacht habe.«

»Jetzt bist du hier, und das ist die Hauptsache.«

»Aber nicht lange. Meine Eltern warten draußen im Auto. Wir sind auf dem Weg zu der Fähre, die von Dublin abfährt. Eigentlich wollten wir schon eher abreisen, aber die Polizei hatte noch Fragen an mich.«

»Bei mir waren sie auch. Hast du dir keine Erkältung geholt oder so?«

»Nein.«

Ihre Hand auf der Bettkante ist nur wenige Zentimeter von seiner entfernt. Er berührt sie. Marie zieht ihre Hand hastig weg. »Was Paddy gesagt hat, stimmte alles nicht, Marie. Es war nur ein Haufen Blödsinn, weiter nichts. Ich möchte nicht schlecht über Paddy sprechen, aber er war total verrückt vor Eifersucht.«

Sie hält ihren Blick weiterhin starr auf den Fußboden geheftet. »Und du hast mit dieser Frau niemals eine Autofahrt gemacht oder so was?«

»Niemals.«

Da dreht Marie sich zu ihm um und blickt ihn an. »Der Barkeeper im Hotel hat dich gesehen, als er zur Arbeit fuhr. Er hat es meinem Vater erzählt. Er hat dich und sie zusammen in ihrem Auto gesehen. Sie hat so ein komisches Auto, und außerdem kennt er sie persönlich. Du hast neben ihr gesessen, und dein Fahrrad war auch in dem Wagen. Er hat es nur beiläufig erwähnt, er dachte sich nichts weiter dabei, als er dich gesehen hat, und auch mein Vater dachte sich nichts dabei. Du glaubst wohl, weil Paddy tot ist, kannst du mich weiterhin belügen.«

»Ich werde dir erzählen, was passiert ist.«

»Hast du mit ihr geschlafen?«

»Ja.«

»Ich verstehe das einfach nicht. Wie konntest du das bloß tun? Und was hat sie sich eigentlich dabei gedacht?«

»Es war nicht so, wie du glaubst.«

»Das spielt jetzt keine Rolle mehr.« Marie steht auf.

»Ich liebe dich, Marie.«

Sie verzieht das Gesicht und schüttelt den Kopf.

»Ich werde dir schreiben und alles erklären«, sagt Harry.

»Bitte tu das nicht. Es hat keinen Zweck.« Ihre Stimme klingt rau, als ob sie eine Erkältung hätte. Sie bewegt sich in

Richtung Tür, dann bleibt sie stehen und blickt noch einmal zu Harry zurück, als ob sie etwas vergessen hätte. Harry beobachtet sie angespannt, konzentriert sich auf jede ihrer Bewegungen. Aber Marie sagt nichts weiter als »Goodbye« und strebt zur Tür.

»Marie!«, ruft Harry, doch sie ist bereits zur Tür hinaus, entfernt sich mit klappernden Absätzen den Korridor hinunter, während die Türflügel noch immer hin und her pendeln. Sie wird wieder zurückkommen, denkt Harry. Er wartet mit angehaltenem Atem, während er sich aus dem Bett beugt und beobachtet, wie die Schwingbewegungen der Türflügel allmählich nachlassen. Mit bloßer Willensanstrengung versucht er, sie dazu zu zwingen, nicht ganz zu schwingen aufzuhören, denn es war Marie, die sie in Bewegung versetzt hat. Aber schließlich sieht er, dass die Türflügel stillstehen; er muss sich ihre Bewegung schon eine ganze Weile nur noch eingebildet haben, und draußen im Korridor ist keinerlei Geräusch mehr zu hören. Es ist noch nie so still im Krankenhaus gewesen.

24

Harry zieht das Rollo vor dem Badezimmerfenster herunter, knipst das Licht aus, bindet sich ein Handtuch vor die Augen und stellt sich dann vor das Waschbecken, um es mit beiden Händen zu umfassen. Es ist genau das gleiche Fabrikat wie das in dem Ferienhaus in Donegal, hergestellt von der Firma Cruikshanks aus Belfast irgendwann nach dem Ersten Weltkrieg, ein rechteckiges Porzellanbecken mit abgeschrägten Kanten.

»Was machst du denn so lange da oben?«, ruft Harrys Mutter die Treppe herauf.

»Kann man denn nicht mal einen Moment seine Ruhe haben, nicht mal auf dem Klo?«

Er konzentriert sich und versucht, sich durch die bloße Kraft seiner Gedanken wieder an das Waschbecken in dem Haus in Donegal zurückzuversetzen, an jenem Abend, als er sich für den Schwof fertig machte. Wenn ich sicher bin, dass ich dort bin, werde ich mich umdrehen, durch das Badezimmer gehen, die Tür aufschließen und in den holzvertäfelten Flur treten. Dann kann ich das Handtuch wieder abnehmen. Alle sind abmarschbereit, sie sitzen schon im Auto und warten auf mich, und Paddy ist auch da. Ich werde die Haustür hinter mir zuziehen, ins Auto steigen und zur Gemeindehalle runterfahren, um mich mit Marie zu treffen.

Die typischen Donegal-Gerüche ziehen unter der Tür hindurch ins Bad und hüllen ihn ein: der Geruch nach Torf, nach dem mit Kiefernholz vertäfelten Flur, nach dem gebohnerten Fußboden, dem Gasherd, den muffigen Polstermöbeln. Schnell jetzt! Marie wartet auf mich. Er dreht sich um und geht in Richtung der Donegaler Badezimmertür. Doch er bewegt sich auf die Stelle zu, an der in Kilmartin die Badewanne steht, und er wird sich an ihrem Rand schmerzhaft das Schienbein stoßen. Falls sie denn dort steht. Er verlangsamt seinen Schritt, bis er nur noch zentimeterweise in der Dunkelheit vorwärtsschlurft. Und da ist der Badewannenrand, drückt hart gegen seine Schienbeine. Harry zieht sich das Handtuch vom Kopf und macht die verschwommenen Umrisse des Badezimmers in Kilmartin aus. Sein Glaube ist nicht stark genug gewesen. Aber er kann ja noch stärker werden.

Regen sammelt sich auf den Fenstersimsen, sickert um die Ränder herum und zieht in spitz zulaufenden Flecken in das Mauerwerk darunter. Harry greift nach dem dicken neuen

Larousse-Wörterbuch, das er sich von seinem Taschengeld gekauft hat. »*Même les murs pleurent*«, schreibt er. Selbst die Wände weinen. Nicht schlecht. Es regnet nun schon seit Tagen, und in den Abflussrohren gluckert unaufhörlich das Wasser. Als ob das Haus einer Wasser-Folter ausgesetzt wäre. *La torture de l'eau.* Nein, das ist nicht so gut, das sollte er vielleicht besser nicht schreiben. Harry reißt die Seite von seinem Schreibblock ab, zerknüllt sie und wirft sie in den Papierkorb.

Er hat mittlerweile neun Briefe an Marie geschrieben, die ersten beiden auf Englisch, die anderen auf Französisch. Briefe voller Entschuldigungen, Liebesbriefe, Briefe über ihren Körper, Briefe mit Neuigkeiten. Keiner von ihnen ist der perfekte Brief gewesen, um den er sich so angestrengt bemüht, aber er hat sie trotzdem alle abgeschickt. Manchmal scheint ihm die Art und Weise, wie dieser perfekte Brief aussehen müsste, vollkommen klar und eindeutig; manchmal überkommt ihn die richtige Stimmung zum Schreiben, wenn er gerade in der Schule sitzt oder im Bus, wo er auch jetzt im oberen Stock sitzt, damit er ungestört ist und mit niemandem reden muss. Aber bis er dann endlich zu Hause in seinem Zimmer ist und sich an den Tisch setzt, ist diese Stimmung längst wieder verflogen. Manchmal wacht er morgens mit der Erinnerung auf, den Text dieses Briefes perfekt formuliert im Kopf gehabt zu haben, aber es ist nur eine sehr vage, verschwommene Erinnerung an einige wenige Bruchstücke, und Sekunden später ist sie vollkommen verblasst.

Bisher sind alle seine Briefe unbeantwortet geblieben. Er dachte, es würde vielleicht einen Monat dauern, bis er mit einer Antwort von Marie rechnen könnte. Als der Monat verstrichen war, verlängerte er die Frist. Er kämpft ständig gegen diesen heimtückisch ungeduldigen Teil seiner selbst an, der jeden Tag darauf hofft, dass ein Brief auf ihn wartet, wenn er von der Schule nach Hause kommt. Er sagt sich immer wieder: »Nicht heute und nicht morgen und wahrscheinlich auch noch nicht übermorgen«, so dass er – wenn wieder kein Brief da ist – sagen kann: »Siehst du, ich hab's dir ja gesagt, ich habe es doch gleich gewusst.«

Manchmal sieht er Marie irgendwo in der Menschenmenge in Ballyraine, wie sie gerade in einen Laden geht oder an einer Bushaltestelle wartet. Er erkennt sie in einem Kopfschütteln wieder, in einer Hand, die sich die Haare aus dem Gesicht streicht, oder in dem typischen Zug um einen Mund, bevor er sich zum Lachen öffnet. Wenn er ihr folgt, verwandelt sie sich jedes Mal in eine Fremde.

Manchmal träumt er von Paddy. Paddy steht schweigend an dem anderen Fenster ihres gemeinsamen Dachzimmers in Donegal und wartet darauf, dass Harry etwas sagt. Harry wird immer von seiner Mutter oder seinem Vater aus diesen Träumen wachgerüttelt, weil sie ihn im Schlaf sprechen gehört haben.

Jetzt hört Harry seine Mutter vom Laden hereinkommen und ins Wohnzimmer gehen. Als er zu ihr ins Wohnzimmer hinuntergeht, steht sie hinter dem Sessel und starrt auf den Fernseher. Die Atmosphäre, die von dem kleinen Bildschirm ausstrahlt, ist spannungsgeladen, ähnlich wie die in einem riesigen Fußballstadion. Demonstranten mit Transparenten der Aufschrift ›Ein Mann, eine Stimme‹, ›keinerlei Zugeständnisse an die Frömmler‹, ›keine Macht den Gegnern eines vereinten Irlands‹, treten Polizisten mit Schutzschilden und Schlagstöcken entgegen.

»Was ist los?«, fragt Harry. »Sind das schon die Nordirland-Nachrichten? Es ist doch erst zehn vor sechs.«

»Es sind die überregionalen Nachrichten«, erwidert sie. »In Derry hat es Unruhen gegeben.«

Dann folgen Aufnahmen von einem Schlagstockeinsatz

der Polizei, von Demonstranten, die versuchen, ihre Köpfe zu schützen, von Polizisten, die wieder und wieder auf die Menge einprügeln, von Wasserwerfern, die zurückweichende Demonstranten nass spritzen. Harrys Mutter knetet die Lehne des Sessels und murmelt ununterbrochen »Oje, oje, oje!«, wie eine Litanei vor sich hin. Harrys Vater hat sich zu ihnen gesellt und steht da, als ob er Wurzeln geschlagen hätte. Sie schauen schweigend zu, wie Gerry Fitt interviewt wird, aus einer Kopfwunde blutend.

»Dabei wird nichts Gutes rauskommen«, sagt Harrys Vater düster.

Am Freitag gibt es eine David-Frost-Sondersendung aus Belfast. Sie sehen den aalglatten internationalen Moderator in einem Dickicht von Ulster-Akzenten.

»Gott sei Dank, dass sie diesen netten Roy Bradford haben und nicht Paisley oder so einen«, sagt Harrys Mutter. »Der würde einen bestimmt nur blamieren.«

Die Erregung der Zuschauer im Fernsehstudio erreicht sehr bald den Siedepunkt. Frost hat Schwierigkeiten, die Kontrolle über die Diskussion zu behalten. Alle im Publikum reden gleichzeitig, mit einer Miene, als ob sie schon ihr ganzes Leben lang darauf gewartet haben, etwas loszuwerden. »Sieht so aus, als ob Onkel Ludwig und seine Frau schließlich doch wieder miteinander sprechen«, sagt Harry. Seine Eltern werfen ihm die irritierten Blicke zu, die bei ihnen in letzter Zeit zur Gewohnheit geworden sind, und sehen dann wieder auf den Bildschirm. Mr. Moore lehnt sich zurück, verschränkt die Arme vor der Brust und starrt auf den Fernseher, als ob er versuchte, ihn mit einem finsteren Blick zum Schweigen zu bringen.

»Ich begreife nicht, was dieser ganze Wirbel eigentlich soll«, erklärt Mrs. Moore. »Warum führen sie dieses Wahlrecht nicht einfach ein, und damit ist die Sache erledigt?«

»Es geht dabei ums Prinzip«, erwidert Mr. Moore.

»Was ist denn das für ein Prinzip?«

Harrys Vater reißt seinen finsteren Blick vom Bildschirm los und heftet ihn auf seine Frau. »Es ist nicht das, worauf sie es wirklich abgesehen haben.«

»Na ja, was kann es denn dann schaden, wenn man es ihnen gibt?«

»Ach!« Mr. Moore wendet sich wieder zum Fernseher um.

25

Eines Novembernachmittags sieht er Marie wieder im Zentrum von Ballyraine, als er gerade zum Busfenster hinausblickt. Sie steht mit dem Rücken zur Straße und betrachtet die Auslagen in einem Schaufenster. Harry springt aus dem Bus, rennt über die Straße und tippt ihr auf die Schulter. Die Frau, die sich zu ihm umdreht und konsterniert in sein grinsendes Gesicht blickt, ist mindestens vierzig. Nachdem er sich entschuldigt hat, sieht er, dass der Bus weg ist. Es war der letzte nach Kilmartin, das fünfzehn Meilen entfernt ist. Jetzt wird er wohl oder übel per Anhalter fahren müssen.

Es nieselt, und Harry hat seinen Mantel im Bus liegen lassen. Er macht sich auf den Weg. Als er in die Randbezirke von Ballyraine kommt, ist es bereits so dunkel, dass die Straßenlampen brennen. Hinter der letzten Lampe und dem schräg herabfallenden, hinterleuchteten Regen ist alles schwarz. Er marschiert weiter, in die Finsternis hinein. Kein Auto hält an, um ihn mitzunehmen. Allmählich gewöhnen sich seine Augen an die Dunkelheit.

Draußen bei den Cuts kann er den Fluss Bann auf seiner

Linken dahinströmen hören. Es ist ein starkes, tröstliches Geräusch. Einem plötzlichen Impuls folgend, klettert er über die Mauer am Straßenrand und bahnt sich einen Weg über ein schlammiges Feld, bis er die schwarzen Fluten des Flusses sehen kann. Der Bann ist über die Ufer getreten und schwappt auf Harrys Füße zu. Harry steht reglos da, während er die kühlere Luft einatmet, die hier in Flussnähe herrscht, und das Wirbeln der Wassermassen beobachtet. Es ist noch etwas anderes hier, etwas Unsichtbares, das vom Fluss getrennt ist, aber trotzdem zu ihm gehört, wie ein Freund. »Paddy?«, ruft Harry. Aus dem Schilf am gegenüberliegenden Ufer ertönt ein lautes Rascheln, dann schwingt sich ein Graureiher flügelklatschend aus den Schilfhalmen empor, fliegt herüber zu der Stelle, wo Harry steht, stößt einen Schrei aus und umkreist ihn einmal. Dann fliegt er langsam den Fluss entlang zu der Krümmung, wo der Bann Richtung Meer strömt, und verschwindet um die Kurve. Sein Ruf hallt noch immer in der kühlen Luft wider.

Harry bleibt noch eine ganze Weile dort stehen und lässt die Ruhe des Flusses auf sich einwirken. Er nimmt das Gefühl innerer Ruhe mit, als er zur Landstraße zurückkehrt und seinen Fußmarsch fortsetzt. Harry unternimmt keinen Versuch mehr, die Autos anzuhalten, die an ihm vorbeibrausen. Jetzt empfindet er ihren Lärm und ihr Licht plötzlich als Störung. Als draußen in der Nähe der Kreuzung bei Aghadowey dann schließlich doch ein Auto anhält, um ihn mitzunehmen, ist er drauf und dran, nicht einzusteigen und einfach weiterzuwandern, aber der Mann am Lenkrad ist ein Kunde im Laden der Moores. Und so tauscht Harry widerwillig die leere Straße und das Geräusch seiner Schritte gegen das warme Innere des Wagens und eine banale Unterhaltung. Um acht Uhr abends kommt er schließlich zu Hause an.

Er ist noch immer von jenem Glücksgefühl erfüllt wie von den pulsierenden Schwingungen, die ein tiefer Gong hinterlässt. Aber als er in die Küche kommt, sitzen seine Eltern schweigend am Tisch. Erleichterung huscht über ihre blassen Gesichter und wird dann von einem Ausdruck der Verärgerung verdrängt.

»Wo bist du gewesen?«, fragt sein Vater.

»Ich hab den letzten Bus verpasst.«

»Aber der fuhr doch vor drei Stunden«, sagt seine Mutter.

»Ich bin den größten Teil der Strecke zu Fuß gelaufen.«

»Warum hast du denn nicht angerufen? Ich hätte dich doch abholen können. Wir sind fast gestorben vor Sorge um dich!«

Ihre furchterfüllten, vorwurfsvollen Gesichter ärgern ihn. »Na ja, jetzt bin ich ja hier, nicht?«, knurrt Harry und stampft die Treppe hinauf zu seinem Zimmer.

»Willst du denn gar nichts essen?«, ruft seine Mutter ihm nach.

Harry sitzt gerade an dem Tisch in seinem Zimmer und starrt gedankenverloren in die nächtliche Dunkelheit hinaus, während er mit einem Kugelschreiber leicht gegen seine Zähne schlägt, als ein Klopfen an seiner Tür ertönt. »Harry?« Seine Mutter. Er hört sie ins Zimmer kommen, aber er dreht sich nicht um. Sie stellt ein Tablett mit ein paar Sandwiches und einem Glas Milch auf den Tisch. Harry faltet seinen Brief zusammen und dreht ihn um. Der Ausdruck, den er gerade festzuhalten versucht hat, entgleitet ihm und entschwindet in den hintersten Winkel seines Gedächtnisses. Verdammte Scheiße. Dies ist das erste Mal seit dem Sommer, dass seine Mutter in sein Zimmer gekommen ist.

»Wann wirst du's endlich aufgeben?«, fragt sie.

»Was aufgeben?«

»An Marie zu schreiben. Sie wird niemals zurückschreiben.«

Harry gibt keine Antwort.

»Sie bekommt deine Briefe noch nicht einmal. Hier, sieh mal, was ich heute Morgen erhalten habe.« Seine Mutter zieht einen Brief aus ihrer Schürzentasche und gibt ihn Harry. Dünnes blaues Luftpost-Seidenpapier, genau wie dasjenige, auf dem er immer schreibt. Eine Briefmarke mit einem Bild von einem Düsenjäger und dem Aufdruck »République Française«, der Poststempel mit dem Datum von vor sechs Tagen. Genau wie er es erwartet hat. Er hätte jede Woche einen Brief wie diesen bekommen können. Aber der Brief ist nicht an ihn adressiert, sondern an »Mrs. Moore«, und die Handschrift ist krakelig. Harry öffnet ihn und liest.

Sehr geehrte Mrs. Moore!
Sie kennen mich nicht, aber ich bin Marie Fischers Großmutter, und als Oberhaupt der Familie fühle ich mich verpflichtet, Sie über Ihren Sohn ins Bild zu setzen. Er bombardiert diese Adresse nun schon seit Monaten mit Briefen an Marie, Briefen von einer sehr unzuträglichen Art, die wir ihr natürlich nicht ausgehändigt haben, um ihr weitere Aufregung und Kummer zu ersparen. Ich appelliere an Sie als seine Mutter, dieser Sache ein Ende zu setzen, da Marie ausdrücklich gesagt hat, dass sie nichts mehr mit Ihrem Sohn zu tun haben möchte.

Hochachtungsvoll
Wilhelmina Fischer

Diese widerliche alte Hexe! Sie hat alle seine Briefe gelesen.

»Es hat keinen Zweck, Harry. Begreifst du das jetzt?«

Harry schweigt. Jetzt weiß er endlich, was zu tun ist.

»Was ist eigentlich zwischen dir und Marie vorgefallen?«

»Nichts.«

»Du wirst sie ganz einfach aufgeben müssen, Harry. Lass sie gehen. Wenn Paddy nicht gestorben wäre, hättest du Marie doch bestimmt schon längst vergessen.«

Er wartet, bis er hört, wie die Tür in seinem Rücken wieder geschlossen wird. Dann nimmt er seinen Schulatlas vom Bücherbord.

26

Bevor Harry am nächsten Morgen das Haus verlässt, um zur Schule zu fahren, bittet er seine Mutter um den Ladenschlüssel und erklärt, er brauche einen neuen Kugelschreiber. Im Laden geht er rasch in den angrenzenden Lagerraum, holt den Safe-Schlüssel aus dem Rohr, das die Regalkonstruktion trägt, nimmt zwanzig Pfund aus der Geldkassette, verschließt den Safe wieder und legt den Schlüssel in sein Versteck zurück. Dann nimmt er sich eine Briefmarke aus der Ladenkasse, schließt den Laden wieder ab, öffnet ihn dann abermals, holt sich einen Kugelschreiber, schließt die Ladentür erneut ab und geht wieder ins Haus zurück, den Kuli in der Hand. Seine Mutter wartet im Flur.

»Hast du über das, was ich dir gestern Abend gesagt habe, mal nachgedacht?«, fragt sie. »Es ist nur zu deinem eigenen Besten.«

»Du hast wahrscheinlich Recht«, erwidert Harry. »Bis später.«

Sie lächelt und kommt auf ihn zu, dann bleibt sie stehen und verschränkt die Arme. »Ich werde dir heute gebratene Innereien zum Abendessen machen«, sagt sie aufmunternd.

An der Bushaltestelle in der Main Street geht Harry in eine

Telefonzelle und wählt die Nummer der McClellands in Belfast. Der Bus nach Ballyraine ist bereits da, und er kann sehen, wie die Jungen im Inneren über die beschlagenen Fensterscheiben wischen, um ihn zu beobachten. Das Telefon am anderen Ende der Leitung klingelt.

Mr. McClelland nimmt ab. »Ah, Harry, hallo, du willst sicher mit Brian sprechen. Warte einen Moment, ich will mal eben nachsehen, ob er schon auf ist.« Er räuspert sich. »Äh, war nett, mal wieder von dir zu hören.«

Harry hört ihn mit seiner tiefen Bassstimme nach Brian rufen. Draußen erscheint Big Archys massige Silhouette vor der Telefonzelle. Er klopft an die Glasscheibe und zeigt auf den Bus. Harry winkt ungeduldig ab. Zwei Finger wedeln drohend vor seinem Gesicht herum und verschwinden dann. Jetzt kommt Brian an den Apparat. »Was gibt's?« In seiner Stimme schwingt ein nervöser Unterton mit. Sie haben sich seit Harrys Krankenhausaufenthalt nicht mehr gesprochen.

»Brian, ich möchte nicht, dass dein Vater mitbekommt, worüber wir reden. Tu mir den Gefallen und antworte so knapp wie möglich, ohne die Sache zu erwähnen, über die wir sprechen, okay?«

»Okay.«

»Du bist doch an Ostern in ein Jugendcamp in Holland gefahren. Hast du für die Reise einen Pass bekommen?«

»Ja.«

»Ist dein Mund auf dem Foto geöffnet oder geschlossen?«

»Na, geschlossen natürlich. Was hat denn das damit zu tun?«

»Ich möchte, dass du mir deinen Pass leihst.«

»Wozu?«

»Ich fahre nach Frankreich. Kannst du mir den Pass zum Bahnhof York Street bringen?«

Schweigen.

»Tu mir diesen einen Gefallen, Brian.«

»Wann?«

»Heute Vormittag. So gegen zehn. Du wirst die Schule schwänzen müssen. Kannst du das machen?«

»Ich weiß nicht.«

»Bitte!«

»In Ordnung.«

»Danke!«

Als Harry aus der Telefonzelle kommt, entschwindet der Bus nach Ballyraine gerade die Main Street hinunter. Harry geht auf die andere Straßenseite und steigt in den Bus nach Ballymoney. Die Klosterschülerinnen im Bus starren Harry neugierig an, als er sich auf einen Platz in der Mitte setzt. Kurz darauf fährt der Bus ab und schwankt die Bridge Street entlang. Der Wind schleudert Ströme von Regen aus der Finsternis gegen die Scheiben.

In Ballymoney wartet bereits der Zug nach Belfast auf dem Bahnhof hinter dem Busbahnhof. Harry hat diese Reise schon oft gemacht, wenn er in den Norden fuhr, um Brian zu besuchen. Als der Zug aus dem Bahnhof herausfährt, nimmt Harry seinen Matchsack mit auf die Zugtoilette, zieht das grüne Kordsamtjackett und die psychedelisch gemusterte Krawatte an, die er von zu Hause mitgenommen hat, stopft den Schulblazer und die Schulkrawatte in den Matchsack und zieht seinen Mantel wieder über.

Um fünf nach zehn kommt er in Belfast an und marschiert schnurstracks zum Fahrkartenschalter, um sich nach der Fähre nach Heyersham zu erkundigen. »Du hast sie gerade verpasst«, erklärt der Fahrkartenverkäufer, sein Belfaster Tonfall so scharf wie eine dünne Metallplatte.

»Wann geht die nächste?«

»Heute Abend um halb zehn.«

»Oh!« Harry wendet sich ab. Was nun? Er wird den ganzen Tag in den Läden herumhängen müssen, um die Zeit bis zum Abend totzuschlagen.

»Wo willst du denn hin?«, fragt der Mann.

»Nach London.«

»Warum nimmst du dann nicht den Zug nach Dublin und fährst von Dún Laoghaire aus nach Holyhead rüber? Wenn du dich beeilst, kriegst du ihn noch. Er fährt in zehn Minuten vom Zentralbahnhof ab.«

»Und wo ist der?«

»Geh nach links und dann geradeaus. Die zweite Brücke auf deiner Rechten.«

Harry dreht sich hastig um und prallt prompt gegen die Person, die hinter ihm steht. »Entschuldigung.«

»He, immer mit der Ruhe!« Es ist Brian.

»Gott, Brian, das hätte ich ja beinahe vergessen! Hast du ihn mitgebracht?«

»Ja.« Brian reicht ihm den Pass. Harry möchte sich den Pass am liebsten einfach schnappen und losrennen, aber er wartet und überlegt krampfhaft, was er sagen könnte.

»Ich wette, Marie hat keine Ahnung, dass du kommst«, sagt Brian.

Harry zuckt die Achseln.

»Deine Eltern werden mich garantiert fragen, ob ich irgendetwas weiß. Was soll ich dann sagen?«

»Ich werd sie heute Abend von England aus anrufen und es ihnen selbst sagen. Was hast du deinem Vater erzählt?«

»Dass du mich zum Wochenende eingeladen hättest. So wie du's früher oft getan hast. Er war hocherfreut.«

Harry weiß nicht, was er darauf sagen soll. Es kommt ihm so vor, als ob das in einem anderen Leben gewesen wäre.

»Wie lange wirst du wegbleiben?«, fragt Brian.

»Ich weiß nicht.«

»Na dann, viel Glück!«

»Danke.« Harry rennt los.

Das Wetter bessert sich nicht. Vor Dublin bewegt sich der Zug durch Niederungen, die bei der jetzigen Flut und auflandigem Wind vom Meer überschwemmt sind, so dass es so aussieht, als ob sie auf der Wasseroberfläche führen. Als Harry zum Abteilfenster hinausblickt, sieht er das Wasser an den Rädern der Lokomotive hochspritzen.

Gegen Mittag kommt er in Dublin an. Als er sich am Fahrkartenschalter im Bahnhof Conolly nach dem Weg erkundigt, ist er sich deutlich des Gegensatzes zwischen seinem nördlichen Dialekt und der volltönenden Dubliner Aussprache des Fahrkartenverkäufers bewusst, und er bildet sich ein, dass der Mann ihn komisch ansieht. Sie werden alle wissen, dass ich Protestant bin, denkt Harry und sieht sich beklommen um. Danach vermeidet er es nach Möglichkeit, den Mund aufzumachen. Er erwischt den Verbindungszug nach Dún Laoghaire nur wenige Minuten vor der Abfahrt und kommt rechtzeitig an, um das Ein-Uhr-Schiff zu bekommen.

Die Überfahrt nach England ist die Hölle. Harry hat sie bisher nur ein einziges Mal gemacht, von Larne durch den Nord-Kanal nach Stanraer, aber das war nichts im Vergleich zu dem hier. Es ist viel zu stürmisch und zu regnerisch, um sich oben an Deck aufzuhalten, deshalb drängeln sich alle drinnen. Es ist das erste Mal seit Tagen, dass das Schiff wieder nach Stanraer rüberfährt, weil der Sturm laut Wettervorhersage abflauen wird. Der Aufenthaltsraum achtern ist gerammelt voll mit Passagieren, obwohl es außerhalb der Saison ist. Das Schiff rollt und schlingert unablässig, selbst die Stewards haben kreidebleiche Gesichter, die Toiletten laufen über, und der Gestank von Erbrochenem breitet sich aus.

Die Überfahrt dauert eine halbe Stunde länger als planmäßig, so dass es halb sechs ist und bereits wieder dunkel, als sie in Holyhead einlaufen. Zum Telefonieren bleibt keine Zeit mehr, denn der Anschlusszug nach London wartet schon, und der Schaffner fordert Harry und seine Mitreisenden ungeduldig zum Einsteigen auf. Seine Mutter wird sich wieder Sorgen um ihn machen. Tja, aber daran lässt sich im Moment nun mal nichts ändern.

Harry teilt sich ein Abteil mit einem Priester, den er schon auf dem Schiff gesehen hat, ein kleiner, glatzköpfiger Mann mit einem freundlichen Lächeln. »Reist du allein?«, fragt der Mann.

»Ja. Ich will Verwandte besuchen«, erklärt Harry.

»Du bist aus dem Norden, richtig?«

»Ja.«

»Schrecklich, was da oben vorgeht.«

»Ja.«

»Aber in zehn oder zwanzig Jahren wird sich das Problem bestimmt von selbst lösen.«

»Nicht erst dann, hoffe ich.«

»Es hat etwas mit elementarer Arithmetik zu tun.«

»Arithmetik?«

»Ja. Wenn die Geburtenrate die Gleiche bleibt, werden unsere Leute in zehn oder zwanzig Jahren den ihren zahlenmäßig überlegen sein.«

»Oh! Ach so.«

Der Priester sagt etwas, das Harry nicht versteht. »Bitte?« Er wiederholt es noch einmal, aber Harry versteht ihn noch immer nicht. »Habt ihr in der Schule kein Irisch?«, erkundigt sich der Mann.

»Nein.«

Danach blicken sie schweigend zum Fenster hinaus.

In Chester steigt der Priester aus, und andere Fahrgäste

setzen sich zu Harry ins Abteil. Eine Frau mit zwei kleinen Jungen und ein bärtiger Studententyp, der eine zusammengerollte Ausgabe des *Playboy* aus der Tasche zieht und darin zu lesen beginnt. Die Frau hat ein freundliches, müdes Gesicht, und als sie mit den Jungen spricht, ist ihr Akzent englisch, aber nicht wie der der Wallaces oder der Coopers, sondern mehr wie in *Coronation Street.*

Harry kann nichts von der Landschaft draußen sehen, nur die Städte, Crewe, Stafford, Rugby. Es sind Namen, die ihm vage bekannt vorkommen, als er sie auf den vorbeisausenden Bahnhofsschildern liest. Der Zug beschleunigt, und mit der Geschwindigkeit, mit der sie jetzt durch die Landschaft brausen, hebt sich auch Harrys Stimmung. Er ist müde, aber er hat das Gefühl, unerschöpfliche Kraftreserven zu besitzen, als ob er seine gesamte Energie in diesen letzten Monaten aufgespeichert hätte. Es ist ein tolles Gefühl, endlich etwas zu unternehmen, statt immer nur zu warten. Endlich Herr seines Schicksals zu sein. Genau, das ist es. Herr seines Schicksals. Er wird jede Entfernung überwinden, ganz gleich, wie groß, er wird überall schlafen, ganz gleich, wo, um zu Marie zu kommen. Sein grinsendes Gesicht spiegelt sich in der Scheibe wider, während der Zug unter dem zunehmenden Mond durch die dunkle Landschaft rast.

Als ein Mann mit einem Wagen voller Erfrischungen vorbeikommt, merkt Harry plötzlich, dass er den ganzen Tag noch nichts gegessen hat, und kauft sich ein paar Sandwiches. Banane, ein gutes Omen.

Sie brauchen eine halbe Ewigkeit, um durch die Randgebiete von London zu kommen. Es gibt Geschäftsbezirke, die in einem Ort wie Belfast oder Dublin im Zentrum gelegen hätten, und dann verlieren sie sich in endlosen Wohnsiedlungen und leerer Dunkelheit, bevor die Bebauung sich wieder verdichtet. Als die Gleise aus allen Richtungen zu einem

Knotenpunkt zusammenzulaufen beginnen, erkundigt Harry sich bei der Frau, die ihm gegenübersitzt, wie er nach Dover kommt.

»Das ist ganz einfach«, erklärt sie. »Nimm einfach die U-Bahn zur Victoria Station. Von dort aus fahren die Züge nach Dover. Ich würde es dir zeigen, aber ich werde am Bahnhof abgeholt.« Sie blickt den Studenten neben Harry an, aber der rutscht nur noch tiefer in seinem Sitz, während er interessiert etwas betrachtet, das nach nackten Frauen mit aufgemalten Schießscheiben aussieht.

Euston Station ist der größte Bahnhof, auf dem Harry jemals gewesen ist, und es ist auch einer der verwirrendsten mit dem widerhallenden Lärm der Züge, Durchsagen und Gepäckkarren, aber Harry versucht, sich seine Verwirrung nicht anmerken zu lassen. Er studiert gerade eine Karte der Untergrundbahn, als ihm jemand auf die Schulter klopft. Es ist die Frau aus dem Zug.

»Mein Mann sagt, er wird dich im Auto zur Victoria Station mitnehmen. Es macht uns nichts aus, der Bahnhof liegt auf unserem Weg.«

Der Ehemann ist ein kleiner, krummbeiniger Mann mit langen Koteletten, der mit offenem Mund Kaugummi kaut. Er sieht nicht so aus, als ob es ihm nichts ausmachte, aber Harry ist froh über das Angebot. Bald flitzen sie in einem Mini durch London, Harry auf dem Beifahrersitz, mit seinem Matchsack auf den Knien. London sieht genau so aus wie in den Filmen, denkt er, während er versucht, sich nicht wie ein Hinterwäldler aufzuführen und mit offenem Mund auf die roten Doppeldeckerbusse, die schwarzen Taxis und das Meer von Lichtern zu starren.

»Vielen Dank«, sagt Harry, als sie ihn vor der Victoria Station aussteigen lassen.

Die Frau beugt sich vom Rücksitz vor. »Du läufst doch nicht von zu Hause weg, oder so was, nicht?«, fragt sie.

»Nein, nein«, erwidert Harry. Von Weglaufen kann ja auch eigentlich nicht die Rede sein, weil er die Absicht hat, wieder zurückzukehren.

Der Zug nach Dover fährt erst in einer halben Stunde. Zeit genug, um zu Hause anzurufen. Harry kauft sich eine Fahrkarte und geht an einem Zeitungsladen vorbei zu einer Telefonzelle.

»Moore, Kilmartin«, hört er seinen Vater sagen, nachdem die Vermittlung ihn durchgestellt hat.

»Hier ist Harry.«

»Gott sei Dank! Ist alles in Ordnung mit dir? War das eben nicht eine englische Telefonistin?«

»Mir geht's gut. Hör zu, Dad, ich werde ein paar Tage weg sein, ihr braucht euch wirklich keine Sorgen zu machen.«

»Was soll das heißen, du wirst ein paar Tage weg sein? Wo bist du?«

»Ich bin in England. Ich besuche Marjorie.«

»Bleib dran, bis ich deine Mutter geholt habe!«

»Sag ihr einfach, sie soll sich keine Sorgen machen. In ein paar Tagen oder so werde ich wieder zu Hause sein.« Harry legt rasch auf und geht zu dem Zeitungsladen zurück. Er hat dort einen Ständer mit Ansichtskarten gesehen. Alles läuft genau nach Plan. Das Einzige, was er jetzt noch braucht, ist eine Ansichtskarte. Aber die Motive auf den Karten sind alle von der derb-geschmacklosen Sorte: Mädchen mit prallen Brüsten, die aus ihren Blusen herausquellen, Frauen mit gewaltigen Ärschen, kleine rotnasige Männer. Er kann seiner Mutter unmöglich eine von diesen Karten schicken. Er dreht den Ständer hektisch herum, auf der Suche nach etwas Passendem.

»Es macht mir Spaß, erfahrene Mädchen nach Hause zu begleiten.«

»Aber ich bin nicht erfahren!«

»Du bist ja auch noch nicht zu Hause!«

Es hat keinen Zweck; sie sind alle von derselben Art. Harry flitzt aus dem Laden hinaus und blickt sich verzweifelt suchend um. Er entdeckt eine CVJM-Buchhandlung und stürzt hinein. Am Tresen steht ein Ständer mit normalen Ansichtskarten, mit Aufnahmen von Tieren aus dem Londoner Zoo. Harry kauft eine Karte mit einem Löwen darauf, sie erscheint ihm am harmlosesten. Dann steigt er in den Zug – bis zur Abfahrt sind es noch zehn Minuten – und schreibt die Karte.

Ich fahre für eine Weile nach Frankreich. Bitte mach dir keine Sorgen, denn es ist alles in Ordnung. Werde alles zurückzahlen. In ein paar Wochen bin ich wieder zu Hause. Liebe Grüße, Harry

Als er die Adresse fertig geschrieben und die Briefmarke aufgeklebt hat, die er aus der Ladenkasse zu Hause hat mitgehen lassen, bleiben ihm immer noch sechs Minuten bis zur Abfahrt des Zuges. Gleich hinter der Sperre zum Bahnsteig befindet sich ein Briefkasten. Es wäre eine Erleichterung, wenn er die Karte abschicken könnte, bevor der Zug den Bahnhof verlässt. Das würde ihm die Mühe ersparen, in Dover nach einem Briefkasten suchen zu müssen. Harry dreht die Karte unschlüssig in den Händen, dann steht er plötzlich auf, springt aus dem Zug und flitzt den Bahnsteig hinunter. Er stürmt an der Sperre vorbei, wirft die Karte in den Kasten und will wieder zurück zum Zug rennen. Doch jetzt hat sich ein kleiner Stau an der Sperre gebildet. Der Fahrkartenkontrolleur streitet sich mit einem jungen Mann mit einem Rucksack auf dem Rücken. Es ist der Student aus dem anderen Zug. »Es ist mir völlig egal, was Ihre Studentenvereinigung sagt, der Zug, für den diese Fahrkarte gilt, ist vor zwei Stunden abgefahren«, sagt der Kontrolleur. Oben auf dem Bahnsteig blickt ein anderer Bahnbeamter auf seine Uhr. Er hebt eine Pfeife an seine Lippen.

»Entschuldigung«, sagt Harry. »Ich muss unbedingt diesen Zug da bekommen. Mein Matchsack liegt im Abteil.« Die Pfeife ertönt. Hastig quetscht Harry sich an dem Rucksack vorbei und sprintet zum Bahnsteig hinauf, gerade als der Zug sich in Bewegung setzt und geräuschlos davonzugleiten beginnt. Der Kontrolleur fährt zu Harry herum und winkt ihn zurück, aber Harry rennt weiter. Dann ertönt wieder die Pfeife, und Bremsen kreischen. Harry springt mit einem Satz auf das Trittbrett und steigt ein, und der Zug setzt sich abermals in Bewegung.

In der Schlange vor der Passkontrolle in Dover befeuchtet Harry sich die Haare und klatscht sie glatt an den Kopf, damit sie mehr wie Brians Haare auf dem Passfoto aussehen. Dies ist der Teil der Reise, vor dem er sich schon die ganze Zeit gefürchtet hat. Aber als er an der Reihe ist, winkt ihn der Zollbeamte ohne jegliche Bemerkung durch.

Um halb eins in der Nacht kommt er in Calais an. Nur wenige Leute gehen mit ihm die Gangway hinunter. Er beobachtet, wie die Rücklichter der Autos sich holpernd die Rampe zum Fähranleger hinunter bewegen. Vielleicht hätte er einige Fahrer fragen sollen, ob sie ihn eine Strecke weit mitnehmen; er hatte mal von Mitschülern gehört, dass man das so machen sollte. Aber was er wirklich will, ist ein Bett zum Schlafen. Er fühlt sich, als ob seine Glieder irgendwie ausgeleiert wären.

Harry geht durch die Zollabfertigung und folgt den Schildern Richtung Stadtzentrum, jetzt ganz allein unterwegs. Er hatte erwartet, dass es ein ganz besonderes Gefühl sein würde, zum ersten Mal im Ausland zu sein, aber er empfindet nichts. Die dunklen Straßen sind leer, abgesehen von ein paar Autos, die im Regen an ihm vorbeisausen. An einem der Häuser ist ein Schild mit der Aufschrift »Hôtel du Havre«, und als Harry näherkommt, sieht er zu seiner Überraschung, dass die »Zimmer frei«-Lampe noch brennt. Ich könnte eigentlich mal fragen, denkt er, irgendwann werde ich ja so oder so Französisch sprechen müssen.

Die Frau an der Rezeption scheint ihn durchaus zu verstehen, als er sich in holprigem Französisch nach dem Zimmerpreis erkundigt. Zehn Francs, sagt sie, für ein Einzelzimmer mit Frühstück. Das ist bestimmt billig genug. Er hat sein gesamtes Geld auf dem Schiff umgetauscht und besitzt jetzt etwas mehr als zweihundertfünfzig Francs. Sie fragt ihn, ob er Engländer sei. Nein, Ire, erwidert er. Brite, korrigiert er sich. Engländer, Ire, Brite, das ist doch ganz egal, sagt sie. Er geht die Treppe hinauf.

Das Zimmer ist ausgesprochen schäbig, mit einer orangefarbenen Tapete, die sich von den Wänden löst, und es ist nicht viel Platz für irgendetwas anderes außer dem Bett, aber Harry stört das alles nicht im Geringsten. Er ist in Hochstimmung. Ich hab's geschafft, denkt er; jetzt kann es nicht mehr weit sein. Aus dem Zimmer nebenan ertönt gedämpftes Grunzen und Stöhnen und das Quietschen von Bettfedern. Harry sucht die Karte von Westeuropa, die er aus seinem Schulatlas herausgerissen hat, und faltet sie auseinander.

»Mensch, ich hab ja erst die Hälfte der Reise geschafft«, murmelt er.

27

Als Harry am nächsten Morgen die Randbezirke von Calais erreicht, kann er endlich die Landschaft ausmachen. Sie ist vollkommen flach, übersät mit kleinen Wäldern und kreuz und quer von Telefonleitungen überspannt. Es ist trocken, aber kalt.

Er hat Geschichten von Trampern gehört, die Hunderte von Meilen in unglaublichem Tempo zurücklegten. Big Archy schaffte es, in einem einzigen Tag durch Schottland und England zu kommen. So schnell wie Scheiße durch ein Huhn. Und er erreichte London in Rekordgeschwindigkeit. Das ist ungefähr die gleiche Entfernung wie von Calais nach Straßburg, überlegt Harry. Mit ein bisschen Glück könnte er also noch heute Abend am Ziel sein. Man muss nur zusehen, dass man von Fernfahrern mitgenommen wird, darin besteht der Trick. Harry kauert sich am Straßenrand nieder, holt das schmale Stück Papier aus seinem Matchbeutel, das er beim Frühstück von der Papiertischdecke abgerissen hat, und schreibt BRITE darauf. Dann wirft er abermals einen Blick auf seine Landkarte. Die Städte liegen in einer Linie quer durch Frankreich verteilt: Calais, St. Omer, Arras, Chambrai, Charleville, Metz, Straßburg. Dann steht Harry auf und wartet auf Autoverkehr. Ein steter Strom von Fahrzeugen fährt an ihm vorbei. Als er ein englisches Auto näherkommen sieht, hebt er sein Schild hoch. Doch keiner der Wagen hält an. Menschenskind, ein A01-Nummernschild an einem Riley Sunbeam! Ein Auto aus der Heimat, na ja, jedenfalls aus Belfast. Harry winkt hektisch und rennt fast in die Mitte der Fahrbahn. Ein hageres, missbilligendes Presbyterianergesicht starrt ihm aus dem Sunbeam entgegen und fährt vorbei. Tja, das war wohl nichts. Aber es könnte ja durchaus sein, dass noch andere Autos aus Nordirland vorbeikommen. Wenn die Leute erkennen, dass er einer von ihnen ist, werden sie bestimmt anhalten. Harry kniet sich wieder an den Straßenrand und zieht die Schutzkappe von seinem Kugelschreiber ab. Dann steckt er den Kuli in den Mund und überlegt. Wenn er ULSTER auf sein Schild schreibt, werden die Katholiken nicht anhalten, und wenn er IRE schreibt, werden die Protestanten nicht halten. Aber die Prods werden für einen Briten anhalten, wenn sie denn bereit sind, einen Tramper mitzunehmen. Er schreibt IRE auf die Rückseite des Papiers. Das Kunststück wird darin bestehen, zu wissen, welche Seite des Schildes er hochhalten muss. Aber kann man wirklich am Aussehen der Leute erkennen, ob sie Katholiken oder Protestanten sind?

Eine Dreiviertelstunde später sind keine weiteren Autos aus Nordirland die Landstraße entlanggekommen. Keines der anderen hat angehalten, und die Lastwagenfahrer sehen noch nicht einmal in seine Richtung. Dann nähert sich eine Frau in einem von diesen französischen Autos, die wie ein Schirm auf Rädern aussehen, und mustert Harry sehr sorgfältig, während sie an ihm vorbeifährt. Schließlich hält sie ein paar Meter weiter am Straßenrand an. Schwein gehabt!, denkt Harry und flitzt zu dem Auto.

Auf dem Rücksitz ist zwischen zwei Kindern und diversen Einkaufstüten gerade noch genug Platz für Harry. Sie habe ihn schon vorhin auf ihrer Fahrt in die Stadt am Straßenrand stehen sehen, erklärt die Frau. Ihr ältester Sohn sei im vergangenen Sommer durch England getrampt, und er sei gut behandelt worden. Deshalb hätte sie beschlossen, Harry mitzunehmen, obwohl sie gewöhnlich keine Anhalter mitnähme. Leider fährt sie nicht weiter als bis zur nächsten Stadt, aber ihr Mann hat vor, nach St. Omer zu fahren, und er wird Harry mitnehmen, wenn sie ihn noch vor seiner Abreise antreffen. Harry versteht das meiste, was die Frau ihm erzählt, doch mit dem Sprechen hapert es bei ihm. Er kann sich zwar einigermaßen verständlich ausdrücken, als er ihr erzählt, woher er kommt und wohin er will, aber als sie ihn über die Situation in Nordirland auszufragen beginnt, kann er nur sagen: »*C'est difficile, très difficile.*« Aber dann denkt er, dass es auf Englisch auch nicht leichter zu erklären sein würde.

Sie verpassen den Ehemann der Frau, und Harry bezieht wieder Posten am Straßenrand. Die Landschaft sieht jetzt mehr so aus, wie er sich Holland vorstellt, eine weite Ebene, die sich bis zum Horizont erstreckt und mit Kanälen und Stahlbrücken gesprenkelt ist. Zuerst scheinen nur Fahrer, die an der nächsten Ausfahrt wieder abbiegen, geneigt zu sein, Harry mitzunehmen. Die Fernfahrer ignorieren ihn weiterhin. Dann wird er für eine längere Strecke von einem Handelsvertreter mitgenommen, der schon häufig in den USA war, ein großer Fan von Elvis ist und zu denken scheint, dass Harry allein auf Grund der Tatsache, dass er und Elvis dieselbe Muttersprache sprechen, ebenfalls ein Fan sein muss und daher seine, des Vertreters, Song-Versionen zu würdigen weiß. Harrys Mund ist die ganze Fahrt über zu einem verkrampften Lächeln verzogen, während der Mann mit starkem französischem Akzent und schmetternder Stimme die Hits des Kings zum Besten gibt. Ab und zu nickt Harry anerkennend. Es ist auch nicht schlimmer, als sich eine von Mr. McClellands Anekdoten anhören zu müssen, die er schon mindestens zehnmal erzählt bekommen hat. Der Mann hat gerade *Oun' dog* zu Ende gesungen, als er Richtung Paris abbiegen muss.

Er setzt Harry in einem kleinen Dorf mit einstöckigen Häusern und einer einzigen Straße ab. Harry geht in den dortigen Laden, um sich etwas zu essen zu kaufen. Die Frau versucht, ihm einen äußerst zweifelhaft aussehenden Käse anzudrehen, der den Verdacht erweckt, als ob sie ihn schon seit ungefähr hundert Jahren im Laden liegen hätte, mit Schimmel drin und allem, aber Harry ignoriert ihre Lobesreden und kauft ein Brötchen und ein paar abgepackte Scheiben Kraft, genau wie der Käse, den auch die Moores in ihrem Laden verkaufen. Er isst das Käsebrötchen am Straßenrand; Brot und Käse sind mittlerweile seine Hauptnahrung.

Am Nachmittag lesen ihn zwei Studentinnen von der Universität Lille am Straßenrand auf. Er hebt den romantischen Aspekt seiner Reise so stark hervor, wie es seine Französischkenntnisse zulassen, und die Mädchen sind derart von seiner Geschichte beeindruckt, dass sie anbieten, ihn in ein freies Zimmer im Studentenwohnheim der Universität in Lille zu schmuggeln. Es liegt zwar etwas abseits seiner Route, aber der Abstecher lohnt sich, wenn er dafür kostenlos irgendwo pennen kann. Er sieht nichts von der Stadt, denn es ist bereits dunkel, als sie endlich dort ankommen, und die Mädchen schließen sofort die Fensterläden, weil das Zimmer im Frauenwohnheim liegt. So bleibt Harry auf dem Zimmer und horcht an der Tür, um den Moment abzupassen, in dem die Toiletten auf der anderen Seite des Ganges frei sind, um zum Pinkeln hinüberzuflitzen. Er geht um neun Uhr abends ins Bett, wickelt sich in die nicht bezogene Steppdecke und betrachtet noch eine Weile Maries Gesicht auf dem Foto in ihrem Pass, dessen blauer Pappeinband von dem Regen in Donegal aufgequollen und verzogen ist, bevor er das Licht ausknipst.

Um sechs Uhr am nächsten Morgen ist Harry auf und davon, noch bevor sich irgendjemand im Wohnheim regt. Er braucht eine Ewigkeit, um in die Randbezirke von Lille zu kommen, und dann dauert es noch einmal eine halbe Ewigkeit, bis ihn endlich jemand mitnimmt. Niemand will im Dunkeln anhalten. Dann kommen die Mitfahrgelegenheiten wieder stoßweise. Das Wetter ist unverändert, die Landschaft wird allmählich etwas hügeliger, aber sie hat noch immer keinerlei Ähnlichkeit mit dem Bild von mit Châteaus übersäten Weinbergen, die steil von sich dahinschlängelnden Flüssen aufragen, das er erwartet hat.

Harry wirft das Schild mit der Aufschrift BRITE/IRE fort. Am besten funktioniert es, wenn man Blickkontakt mit den Autofahrern herstellt, eine Art von Intimität, ohne jedoch die Grenze zu überschreiten und zu starren. Fahrer, die nicht die Absicht haben anzuhalten, werden den Blick abwenden, einige von ihnen verlegen lächelnd. Lastwagenfahrer sind die einzigen, die fähig sind, überzeugend ungerührt dreinzublicken und sich den Anschein zu geben, als ob sie Harry nicht sähen.

Die schlimmsten Fahrer sind diejenigen, die den Daumen nach unten halten und hämisch grinsen, wenn sie an ihm vorbeiflitzen. Harry zeigt einem von ihnen den Vogel, und der Fahrer bremst augenblicklich und setzt im Rückwärtsgang zurück. Als Harry wider bessere Einsicht zu dem Auto geht, zeigt ihm der Fahrer nur einen Mittelfinger und fährt wieder davon. Das ist ja cool, denkt Harry, als er die Geste ausprobiert. Vielleicht gibt es ja irgendeine Art von Zukunft, in der er diese Geste bei Big Archy anwenden kann.

Nach einer Weile beginnt Harry, selbst am Straßenrand entlangzuwandern, solange ihn niemand mitnimmt, und er dreht sich noch nicht einmal mehr um, damit ihn vorbeikommende Autofahrer sehen können. Verstreut liegende Wälder, zwischen Bodenfalten eingebettet; am Horizont eine einzelne Reihe von Bäumen. Gedrungen wirkende Wassertürme. Hin und wieder ein Soldatenfriedhof aus dem Ersten Weltkrieg, hauptsächlich mit deutschen Gefallenen. Hektarweise spindeldürre schwarze Kreuze auf grünem Rasen.

Harry kommt allmählich in Schwung, während er mit weit ausholenden Schritten die Landstraße entlang marschiert und seinen Matchsack alle paar Meilen von der einen Schulter auf die andere verlagert. Er ärgert sich sogar über die Autos, die ihn von der weiten Landschaft abschneiden, die Szenerie frei von Hecken, die ihm die Aussicht versperren.

Gegen fünf Uhr nachmittags wandert Harry durch eine sanft hügelige Landschaft mit Hecken, sehr ähnlich wie die in der Umgebung von Kilmartin. Es wird langsam dunkel. Seiner Karte zufolge – auf der die meisten Orte, durch die er bisher gekommen ist, gar nicht verzeichnet sind – ist Charleville die Stadt, die als nächste kommt, und sie ist noch meilenweit entfernt. Der Verkehr auf der Straße wird immer spärlicher, und die Fahrer bremsen auch nicht mehr ab, um Harry zu mustern. Heute Abend wird ihn sicherlich keiner mehr mitnehmen.

Die Scheunen in dieser Gegend sind stabil aussehende Gebäude aus rotem Backstein. Harry wählt eine aus, die ein gutes Stück von dem Bauernhaus entfernt steht, und geht den Feldweg hinauf, der zu dem Gebäude führt. Kein Vorhängeschloss an der Tür. Das laute Quietschen der Laufschienen scheint durch die gesamte Landschaft zu hallen, und Harry wartet einen Moment, falls plötzlich ein wütender Bauer auftaucht, bevor er dann ins Innere schlüpft. Er hebt das Tor beim Schließen leicht an, und es rollt geräuschlos zu.

In dem trüben Halbdunkel sieht er Heuballen, die im hinteren Teil der Scheune aufgestapelt liegen. Genau das Richtige. Er kann noch genügend sehen, um hinaufzuklettern und in die kleine Lücke ganz oben unter dem Dach zu kriechen, wo eine Reihe fehlt. Er zerrt einen Ballen von der Rückwand weg, kuschelt sich in den frei gewordenen Zwischenraum und bettet den Kopf auf seinen Matchsack. Er würde sich gerne auf seinen Mantel legen, aber den braucht er zum Zudecken, deshalb muss er sich wohl oder übel mit den harten Strohhalmen abfinden, die durch seine Kleider hindurchpieksen. Dann isst er etwas Brot und Käse, und nun bleibt gerade noch genug Zeit für einen schnellen Blick auf Maries Passfoto, bevor es ganz dunkel wird. Dann schläft Harry ein.

Ein paar Stunden später wacht er abrupt auf, als irgendetwas über sein Bein krabbelt. Er kann ein leises Quieken und gedämpfte Kaugeräusche hören. Inzwischen ist der Vollmond aufgegangen, und ein paar Zentimeter von seinem Kopf entfernt sieht Harry die sich ruckweise hin und her bewegenden Hinterteile von Mäusen, die an seinem Brotrest und dem Käse nagen. Aus dem Stroh direkt unter seinem Matchsack ist ein lautes Rascheln zu hören. Menschenskind, das muss ein Riesenbiest sein! Er erinnert sich daran, wie er als Kind einmal glaubte, irgendein Tier versuchte sich durch sein Kopfkissen hindurchzunagen, um an ihn heranzukommen, bis seine Mutter ihm erklärte, dass es nur das Geräusch seines eigenen Pulses in seinem Ohr war.

Kann es sein, dass Ratten in den Strohballen hausen? Große dicke Ratten mit nackten Schwänzen? Das Stroh unter seinem Matchsack bewegt sich. Harry springt mit einem Satz auf die Füße, schnappt sich seinen Mantel und den Matchsack, klettert die Heuballen hinunter und hastet aus der Scheune. Mann, ist das kalt draußen! Er grinst vor sich hin. Paddy wird vielleicht Augen machen, wenn er ihm von seinem Erlebnis erzählt.

Es ist das erste Mal, dass er Paddys Tod völlig vergessen hat. Früher war es oft so, dass er, wenn er irgendetwas besonders Lustiges oder Aufregendes erlebte, dabei zugleich daran dachte, wie er Paddy davon erzählen würde. Auf diese Weise machte die Sache doppelt Spaß.

Der Vollmond schwebt am Himmel und spiegelt sich in der dünnen Eisschicht auf der Straße wider. In Donegal wird es jetzt Springfluten geben, die gegen die schwarzen Klippen von Horn Head branden. Die eisige Kälte kriecht an Harrys Beinen herauf und seinen Nacken hinunter, und bald ist er vollkommen davon durchdrungen. Er beschleunigt seinen Schritt und versucht sich vorzustellen, dass er in eiskaltem Wasser schwimmt, damit er sich allmählich an die Kälte gewöhnt.

Er wandert durch einen kleinen Ort namens »Mon Idée«. Auf den Straßen herrscht Totenstille, obwohl es noch nicht einmal Mitternacht ist. Das normale Leben spielt sich hinter den geschlossenen Fensterläden ab, wo die Leute gemütlich in ihren warmen Betten liegen, mit dem Rücken zu ihm. Harry fühlt sich elend und erschöpft und von der Welt abgeschnitten, wie ein Gespenst.

Marie wird sich sicher fragen, wieso der Strom seiner Briefe plötzlich versiegt ist.

Nein, das wird sie nicht, weil sie seine Briefe ja nie bekommen hat. Sie denkt wahrscheinlich, Harry hätte sie vollkommen vergessen, genau wie Paddy es von ihm behauptet hatte.

Eine Kirchturmspitze, die sich als schwarze Silhouette gegen den Himmel abzeichnet, Hügel und Bäume, Nebelschwaden in den Bodensenken. Ein Hund, der irgendwo in der Ferne bellt. Dann ein Wald, der düster und bedrohlich aufragt.

Charleville. Harry spürt seine Beine inzwischen schon gar nicht mehr. Hier in der Stadt regt sich jedoch schon etwas, obwohl es erst fünf Uhr morgens ist. Auf dem Marktplatz huschen die Lichtstrahlen von Taschenlampen hin und her; eine Häuserreihe springt aus der Dunkelheit heraus, auf Arkaden erbaut, die wie Brückenpfeiler anmuten. Dann kann Harry die Statue eines Mannes in Umhang und Dreispitz ausmachen. Murmelnde Stimmen und ein gedämpftes Kratzen und Scharren; Arbeiter, die Lieferwagen entladen und Obst- und Gemüsestände aufbauen.

Harry will ein paar Bananen kaufen; sie überlassen sie ihm kostenlos und zeigen ihm die Straße nach Metz. Er marschiert weiter, aus der Stadt hinaus.

Der frühmorgendliche Verkehr setzt ein, aber es halten keine Autos an, um Harry mitzunehmen. Die werden sich fragen, was ich hier um sechs Uhr morgens auf der Landstraße zu suchen habe. Ich schwöre hoch und heilig, falls ich jemals ein Auto habe, werde ich jeden Tramper mitnehmen, ganz gleich, wie früh oder wie spät es ist.

Er wandert in den Sonnenaufgang hinein, ein Hauch von Rot, der am fernen Horizont unter dem dunklen Himmel hervorspäht, und dann taucht allmählich das Grün der Felder aus dem Grau der Morgendämmerung auf, als ob sie jemand in einem Malbuch mit Farbe ausfüllte. Dann ist da das Geräusch eines Wagens, der langsamer wird und schließlich neben ihm anhält, obwohl Harry sich noch nicht einmal danach umgesehen hat.

Eine Hand schüttelt ihn an der Schulter. Harry wacht auf. Der Wagen hat angehalten, und der Fahrer sieht Harry mit dem grimmigen Lächeln eines Lehrers an, der einen begriffsstutzigen Schüler bedauert. »Ich fahre, du redest«, sagt er.

»Ich nehme dich in meinem Auto mit, du unterhältst mich. So funktioniert das. Wenn du nicht redest, wenn du schläfst, fahre ich nicht. Los, raus mit dir!«

Harry stolpert verschlafen aus dem Auto. Er hat jedes Wort verstanden, aber ihm fällt keine passende Antwort ein. Die Kälte draußen verschafft ihm wieder einen klaren Kopf. Halb zehn. Er muss ungefähr eine halbe Stunde in dem Auto gesessen haben. Wo zum Teufel ist er jetzt?

Ein anderer Wagen hält an, und der Mann kurbelt das Fenster auf der Fahrerseite herunter. »Metz?«, fragt Harry. Der Mann nickt, und Harry steigt ein. Bleib bloß wach, ermahnt er sich, erzähl irgendwas Interessantes, damit du nicht gleich wieder an die Luft gesetzt wirst. »Es ist sehr kalt hier«, sagt er. »Ich dachte immer, Frankreich wäre ein warmes Land. Bei uns zu Hause ist es nicht so kalt, aber feucht. Ich bin Ire.«

»Hollandais?«, fragt der Mann.

»Non, Irlandais.«

Der Fahrer nickt. Er hat glatt an den Kopf geklebtes Haar und einen Schnurrbart, so dünn, dass er aussieht, als ob er mit Eye-Liner auf die Oberlippe aufgemalt wäre, und eine rote, verschwollene Nase. Die Wärme im Inneren des Wagens dringt durch Harrys Kleider und sickert langsam in seine Knochen. Schlaf um Gottes willen nicht ein, ermahnt er sich, aber er ist so erschöpft, dass ihm prompt wieder die Augen zufallen.

Eine andere Hand, diesmal auf seinem Schenkel. »Jetzt musst du etwas für mich tun«, sagt der Fahrer.

»Verpiss dich!«, knurrt Harry auf Englisch und stößt wütend die Hand weg.

»Du bist sehr unfreundlich«, sagt der Mann.

»Verpiss dich!«, erwidert Harry abermals, schnappt sich

seinen Matchsack und steigt hastig aus dem Auto. Es steht in der Mitte eines Pappelwäldchens am Ende eines unbefestigten Feldwegs. Harry marschiert den Weg entlang. Als er zu dem Auto zurückblickt, hat der Mann den Kopf in den Armen vergraben und schaukelt vor und zurück.

Die Straße, auf die er schließlich stößt, ist irgendeine unbedeutende Nebenstraße. In welche Richtung soll er jetzt gehen? Nach Osten. Wo ist die Sonne? Der Himmel ist von einer schmutzig-grauen Wolkenschicht bedeckt, die keinerlei Hinweis auf den Stand der Sonne gibt. Es ist elf Uhr vormittags. Ich könnte praktisch überall sein, denkt Harry. Er wendet sich nach rechts und setzt sich wieder in Bewegung.

Nach einer Weile hört er ein Auto hinter sich und hält den Daumen raus. Der Mann mit dem glatt an den Kopf geklebten Haar fährt an ihm vorbei, ohne ihn auch nur eines Blickes zu würdigen. Es kommen keine weiteren Autos, bis die Straße in ein bewaldetes Tal abfällt und in eine Hauptverkehrsstraße einmündet. Auf der gegenüberliegenden Seite fließen ein Kanal und dahinter ein Fluss, und dahinter wiederum erhebt sich ein Hügel, der wie der sanftmütige kleine Bruder von Muckish Mountain aussieht. Er ist bis ganz zur Kuppe hinauf mit Bäumen bewachsen. Die Schilder an der Kreuzung weisen nach rechts Richtung Mouzay und nach links Richtung Dun-sur-Meuse. Harry kann aber weder den einen noch den anderen Ort auf seiner Karte finden.

Während er noch immer auf seiner Karte sucht, hört er das Rumpeln eines näherkommenden Lastwagens. Mehr aus Gewohnheit denn aus Hoffnung hält Harry den Daumen raus, ohne von seiner Karte aufzublicken. Er hört das Kreischen von Bremsen, dann ertönt ein asthmatisches Schnaufen und ein drachenähnliches Zischen. Es ist ein französischer Armeelaster. Was soll ich denen sagen, wo ich hinwill?, überlegt Harry. Er hat keine Ahnung, wo er hier überhaupt ist. Dann tritt er an das Fenster auf der Fahrerseite des Lasters.

»À Strasbourg?«, fragt er auf gut Glück. Der Mann nickt und zeigt mit einer Daumenbewegung nach hinten auf die überdachte Ladefläche.

Um drei Uhr nachmittags wird Harry durch den Druck des neben ihm schlafenden Soldaten geweckt. Der Laster quält sich gerade einen steilen Abhang hinauf, so dass der Soldat gegen Harry rollt und ihn gegen das rückwärtige Brett quetscht. Die Soldaten, die mit Harry zusammen auf der Ladefläche liegen, befinden sich in einer Art Koma und schnarchen auf ihren Rucksäcken. Sie müssen die ganze Nacht marschiert sein, genau wie er. Er hört das ständige Krachen und Knirschen der Gangschaltung und das Heulen des geschundenen Motors, während der Laster um enge Kurven schwankt. Die Luft, die unter der Abdeckplane hereinströmt, ist sehr kalt und frostig geworden. Harry setzt sich auf und dreht ein paar Mal den Kopf. Er hat ein steifes Genick, nachdem er die ganze Zeit auf seinem Matchsack geschlafen hat, und die Dieselabgase des Lasters haben einen Geschmack in seinem Mund hinterlassen, der an alte Makrele erinnert. Er steckt den Kopf unter der Plane hervor, um frische Luft zu bekommen.

Eine Steinmauer schlängelt sich unter dem rückwärtigen Brett des Lasters am Fahrbahnrand entlang, und auf ihrer anderen Seite fallen die schneebedeckten Hänge einer bewaldeten Schlucht steil in den Nebel ab. Die Straße, die sie hinauffahren, ist ebenfalls mit Schnee bedeckt. Sie fällt in zahllosen Kurven hinter ihnen in die Tiefe ab und schmiegt sich eng an die Flanke eines Berges, dessen verschneiter Gipfel hin und wieder aus dem Nebel auftaucht, während sie sich in Schlangenlinien um die bewaldeten Felsnasen emporwindet. Gelegentlich streift das Dach des Lasters die unteren Äste der Bäume, die über die Straße hängen, und dabei lösen sich ganze Ladungen von Schnee, die mit einem dumpfen Plumps auf die Abdeckplane fallen und an den Seiten herunterrutschen.

Wahnsinn! Die verdammten Alpen! Harry wühlt hastig in seinem Matchsack, bis er seine arg zerknitterte Karte findet. Die Alpen sind ganz unten am Rand der Karte. Können sie in der kurzen Zeit derart weit gekommen sein? Aber vielleicht hat er ja auch einen ganzen Tag lang geschlafen. Er schüttelt den Soldaten neben ihm, bis der grunzt und sich rührt und die Augen aufmacht. »*Les Alpes?*«, fragt Harry und zeigt nach draußen.

»*Non, les Vosges*«, erwidert der Soldat. Er nimmt Harry die Karte aus der Hand und tippt mit dem Finger auf die entsprechende Stelle. Tatsache, da steht es – Vogesen –, in Buchstaben, die sich halbkreisförmig um Straßburg herumziehen. Harry hat zwar noch nie von den Vogesen gehört, aber was soll's. Jetzt ist er fast am Ziel angelangt.

»*Merci*«, sagt er, aber der Soldat schnarcht schon wieder.

28

Zwei Stunden später hält der Laster zischend mit einem unsanften Ruck an, und von der Fahrerkabine ertönt ein dumpfer Knall. Sie sind bereits eine halbe Stunde lang durch Straßburg gefahren, und Harry hat sich schon gefragt, wo er wohl aussteigen soll. Er nimmt seinen Matchsack, springt von der Ladefläche und geht nach vorn zur Fahrerkabine. Der Fahrer zeigt auf irgendetwas hinter Harry, macht das Alles okay!-Zeichen mit dem Daumen, und dann rumpelt der Laster davon. Harry dreht sich um. Eine Kathedrale; das hier muss das Stadtzentrum sein. Sie sieht sehr alt aus, macht aber trotzdem einen unfertigen Eindruck. Baugerüste ziehen sich auf allen Seiten bis ganz nach oben, und sie hat nur einen Turm, wo ganz offensichtlich zwei geplant waren. Die Straße, die zu der Kathedrale hinaufführt, ist auf beiden Seiten von Läden gesäumt. Ein alter Mann verkauft geröstete Esskastanien aus einer Modell-Lokomotive. Harry fragt ihn, wo der Bahnhof ist, und der Mann beschreibt ihm in aller Ausführlichkeit den Weg. Als er Harrys verwirrtes Gesicht sieht, erkundigt er sich, wo Harry denn hinwolle. »Keine Züge nach Obernai«, sagt er. »Nur Busse. Aber heute Abend nicht mehr. Morgen früh.« Er erklärt Harry, wie man zum Busbahnhof komme, er liege gleich um die Ecke. Harry bedankt sich und fragt dann, ob der Mann weiß, wo das Bekleidungsgeschäft der Fischers ist. Marie hilft manchmal im Laden aus. Vielleicht ist sie ja heute dort.

»Fischer. Fischer.« Der Mann legt den Zeigefinger an die Nasenspitze und schließt einen Moment die Augen. Dann dreht er Harry an den Schultern herum und zeigt die Straße hinunter. »Geradeaus. Über diesen Platz dort. Und dann die Straße geradeaus weiter. Fünf Minuten zu Fuß.«

Der Laden ist noch geöffnet, als Harry ihn findet. Draußen herrscht schon wieder Dunkelheit, deshalb kann Harry aus ein paar Schritten Entfernung in das erleuchtete Innere spähen, ohne von irgendjemandem gesehen zu werden. Es gibt keinen Zweifel daran, dass dies das Geschäft der Fischers ist, mit den Tweedjacketts im Schaufenster. Marie ist nicht im Laden, aber er kann Monsieur Fischer herumhantieren sehen. Harry will nicht von ihm gesehen werden. Der alte Fischer würde höchstwahrscheinlich quer schießen und seine Pläne durchkreuzen, noch bevor er dazu käme, Marie zu sehen.

Das Beste wäre, einen günstigen Zeitpunkt abzuwarten, um Marie allein zu erwischen. Harry liest die Öffnungszeiten an der Tür: acht bis achtzehn Uhr. Um neun Uhr fängt der Unterricht in Maries Schule an. Harry wird versuchen, so gegen acht vor ihrem Haus in Obernai zu sein. Er geht wieder zurück Richtung Kathedrale. Sie ist jetzt von Scheinwerfern angestrahlt und schwebt wie eine Vision über den steilen Dächern der Häuser. Wie das Skelett irgendeines riesigen Meeresungeheuers, das bis auf seine federleichten Knochen vermodert ist, die Gelenke mit Korallen überkrustet. Dieser Teil der Stadt ist uralt, älter als alle Städte, die Harry kennt, und er mutet wie ein Bild aus einem Märchen an mit Fachwerkhäusern, deren Obergeschosse in einem unwahrscheinlichen Winkel nach vorn ragen.

Harry fühlt sich von innerem Frieden erfüllt. Morgen wird er Marie sehen, und dann wird er ihr alles erklären. Er versucht, sich ihr Gesicht vorzustellen, wenn sie ihn sieht. Nun bleibt er stehen und betrachtet sein Spiegelbild in einer Schaufensterscheibe, dann zieht er an einem Strohhalm, der aus seiner hinteren Hosentasche heraushängt. Harry hat nicht mehr geduscht, seit er aus Kilmartin abgehauen ist. Wie lange ist das jetzt her? Erst vier Tage, unglaublich. Trotzdem, seit vorgestern Morgen hat er sich noch nicht einmal mehr gewaschen. Es ist dringend nötig, dass er einen Ort findet, wo er sich gründlich säubern kann.

Leute überholen ihn mit schnellen Schritten auf dem Weg zu irgendeinem Ort, wo sie den Abend verbringen werden. Harry schlendert weiter durch die schmalen Straßen um die Kathedrale. Paare lesen und diskutieren die Speisekarten, die draußen vor den Restaurants aushängen. Sie sehen sorglos und unbekümmert aus. Harry spürt ihre Vorfreude und Erregung und fühlt Neid in sich aufwallen.

Eine große Gruppe von jungen Leuten, ein paar Jahre älter als Harry, biegt Arm in Arm in die Straße ein, während sie laut miteinander reden und lachen. Sie tragen flauschige

Mäntel und Schals, aber die Mädchen haben trotz der Kälte Miniröcke an. Sie steuern mit schnellen Schritten auf ein Restaurant zu. Von der anderen Straßenseite aus beobachtet Harry, wie sie sich an einem großen Tisch in der Mitte des Raums niederlassen, ihre Gestalten verzerrt durch die grünen Butzenscheiben in den Fenstern. Offensichtlich sind sie Studenten, und dies ist ihre Stammkneipe. Es wäre schön, einer von ihnen zu sein. Es ist das erste Mal seit Paddys Tod, dass Harry wieder das Bedürfnis nach Gesellschaft verspürt. Er überquert die Straße, um sich die Speisekarte anzusehen, und dabei fällt sein Blick auf ein kleines Schild, das links von der Karte im Türeingang hängt. »Hôtel Michelet.«

Eine halbe Stunde später ist Harry geduscht und rasiert und betritt das Restaurant, um sich an einen Tisch neben der Studentengruppe zu setzen. Das Hotelzimmer ist überraschend billig gewesen, nur fünfzehn Francs – abgesehen davon rechnet er damit, dass er es sowieso nur für eine Nacht braucht.

Die Studenten achten nicht weiter auf Harry, bis er sich ein Bier bestellt. Da dreht sich einer der jungen Männer mit einem Che-Guevara-Bart und Baskenmütze zu ihm um. »Du bist Engländer?«

»Nein, Ire.«

»Und was führt dich nach Straßburg?«

Harry zuckt die Achseln. »Liebe.«

»Den ganzen weiten Weg von Irland nach Straßburg aus Liebe«, sagt das Mädchen auf Ches anderer Seite. »Das ist aber eine große Liebe!« Sie zeigt auf den Jungen, der neben ihr sitzt. »Mein Freund hier hat mich gestern Abend noch nicht mal nach Hause gebracht, und dabei wohne ich hier in Straßburg.«

Der Freund runzelt ärgerlich die Stirn. »Ich hab's ihr schon tausend Mal erklärt. Gestern Abend gab's Fußball im

Fernsehen. Und überhaupt, wieso bist du ganz allein, wenn deine Liebe so groß ist?«

»Setz dich doch zu uns«, fordert Che Harry auf.

Harry setzt sich zwischen Che und das Mädchen.

»Wo ist deine Freundin?«, fragt sie. Sie sieht aus wie Kleopatra mit ihren schwarz umrandeten Augen und den dunklen, zu einem Bob geschnittenen Haaren, aber mehr wie diejenige in *Carry on Cleo* als wie Elizabeth Taylor.

»In Obernai«, erklärt Harry.

»Diese lächerliche Entfernung kann dich doch sicherlich nicht daran hindern, sie zu sehen, wenn du nun schon den ganzen weiten Weg von Irland gekommen bist?«

»Ich fahre morgen zu ihr.«

»Sie wird sehr glücklich sein!«

»Das hoffe ich doch. Sie weiß nicht, dass ich komme.«

»Liebt sie dich denn nicht wieder?«

»Vielleicht hat sie aufgehört, mich zu lieben.«

»Wieso?«

»Ich habe eine andere geliebt.«

Das Mädchen sieht Harry verwirrt an. »Du hast doch gesagt, du liebst dieses Mädchen in Obernai.«

»Das mit der anderen war nicht Liebe, das war ...«

»Sex«, wirft Che ein und nickt verstehend.

»Ja.«

»Aha«, wirft der Freund des Mädchens ein. »Ich gehe wenigstens nicht fremd, sondern seh mir nur Fußball an.«

»Deine Freundin ist zu bourgeois«, bemerkt Che.

Platten mit dampfendem Sauerkraut, gespickt mit Würsten und übersät mit gekochtem Fleisch, werden serviert, und die Gruppe wendet ihre Aufmerksamkeit dem Essen zu. Harry findet, dass es wohl nur jemand anrühren würde, der kurz vorm Verhungern ist. Da bekommt er selbst einen Teller gereicht. Von allen Seiten werden schmale Stücke Schweinefleisch und Würste darauf gehäuft, während man ihm die feinen Köstlichkeiten erklärt. Die Unterhaltung konzentriert sich auf den Vergleich von hiesigen Würsten mit denen in anderen Orten. Harry kann nicht verstehen, worüber sich seine Tischgenossen eigentlich so ereifern, schließlich ist es nur Essen. Dann merkt er plötzlich, dass er einen Bärenhunger hat, und macht sich über seine Mahlzeit her.

Stunden später überqueren Harry und Che den Platz vor der Kathedrale. Alle anderen sind verschwunden.

»Sieht du die Kathedrale?«, fragt Che und packt Harry bei der Schulter.

»Ja.«

»Wenn ich am Tag hier entlanggehe und zu ihr hochsehe, vergehe ich vor Angst wie ein Feigling.« Er ahmt einen Anfall von heftigem Zittern nach.

»Dir wird schwindelig«, nickt Harry.

»Ja. Dann glaube ich, die Kathedrale wartet nur darauf, dass ich um die Ecke komme, damit sie auf mich stürzen kann. Pouf! Aber wenn ich Wein getrunken habe, bin ich ein Held. Ich kann hin und her gehen und zu ihr hochsehen, ohne dass es mir was ausmacht.« Er beweist seine Worte, indem er die Nase in die Luft reckt und verächtlich zu der Kathedrale hochstarrt. Als er das dritte Mal an Harry vorbeistolziert, hält Harry ihn fest. »An der Kathedrale fehlt ein Turm«, sagt er.

Che verdreht die Augen und blickt erst kopfschüttelnd Harry an und dann die Kathedrale. »Polizei!«, ruft er.

Sie sitzen in einem anderen Lokal. Che sagt, es hieße das *Heilige Grab*.

»Sollte statt einer Tür einen Stein zum Wegrollen haben«, meint Harry dazu. Sie trinken elsässischen Rotwein.

»Die Mädchen sind alle weg«, sagt Che, während er sich leicht schwankend umsieht. »Gut. Jetzt können wir über die Liebe reden. Du bist aus Liebe nach Straßburg gekommen. Das ist gut, denn ...« Er hebt einen Finger und sieht Harry an. »Denn Liebe ist ...« Seine Augäpfel verdrehen sich unter zuckenden Lidern nach oben, bis nur noch das Weiße zu sehen ist, und sein Kinn hängt herunter, als ob er einen plötzlichen Anfall von Kiefersperre hätte. Dann klappt er mit hörbarem Ruck den Mund zu und öffnet die Augen. »Ich weiß. Wir werden sagen, was Liebe *nicht* ist. Das ist einfacher. Du fängst an.«

29

Jemand klopft energisch an Harrys Tür. Er liegt voll bekleidet auf seinem Hotelbett, das Licht brennt. »Es ist zehn Uhr, Monsieur. Sie müssen jetzt zum Frühstück herunterkommen. Es ist Ihre letzte Chance, weil ich gleich weg muss.«

Harry setzt sich mühsam auf. »Okay. Ich komme gleich.« Sein Schädel ist wie ein riesiger, schmerzhaft pochender Nerv, und seine Kehle fühlt sich an, als ob sie jemand mit einer Toilettenbürste und Scheuerpulver ausgeschrubbt hätte. Er kann sich überhaupt nicht mehr daran erinnern, wie er zum Hotel zurückgekommen ist.

Sie waren stundenlang durch die nächtliche Stadt gewandert, auf der Suche nach dem Hotel. An diesen Teil zumindest kann er sich noch erinnern. Einmal waren sie an irgendeinem Fluss, Klein Venedig oder so was. Ein riesiger Kreisverkehr mit Springbrunnen in der Mitte.

»Der Name, der Name, du musst dich an den Namen erinnern!«, drängte Che ihn.

»Ich versuch' es ja, aber er fällt mir partout nicht mehr ein. Halt, nein, warte, es war irgendwas mit 'nem Reifen. Genau, das Hotel hieß wie ein Reifen.« Che verstand nicht, was er meinte, und Harry kannte das französische Wort nicht. Er torkelte zu einem parkenden Auto und deutete auf einen der Reifen.

»Pneu?«

»Ja.«

»Pirelli?«

»Nein.«

»Dunlop?«

»Ein französischer Reifen!«

»Michelin.«

»Genau, das ist es!«

»Ich hoffe, du meinst nicht das Hôtel Michelet?«

»Ganz genau!«

»Aber das ist doch direkt neben dem Restaurant, in dem wir als Erstes waren!«

»Stimmt.«

Bei der Erinnerung daran, was Che da für ein Gesicht machte, lacht Harry laut auf, aber das Lachen vergeht ihm sofort wieder, weil es seine Gehirnmasse schmerzhaft gegen seinen Schädel zu drücken scheint. Er schließt die Augen und stößt den Atem langsam zwischen den Zähnen aus. Als er die Augen wieder aufmacht, fällt sein Blick auf die Liste mit den Zimmerpreisen an der Tür. Fünfzehn Francs. Großer Gott! Er wühlt hastig in seinen Taschen. Keine Scheine mehr. Er zählt die Münzen, die er noch hat. Fünf Francs vierzig. Scheiße, Scheiße, Scheiße! Er hat eine vage Erinnerung daran, dass der Rotwein sehr teuer war. Wie viele Flaschen hatten sie eigentlich bestellt?

Egal, was soll's.

»Kann ich noch eine Nacht bleiben?«, fragt er beim Frühstück.

Der Hotelbesitzer lässt die Zeitung sinken. »Lässt du dein Gepäck hier?«

»Ja.«

»Gut.«

Das wäre also erst mal geregelt. Harry zieht seine letzte saubere Garnitur Unterwäsche an und schlüpft wieder in seine Schuluniform. Er lässt das grüne Kordsamtjackett und die Krawatte, die er die gesamte Reise über getragen hat, in seinem Matchsack und knöpft den Mantel zu, damit man den Schulblazer nicht sehen kann. Dann vergewissert er sich, dass er beide Pässe dabei hat, und verlässt das Hotel. Nachdem er die Busfahrkarte nach Obernai gekauft hat, bleiben ihm gerade noch drei Francs zwanzig. Nun gut, meinetwegen, denkt er. Er wird wie ein Pilger aus uralten Zeiten zu Marie kommen, ohne einen Pfennig Geld, und sich ihr auf Gnade und Ungnade ausliefern.

In Obernai zeigen ihm die Leute den Weg zu den terrassenförmig angelegten Weinhügeln am anderen Ende des Dorfes und weisen ihn hinter dem Marktplatz nach rechts, vorbei an der Kirche und dem Friedhof. Eine rote Backsteinmauer markiert die in Kurven ansteigende Straße, die an der Flanke des Hügels hinaufführt. Auf der Mauer ist ein Kopf mit einem Heiligenschein aufgemalt, umschlossen von einem zweiten, größeren Kreis, und daneben stehen die Worte »Clos St. Odile«. Genau wie Marie es beschrieben hatte. Harry steigt langsam die Anhöhe hinauf, während ihm die kalte Luft wieder einen klaren Kopf verschafft. Es ist ein schöner Tag. Die schräg fallenden Strahlen der Vormittagssonne erhellen das Herbstlaub in den Weingärten, so dass die Blätter aussehen, als ob sie von innen leuchteten. Die Geräusche aus dem Dorf scheinen sehr weit entfernt zu sein.

Rechts von dem heiligenscheinumrahmten Kopf ist ein schmiedeeisernes Tor in die Backsteinmauer eingelassen. Auf dem kleinen Metallschild, das an die Stangen des Tores gelötet ist, steht »Fischer«. Harry öffnet das Tor und geht hindurch. Das Haus, das am Ende der kiesbestreuten Auffahrt steht, sieht mehr wie die Häuser aus, die er auf seiner Reise hierher gesehen hat, als wie die mit Fachwerk versehene Art, die im Dorf selbst und in Straßburg vorherrscht. Die Fenster im oberen Stockwerk haben die gleichen Proportionen wie diejenigen im Erdgeschoss, was dem Haus irgendwie ein wachsames Aussehen verleiht. Kies knirscht unter Harrys Füßen. Der Rasen weist Streifen von Raureif auf, und überall liegen Blätter, die zu feucht glänzenden Häufchen zusammengekehrt worden sind. Es ist sehr still.

Als Harry auf das Haus zugeht, schwingt die Vordertür auf. Harry verlangsamt seinen Schritt. Zuerst kann er nichts erkennen, aber dann macht er das Blinken von Brillengläsern aus, ungefähr in Taillenhöhe, und dann eine Gestalt, die in einem Rollstuhl sitzt.

»Bist du der irische Junge?«, spricht ihn die Gestalt auf Englisch an. Maries Großmutter.

»Ja.«

»Hab ich's mir doch gedacht. Ich habe schon die Polizei gerufen.«

»Die Polizei? Wieso denn das?«

»Das fragst du noch? Wir haben dich bereits erwartet. Deine Mutter hat uns angerufen.« Sie spricht genauso, wie die Leute in dem Zug in England gesprochen hatten, nicht mit Oberschicht-Akzent, wie Harry es eigentlich erwartet hatte.

Er geht die Stufen zur Haustür hinauf und blickt auf die alte Frau hinunter. Sie erwidert seinen Blick starr und mit grimmig vorgeschobenem Kinn. Über den Knien hält sie einen Stock.

»Ich möchte nur Marie sehen, weiter nichts.«

»Tja, das kannst du nicht. Sie will dich nicht sehen.«

»Ist sie zu Hause?«

»Bist du schwerhörig, oder was? Ich habe dir doch gerade gesagt, du kannst sie nicht sehen!«

Harry macht Anstalten, sich an der alten Frau vorbeizudrängen, aber sie dreht hastig den Rollstuhl herum, so dass er die Tür blockiert. »Lass meine Enkelin in Ruhe! Meinst du nicht, dass du schon genug Schaden angerichtet hast?«

»Tut mir Leid, aber es geht nicht anders«, erklärt Harry. Er packt die Räder und versucht, den Rollstuhl herumzudrehen, damit er ihn zurückschieben kann. Die alte Frau hält die Räder verbissen umklammert, doch als es Harry endlich gelingt, den Rollstuhl ein kleines Stück zurückzuschieben, lässt sie die Räder abrupt los, um mit dem silbernen Knauf ihres Stocks auf Harrys Hände einzuschlagen. Plötzlich neigt sich der Rollstuhl zur Seite und schwankt gefährlich auf zwei Rädern. Harry muss mit einem Satz nach vorn springen und den Stuhl an der Rückenlehne festhalten, um zu verhindern, dass er umkippt und seine Last in die Diele katapultiert. Ihre schnurrbärtige Kinnlade mahlt in ohnmächtiger Wut direkt neben seinem Gesicht, und ihre Lippen erzeugen spuckefeuchte, missbilligende Geräusche. Mit aller Kraft richtet Harry den Stuhl wieder auf und schiebt ihn weit genug zurück, um daran vorbeizukommen.

»Ich möchte nur mit ihr reden«, sagt er, seine Stimme zitternd vor Anstrengung. Die Alte droht ihm zornig mit ihrem Stock. Nun öffnet er die erste Tür auf der Linken und steckt nur kurz den Kopf hinein, um nachzusehen, ob Marie dort ist. Er will schließlich nicht, dass die alte Hexe ihn mit ihrem Rollstuhl rammt, ins Zimmer hineinbefördert und einschließt. Ein Wohnzimmer, aber es ist niemand drin. Harry flitzt über den Korridor und sieht in den gegenüberliegenden

Raum. Eine Art Arbeitszimmer, ebenfalls leer. Die Tür am anderen Ende des Korridors führt in die Küche. Auch dort ist niemand.

»Sie ist sowieso nicht zu Hause«, ruft die alte Frau.

»Ich glaube Ihnen nicht!« Dann hört er das Auto, das mit knirschenden Reifen die Auffahrt heraufkommt. Er rennt die Treppe hinauf und reißt der Reihe nach die Türen im ersten Stock auf. Badezimmer. Schlafzimmer. Schlafzimmer. Abgeschlossen. Er rüttelt an der Tür. »Marie!«

Im Inneren des Zimmers kann er Schritte hören.

»Wage es nicht, die Tür aufzumachen, Mädchen!«, kreischt die alte Frau von unten.

»Harry?«

»Mach die Tür auf, bitte, Marie. Ich muss unbedingt mit dir sprechen.«

»Es gibt nichts mehr zu sagen. Du hättest nicht kommen sollen.« Ihre Stimme ertönt direkt hinter der Tür.

»Bitte, Marie! Ich habe dir Gott weiß wie oft geschrieben, aber sie geben dir meine Briefe nicht.« Er kann Marie auf der anderen Seite der Tür atmen hören. »Bitte, Marie, mach auf!«

»Es gibt nichts, was du schreiben könntest, das noch irgendetwas ändern würde.«

Er hat sein Ohr an die Tür gepresst, und er kann fühlen, wie das Holz der Türfüllung beim Klang ihrer Stimme an seiner Wange vibriert. Aus diesem Grund bemerkt er die Polizisten nicht, die leise von hinten auf ihn zukommen, bis sie plötzlich seine Handgelenke packen und ihm Handschellen anlegen.

Die alte Frau beobachtet mit grimmiger Miene, wie sie ihn die Treppe hinunterbugsieren und an ihr vorbei zur Haustür hinausschieben.

»Sie hatten kein Recht, ihr meine Briefe vorzuenthalten«, ruft Harry. »Ich liebe Marie.«

»Liebe, pah!«

Draußen reckt Harry den Hals, um zum Haus zurückzublicken, während die Polizisten ihn zu dem wartenden Auto befördern. In einem Zimmer im ersten Stock ist die Jalousie heruntergelassen, aber die Lamellen sind nicht ganz geschlossen, und als Harry zu dem Fenster hinaufsieht, erscheint eine schattenhafte Gestalt hinter der Jalousie, umrissen von dem Licht, das im Raum brennt. Die schemenhafte Gestalt bleibt am Fenster stehen, als er in das Auto verfrachtet wird. Er beobachtet sie durch das Rückfenster, so lange er kann, bis der Wagen auf die Straße einbiegt.

»Gott, als ob ihr Leute uns nicht schon genug Ärger machen würdet!« Der junge Mann vom britischen Konsulat in Straßburg schüttelt den Kopf, seufzt schwer und wippt mit dem Fuß. Sein Haar ist sorgfältig gescheitelt und mit Pomade zur Seite gekämmt, und er trägt ein dunkelblaues Jackett mit einem Abzeichen darauf, ein weißes Hemd, eine gestreifte Krawatte, graue Flanellhosen und schwarze Schuhe: der typische Aufsichtsschüler, wie Harry ihn von seiner Schule her kennt. »Du kommst mit einem falschen Pass und ohne einen Pfennig Geld hierher, brichst in ein Haus ein, greifst eine hilflose alte Frau an, und dann erwartest du von uns, dass wir dich aus dem ganzen Schlamassel wieder herausholen. Das ist ein bisschen zu viel verlangt, fürchte ich.« Er wippt wieder mit dem Fuß. »Ich nehme an, du schwänzt auch noch die Schule. Kannst du mir vielleicht mal verraten, weswegen du das alles gemacht hast?«

»Aus Liebe«, erklärt Harry.

»Ah ja, natürlich. Aus Liebe, na klar doch.« Der Mann zieht eine Zigarette aus einer Schachtel Benson & Hedges und zündet sie an. Dann ignoriert er Harry geflissentlich, während er raucht, zwischen den einzelnen Zügen trompetenartige Geräusche mit den Lippen macht und mit den Fingern irgendeinen Rhythmus auf die Zigarettenschachtel trommelt.

Der Polizeisergeant kommt zurück und nimmt umständlich hinter seinem Schreibtisch Platz. Er ist ein kleiner, kräftig gebauter Mann mit Haar, das sorgsam vom Nacken hochgekämmt und über eine kahle Stelle weiter oben drapiert ist. Er spricht recht gut Englisch. Nun zieht er den Bericht, den er getippt hat, aus seiner Schreibmaschine, legt ihn auf den Schreibtisch, liest ihn kurz durch und blickt dann auf. »Monsieur Fischer ist gerade hier gewesen«, sagt er zu Harry gewandt. »Er hat darauf verzichtet, gegen dich, äh …«

»Anzeige zu erstatten«, ergänzt der Mann vom Konsulat.

»Anzeige zu erstatten, genau. Es scheint so, dass alles ein Irrtum ist und dass du ein … ein Freund der Familie bist, mehr oder weniger. Es steht dir frei zu gehen.«

»Na ja, das ist doch schon mal was«, kommentiert der Konsulatsbeamte. »Jetzt müssen wir nur noch zusehen, dass wir dich nach Hause zurückbefördern.«

»Auch das ist schon arrangiert. Von Monsieur Fischer. Er hat für dich einen Platz in dem Flugzeug gebucht, das heute Abend von Straßburg nach London fliegt. Und er schickt dir das hier.« Der Sergeant legt eine englische zwanzig-Pfund-Note auf den Schreibtisch. »Das ist für den Anschlussflug nach Belfast.«

Harry will nach dem Geldschein greifen, aber der Sergeant lässt noch seine Hand darauf liegen. »Monsieur Fischer möchte das Geld nicht zurückhaben, weil er dich nie wieder sehen möchte.«

»Ein Freund der Familie, in der Tat«, bemerkt der englische Konsulatsbeamte.

»Und du scheinst außerdem irgendwelche Papiere zu haben, die dem jungen Mädchen gehören«, sagt der Sergeant.

Harry wühlt in seiner Tasche und holt Maries Pass heraus. Dann bricht er plötzlich in Tränen aus.

»Herrgott noch mal!«, sagt der junge Mann vom Konsulat und greift nach dem Pass.

»Finger weg!«, schnieft Harry und reißt ihm den Pass aus der Hand. Er legt ihn auf den Schreibtisch. Der Polizist nimmt ihn und überlässt Harry den Geldschein.

»Damit bliebe also nur noch die winzig kleine Angelegenheit mit deinem eigenen Pass zu klären«, sagt der Engländer.

»Was ist denn mit dem Pass?«, fragt der Sergeant. »Er ist gültig, das haben wir überprüft. Es sei denn, das hier ist nicht Brian McClelland, wie wir es im Protokoll vermerkt haben.«

Harry und der Konsulatsbeamte sehen sich schweigend an. Der Beamte zieht abermals an seiner Zigarette, wippt mit dem Fuß und sieht zum Fenster hinaus. Der Polizeisergeant blickt vom einen zum anderen.

»Dann gibt es also kein Problem«, sagt der Polizist. »Sie müssen den jungen Mann auf Ihrem Rückweg in die Stadt nur zum Flughafen bringen und in die Maschine nach London setzen, das ist alles. Und Sie werden uns bitte darüber informieren, dass Sie das getan haben.« Er nimmt den Bericht, zerreißt ihn in zwei Hälften und wirft ihn in den Papierkorb.

»Es ist nicht immer so leicht, von neuem zu beginnen, junger Mann«, sagt er dazu.

30

Harry wirft seine Schultasche in eine Ecke der Küche, schenkt sich eine Tasse Tee aus dem Kessel auf dem Herd ein und greift nach dem *Newsletter.* Er geht ins Wohnzimmer, wo seine Mutter das Feuer im Kamin angezündet hat, und setzt sich, um zu lesen. Nach einer Weile kommt seine Mutter aus dem Laden herein.

»Sieht ganz so aus, als ob O'Neill es geschafft hätte«, sagt Harry. »Hör dir das hier an: ›Flut von Glückwünschen‹, ›Bürgerrechtler reagieren – appellieren in erster Linie an Vernunft und christliche Gesinnung der Unionisten‹, ›Wir unterstützen O'Neill‹. Hast du all diese Seiten mit Briefen von Befürwortern gesehen?«

»Im Radio erzählen sie eine andere Geschichte«, erwidert seine Mutter. »Craig führt irgendwas im Schilde. Und es gibt viel böses Blut deswegen. Ich höre es tagtäglich von den Kunden im Laden. Die Leute reden ständig davon, dass O'Neill uns ganz schön verschaukelt. Dein Vater stimmt ihnen sogar zu, wenn er gerade dazu aufgelegt ist.«

»Ach, Dad.«

»Er ist kein schlechter Mann, dein Vater, aber Menschen wie ihn muss man langsam und mit viel Geduld umstimmen, sonst schalten sie einfach auf stur. Und diese Leute von der Bürgerrechtsbewegung sind nicht daran interessiert, Andersdenkende zu überzeugen. Das Einzige, was die wollen, ist zu konfrontieren und zu provozieren. Sie wollen im Grunde überhaupt nicht, dass man ihren Forderungen nachgibt. Und unsere Seite will ihnen sowieso nicht nachgeben – sie würde dabei das Gesicht verlieren.«

»Wenn wir erst einmal dieses Wahlrecht haben, wird sich die ganze Aufregung wieder legen.«

»Ich habe über eine Geschichte nachgedacht, die ich mal als junges Mädchen gelesen habe, oben in Ardbane. Sie handelte von einem Boot, das in die äußeren Wirbel des Mahlstroms geriet. Man bemerkt es zuerst kaum, denn man kann den Strudel in der Mitte, der einen unaufhaltsam mit sich in die Tiefe reißen wird, nicht sehen. Aber es gibt kein Entrinnen. Genauso ein Gefühl habe ich bei dem, was jetzt vorgeht.«

Harry mag es gar nicht, seine Mutter so wie jetzt reden zu hören. Es ärgert ihn, dass er derjenige sein soll, der etwas Aufheiterndes sagt. »Seit wann bist du so pessimistisch?«, fragt er.

»Ich sehe die Dinge in letzter Zeit ganz einfach klarer, das ist alles. Dabei fällt mir übrigens ein, dass es höchste Zeit wird, uns mal über deine Zukunft zu unterhalten. Wie bist du in deinen Weihnachtsprüfungen zurechtgekommen?«

»Eigentlich ganz gut. In Geschichte habe ich ein bisschen schlechter abgeschnitten als bei den Abschlussprüfungen in der Mittelstufe, aber ich habe trotzdem bestanden, und der Lehrer meinte, dass ich den Rest problemlos aufholen kann. In englischer Literatur ist meine Zensur gleich geblieben, und die Französisch-Ergebnisse haben wir heute bekommen, da bin ich sogar ein bisschen besser geworden.«

Seine Mutter lehnt an der Tür, die Arme vor der Brust verschränkt. »Also, wie sehen deine Pläne aus?«

»Ich habe daran gedacht, von der Schule abzugehen und im Laden mitzuarbeiten, weil ihr doch immer davon redet, wie dringend ihr jemanden braucht.«

»Das kannst du dir aus dem Kopf schlagen.«

Draußen ertönt eine Autohupe. Mrs. Cooper.

»Du bist mir etwas schuldig.« Seine Mutter sieht ihn durchbohrend an. Weder sie noch sein Vater haben jemals ein Wort über das Geld verloren, das er aus dem Safe gestohlen hatte.

»Ich nehme von Dad kein Geld dafür, dass ich im Laden mithelfe. Ich zahle alles wieder zurück.«

Draußen ist abermals ein gebieterisches Hupen zu hören. Harry wünschte, seine Mutter würde endlich zu Mrs. Cooper hinausgehen.

»Ich spreche nicht von Geld«, fährt sie fort. »Ich spreche von mir. Hast du während der ganzen Zeit, die du dich selbst bemitleidet hast, eigentlich auch mal an mich gedacht? Hast du jemals darüber nachgedacht, was mir die Ferien in Donegal bedeutet haben? In Donegal hatte ich das Gefühl, jemand zu sein, so wie meine Eltern damals. Glaubst du, die McClellands und die Bryces und all die anderen würden uns hier in Kilmartin auch nur Guten Tag sagen? Leute wie wir fahren nach Portrush, wenn sie Urlaub machen. Und wohnen in einem Wohnwagen. Der letzte Sommer war für mich das Ende eines Traums. Nun, früher oder später müssen wir alle ohne unsere Träume leben. Ich kann nicht wieder nach Donegal fahren, und das ist in Ordnung, aber ich möchte, dass es zu meinen Bedingungen geschieht. Auf diese Weise kann ich damit fertig werden.«

Drei lange wütende Huptöne von draußen.

»Ich geh schon hin«, sagt Harry. Er tritt hinaus auf den Bürgersteig. Als er sich dem Rover nähert, dreht Mrs. Cooper mit einem Ruck den Kopf herum, um ihn böse anzustarren. Doch kurz bevor er das Fenster erreicht, schiebt sich seine Mutter vor ihn und beugt sich hinunter, um in das geöffnete Seitenfenster zu sprechen.

»Mrs. Cooper, wir freuen uns sehr darüber, Sie als Kundin zu haben, aber ich muss Sie bitten, in Zukunft persönlich in den Laden zu kommen, so wie jeder andere. Ihre Beine sind genauso gut wie meine.«

Harrys Mutter richtet sich wieder auf und tritt von dem Rover zurück, so dass Harry Mrs. Coopers zornerfüllte Miene sehen kann, als sie hektisch am Schalthebel hantiert und dann ruckartig wie eine Anfängerin davonfährt.

Als Harry ins Wohnzimmer zurückkehrt, sitzt seine Mutter bereits im Sessel und wartet auf ihn. »McAtamneys Haushalts- und Eisenwarengeschäft oben an der Straße macht zu, und wir pachten die Räumlichkeiten. Um einen von diesen Selbstbedienungs-Supermärkten zu eröffnen.«

»Ich wusste gar nicht, dass wir das Geld dafür haben«, erwidert Harry erstaunt.

»Dafür sind Banken schließlich da. ›Sie brauchen nicht so zu tun, als ob Sie uns einen Gefallen täten, Mr. Kerr‹, habe ich zu dem Filialleiter gesagt. ›Wenn Sie uns das Geld nicht leihen, dann gehe ich eben einfach zu den anderen Banken.‹ Das hat gewirkt. Da kriegte er es auf einmal hin, die Papiere zum Unterzeichnen fertig zu machen.«

»Dann werdet ihr Hilfe im Geschäft brauchen.«

»Aber nicht deine. Wir werden eine Verkäuferin einstellen, wir haben schon eine Anzeige aufgegeben. Ich möchte, dass du weiter zur Schule gehst, dein Abitur machst und studierst. An einer englischen Universität. Ich möchte, dass du hier rauskommst, zumindest für eine Weile.« Plötzlich fängt sie an zu weinen.

Harry kann nicht zu ihr gehen; er beobachtet die kleine weinende Gestalt in dem Sessel von irgendwo tief in seinem Inneren. Allmählich versiegen ihre Tränen wieder, und sie tupft sich die Augen mit einem Taschentuch ab. »Töricht, diese Heulerei. Wirklich töricht. Was würde dein Vater sagen, wenn er mich so sähe? Dann ist es also abgemacht, dass du die Schule beenden und studieren wirst?«

»Ja.«

»In Ordnung. Ich sollte jetzt besser wieder in den Laden zurückgehen. Wir waren gerade dabei, die Weihnachtsdekoration aufzuhängen. Du kannst kommen und uns helfen, wenn du fertig bist.«

31

Straßburg – Allerheiligen 1998

In seinem Traum ist Harry bereits ans Telefon gegangen, aber es klingelt unentwegt weiter und reißt ihn aus dem Tiefschlaf. Am anderen Ende der Leitung ist Monsieur Bruckmann, und Harry braucht einen Moment, um einigermaßen wach zu werden und sich auf das zu konzentrieren, was Bruckmann sagt.

Nach reiflicher Überlegung, erklärt der Franzose, und nach ausführlicher Beratung mit seinem Schulleiter hätten sie entschieden, das Projekt mit dem Schüleraustausch in Anbetracht der jüngsten Ereignisse nicht in die Tat umzusetzen. Mr. Moore werde das sicherlich verstehen. Aber das sei kein Grund, weshalb auch ihr Besichtigungsprogramm gestrichen werden sollte. Er werde Harry um halb neun zu der neun-Uhr-Sitzung im Europarat abholen.

Vielen Dank, aber nein, erwidert Harry, er würde den Tag lieber damit verbringen, sich auf eigene Faust ein bisschen in der Stadt umzusehen, er habe noch ein paar Einkäufe zu erledigen.

Einkäufe?, fragt Monsieur Bruckmann. Ob er denn vergessen hätte, dass die Läden heute alle geschlossen seien? Es sei Allerheiligen, ein nationaler Feiertag, an dem alle auf den Friedhof gehen, um ihre Familiengrabstätte zu pflegen und Kerzen darauf zu stellen. Das Einzige, was Harry heute kaufen könne, seien Blumen. Vielleicht würde Harry es unter diesen Umständen vorziehen, sich seine Modellanlage der Snowdonia-Eisenbahn anzusehen, komplett mit Bergen und schlechter Sicht, schlägt Monsieur Bruckmann vergnügt vor.

Schlechte Sicht?, fragt Harry verwirrt.

Gaze in den Tälern, um Nebel vorzutäuschen, erklärt Monsieur Bruckmann, und ein Klebstofffilm auf der Innenseite der Abteilfenster, um die Scheiben beschlagen aussehen zu lassen.

Vielleicht das nächste Mal, erwidert Harry, ohne daran zu denken, dass es kein nächstes Mal geben wird. Er wünscht Monsieur Bruckmann alles Gute und legt auf. Dann hockt er sich auf die Bettkante, gähnt, reibt sich die Augen. Dorthin geht Marie heute also, denkt er. Zur Familiengrabstätte in Obernai. Warum hat sie dann so ein großes Geheimnis darum gemacht? Hat sie etwa Angst, dass ihre Großmutter sich aus dem Grab erheben wird, wenn ich sie begleite? Was war noch das andere, das Bruckmann gesagt hat?

Er ruft Monsieur Bruckmann an.

»Was meinen Sie mit ›in Anbetracht der jüngsten Ereignisse‹?«, fragt er.

»Haben Sie denn nichts davon gehört?«

»Nein.«

»In Ballyraine ist gestern eine große Bombe explodiert. Sie haben in allen Nachrichtensendungen darüber berichtet. Das ganze Stadtzentrum ist zerstört worden.«

»Hat es Verletzte gegeben?«

»Es gab zum Glück keine Toten. Aber ein paar Leute wurden ins Krankenhaus gebracht.«

»Danke.«

Harry legt auf und wählt seine Nummer zu Hause.

»Ja?« Jennys verschlafene Stimme.

»Ist mit dir alles in Ordnung?«

»Weißt du eigentlich, wie viel Uhr es ist?«

»Sieben Uhr. Um diese Zeit stehst du doch sowieso auf.«

»Nicht nach Halloween, da stehe ich nicht so früh auf.«

»Okay. Entschuldige, dass ich angerufen habe. Und ich will auch gar nicht wissen, ob dir etwas passiert ist oder nicht.«

»Herrgott noch mal, Harry! Redest du von der Bombe, oder was?«

»Ja.«

»Na ja, also, mir geht's gut.«

»Und sonst?«

»Auch alles in Ordnung.«

»Ist irgendjemand, den wir kennen, verletzt worden?«

»Nein. Aber die Fenster sind zu Bruch gegangen. In der ganzen Siedlung. Und die Glaser können nicht vor morgen kommen. Und es regnet wieder mal, wie gewöhnlich. Die Stadtverwaltung hat eine Ladung Sperrholz unten an der Ecke abladen lassen, damit die Leute ihre Fenster damit zunageln können. Aber die Bretter sind zu schwer für mich.«

»Und dir fällt niemand ein, der dir helfen könnte?«

»Mistkerl!«

»Vielleicht könnte ich eine frühere Maschine nehmen.«

Keine Antwort. Nun mach schon, jetzt bist du dran.

»Kannst du denn eher aus Straßburg weg?«, fragt sie schließlich.

»Ich bin hier fertig, mehr oder weniger. Nun ja, weniger.«

»Hat es mit keinem deiner Pläne geklappt?«

»Der Schüleraustausch ist ins Wasser gefallen. Wegen der verdammten Bombe.«

»Und was ist mit deiner alten Freundin? Hast du sie gesehen?«

»Ich habe zufälligerweise bei ihr vorbeigeschaut, ja. Ich dachte, ich könnte es eigentlich mal versuchen. Nur so, auf gut Glück. Wieso weißt du überhaupt von ihr?«

»Na, du hast mir doch selbst von ihr erzählt. Gleich beim ersten Mal, als du mich in Canterbury nach Hause gebracht hast. Es muss kurz nach dem Tag gewesen sein, an dem wir uns kennen gelernt hatten. Erinnerst du dich nicht mehr daran? Nach dem Lindisfarne-Konzert.«

»Nein.«

»Du bist mit in mein Zimmer raufgekommen und hast mir alles über sie erzählt. Stundenlang. Und ich musste für den nächsten Tag noch ein Essay über *Germinal* schreiben.«

»War ich betrunken?«

»Oh, wahrscheinlich. Wie ist es gelaufen?«

»Wir haben uns über die alten Zeiten unterhalten.«

Schweigen am anderen Ende der Leitung.

»Hast du etwas von William gehört?«, will Harry wissen.

»Nein.«

»Jenny?«

»Was?«

»Werden wir es noch einmal miteinander versuchen?«

»Was denkst du?«

»Ich denke, das sollten wir.«

»Vielleicht sollten wir das.«

»Bye.«

»Bye.«

Harry ruft bei Air France im Straßburger Flughafen an. Ja, sagt die Frau, es gibt noch einen freien Platz in der Maschine, die um neunzehn Uhr an diesem Abend nach London fliegt, und sie können die Umbuchung ohne zusätzliche Kosten vornehmen. Nein, es tut ihr Leid, sie kann den Flug nur bis zum Mittag für ihn reservieren, er muss bis dahin persönlich vorbeikommen, um die Buchung endgültig zu bestätigen. Busse zum Flughafen fahren von der Place Kléber ab.

Verdammt. Jetzt wird er den Vormittag damit verbringen müssen, die Buchung vornehmen zu lassen, und es hat keinen Zweck, Marie anzurufen, bevor er den Platz in der Abendmaschine auch wirklich bekommt.

Der Bus braucht endlos lange, um sich einen Weg durch Straßburg zu bahnen. Von seinem erhöhten Aussichtspunkt am Busfenster blickt Harry auf das Verkehrsgewühl in den Straßen und auf Wagen mit ganzen Ladungen gelangweilt aussehender, dunkel gekleideter Leute auf den Vordersitzen und Blumensträußen auf dem Rücksitz. Während sich die Fahrt durch die Stadt in die Länge zieht, ist Harry mehr und mehr versucht, einfach aus dem Bus zu springen, wenn sie an einer Ampel halten müssen. Aber er hat keine Ahnung, wo er ist, und er hofft immer noch, dass der Flughafen nicht mehr allzu weit entfernt ist. Und so bleibt er sitzen, während er immer wieder auf seine Uhr blickt und beobachtet, wie die Minuten vergehen. Die Sache mit dem Schüleraustausch wird sich ganz bestimmt noch irgendwie regeln lassen. Man muss nur ein bisschen umplanen. Wenn sich die Dinge zu Hause an allen Fronten wieder beruhigt haben, werde ich mich wieder mit Monsieur Bruckmann in Verbindung setzen. Oder ich werde mit irgendeiner anderen Schule in Straßburg Kontakt aufnehmen. Zum Beispiel mit der Schule, auf die Maries Tochter geht. Sie sind alle total scharf darauf, britische Partnerschulen zu haben. Und sie brauchen immer Begleitpersonen bei den Austauschreisen. Marie könnte bei mir wohnen. Bei uns?

Habe ich völlig den Verstand verloren?

Doch als Harry schließlich wieder auf der Place Kléber angelangt ist, ist es schon nach zwei Uhr, und er braucht eine weitere Viertelstunde, um zu Maries Geschäft zu kommen. Er findet den Namen »Bonnardot« auf einem Klingelschild in dem Türeingang auf der Seite des Ladens, aber es macht niemand auf. Verdammt. Er hat Marie verpasst. Jetzt wird er warten müssen, bis sie aus Obernai zurückkommt. Sie glaubt womöglich, es genügt vollauf, wenn sie um sechs wieder zu Hause ist, falls sie an diesem Abend ausgehen wollen.

Aber um die Zeit muss Harry bereits am Flughafen sein. Was, wenn sie noch zu ihrem alten Haus in der Rue de La Paix geht, um dort nach dem Rechten zu sehen oder Ordnung zu machen? Harry steht unentschlossen da und blickt in das Schaufenster des Ladens neben Maries Geschäft. Eine Boutique mit teurem Kunsthandwerk aus der Dritten Welt. Hoch aufgeschossene afrikanische Jäger, aus Ebenholz geschnitzt. Nashörner und Krokodile aus Speckstein. Was in Gottes Namen sind diese riesigen knubbeligen Dinger, die wie Kartoffeln aussehen oder wie vom Meer umspülte Felsbrocken? Ah, Buddhas, die sich vornüberkrümmen und voller Schmerz ihr Gesicht verbergen. Oder die sich vor Lachen den Bauch halten.

Er sieht das Spiegelbild eines Taxis in der Schaufensterscheibe und dreht sich gerade noch rechtzeitig um, um es herbeizuwinken. Eine Dreiviertelstunde später bahnen sie sich Meter für Meter einen Weg durch die Straßen von Obernai, die mit Touristen verstopft sind. Nichts kommt Harry irgendwie bekannt vor. Obernai sieht genauso aus wie die anderen Dörfer, durch die er gestern mit Marie gefahren ist. Aber heute macht ihn das alles kribbelig: die gepflegten Häuser mit den üppig blühenden Blumen in den Kästen, die Dächer, die wie Hexenhüte aussehen. Das Ganze mutet wie eine Szene aus einem Walt Disney Zeichentrickfilm an. Was muss man bloß für ein Pingelfritze sein, um sein Haus so peinlich sauber und ordentlich zu halten? Und auch die Touristen gehen ihm auf die Nerven, die andauernd wie tollpatschige Kühe vom Gehweg herunterstolpern und dem Taxi in die Quere kommen.

»Drücken Sie auf die Hupe«, sagt er zu dem Fahrer.

»Zahlen Sie das Bußgeld?«

»Ja.«

»Wozu die Eile? Wir werden schon noch ankommen. Am Ende kommt jeder auf den Friedhof.«

Dann sieht Harry am anderen Ende des Dorfes ein Bild, an das er sich noch von damals her erinnert: den aufgemalten Kopf auf der Backsteinmauer, die sich den Hügel hinaufzieht. Er weist den Fahrer an, am Friedhof vorbei- und die Straße hinaufzufahren, die zu Maries Elternhaus führt. Harry hat sich ein altes, leer stehendes, mit Brettern vernageltes Haus vorgestellt, mit einem verrosteten Vorhängeschloss am Tor und Maries Twingo in der Einfahrt. Doch auf der Straße davor herrscht ein ziemlicher Betrieb; Autos parken zu beiden Seiten der Fahrbahn, und Leute, ebenfalls mit Blumensträußen und Kränzen beladen, kommen und gehen. Auf dem gepflegten Grundstück kann Harry überall Bänke auf dem Rasen stehen sehen. Einen Moment lang überkommen ihn Zweifel, ob dies wirklich der richtige Ort ist, aber es gibt kein anderes Haus in der Nähe. Und dann erkennt er die Läden an den Fenstern im Obergeschoss wieder. Erst jetzt sieht er das Schild am Tor, *Maison de Retraîte*. Es ist ein Altersheim. Harry verflucht den Impuls, der ihn dazu getrieben hat, das Taxi nach Obernai zu nehmen. Wenn er es jetzt nicht mehr schafft, Marie auf dem Friedhof am Fuß des Hügels zu erwischen, dann wird der ganze Ausflug umsonst gewesen sein.

Der Friedhof zieht sich auf drei Seiten um eine Backsteinkirche herum, auf dem ganzen Gelände Gruppen und Grüppchen von Leuten, hauptsächlich alten Frauen, die mit Besitzermiene geschäftig um die Gräber eilen. Das Tageslicht verblasst allmählich, es ist nicht mehr hell genug, um irgendjemanden zu erkennen, außer aus nächster Nähe. Deshalb beginnt Harry, zwischen den Gräberreihen entlangzugehen, auf der Suche nach dem Namen Fischer auf den Grabsteinen. Manche Gräber, vermutlich die der erst kürzlich Verstorbenen, sind in ein Meer von Licht getaucht, das von unzähligen flackernden Kerzen stammt. Auf anderen brennt lediglich eine einzige Flamme, und einige sind vollkommen in Dunkelheit gehüllt. Die einzigen Geräusche sind das Knirschen von Kies und das laute Rauschen von Wasser, das in Gießkannen strömt. Hier herrscht eine Atmosphäre der Ruhe und des Friedens. Harry kann sie trotz des Tumults in seinem Inneren deutlich spüren, als ob er bei Nacht aus einem Flugzeug auf Lichter in der Landschaft hinunterblicken würde. Er entdeckt eine ältere Inschrift, aber sie ist für einen Ludwig Fischer und seine Ehefrau Else; beide starben am Ende des letzten Jahrhunderts. Vielleicht liegen Maries Eltern überhaupt nicht auf diesem Friedhof hier begraben.

»Entschuldigen Sie, ich suche nach dem Grab der Familie Fischer«, sagt er zu einer alten Frau, die konzentriert an einem Grab arbeitet, vornübergebeugt wie eine Kellnerin, die mit großer Sorgfalt einen kunstvollen Tisch deckt.

Sie richtet sich mühsam auf, eine Hand aufs Kreuz gepresst. »Es gibt hier viele Fischers«, erwidert sie.

»Marie Fischers Familie. Sie hat auf diesem Hügel dort gewohnt.«

»Ah, Maurice Fischer. Die alten Leute oder der Sohn?«

»Die alten Leute, schätze ich mal. Eigentlich suche ich Marie selbst. Ich dachte, sie wäre heute vielleicht hierher gekommen. Haben Sie sie gesehen?«

»Sie sind hier gewesen, aber es kann sein, dass sie inzwischen wieder gegangen sind.« Die alte Frau blickt an Harry vorbei. »Das Grab ist dort drüben, an der Mauer. Direkt vor dem Wasserhahn.«

Harry geht mit raschen Schritten in die angegebene Richtung. Er kann den Wasserhahn sehen, aber es ist niemand in der Nähe. Dann blickt er zum Friedhofstor zurück. Niemand bewegt sich darauf zu. Er hat Marie wahrscheinlich knapp verpasst. Das Taxi draußen ist auch verschwunden. Harry hatte den Fahrer gebeten, erst in einer halben Stunde zurückzukommen, und jetzt sitzt der wahrscheinlich in irgendeinem Café. Harry hat das Gefühl, vor lauter Frust gleich einen Schreikrampf zu kriegen. Seit er heute Morgen aufgestanden ist, hat er den Tag immer nur vor sich hergeschoben, statt sich durch ihn hindurchzubewegen, und jetzt scheint er sich zu einer undurchdringlichen Masse verdichtet zu haben. Nicht nur dieser Tag, sondern sein ganzes Leben. Er geht schnell weiter zu dem Grab. Ein Grabstein aus schwarzem Marmor mit einer Inschrift aus schlichten goldenen Buchstaben.

GUSTAV FISCHER 1885–1960
WILHELMINA FISCHER 1892–1982

Das dürfte die englische Oma sein.

MAURICE FISCHER 1919–1984
JOHANNA FISCHER 1921–1985

Unter den Namen von Maries Eltern ist ein gerahmtes Bild in den Grabstein eingelassen, ein Foto, auf dem sie jünger sind, als Harry sie in Erinnerung hat. Maries Mutter sieht recht anziehend aus, als ob sie gerade versuchte, nicht zu lachen; ihr Ehemann hat diesen etwas strengen Ausdruck, an den Harry sich noch gut erinnert. Sie waren damals wahrscheinlich jünger, als ich jetzt bin, überlegt er.

Das Einzige, was ihm jetzt noch übrig bleibt, ist, so schnell wie möglich nach Straßburg zurückzukehren. Er nickt den beiden Leuten auf dem Foto zu und strebt zurück Richtung Friedhofstor. Die alte Frau steht noch immer über das Grab gebeugt, eifrig damit beschäftigt, Unkraut zu zupfen und

Erde festzuklopfen. Sie hebt den Kopf, als Harry an ihr vorbeigeht. »Keiner da?«, fragt sie.

»Nein.«

Wieder richtet sie sich mit einem Ächzen auf und blickt zum anderen Ende des Friedhofs hinüber. »Nein«, sagt sie. »Sie sind auch nicht am Grab des Kindes.«

»Welches Kindes?«

»Maries Kind. Der Sohn. Dort unten, auf der Seite, wo die Kinder alle sind.«

Harry geht in die angegebene Richtung. Die Gräber hier wirken eher etwas behelfsmäßig, sie haben meistens nur Holzkreuze. Aber aus der Dunkelheit ragt ein Grabstein heraus, der aus dem gleichen schwarzen Marmor besteht wie der Stein auf dem Grab der Familie Fischer. Harry verlangsamt seinen Schritt und bleibt dann stehen. Noch kannst du um diese Sache herumkommen, Harry Moore. Noch ist es nicht zu spät. Du musst nicht zu dem Grab dort runtergehen. Geh jetzt, steig in das Taxi, fahr zurück nach Straßburg, keiner wird jemals etwas davon merken, und du wirst erst recht nicht klüger sein als vorher. Aber er hat sich schon wieder in Bewegung gesetzt, geht jetzt mit raschen Schritten, plötzlich fängt er an zu rennen. Er muss wissen, dass es nicht wahr ist, und er sagt es laut vor sich hin: »Es ist nicht wahr, es darf einfach nicht wahr sein!«, wieder und wieder, sogar noch lange, nachdem er die Inschrift auf dem Grabstein gelesen hat:

LUCIEN BONNARDOT 1969–1975

Das Taxi fährt durch die hügelige Landschaft am Fuße der Vogesen. Der Fahrer beobachtet Harrys Gesicht von Zeit zu Zeit im Rückspiegel, während er die Straße entlangrast, wie Harry ihn gebeten hat. Aber hinter jeder Kurve offenbart die

Straße eine weitere Strecke, die es noch zu überwinden gilt, und sie dehnt sich schier endlos vor ihnen aus, als ob sie sich von Harrys sich überschlagenden Gedanken nährte.

Niemandes Schuld, hatte die alte Frau auf dem Friedhof ihm erzählt. Manchmal passieren solche Tragödien eben ganz einfach, ohne dass sie irgendjemand hätte verhindern können. Die Putzfrau aus dem Dorf, die eines Morgens zu spät zur Arbeit kam und in ihrer Eile vergaß, das Tor zur Straße zu schließen. Der kleine Junge, der auf seinem Dreirad zum offenen Tor hinausrollte. Der Postbote in seinem Lieferwagen, der ganz offensichtlich zu schnell fuhr, wie alle jungen Leute, aber so etwas ganz sicherlich nicht verdient hatte.

Die ganze Familie todunglücklich; sie alle hatten den kleinen Lucien abgöttisch geliebt, sogar die alte Hexe von einer englischen Großmutter. Und das, obwohl sie die ganze Zeit über getobt und alles und jeden verflucht hatte, als Marie schwanger gewesen war und keiner gewusst hatte, wer der Vater war.

Schrecklich, wie Marie sich mit Selbstvorwürfen gequält und sich die Schuld an dem Unglück gegeben hatte. Diese ganze Zeit in der Nervenklinik auf dem Mont Sainte-Odile bei den Nonnen. Aber das alles liegt nun schon so lange zurück, die Zeit heilt alle Wunden. Marie ist inzwischen darüber hinweg. Sie kommt jedes Jahr auf den Friedhof, zusammen mit ihrer Tochter und ihrem früheren Ehemann. Solch ein netter Mann, sie sind jetzt geschieden, wirklich ein Jammer, er war so gut zu ihr, als sie Probleme hatte. Er heiratete sie, als der Junge noch lebte, obwohl er nicht der Vater des Kleinen war. Alle wussten das. Auch er war am Boden zerstört, als der Junge ums Leben kam, und er blieb bei Marie, als sie in der Klinik war. Und dann später, na ja, wer weiß schon, was mit Ehen passiert, es ist nicht mehr so wie zu meiner Zeit. Aber sie machen trotzdem noch jedes Jahr diesen

Familienausflug, auch das junge Mädchen, das so sehr an seinem Vater hängt.

Ein Foto von Lucien auf dem Grabstein, durch eine Glasscheibe geschützt, auf der sich der rote Lichtschein der Grabkerze widerspiegelte, die Harry in die Höhe hob, um das Bild zu betrachten. Zwei Hände sind um den Bauch des Jungen geschlungen und halten ihn von hinten fest. Maries Hände. Der Kleine sieht lächelnd in die Kamera, in ein vertrautes Gesicht. Er hat Maries Grübchen in den Wangen. Und er hat die Moore'schen Augen. Meine Augen, denkt Harry. Paddys. Für einen Moment dachte ich, ich stünde an Paddys Grab, wo ich noch nie gestanden habe. Der Junge hat die Arme ausgebreitet. Er will hochgehoben werden, will in den Arm genommen werden. Marie ist im Begriff, ihn demjenigen zu übergeben, der gerade das Foto aufnimmt. Ihrem Ehemann.

Harry sieht in Gedanken Marie über ein Fotoalbum gebeugt sitzen, damit beschäftigt, das Bild für den Grabstein auszusuchen. Wie hast du es bloß über dich gebracht, das zu tun? Und dann ist es plötzlich, als ob er aus zwei Personen bestünde; die eine hockt jetzt in sich zusammengesunken auf dem Rücksitz des Taxis, hat das Gesicht in den Händen vergraben und schluchzt haltlos; und die andere schaut zu, und etwas in ihrem Inneren ist so taub und empfindungslos wie altes Brot. So ist es richtig, Harry Moore, sagt diese andere Person. Weine jetzt und später, nachdem du Marie gesehen hast. Denn wenn du dich von ihr verabschiedest, darf sie nicht das Geringste merken. Weil sie ihren Schmerz und ihren Kummer jetzt zum größten Teil überwunden hat. Sie ist jetzt auf der anderen Seite angelangt. Und du hast ihr nicht geholfen. Und eines steht ganz zweifellos fest: Sie wollte damals nicht, dass du von Lucien erfährst, und sie will es auch jetzt nicht.

»Pardon, Monsieur?«

Harry hat diesen letzten Satz laut vor sich hin gesagt.

»Nichts, nichts.«

Er sieht die drei vom Taxi aus, noch bevor er bereit ist. Sie überqueren gerade den Platz, streben auf das Haus zu, in dem der Laden und die Wohnung sind. In der Mitte ein Mann mittleren Alters, dessen Gang eine Spur von wichtigtuerischem Stolzieren an sich hat; neben ihm seine Tochter, die sich bei ihm eingehakt hat und über etwas lacht, was er gerade gesagt hat. Auf seiner anderen Seite – mit ein klein wenig Abstand, aber nicht viel – geht Marie, angetan mit schwarzem Mantel und schwarzem Hut, ein atemberaubend hübscher Anblick, während sie die beiden anderen anlächelt.

Eine Familie, die von einem Ausflug zurückkehrt.

Harry bittet den Taxifahrer, auf ihn zu warten, steigt hinter den dreien aus und ruft Marie. Sie dreht sich um, macht ein paar unsichere Schritte auf ihn zu und sagt dann etwas zu den beiden anderen. Der Mann hat sich ebenfalls umgedreht, das Lächeln auf seinem Gesicht erstarrt. Er macht Anstalten, weiterzugehen, aber das Mädchen bleibt stehen und blickt zurück, die Hand noch immer um den Arm des Vaters geschlungen. Marie geht weiter in Harrys Richtung, ein zögerndes Lächeln auf dem Gesicht. Er geht ihr entgegen.

»Ich hatte dich noch gar nicht erwartet, Harry«, sagt sie, als sie vor ihm stehen bleibt. »Ich wollte dich später anrufen. Mein geschiedener Mann will noch eine Weile mit zu uns raufkommen. Es ist etwas, was wir jedes Jahr tun. Es bedeutet nicht ...«

»Ist schon in Ordnung, Marie. Ich muss nur früher als geplant abreisen. Eigentlich muss ich sogar schon sehr bald weg.«

Sie sieht ihm forschend ins Gesicht. »Was ist los, Harry? Es ist etwas passiert, nicht wahr?«

»Zu Hause ist eine Bombe explodiert.«

»Oh nein!«

»Meiner Frau ist nichts passiert, aber trotzdem ...«

»Wann genau musst du denn abreisen?«

»Jetzt, mehr oder weniger.«

»Ach, Gott!«

Plötzlich sind sie von den Überbleibseln einer sich auflösenden Halloween-Parade umzingelt, kleinen Vampiren, Teufeln, Gespenstern und Frankensteins, die heimwärts zockeln. Ein in ein weißes Bettlaken gehüllter Junge, dessen Gesicht weiß geschminkt ist und dicke schwarze Ringe unter den Augen aufweist, streckt die Hand nach Harry aus. »*On veut ...*« Doch bevor er seinen Satz zu Ende sprechen kann, wird er von einem größeren Mädchen in einem Hexen-Kostüm weggezerrt. Es hält ihn fest an der Hand, als es mit ihm die Straße überquert.

»Passt auf die Autos auf«, ruft Marie ihnen nach, und das Mädchen nickt, ohne sich umzudrehen.

»Und die andere Sache ist«, fährt Harry fort, »dass der Schüleraustausch ins Wasser gefallen ist.«

»Was wird nun aus all deinen Plänen?«

»Ich weiß es nicht.«

»Ich verstehe. Das kommt alles sehr plötzlich. Dann wirst du also nicht mehr nach Straßburg zurückkehren.«

»Ich weiß nicht, was ich sagen soll. Die ganze Sache ist solch ein Kuddelmuddel. Ich komme mir wie ein ausgemachter Idiot vor. Ich *bin* ein ausgemachter Idiot.«

»Weil du zu deiner Frau zurückkehrst? Das finde ich nicht.«

»Weil ich nach Straßburg gekommen bin.«

»Deswegen ja, vielleicht.« Marie lächelt ihn an. »Ein liebenswerter Idiot.«

Der Mann, der ein kleines Stück von ihnen entfernt steht,

sagt etwas zu Maries Tochter, und sie wendet sich ab und geht mit ihm weiter.

Marie blickt den beiden einen Moment lang nach, dann dreht sie sich wieder zu Harry um und sagt leise: »Also, siehst du jetzt ein, dass es besser war, dass ich gestern Abend nach Hause gegangen bin, statt mit dir auf dein Hotelzimmer zu kommen?«

»Nein.«

»Ach, Harry! Was hast du denn gedacht, wie die Sache enden würde? Als du all deine Pläne geschmiedet hast?«

Harry schüttelt den Kopf. »Ich werde dir schreiben.«

Sie lächelt erneut. »Besser nicht. Du hast mir damals genug Briefe geschrieben. Oh, dabei fällt mir übrigens was ein.«

Sie öffnet ihre Handtasche, kramt einen Moment darin herum und reicht ihm dann einen Umschlag.

»Was ist das?«, fragt Harry.

»Du hast gestern gesagt, dass du nie einen Brief von mir bekommen hast, und als ich gestern Abend nach Hause kam, da fiel mir wieder ein, dass dieser eine, den ich dir damals geschrieben hatte, nach ungefähr einem halben Jahr wieder an mich zurückkam. Ich hatte meine Heimatadresse auf die Rückseite geschrieben, und ich wusste, dass er noch irgendwo sein musste. Und dann habe ich danach gesucht und dabei die ganze Wohnung auf den Kopf gestellt, bis ich ihn schließlich wiederfand. Das hier ist er. Ich wollte ihn dir eigentlich erst später geben.«

»Ein Brief von dir. Oh Gott!«

»Na ja, er ist nicht direkt von mir«, sagt Marie. Sie klappt ihre Handtasche zu und hängt sie wieder über ihre Schulter. »Er ist von dem Mädchen, das ich damals war. An den Jungen, der du damals warst. Zu Händen von Harry Moore. Ich übernehme keine Verantwortung für das, was da drinsteht, was immer ich damals auch geschrieben haben mag.« Der Brief ist in mädchenhafter Handschrift adressiert an »Harry Moore, Das Haus auf dem Hügel, Dunbreaghy, Co. Donegal.« Es hätte Port Braddan heißen müssen. Auf der Briefmarke steht »Arthur Guinness, 3 pence«, und der Brief ist in Gaillimh abgestempelt. Das Kuvert ist noch immer zugeklebt.

»Er ist uralt«, sagt Harry.

»Genau wie wir«, erwidert Marie.

Sie umarmen sich schweigend. Einer von ihnen zittert, oder vielleicht zittern sie auch alle beide.

»Ich habe heute an ihn gedacht«, sagt Marie dann, als sie ihren Kopf an seiner Schulter vergräbt und er ihr Gesicht nicht mehr sehen kann.

»An wen?«

»An Paddy. Glaubst du, wir hätten ihn retten können? Wenn wir besser aufgepasst hätten?«

»Es war niemandes Schuld.« Und Harry weiß, dass das nicht das ist, wonach sie gefragt hat, dass sie nicht von Paddy redet, aber er ist nicht in der Lage, ihr eine Antwort auf ihre Frage zu geben. Dann schiebt sie ihn sanft von sich, als ob auch sie das erkannt hätte. Ihre Gestalt verschwimmt plötzlich vor seinen Augen und zerfließt an den Rändern wie ein Spiegelbild in einem Teich, den eine Brise kräuselt. Harry lächelt verkrampft und hofft inständig, dass Marie nicht merkt, wie er kurz davor ist, in Tränen auszubrechen. Sie streckt die Hand aus und berührt ihn am Arm, und dann, gerade noch rechtzeitig, wendet sie sich ab und geht mit raschen Schritten auf den Mann und das Mädchen zu, die ein Stück weiter entfernt auf sie warten.

»Hinten am Rücksitz ist eine Leselampe, wenn Sie den da aufmachen möchten«, sagt der Taxifahrer. Sie sind fast am

Flughafen angelangt. Harry hat den Briefumschlag die ganze Zeit über in der Hand gehalten und darauf gestarrt.

»Es ist der einzige, den ich jemals von ihr bekommen werde«, sagt er. »Sie hat ihn vor dreißig Jahren geschrieben.«

Der Taxifahrer schüttelt den Kopf. »Auf die Post ist einfach kein Verlass mehr.«

Harry knipst die Leselampe an und öffnet den Briefumschlag.

Rate mal, wer!

Schade, dass sich dieser Brief nicht von hinten an dich ranschleichen und dir die Augen zuhalten kann. Du fehlst mir ganz schrecklich, wahnsinnig, so sagt man doch bei euch, nicht? Ich fühle es in meinem Magen, es ist, als ob ich andauernd Hunger hätte, nur dass ich in Wirklichkeit überhaupt keinen Hunger habe. Ich mag gar nicht mehr essen vor lauter Sehnsucht nach dir. Geht es dir genauso?

Das Einzige, was diese Reise erträglich macht, ist der Moment, wenn ich hinten im Auto sitze und meine Ruhe habe, um an dich zu denken. Und Pläne zu schmieden.

Hier ist mein neuester Plan: In zwei Jahren werden wir beide nach England gehen, um zu studieren! Eine brillante Idee, findest du nicht auch? Selbst wenn wir nicht an dieselbe Uni kommen, können wir uns an den Wochenenden regelmäßig sehen. Und das Allerbeste an der Sache ist, dass sie die Idee meines Vaters war. Er rückte vor ein paar Monaten damit raus und meinte, dass ein Studium in England meine Sprachkenntnisse verbessern und meinen geistigen Horizont erweitern würde. Meine Großmutter war natürlich voll und ganz dafür.

Die Sache mit Weihnachten müsste eigentlich in Ordnung gehen, ich kann nur im Moment nicht mit meinem Vater darüber reden, weil er wegen des Passes sauer auf mich

ist. Ich werde dir alles darüber erzählen. Das war verdammt knapp, das kann ich dir flüstern! Und:
1. Du darfst nicht zu irgendwelchen Tanzabenden gehen, bis ich zurückkomme.
2. Du darfst ganz besonders nicht mit diesem Mädchen, dieser Foster, tanzen, die dich immer so schmachtend ansieht.
Ich muss jetzt langsam Schluss machen. Denn ich möchte diesen Brief in den Kasten stecken, ohne dass mein Vater etwas davon merkt. Sie sitzen noch unten im Speisesaal, während ich hier oben in diesem schrecklichen Hotelzimmer hocke und an dich schreibe. Das Zimmer geht auf einen Platz hinaus, und ich kann den Briefkasten sehen. Er hängt neben einem Wartehäuschen an der Bushaltestelle, wo sich gerade ein Pärchen küsst. Ich wünschte, das wären wir beide.
Jedes Mal, wenn wir mit dem Auto an einem Jungen auf einem Fahrrad vorbeifahren, tue ich so, als ob du es wärst. Manchmal glaube ich sogar, dass du es bist, dass du uns bis hierher in den Süden gefolgt bist, aber natürlich bist du es nie. Ich stelle mir dein Gesicht vor, wenn du mit deinem Rad vor mir herfährst und dich umdrehst, um zu sehen, ob ich da bin. Und dann sehe ich in Gedanken vor mir, wie du mich anlächelst.
Morgen fahren wir wieder zurück nach Dunbreaghy. Ich werde wahrscheinlich noch vor diesem Brief da sein!

Tausend Grüße und Küsse
Marie